AF397570

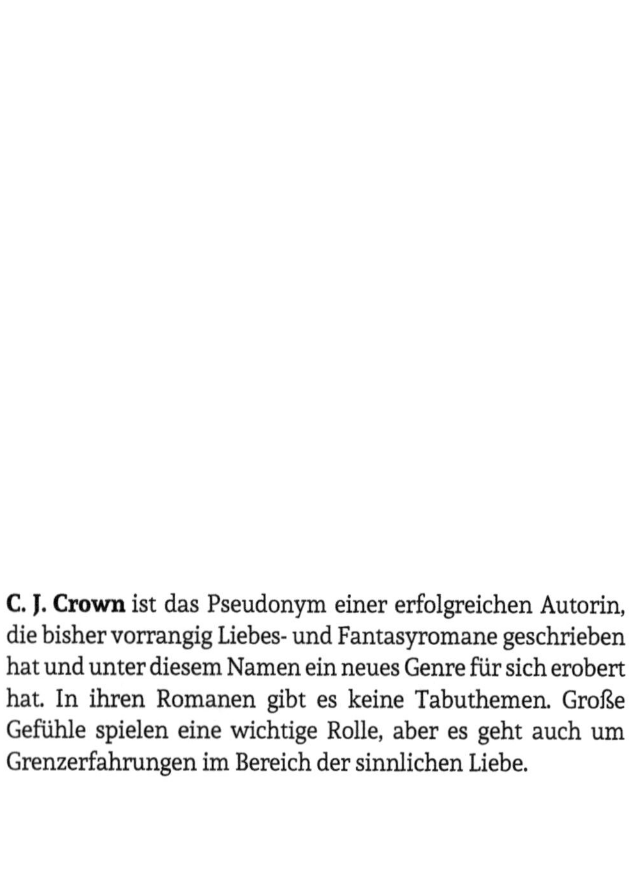

C. J. Crown ist das Pseudonym einer erfolgreichen Autorin, die bisher vorrangig Liebes- und Fantasyromane geschrieben hat und unter diesem Namen ein neues Genre für sich erobert hat. In ihren Romanen gibt es keine Tabuthemen. Große Gefühle spielen eine wichtige Rolle, aber es geht auch um Grenzerfahrungen im Bereich der sinnlichen Liebe.

C. J.
CROWN

Imperfect BOSS

EINE HUMORVOLLE BOSS
OFFICE ROMANCE

Überarbeitete Neuausgabe August 2024

Copyright © 2024 dp Verlag, ein Imprint der
dp DIGITAL PUBLISHERS GmbH
Made in Stuttgart with ♥
Alle Rechte vorbehalten

Imperfect Boss

ISBN 978-3-98998-295-6
Taschenbuch-ISBN: 978-3-98998-505-6

Dieses Buch wurde vermittelt von der Literaturagentur erzähl:perspektive, München (www.erzaehlperspektive.de)

Copyright © 2022, Hannah Siebern
Dies ist eine überarbeitete Neuausgabe des bereits 2022 bei Hannah Siebern erschienenen Titels Imperfect Boss (ISBN: B0BLHS6FL1).

Covergestaltung: Herzkontur – Buchcover & Mediendesign
Umschlaggestaltung: ARTC.ore Design
unter Verwendung von Motiven von
shutterstock.com: © dachnarong wangkeeree,
© StudioSaro, © Dean Drobot
Lektorat: Nadine d'Arachart, Sarah Wedler
Satz: dp DIGITAL PUBLISHERS GmbH
Druck und Bindung: Books on Demand GmbH, Norderstedt

Kapitel 1

Jessica

So ein Mist. Ich war spät dran, schoss es mir durch den Kopf, als ich auf meinen High Heels die Wall Street entlang stöckelte, während mir der kalte Wind um die Nase blies. Immer wieder musste ich anderen Geschäftsleuten ausweichen, die mir entgegenkamen und es mindestens genauso eilig zu haben schienen wie ich. Ein typisches Phänomen im Financial District des Big Apple. Hier war grundsätzlich jeder im Stress und die Menschen eilten geschäftig umher wie ein Bienenschwarm.

Die letzte Subway hatte ich verpasst und fürchtete jetzt, dass ich es nicht mehr pünktlich zu meinem Termin mit Mister Anderson schaffen würde. Dabei hatte Lydia mir eingetrichtert, ich solle bloß pünktlich kommen, weil ihr Boss es nicht leiden konnte, wenn man unorganisiert war. Doch ich war fast bei meinem Ziel angekommen, als mein Handy klingelte.

„Ja?" Ich hielt mir das Smartphone ans Ohr, während ich an der Federal Hall vorbei hastete, an der es wieder einmal vor Touristen wimmelte, die Fotos von der Sehenswürdigkeit schossen.

„Hallo, Sweetheart", sagte Alan mit seiner samtweichen Stimme, die mir wie jedes Mal eine Gänsehaut bescherte. „Bist du schon da?"

„Fast", erwiderte ich und blieb ungeduldig an einer Ampel stehen. „Es ist nicht mehr weit."

„Wunderbar. Ich wollte dir nur viel Erfolg wünschen und dich nochmal an die wichtigsten Dinge erinnern. Erstens: Denk an deine Körpersprache. Aufrechte Haltung und direkter Augenkontakt sind bereits die halbe Miete. Zweitens: Bleib sachlich und lass dich nicht provozieren. Das Buch ist gut. Du weißt das und ich weiß das. Immerhin geht es darin um mich." Er lachte leise. „Und drittens: Achte auf ein tadelloses Äußeres und lächle so oft wie möglich. Damit kannst du jeden verzaubern. Vor allem, wenn du deine Lippen so rot geschminkt hast, wie ich es mag. Du schaffst das, Sweetheart. Ich glaube an dich."

„Danke. Aber ich muss jetzt auflegen. Ich bin spät dran und muss mich beeilen."

Alan schnalzte mit der Zunge. „Was habe ich dir über Unpünktlichkeit gesagt?"

„Ich weiß, Alan. Aber das hilft mir jetzt nicht weiter. Also ... Danke für deinen Anruf. Ich werde mein Bestes geben. Versprochen."

„That's the spirit. Melde dich, sobald du fertig bist und am Wochenende feiern wir deinen Erfolg."

„Ist gut. Bis später."

Ich legte auf, als das weiße Ampelmännchen erschien und setzte mich zusammen mit zig anderen Anzugträgern in Bewegung. Ich bog in die Broad Street ab, wo ein paar Meter weiter bereits die Eingangstür zu dem Hochhaus zu sehen war, in dem sich einer der größten Verlage von ganz New York befand. Bereits von hier aus war der Schriftzug ‚Anderson Publishing' an der Fassade zu erkennen.

Schnell zog ich meinen Handspiegel hervor und checkte mein Make-up, um Alans Ratschlag zu befolgen. Vor Nervosität hatte ich mir offenbar auf der Lippe herum gebissen, denn die Farbe war halb verschwunden. Also holte ich im Laufen meinen Lippenstift aus der Handtasche und zog meinen Mund nach. Ich lief durch eine Einfahrt und fuhr im nächsten Moment vor Schreck zusammen, als ein riesiger Laster laut neben mir hupte, weil er offenbar in die Einfahrt neben dem Hochhaus wollte, die ich gerade durchquerte.

„Haben Sie Tomaten auf den Augen?", brüllte ein großer Mann mit langen, zerzausten Haaren und Vollbart und lehnte sich zu mir aus dem Fenster.

Schnell wandelte sich mein Schreck in Ärger. „Besser Tomaten auf den Augen als keine Manieren", schimpfte ich zurück. „Sie haben mich fast zu Tode erschreckt."

„Dann schminken Sie sich beim nächsten Mal besser zu Hause statt auf der Straße. Ich hätte Sie fast überfahren. Und das nur, weil Sie unbedingt aussehen wollen wie die nächste Bordsteinschwalbe."

Ich wurde puterrot und vergaß für den Moment völlig, dass ich es eilig hatte. Wütend stemmte ich die Hände in die Hüften.

„Wie bitte?", fragte ich empört. „Besser eine Bordsteinschwalbe als ..."

Verdammt. In diesem Fall passte die ‚Besser-als-Methode‘ nicht. Alan hatte mir zigmal eingebläut, dass ich aufpassen musste, wann ich diese Taktik benutzte, denn unter Umständen gab es nicht wirklich etwas, das besser war. Doch nun war es zu spät und ich musste den Satz zu Ende bringen.

„Als ... als ein Waldschrat“, sagte ich, weil es das Erste war, was mir zu ihm einfiel.

Die Miene des Mannes verfinsterte sich und im nächsten Moment stellte er den Motor aus. Ich schluckte, als er tatsächlich die Fahrerkabine verließ und mit einer Zigarette im Mund auf mich zukam. Dieser Mann war riesig. Er war sicherlich zwei Meter groß, denn selbst mit meinen High Heels reichte ich ihm nicht einmal bis zur Nase. Er trug staubige Jeans, ein zerknittertes Hemd und hatte Schuhe an, die doppelt so groß wirkten wie meine eigenen.

„Wie haben Sie mich gerade genannt?“, fragte er mit düsterem Tonfall.

Ich schluckte. Dieser Mann wirkte wie ein Wilder auf mich, aber ich ging trotzdem nicht davon aus, dass er mich mitten am Tag tätlich angreifen würde. Vor allem nicht, wenn es so viele Zeugen gab wie hier. Die meisten Leute gingen ihm instinktiv aus dem Weg und machten einen großen Bogen um ihn. Ein paar blieben allerdings stehen, um das Schauspiel zu beobachten, und das machte mich mutiger.

„Ich sagte, Sie seien ein Waldschrat“, wiederholte ich und straffte den Rücken. „Und ein unhöflicher noch dazu. Immerhin hätten Sie mich fast über den Haufen gefahren und halten es nicht einmal für nötig, zu fragen, wie es mir geht.“

Der Mann schnipste seine Zigarette weg und kam noch einen Schritt näher. Ganz offenbar wollte er mich mit seiner Präsenz einschüchtern, aber da hatte er sich die Falsche ausgesucht. Ich arbeitete schon seit Jahren an meinem Selbstbewusstsein und von so einem ungehobelten Klotz würde ich mich ganz sicher nicht unterkriegen lassen.

„Sie haben recht", sagte der Mann zu meiner Überraschung. „Das habe ich nicht gefragt. Und warum? Weil es mich einen Scheißdreck interessiert. Nun gehen Sie mir aus dem Weg, damit ich endlich durch diese Einfahrt komme. Nochmal bremse ich nämlich nicht für Sie."

Mein Mund klappte auf, als der Mann sich daraufhin umdrehte und zurück in seinen Laster stieg.

„Ich würde lieber tun, was er sagt", schlug eine junge Frau neben mir vor, die offenbar das Schauspiel interessiert verfolgt hatte.

„Was?", fragte ich verwirrt.

„Sie sollten aus dem Weg gehen", präzisierte sie und zog mich zur Seite. Genau rechtzeitig, bevor der Mann mit seinem Laster Gas gab und rasant in die Einfahrt rauschte, die offenbar zur Rückseite des Gebäudes führte, in das ich wollte.

„Ich ... danke", sagte ich. „Das war nett von Ihnen."

„Keine Ursache. Ich bin übrigens Tiffany."

Sie lächelte und entblößte dabei riesige Schneidezähne, die gar nicht zum Rest ihres Gesichts passen wollten.

„Ich heiße Jessica. Sehr erfreut. Kennen Sie diesen Kerl?"

Sie schüttelte den Kopf. „Nie gesehen. Ist bestimmt ein Lieferant, der die Möbel für Mister Andersons Enkel bringt. Wir bekommen zwei neue Abteilungsleiter und die fangen heute an.“

Sie deutete auf das Verlagsgebäude und meine Miene erhellte sich.

„Sie arbeiten hier? Das ist ja toll“. Ich folgte ihr ins Innere des Gebäudes und zu den Aufzügen. Wir stiegen ein und ich freute mich zu sehen, dass Tiffany offenbar in dieselbe Etage wollte wie ich.

„Ich habe gleich einen Termin bei Mister Anderson und bin spät dran“, erklärte ich und schielte nervös auf meine Armbanduhr. „Haben Sie noch irgendwelche Tipps für mich?“

„Na ja.“ Tiffany deutete auf meinen Mund. „Vielleicht sollten Sie den Lippenstift nochmal korrigieren. Das würde auf jeden Fall einen besseren Eindruck machen, auch wenn Sie schon spät dran sind.“

Erschrocken griff ich mir ins Gesicht und schaute in den Spiegel, der innerhalb des Aufzugs angebracht war. Tatsächlich hatte ich mich vorhin so sehr erschreckt, dass der Lippenstift nun quer über meine Wange verlief.

„Oh mein Gott“, rief ich. „Und das sagen Sie mir erst jetzt?“

Schnell griff ich nach meiner Handtasche, um das Malheur zu korrigieren. Ich nahm ein Taschentuch heraus und wischte wie wild an meiner Wange herum. Leider machte ich es dadurch nur noch schlimmer und verschmierte den Strich zusätzlich.

„Oh, nein“, jammerte ich. „Das ist ja grauenvoll. Mister Anderson wartet bestimmt schon auf mich, aber so kann ich unmöglich zu ihm.“

„Immer mit der Ruhe“, sagte Tiffany. „Gehen Sie am besten gleich zu den Toiletten und korrigieren das Ganze schnell. Mister Anderson ist ein netter Mann. Er wird Ihnen bestimmt nicht den Kopf abreißen.“

Als sich die Aufzugtüren öffneten, nickte ich nervös und hielt mir eine Hand vor die Wange, damit niemand das Desaster sehen konnte. Gott. Alan hätte mich bestimmt belächelt, wenn er mich so sehen könnte. Ihm wäre so etwas nie passiert. Ich warf Tiffany einen flehenden Blick zu.

„Wo sind die Toiletten?“, fragte ich.

„Einfach den Gang runter, bis ganz hinten und dann rechts. Sie können es gar nicht verfehlen. Und viel Glück beim Boss später. Keine Sorge. Mister Anderson ist total in Ordnung.“

Sie warf mir ein Lächeln zu und ich nickte dankbar. Dann eilte ich den Gang entlang, von dem links und rechts freundlich eingerichtete Büros abgingen, und hoffte, dass mich niemand aufhalten würde. Ich war zwar ohnehin schon zu spät dran, aber so würde ich Mister Anderson sicher nicht unter die Augen treten.

Ich drängelte mich an ein paar Leuten vorbei, die sich auf dem Flur unterhielten und hatte die Toiletten fast erreicht, als gegenüber ein weiterer Aufzug aufging und ein Schrank den Flur betrat. Also, natürlich nicht der Schrank selber, sondern eine Person, die einen Schrank trug, aber da sie komplett dahinter verborgen war, sah es aus, als würde der Schrank von alleine laufen. Ich wunderte mich kurz darüber, dass es überhaupt jemand schaffte, dieses Ungetüm von einem Möbelstück alleine zu schleppen, als mir auffiel, dass er mir damit den kompletten Weg versperrte.

Anders herum war es wohl genauso, denn hinter dem Schrank beschwerte sich jemand.

„Aus dem Weg! Sehen Sie nicht, dass ich hier durch muss?"

Der Waldschrat. Natürlich. Wer auch sonst? Es wäre doch ein Leichtes für ihn gewesen, kurz zu warten, um mich zur Toilette zu lassen, aber nein. Keine Rücksicht auf niemanden. Warum auch, wenn man so groß war wie ein Bär und offensichtlich auch genauso stark?

Da der Klügere bekanntlich nachgab, machte ich einen Schritt zur Seite in das nächste Büro hinein, um ihm Platz zu machen. Doch statt an mir vorbei zu gehen, stellte der Mann den Schrank genau vor mir ab, sodass ich mich keinen Zentimeter mehr rühren konnte.

„Das war ja klar", sagte er und betrachtete mich von oben herab. „Lippenstift-Barbie versperrt mit den Weg ins Büro. Wobei ... Im Moment erinnern Sie mich eher an den Joker mit Ihrem Make-up."

Ich errötete und hob schnell wieder die Hand, um meinen verschmierten Lippenstift zu bedecken. Doch dann beschloss ich, dass es jetzt ohnehin egal war und ließ die Hand wieder sinken.

„Ich sehe lieber aus wie der Joker als wie Wolverine", behauptete ich, obwohl ich vermutete, dass der Vergleich hinkte. „Und woher hätte ich denn bitte schön wissen sollen, dass Sie ausgerechnet in dieses Büro müssen?"

„Vielleicht, weil es leer ist?"

Ich sah hinter mich, und tatsächlich. Das große Büro mit der riesigen Fensterfront war vollständig leer. Offenbar hatte man es renoviert, denn die Wände wirkten frisch gestrichen und das Parkett auf dem Boden kam mir ebenfalls neu vor.

„Oh", sagte ich. „Das ... konnte ich von meiner Position aus nicht sehen."

„Ach ja. Ich vergaß. Sie haben ja Tomaten auf den Augen."

Das reichte. So viel Unverschämtheit von einem dahergelaufenen Möbelpacker musste ich mir nicht gefallen lassen.

„Nun hören Sie mir mal zu", verlangte ich. „Nur, weil Sie heute Morgen ganz offensichtlich mit dem falschen Fuß aufgestanden sind, müssen Sie mich noch lange nicht beleidigen. Warum machen Sie nicht einfach Ihre Arbeit und ich mache meine? Dann brauchen wir beide uns nie wieder zu sehen und können fröhlich unserer Wege gehen."

„Würde ich ja gerne, wenn Sie mir nicht ständig im Weg herumstehen würden. Also ... verschwinden Sie jetzt endlich aus diesem Büro?"

Er trat demonstrativ einen Schritt zur Seite und ich ging hoch erhobenen Hauptes an ihm vorbei.

„Gerne. Ich habe auch nicht vor, es nochmal zu betreten und auf eine weitere Begegnung mit Ihnen kann ich ebenfalls verzichten."

„Gut. Dann sind wir uns ja einig."

Ich ging in den Flur und staunte, als der Mann den Schrank wieder anhob und damit im Büro verschwand. Dabei spannten sich seine beachtlichen Armmuskeln an und sprengten fast sein Hemd.

Das war allerdings auch schon alles, was man über den Mann an Positivem sagen konnte, denn ansonsten ließ seine Optik genauso zu wünschen übrig wie seine Manieren und innerlich erstellte ich bereits eine Liste, was ich ihm alles raten würde, sollte er einmal Alans Kunde werden.

Aber Möbelpacker konnten sich die Dienste von Alan Cook für gewöhnlich nicht leisten und kamen auch gar nicht auf die Idee, sich einer Imageberatung zu unterziehen. Vermutlich fühlte der Kerl sich ganz wohl in seiner Haut und interessierte sich überhaupt nicht für meine Verbesserungsvorschläge.

In diesem Moment erinnerte ich mich daran, dass ich Zeitdruck hatte und eilte in die Frauentoilette. Dort korrigierte ich mein Lippenstiftdesaster und erneuerte hastig die Wimperntusche. Danach erst ging ich zurück über den Flur, wo Lydia bereits auf mich wartete.

„Verdammt, Jessy. Wo bleibst du denn?", fragte sie aufgebracht. „Der Boss wartet schon auf dich. Du bist eine Viertelstunde zu spät. Gib mir deinen Mantel."

Lydia und ich kannten uns von der Uni, wo wir uns ein Studentenzimmer geteilt hatten. Sie war seit einigen Jahren meine beste Freundin und hatte mir den Termin bei Mister Anderson besorgt. Mit ihrer roten Mähne war sie ein absoluter Männertraum und hatte im Gegensatz zu mir Alans Tipps überhaupt nicht nötig. Sie wusste immer genau, was sie anziehen und wie sie sich präsentieren musste.

„Es tut mir leid“, sagte ich und schlüpfte aus dem Mantel, um ihn ihr zu geben. „Ich habe zu wenig Zeit eingeplant. Das war dumm von mir. Ich hoffe, dein Boss verzeiht mir.“

„So gut, wie du heute aussiehst, wird er das ganz bestimmt“, versicherte Lydia und hängte den Mantel an die Garderobe. „Also los jetzt. Setz dein schönstes Lächeln auf und dann rein mit dir.“

Sie schob mich vor sich in ein großes Büro hinein und klopfte gleichzeitig an die offene Tür.

„Mister Anderson“, sagte sie. „Darf ich Ihnen Jessica Carter vorstellen?“

„Ah“, erwiderte ein älterer Mann mit grauen Haaren und dickem Bauch. „Aber natürlich. Kommen Sie doch rein. Schön, Sie kennenzulernen, Miss Carter.“

„Vielen Dank“, sagte ich und ging an Lydia vorbei. Sie zwinkerte mir aufmunternd zu und trat dann zurück, sodass ich mit Mister Anderson allein war. Er war ein Mann um die siebzig mit Halbglatze, einem altmodischen Schnurrbart und einem freundlichen Lächeln, das ihn mir auf Anhieb sympathisch machte.

Wir schüttelten einander die Hände und Mister Anderson bedeutete mir, mich zu setzen.

„Ich habe leider nicht mehr viel Zeit“, sagte der alte Mann. „Aber ich wollte zumindest kurz persönlich mit Ihnen sprechen. Immerhin habe ich es Lydia versprochen.“

Ich nickte verunsichert. Hieß das, dass kein Interesse an meinem Projekt bestand? Falls ja, dann hätte ich mir die ganze Hektik ja sparen können.

„Was ... was genau soll das heißen?“, fragte ich.

„Nun. Das soll heißen, dass ich die Entscheidungen über die Verlagsprojekte an meine beiden Enkel abgegeben habe. In ein paar Monaten soll einer der beiden den Chefposten bei Anderson Publishing übernehmen, aber dafür müssen die beiden sich erstmal bewähren. Charles ist für unsere Lokalzeitung sowie für die Sachbücher und die Biografien zuständig und Henry kümmert sich um die Belletristik. Das Ganze ist etwas chaotisch verlaufen, weil meine liebe Frau seit ein paar Wochen pflegebedürftig ist.“

„Das tut mir sehr leid. Das wusste ich nicht.“

„Wie auch? Wir hängen es nicht unbedingt an die große Glocke. Aber machen Sie sich keine Sorgen. Ich vertraue meinem Enkel voll und ganz. Charles hat ihr Manuskript bereits vorliegen und wird Ihnen nachher seine Einschätzung mitteilen. Ah. Das wird er sein.“

Es klopfte und im nächsten Moment streckte ein Mann seinen Kopf zur Tür herein, dem man die Ähnlichkeit zu seinem Großvater direkt ansah. Er hatte zwar volleres Haar und war schlanker, aber er besaß dasselbe einnehmende Lächeln und dieselben sympathischen Augen.

Er trug ebenfalls einen schicken Anzug und strahlte eine gewisse Leichtigkeit aus, die mir sehr gefiel.

„Hallo, Großvater“, sagte er. „Ich wollte dir nur Bescheid geben, dass mein Büro soweit eingerichtet ist. Ich habe mein Büro bereits eingerichtet und bin zu allen Schandtaten bereit.“

Ah, ja. Das musste also Charles sein. Ein netter Zeitgenosse, wie es aussah. Erleichtert lächelte ich ihn an.

„Schön“, sagte Mister Anderson. „Darf ich dir Jessica Carter vorstellen?“

„Sehr erfreut“, sagte der Mann und reichte mir die Hand. „Hübsche Damen wie Sie sind hier immer gern gesehen.“

Er deutete einen Handkuss an und ich musste ein mädchenhaftes Kichern unterdrücken. Souverän bleiben. Das war wichtig, wenn man ernst genommen werden wollte.

„Vielen Dank“, sagte ich daher. „Es freut mich ebenfalls.“

„Miss Carter ist die Autorin der Biografie über Alan Cook. ‚The perfect Me‘.“

Die Augen des Mannes weiteten sich überrascht und erneut erschien ein Lächeln auf seinem Gesicht.

„Das ist ja wunderbar. Ich habe eins seiner Seminare besucht und das hat buchstäblich mein Leben verändert.“

Sicher nicht so sehr wie bei mir, aber das behielt ich lieber für mich. Niemand musste wissen, wie unsicher und unscheinbar ich gewesen war, bevor Alan mich unter seine Fittiche genommen hatte.

„Das ist schön zu hören“, sagte ich stattdessen. „Ihr Großvater hat mir gerade mitgeteilt, dass Sie für mein Projekt zuständig sind.“

Der Mann sah seinen Großvater fragend an, aber dieser schüttelte den Kopf. „Oh, nein. Das ist ein Missverständnis. Vor Ihnen steht Henry Anderson. Nicht Charles. Er müsste allerdings jeden Moment hier sein. Ah. Da ist er ja.“

„Ich wurde aufgehalten“, brummte jemand von der Tür her. „Da war so eine ungeschickte Pute, die ... Oha. Vom Regen in die Traufe.“

Mein Herz rutschte mir in die Hose, als ich die Stimme erkannte und ich fuhr zu dem Mann herum, der gerade das Büro betrat.

„Ich muss doch wohl sehr bitten", sagte Mister Anderson. „Es handelt sich hier um eine potenzielle neue Autorin, also behandle sie mit etwas mehr Respekt, Junge."

„Und wie siehst du eigentlich aus?", fragte Henry abfällig. „Ein Friseurbesuch würde dir auch mal ganz gut tun."

„Nur weil du bei deinem Friseur regelrecht eingezogen bist, müssen wir das ja nicht alle tun, oder?", bemerkte Charles bissig.

„Und deine Klamotten? Hast wohl dein Bügeleisen verloren, was?", feixte Henry.

Charles' Miene verfinsterte sich. „Ich geb' dir gleich eine mit dem Bügeleisen", knurrte er. „Und wie ich mit meinen Autoren umgehe, ist doch wohl hoffentlich meine Sache."

Er sah seinen Großvater herausfordernd an und dieser nickte widerwillig. „Das stimmt. Abmachung ist Abmachung. Du wirst schon die richtige Entscheidung treffen. Also, bis später. Miss Carter? Man sieht sich."

„Danke", erwiderte ich verdattert und hätte ihn am liebsten gebeten, mich nicht mit dem Waldschrat allein zu lassen.

Er ist doch nur der Möbelpacker, wollte ich sagen, verkniff es mir aber im letzten Moment, weil ich längst begriffen hatte, welchem Irrtum ich erlegen war. Dieser Mann war ganz offensichtlich kein Möbelpacker, sondern der neue Abteilungsleiter des Verlags. Verdammt. Warum nur konnte Henry nicht für die Biografien zuständig sein?

„Viel Glück", wünschte dieser mir noch. „Das können Sie brauchen."

Mit diesen Worten verließen Henry und sein Großvater das Büro und ließen mich mit Charles Anderson zurück, der mich von oben herab betrachtete, als wäre ich nur eine lästige Mücke, die er jeden Moment zu zerquetschen gedachte.

„Setzen", befahl er und deutete auf den Stuhl.

Na, wunderbar. Das waren ja ganz tolle Voraussetzungen für eine Zusammenarbeit.

Kapitel 2

Charles

Wenn ich etwas bei einem Menschen nicht leiden konnte, dann war es Perfektion. Perfekt frisiert wie mein Cousin, perfekte Manieren wie mein Großvater oder perfektes Make-up wie die Frau vor mir. Deswegen war es mir sogar ganz sympathisch gewesen, als sie mit verschmiertem Lippenstift vor mir gestanden und mir mutig die Stirn geboten hatte. Doch jetzt war davon nichts mehr zu sehen. Ihr Aussehen war tadellos. Sie trug einen Stiftrock und eine gerade gebügelte Bluse. Dazu hatte sie hohe Pumps an und ihr Haar war zu einem strengen Dutt zurückgebunden. Ihr Gesicht war makellos. Kein einziger Pickel und keine Unreinheit waren zu entdecken. Ihre Züge wirkten wie eine Maske, hinter der sie versuchte, all ihre Gefühle und ihre Persönlichkeit zu verstecken.

Es gelang ihr allerdings nicht ganz, den Schock zu verbergen, als ihr klar wurde, dass ihr Projekt in meinen Händen lag. Tja. Pech gehabt, Barbie. So kann's gehen im Leben.

„Ich … ähm …", begann Miss Carter und streckte mir die Hand entgegen. „Ich fürchte, wir hatten vorhin einen schlechten Start."

„Warum? Weil Sie mich als Waldschrat bezeichnet haben? Und mir einen Vortrag über Höflichkeit halten wollten?"

Sie wurde blass und zog ihre Hand zurück, als ihr klar wurde, dass ich nicht vorhatte, diese zu schütteln. Ich scheute den Kontakt zu Menschen und berührte Fremde nur ungern. Das war nicht immer so gewesen, aber in den letzten Jahren war es mir in Fleisch und Blut übergegangen.

Dumm nur, dass man in einer Metropole wie New York schwerlich allen Menschen aus dem Weg gehen konnte.

„Das … war nicht so gemeint", behauptete Miss Carter und sank dadurch noch mehr in meiner Achtung. Ich war mir sicher, dass sie sehr wohl gemeint hatte, was sie sagte und jetzt nur versuchte, gut Wetter zu machen, weil sie etwas von mir wollte. Solche Menschen konnte ich nicht leiden. Gut. Zugegebenermaßen konnte ich ohnehin die wenigsten Menschen leiden.

„War es doch", sagte ich daher schlicht und setzte mich auf den Bürostuhl meines Großvaters.

Mein eigenes Büro war noch nicht fertig eingerichtet, aber das hatte Zeit bis später. Zuerst musste ich diesen Termin hinter mich bringen, und das am besten so schnell wie möglich. Also zog ich einen Stapel Papiere hervor, auf dem ganz oben eine Broschüre von Alan Cook lag. Er grinste mir breit entgegen und zeigte dabei strahlend weiße Zähne, die ganz sicher das Ergebnis eines Bleachings waren. Sein Anzug war absolut faltenfrei und hatte sicherlich ein Vermögen gekostet. Auf seinem Kopf saß kein Haar an der falschen Stelle.

Dieser Mann war genauso ekelhaft perfekt wie seine Mitarbeiterin, die gerade vor mir saß, und ich konnte mir beim besten Willen nicht vorstellen, dass irgendjemand Interesse daran haben könnte, etwas über ihn zu lesen.

„Gut, Miss Carter", sagte ich daher. „Kommen wir zum Wesentlichen. Mein Großvater hat mir Ihr Manuskript schon vor ein paar Tagen zukommen lassen und ich habe es mir intensiv angesehen. Kurz gesagt: Es ist Murks."

Jessicas Mund klappte auf. „Wie bitte?"

„Sie haben schon richtig verstanden. Diese Biografie taugt nichts. Wer will schon etwas über einen Mann lesen, der keinerlei Ecken und Kanten hat? Alan Cook mag erfolgreich sein in dem, was er tut, aber er ist nicht interessant."

„Das … sehen aber tausende von Menschen anders, die jede Woche in seine Seminare rennen."

„Live macht er vielleicht was her, aber in einem Buch kommt das überhaupt nicht rüber. Gehe ich richtig in der Annahme, dass Sie die Texte verfasst haben?"

Jessica nickte nur und ich fühlte mich bestätigt.

„Das merkt man. Die Formulierungen sind aalglatt und wie aus dem Lehrbuch, aber es fehlt dem Ganzen an Seele. Es kommt nichts beim Leser an und das sollte es. Warum hat Mister Cook das Buch nicht selbst geschrieben?"

Jessica schluckte. „Weil … er für so etwas keine Zeit hat. Stattdessen hat er mich damit beauftragt."

„Tja. Hätte er sich mal jemand Besseren gesucht. Jemanden mit mehr Erfahrung und ..."

„Nun ist es aber genug", fauchte Jessica und sprang auf. „Ich bin doch nicht hergekommen, um mich beleidigen zu lassen."

Ich lehnte mich zurück und hob eine Augenbraue. „Tja. Das ist Pech. Lobhudelei ist nämlich nicht so mein Ding."

„Den Eindruck habe ich allerdings auch. Es kann ja sein, dass das Manuskript noch nicht perfekt ist, aber ich bin durchaus bereit, daran zu arbeiten. Alan Cook ist eine spannende Persönlichkeit und wenn Sie kein Interesse an dem Buch haben, dann suche ich mir halt einen anderen Verlag."

Sie bluffte. Da war ich mir sicher. Wenn es so einfach wäre, einen Verlag für dieses Buch zu finden, dann hätte mein Großvater mir etwas über andere Angebote gesagt. Aber nein. Bisher hatte sich offenbar kein Verlag dafür interessiert. Der Vorteil war, dass ich das Buch dadurch zu günstigen Konditionen bekommen konnte. Die Frage war nur, ob ich das wollte, denn ich blieb bei meiner Meinung: Das Buch hatte kein Herz. Sie hatte diesen Kerl interviewt und einfach heruntergeschrieben, was er erzählt hatte. Aber es las sich mehr wie ein Sachbuch und weniger wie eine Biografie. Biografien sollten intim sein, und das war dieses Buch meiner Meinung nach nicht.

„Gut. Tun Sie das", sagte ich daher. „Viel Erfolg, denn Sie haben Recht: Der Text ist nicht perfekt und ein Buch, das ‚The perfect Me' heißt, sollte genau das sein."

„Ist das eine Absage?", hakte sie nach. „Sie brauchen nämlich nicht zu glauben, dass ich wiederkomme, wenn ich einmal weg bin."

„Oha. Da kommt wohl wieder die Zicke in Ihnen zum Vorschein, was?"

Jessicas Augen funkelten und sie beugte sich über den Schreibtisch, sodass es fast unmöglich war, nicht zu bemerken, was für ein hübsches Dekolleté sie besaß. Ohnehin war sie eine bildschöne Frau mit Kampfgeist und das gefiel mir dummerweise.

„Wenn Sie mit Zicke meinen, dass ich eine Frau bin, die weiß, was sie will und die bereit ist, dafür zu kämpfen, dann ja. Dann bin ich wohl eine Zicke", stellte sie klar. „Und Sie verpassen hier eine sehr gute Gelegenheit. Also frage ich ein letztes Mal: Sind Sie sicher, dass Sie kein Interesse an meinem Manuskript haben?"

Ich hob die Augenbrauen. Wer hätte gedacht, dass diese junge Frau so viel Feuer im Hintern besaß? Einerseits beeindruckte mich das, aber andererseits änderte das rein gar nichts an meiner Meinung.

„Also gut", sagte ich. „Ich bin bereit, das Buch ins Programm aufzunehmen. Allerdings nur, wenn Sie es intensiv überarbeiten und komplett auf einen Vorschuss verzichten."

„Bitte was?"

„Sie haben mich richtig verstanden. Kein Vorschuss. Wenn Ihnen das nicht passt, können Sie das Buch ja selbst herausbringen. Da müssten Sie dann für Cover und Lektorat sogar noch in Vorleistung gehen und verzichten auf die Werbepower eines Verlags. Ihre Entscheidung."

„Also … das ist ja … Nein. Ich … ich mache das nicht ohne Vorschuss. Wenn es Ihnen keinen Vorschuss wert ist, dann werden Sie auch nicht viel in die Werbung investieren.“

Da hatte sie recht. Das Buch musste in diesem Fall ein Selbstläufer werden, aber falls nicht, würden wir wenigstens nicht viel Geld verlieren.

„Dann überarbeiten Sie das Manuskript“, sagte ich daher nur. „Wenn Sie es schaffen, dass der Text mehr Herz hat, können wir über einen Vorschuss reden. Es dürfte allerdings ein paar Wochen dauern, bis Sie eine Rückmeldung dazu bekommen. Immerhin haben Sie ja gesehen, was im Moment hier los ist.“

Jessica schluckte und richtete sich kerzengerade auf. Eine Frau mit Haltung und Prinzipien.

„Wissen Sie was?“, sagte sie. „Das tue ich. Ich werde das Manuskript überarbeiten. Aber Sie brauchen nicht glauben, dass ich mich dann nochmal an Ihren Verlag wende. Wie gesagt. Es gibt auch noch andere Fische im Meer und ich bin mir sicher, dass ich einen Verlag für die Biografie von Alan Cook finde. Er wird mit jedem Monat bekannter und bald werden sich die Verlage um seine Geschichte reißen.“

„Wie Sie wollen. Mein Angebot steht. Sie wissen ja, wo die Tür ist. Wobei, nein. Wir hatten ja schon festgestellt, dass Ihr Orientierungssinn zu wünschen übrig lässt. Ich würde Sie hinbringen, aber leider habe ich anderes zu tun.“

„Von Ihnen würde ich mich nicht einmal zum Ausgang bringen lassen, wenn ich mich in einem Labyrinth verirrt hätte. Danke für gar nichts, Mister Anderson. Ich hoffe, dass wir einander nicht so bald wiedersehen."

Mit diesen Worten stürmte sie aus dem Büro und knallte die Tür hinter sich zu. Ganz klar ein bühnenreifer Abgang. Schade eigentlich, dass ihr Buch nichts taugte, denn es hätte mich durchaus gereizt, erneut mit ihr zu tun zu haben. So hingegen musste ich erstmal zusehen, dass ich Ordnung in den Laden bekam.

Mein Großvater hatte diese Abteilung viel zu nachlässig geführt und ich musste dringend etwas Disziplin in die Mitarbeiter kriegen.

Am besten war es daher, wenn ich Jessica Carter ganz schnell wieder vergaß. Sie und ihr Buch über Alan Cook.

Wer war dieser Kerl schon? Und wen juckte das überhaupt?

Kapitel 3

Sechs Monate später

Jessica

„Meine Damen und Herren", rief der Ansager mit kräftiger Stimme. „Ich bitte Sie um einen großen Applaus für den heutigen Stargast auf dieser Bühne. Alaaaaaan Coook!"

Die Menge applaudierte wie verrückt und Jubelrufe erklangen, als Alan die Bühne betrat. Mein Herz machte einen Satz, als ich ihm aus dem Backstage-Bereich dabei zusah, wie er selbstbewusst nach dem Mikrofon griff und seinen Fans zuwinkte.

„Danke!", rief er und nickte dem Ansager zu. „Vielen Dank. Ich freue mich riesig, hier zu sein und habe richtig Lust auf einen mega geilen Abend mit euch. Was denkt ihr? Seid ihr bereit?"

„Ja!", riefen die Zuschauer.

„Das geht aber noch besser! Seid ihr bereit?!"

„Jaaaaaa!"

„That's the spirit, Baby!"

Ich bekam eine Gänsehaut, als Alan breit grinste und ließ mich von seiner Energie mitreißen. Er sah so unglaublich gut aus in seinem schicken Anzug. Sein blondes Haar war perfekt gestylt und die blauen Augen strahlten. Gott. Wie ich diesen Mann vergötterte.

„Gut. Dann legen wir mal los“, rief Alan und ging auf der Bühne hin und her. „Heute möchte ich euch ein bisschen über Charisma erzählen. Wisst ihr, charismatisch ist man nicht von Geburt an. Oder glaubt ihr, dass ein frisch geschlüpfter Säugling charismatisch ist?“

Die Leute lachten und viele schüttelten den Kopf.

„Nein. Natürlich nicht. Und das liegt daran, dass man sich Charisma erarbeiten muss. Mit diesem Begriff ist nämlich die Ausstrahlung und die Anziehungskraft eines Menschen gemeint, und die hat man erst ab einem gewissen Alter. Charismatische Menschen schaffen es, andere anzuspornen oder zu motivieren und haben Einfluss auf unser Leben. Das Gute ist allerdings, dass man diese Fähigkeit erlernen kann.“

Ich liebte es, wenn Alan so richtig in Fahrt war und sein Charme sich im kompletten Saal ausbreitete. Nie war er so attraktiv wie auf der Bühne.

„Was ihr außerdem wissen solltet, ist, dass jeder Mensch andere Leute als charismatisch empfindet und dass wir meistens diejenigen charismatisch finden, die anders sind als wir selbst. Die Theorie sagt, dass wir in diesen Menschen jemanden sehen, der wir selbst gerne wären. Falls einer von euch mich also nicht charismatisch findet, dann ist er selbst schuld. Ich zu sein, ist nämlich toll.“

Erneutes Lachen erklang und ich schmunzelte. Ich persönlich fand Alan unheimlich charismatisch und wäre gerne wie er. Ich erinnerte mich noch genau an den Tag vor drei Jahren, als ich ihn zum ersten Mal auf der Bühne gesehen hatte. Damals hatte er es geschafft, mich vollkommen zu faszinieren. Durch ihn hatte ich gelernt, dass ich kein Selbstvertrauen besaß, weil ich die nötigen Grundlagen nicht von zu Hause mitbekommen hatte. Meine Eltern hatten stets Leistung von mir erwartet, an die ihre Liebe geknüpft war und diese hatte ich nicht immer erbringen können.

„Für alle, die nicht ich sind, habe ich ein paar Tipps, die dafür sorgen, dass ihr ganz schnell eine bessere Ausstrahlung bekommt", verkündete Alan. „Um das zu veranschaulichen, möchte ich euch ein wenig von Jessica erzählen."

Er drückte auf einen Knopf und ich schluckte, als ein Bild von mir auf der großen Leinwand erschien. Es war vier Jahre alt und zeigte mich im Alter von einundzwanzig. Mein langes braunes Haar stand wirr vom Kopf ab, ich trug eine Brille und war ungeschminkt. Mein Kleid war aus dem Second-Hand-Laden und stand mir überhaupt nicht. Das Schlimmste war allerdings meine Körperhaltung und genau darauf wollte Alan hinaus.

„Das ist Jessica", sagte Alan. „Sie hatte damals keine Ahnung, wie man sich richtig frisiert oder kleidet, aber das ist gar nicht das Wesentliche. Viel ausschlaggebender sind die Ausstrahlung und die Körpersprache. Jessica! Komm doch bitte mal auf die Bühne."

Er winkte mich zu sich hoch und ich wischte mir die verschwitzten Hände an meinem Rock ab. Dann ging ich hoch erhobenen Hauptes auf die Bühne und versuchte auszublenden, wie viele Menschen heute hier waren.

„Einen Applaus für Jessica", bat Alan und die Zuschauer klatschten, als ich zu ihm kam.

3.465 Leute befanden sich gerade im Saal. Inklusive der Techniker und Praktikanten. Das wusste ich so genau, weil ich mich bei den Veranstaltern darüber erkundigt hatte, und jetzt gerade lagen alle Blicke auf mir.

„Sehr schön. Vielen Dank", sagte Alan. „Jessica kam vor drei Jahren das erste Mal zu mir und hat dann ein persönliches Coaching bei mir gebucht. Mal ehrlich, Leute. Hat sich das nicht gelohnt?"

Die Leute johlten und klatschten, was meinem Ego einen ordentlichen Push gab.

„Ganz genau. Das denke ich auch. Und was sagst du dazu, Jessica?"

Er hielt mir ein Mikrofon vors Gesicht und ich nahm es lächelnd entgegen. Ich unterdrückte das Zittern in meiner Stimme und sah ins Publikum. „Das Coaching bei Alan war definitiv die beste Entscheidung meines Lebens", sagte ich mit fester Stimme. „Damals hätten keine zehn Pferde mich auf so eine Bühne gebracht, aber dank Alan fällt es mir nun überhaupt nicht mehr schwer, hier zu stehen. Okay. Das ist gelogen. Mir schlottern die Knie und ich habe Angst, ohnmächtig zu werden, aber immerhin bin ich hier und das ist doch schon mal eine Leistung, oder?"

Die Leute klatschten und ich sah verständnisvolle Blicke. Die meisten von ihnen fühlten sich vermutlich ähnlich unsicher wie ich und konnten nachvollziehen, was für eine Überwindung es mich kostete, hier zu stehen.

„Auf jeden Fall!", bemerkte Alan. „Und du machst das hervorragend. Schaut sie euch an. Sicherer Stand, beide Füße in Beckenbreite und der Kopf gerade."

Er stellte mich seitlich, sodass das Publikum mich besser sehen konnte. „Achtet dabei vor allem auf das Kinn." Er legte mir eine Hand an die entsprechende Stelle und meine Haut begann zu kribbeln. „Das Kinn darf nicht zu weit oben getragen werden, weil das schnell als arrogant interpretiert werden kann, und das wollen wir natürlich nicht, oder?"

Er zwinkerte mir zu und ich lächelte zurück. „Kommt ganz darauf an", sagte ich und schob spielerisch seine Hand weg. „Frauen steht ein bisschen Arroganz manchmal ganz gut zu Gesicht. Vor allem, wenn sie es mit aufdringlichen Männern zu tun haben."

Viele Frauen im Publikum nickten zustimmend, aber Alan winkte ab.

„Das mag sein, aber hier geht es ja darum, wie man seine Ausstrahlung verbessert und dafür ist Arroganz eher hinderlich. Also. Kinn nicht zu weit nach oben und die Arme nicht vor dem Körper verschränken. Das signalisiert nämlich Ablehnung. Und das Wichtigste? Lächeln!"

Er zeigte sein breitestes Zahnpastalächeln und schaffte es, das Ganze trotzdem natürlich wirken zu lassen.

„Also, Jessica. Zeig uns mal dein Lächeln."

Ich hob eine Augenbraue. „Wenn ich jetzt lächle, dann kann ich ja nur verlieren. Neben deinem Grinsen

sieht jedes andere Lächeln wie ein billiger Abklatsch
aus.“

Die Menge lachte und ich lächelte mit, weil ich nun
sicher sein konnte, dass es von Herzen kam.

„Also gut. Auch wieder wahr“, sagte Alan. „Mein Lächeln ist vermutlich unschlagbar und so soll es auch
sein. Immerhin hat mein Zahnarzt sich daran eine gol-
dene Nase verdient.“

Wieder lachten die Leute und Alan wirkte äußert zufrieden. Die Zuhörer nahmen ihm seine Sprüche offenbar nicht übel und das lag daran, dass er dazu imstande
war, über sich selbst zu lachen.

Alan führte noch ein paar Dinge mit mir zusammen
vor und ich war froh, als ich die Bühne danach wieder
verlassen konnte. Die Zuschauer verabschiedeten mich
mit einem großen Applaus und als ich wieder hinter
dem Vorhang stand, war ich vollkommen durchge-
schwitzt.

„Gut gemacht“, sagte Carmen und lächelte mich an.
Sie war ein paar Jahre älter als ich und diente Alan normalerweise als Assistentin auf der Bühne. Ich war eher
für seine Internetpräsenz und für Recherchen sowie
Botengänge zuständig. Manchmal betreute ich auch
Alans Kunden und begleitete sie zu Terminen wie dem
Umstyling oder zu Benimmkursen, aber immer nur in
enger Absprache. Mein Ziel war es, irgendwann selbstständig Leute zu beraten und Hand in Hand mit Alan
zu arbeiten.

Bei seinen Seminaren hatte ich noch nie assistiert,
aber Carmen hatte eine missglückte Schönheitsoperat-
ion hinter sich, wodurch ihre Lippen aussahen wie
Schlauchboote. Da das so gar nicht zu ,The perfect Me‘

passte, hatte Alan sie kurzerhand gegen mich ausgetauscht.

„Danke“, sagte ich und lächelte sie an, als sie mir ein Handtuch reichte. „Ich bin fix und fertig. Wie machst du das nur immer?“

Sie zuckte mit den Schultern. „Es wird jedes Mal etwas einfacher“, sagte sie und lispelte dabei ein wenig, weil sie mit den dicken Lippen nicht so gut sprechen konnte. Irgendwie tat sie mir leid und ich war froh, dass bei mir bisher keine Chirurgie nötig gewesen war, sondern Schminke und Sport ausreichten, um mein Äußeres in Form zu halten.

„Alles reine Gewohnheit“, fuhr Carmen fort und kam mir näher, sodass mir der Geruch nach Coco Chanel in die Nase stieg, der sie immer umgab. „Glaub mir. Bei seinem ersten Auftritt war Alan auch noch nervös.“

Das konnte ich mir zwar nur schwer vorstellen, so souverän wie er sich immer gab, aber ich verstand schon, was sie mir sagen wollte. Es gab für alles ein erstes Mal.

Ich sah wieder auf die Bühne und lächelte, als Alan es mit seinen Witzen erneut schaffte, den Saal zum Lachen zu bringen. Ich konnte es kaum erwarten, dass er fertig wurde, denn ich wusste genau, was heute Abend geschehen würde.

***

„Du warst auf der Bühne der absolute Hammer“, raunte Alan in mein Ohr, während er mir die Bluse aufriss und eine Hand unter meinen Rock gleiten ließ.

Erregung schoss durch meinen Körper und ich stöhnte auf, als er meinen Hals küsste.

Wie nach jedem Auftritt in New York hatte er mich auch dieses Mal nach Hause begleitet, wo wir direkt angefangen hatten, übereinander herzufallen. Statt ins Schlafzimmer zu gehen, hatte Alan schon im Flur begonnen, mich auszuziehen und weiter als bis zur Küche kamen wir nicht. Das Verlangen war einfach zu groß.

Ich wusste genau, dass das, was wir taten, nicht richtig war. Alan war verheiratet und hatte zwei Kinder, aber als er mich vor zwei Jahren nach einer Show zum ersten Mal geküsst hatte, hatte sich das so gut und richtig angefühlt, dass ich einfach nicht anders gekonnt hatte, als es zu erwidern. Vor allem, da er Stein und Bein darauf schwor, dass seine Frau und er ohnehin kurz davor waren, sich zu trennen.

„Es hat mich total angemacht, dass du so frech warst und am liebsten würde ich dir dafür den Hintern versohlen", raunte Alan. „Aufmüpfigkeit steht dir."

Er biss mir in den Hals und seine Hände strichen über meinen Slip.

„Ach ja?", sagte ich. „Dann ist es ja gut, dass du so ein toller Lehrer bist. Vor ein paar Jahren hätte ich mich das nie getraut. Vor allem nicht auf einer Bühne."

Seine Zunge spielte mit meinem Ohrläppchen und ich öffnete seinen Gürtel, um besseren Zugang zu seiner Männlichkeit zu bekommen.

„Oh Gott, ja!", stöhnte Alan, als ich seinen Schwanz befreit hatte und ihn mit der Hand massierte. „Ich will in dir sein, und zwar am liebsten sofort."

Das wollte ich ebenfalls, daher zog ich ein Kondom aus meiner Handtasche und stülpte es ihm über. Dann packte Alan mich und drehte mich so herum, dass ich ihm den Hintern entgegenstreckte. Er zog mir den Slip herunter, sodass er mir in den Kniekehlen hing und stellte sich hinter mir in Position. Schnell hielt ich mich an dem Küchentresen vor mir fest und spürte im nächsten Moment, wie er in mich eindrang. Zum Glück war ich bereit für ihn, denn sonst hätte es vermutlich wehgetan. Doch für Alan war ich immer bereit.

„Himmel. Du fühlst dich unglaublich an", stöhnte er. „Ich glaube nicht, dass ich lange durchhalte. Tut mir leid, Baby, aber ich muss einfach diesen Stress loswerden."

„Schon gut", stöhnte ich. „Es ist in Ordnung. Ich will nur spüren, wie du kommst."

Alan griff meine Hüften und stieß ein paar Mal in mich hinein. Es fühlte sich gut an, aber leider war ich weit entfernt davon, einen Höhepunkt zu bekommen. Das war allerdings nichts Neues für mich. Wenn ich alleine war, schaffte ich es durchaus, mich selbst zu befriedigen, aber bisher war es keinem meiner Sexualpartner gelungen, mich zum Orgasmus zu bringen. Da ich nicht wollte, dass einer der Männer sich schlecht fühlte, war ich zu einer Expertin darin geworden, so zu tun als ob.

Ich spürte, dass Alan fast so weit war und begann gekonnt zu stöhnen.

„Oh ja", keuchte ich. „Hör nicht auf. Hör bloß nicht auf. Ja."

„Gott. Du machst mich so geil, Jessica. Du bist die absolut Beste, Sweetheart."

Ich stöhnte auf und fingierte meinen Orgasmus, während er sich in mir ergoss. Das Pulsieren seines Glieds gab mir dabei eine Genugtuung, die sich fast genauso gut anfühlte wie ein echter Höhepunkt.

Der große Alan Cook war wie Wachs in meinen Händen und das gefiel mir unglaublich gut. Ich hielt mich noch immer am Tresen fest und war enttäuscht, als Alan sich aus mir zurückzog und mir den Hintern tätschelte.

„Sorry, Babe", sagte er. „Beim nächsten Mal nehme ich mir mehr Zeit. Versprochen. Aber du bist ja zum Glück auf deine Kosten gekommen."

„Ich verlasse mich darauf", sagte ich und gab ihm einen Kuss auf die Wange. „Kommst du mit unter die Dusche?"

„Ja, sicher. Ich habe die ganze Nacht Zeit."

Er grinste und tätschelte mir erneut den Hintern, aber dann klingelte sein Handy.

„Geh nicht dran", bat ich ihn. „Du hast versprochen, dass wir diesen Abend für uns haben."

Alan fluchte leise, als er sah, wer dran war und schüttelte dann den Kopf.

„Ich muss", sagte er. „Es ist Rachel."

Ich erstarrte. Seine Frau. Ich hasste es, wenn sie anrief, weil sie mich jedes Mal wieder daran erinnerte, wie falsch es war, was wir hier taten. Und dass ich die andere Frau war, die Rachel den Mann ausspannte. Eine Rolle, in die ich niemals hatte schlüpfen wollen.

„Hallo, Schatz", sagte Alan und klemmte sich das Handy zwischen Ohr und Schulter, um seinen Gürtel zu schließen, der immer noch offenstand. „Ich wollte dich gerade anrufen."

Ich staunte immer wieder, wie er es schaffte, so zu lügen, ohne rot zu werden.

„Was meinst du damit, wo ich bin? Im Hotelzimmer natürlich."

Ich hörte nicht, was seine Frau sagte, aber erkannte, wie Alan nervös wurde.

„Was? Du bist in meinem Hotel? Warum bist du denn in New York?"

Ich biss mir auf die Unterlippe. Irgendwie hatte diese Situation etwas Komisches an sich. Zumindest für mich. Für Alan ganz sicher nicht und für seine Frau auch nicht.

„Ich ... bin nicht im Wallace Hotel", improvisierte Alan. „Das war überbucht. Ich bin in einem anderen Hotel untergekommen."

Seine Frau sagte etwas und ich sah, wie Alan sein Gehirn anstrengte. Hilflos sah er zu mir und ich formte das Wort „Hilton" lautlos mit den Lippen. Er hob einen Daumen nach oben.

„Ich bin im Hilton", sagte er schnell und warf mir einen dankbaren Blick zu. Das Hilton war nicht weit von hier weg, wohingegen das Wallace Hotel sich mitten in Manhattan befand.

„Nein. Du brauchst nicht herzukommen, Schatz. Ich hole dich ab. Dann können wir noch einen Drink einnehmen."

Alan versuchte, sich das Hemd zuzuknöpfen, hatte damit allerdings so seine Schwierigkeiten. Am liebsten hätte ich mit ihm geschimpft, weil er sich so dumm anstellte, aber das konnte ich natürlich nicht, ohne ihn zu verraten. Immerhin war meine Diskretion eines der Dinge, die er am meisten an mir schätzte.

„Ja, genau. Bleib einfach, wo du bist, Liebling. Ich bin gleich bei dir."

Er legte auf und sah mich hilfesuchend an.

„Danke, Sweetheart. Du bist die Beste. Kannst du mir ein Taxi rufen?", fragte er. „Das Zimmer buche ich dann von unterwegs, aber ich muss mich zumindest kurz frischmachen."

„Natürlich. Aber solltest du nicht besser duschen?"

„Keine Zeit. Deo muss genügen. Ich glaube ohnehin nicht, dass Rachel mir an die Wäsche will. Du weißt doch, dass zwischen uns seit Jahren nichts mehr läuft. Vermutlich hatte sie bloß einen Verdacht, den sie überprüfen wollte. Also muss ich mich beeilen."

Ich nickte und rief mit meiner App ein Taxi für Alan. Es gefiel mir zwar nicht, zu wissen, dass er den heutigen Abend mit seiner Frau statt mit mir verbringen würde, aber ich kannte es nicht anders.

„Das Taxi ist jeden Moment da", sagte ich und stand auf.

„Danke, mein Engel." Alan lächelte mich an und band sich die Krawatte so unordentlich, dass ich bei dem Anblick ganz hibbelig wurde.

„Lass mich das machen", forderte ich und band sie ihm richtig. Dann knöpfte ich sein Jackett zu und klopfte ihm auf die Brust. „So. Jetzt bist du wieder vorzeigbar."

„Danke. Ich weiß wirklich nicht, was ich ohne dich tun würde."

Ich schenkte ihm ein schwaches Lächeln. Alan war für mich der Inbegriff von Erfolg und Attraktivität. Nur ihm war es zu verdanken, dass ich heute da stand, wo ich stand und vielleicht würde er irgendwann erkennen, dass es ihm nichts brachte, für immer mit seiner

Frau zusammen zu bleiben, wenn er mit ihr dermaßen unglücklich war.

„Schon gut", sagte ich und reckte mich ihm entgegen, um ihn zu küssen. „Und jetzt geh, bevor Rachel noch Wind von der ganzen Sache bekommt."

Er schmunzelte, küsste mich zurück und nahm dann seine Tasche. „Ich melde mich", versprach er und war im nächsten Moment aus der Tür.

Ich sah ihm einen Moment hinterher und ging dann ins Bad. Der Raum war nicht besonders modern, aber immerhin gab es eine Badewanne, auch wenn ich die nicht oft nutzte. Ich ließ das Wasser ein und gab etwas Badesalz hinzu. Dann türmte ich meine Haare zu einem Dutt auf und ließ mich genüsslich ins Wasser gleiten. Erst danach wählte ich auf meinem Handy die Nummer von Lydia und stellte den Lautsprecher an.

„Hi, Jessy! Wie schön, dass du anrufst", rief sie ins Telefon. „Mit dir hatte ich heute gar nicht gerechnet. Ich dachte, Alan wäre in der Stadt."

„Ist er auch. Aber seine Frau hat angerufen, also ist er auf und davon, um sie zu besänftigen."

„Oh, Mann. Was für ein Schlappschwanz. Wenn er sie schon betrügt, dann sollte er zumindest dazu stehen und es ihr sagen. Diese ganze Heimlichtuerei ist doch mies."

„Wem sagst du das? Irgendwie tut sie mir sogar leid."

„Aber offenbar nicht leid genug, um die Beziehung zu beenden."

Ich biss mir auf die Unterlippe. „Nein. Das nicht. Immerhin hat sie ihn mit den Kindern heimtückisch an sich gebunden. Wenn sie nicht ohne Absprache die Pille abgesetzt hätte und schwanger geworden wäre, dann hätte er sie nie geheiratet. Das war echt eine miese Nummer, wie ich finde."

„Stimmt. Aber Alan ist trotzdem selbst schuld. Er hätte ja auch ein Kondom verwenden können. Außerdem sollten Kinder nie der Grund sein, um zusammen zu bleiben. Das kann doch nur nach hinten losgehen."

Da hatte sie natürlich recht, aber ich war zu egoistisch, um auf Alan zu verzichten, nur weil ich seiner Frau damit möglicherweise auf den Schlips trat. Stattdessen gab ich lieber ihr die Schuld an der Situation. Das machte vieles leichter und beruhigte ein wenig mein schlechtes Gewissen.

„Aber genug von Alan", sagte Lydia. „Drück mir bitte die Daumen. Ich habe morgen einen Termin bei Charles Anderson."

Als ich den Namen hörte, verkrampften sich meine Eingeweide. Leider hatte dieser Mann recht behalten, was mein Buch anging. Kein anderer Verlag hatte sich dafür erwärmen können, und das, obwohl Alans Bekanntheit von Woche zu Woche stieg. Vielleicht lag es wirklich an meinem Schreibstil. Was hatte Charles gesagt? Er hätte kein Herz. Verdammt. Dabei hatte ich mir die größte Mühe gegeben, Alan so darzustellen, wie ich ihn sah. Charismatisch, sexy und einfach ... perfekt.

„Was für einen Termin?", fragte ich, um mich von meinen eigenen Gedanken abzulenken.

„Vermutlich will er mir wieder eine Standpauke halten. Er hat mir befohlen, morgen in sein Büro zu kommen und das ist ganz sicher kein gutes Zeichen. Dieser Mann ist der mieseste Vorgesetzte, den man sich vorstellen kann. Ich kann nur hoffen, dass Archibald sich für Henry entscheidet. Der ist total locker drauf und

richtig nett zu seinen Angestellten. Charles hingegen …
Wenn er der Big Boss werden sollte, wird der Verlag
ganz schnell den Bach runtergehen."

Ich lehnte mich im warmen Wasser zurück.

„Das denke ich auch", sagte ich. „Das hat er dann davon, dass er mein Buch nicht haben wollte."

Lydia lachte. „Stimmt. Obwohl ich, um ehrlich zu
sein, seiner Meinung bin, was das Buch angeht. Du
kannst so toll schreiben, Jessy. Aber Alan Cook? Der ist
viel zu aalglatt und langweilig."

„Ist er nicht. Er …"

„Ja, ja. Die Leier kenne ich schon. Er ist perfekt. Ich
weiß. Aber es wäre trotzdem besser, wenn du über etwas anderes schreiben würdest. Du vergeudest bei ihm
dein Talent."

Ich biss mir auf die Unterlippe. Das sagte Lydia mir
immer wieder und auch meine Eltern waren enttäuscht, dass ich nur als Handlangerin für einen Imageberater arbeitete und nicht als Autorin für eine Zeitung
oder einen großen Verlag. Immerhin hatte ich dafür Li-
teratur studiert. Aber Alan hatte damals eine Ange-
stellte gesucht und ich hatte den Posten gerne genommen. Bisher hatte ich es nicht bereut.

„Wie auch immer", sagte ich. „Hatten wir nicht gerade
noch über deinen schrecklichen Boss geredet? Hast du
wirklich keine Idee, was er von dir wollen könnte?"

Sie seufzte. „Na ja. Er hat ein paarmal mit mir geschimpft, weil ich zu spät zur Arbeit gekommen bin
und solche Sachen. Bestimmt will er mir wieder auf die
Finger klopfen. Hauptsache, er versucht nicht, mich an-
zugraben. Mit dem Gestrüpp in seinem Gesicht und auf
seinem Kopf sieht er aus wie ein Axtmörder aus dem

Wald. Vor allem, weil er auch noch so unglaublich stark ist. Er hat letzte Woche bei einem Wutanfall die Platte von seinem Schreibtisch beschädigt, weil er mit der Faust darauf geschlagen hat. Und das Ding ist massiv. Ich hätte mir vermutlich dabei die Hand gebrochen."

„Ich sicherlich auch. Aber ich glaube nicht, dass er dich angraben will. Oder hat er so was schon mal versucht?"

„Zum Glück nicht. Aber man weiß ja nie."

„Vielleicht hat er auch einfach nur einen neuen Auftrag für dich. Ich drücke dir auf jeden Fall die Daumen."

„Danke. Das kann ich sicherlich brauchen. Treffen wir uns morgen Abend in Ians Bar? Dann erzähle ich dir, wie es gelaufen ist."

„Auf jeden Fall. Die Story will ich mir keinesfalls entgehen lassen. Und Kopf hoch. Es wird schon nicht so schlimm sein."

„Das hoffe ich. Das hoffe ich sogar sehr."

Kapitel 4

Charles

„Was soll das heißen, ich bin gefeuert?", fragte Lydia und ging aufgebracht vor meinem Schreibtisch auf und ab.

„Das bedeutet, dass ich Ihnen soeben gekündigt habe", antwortete ich. „Sie sind entlassen. Unser Arbeitsverhältnis ist beendet. Sie brauchen ab sofort nicht mehr herzukommen und erhalten auch keinen Lohn mehr. Muss ich es noch näher spezifizieren?"

Lydia klappte die Kinnlade herunter. „Aber … warum?"

„Da fragen Sie noch? Die Hälfte Ihrer Arbeitszeit sind Sie mit Ihrem Handy beschäftigt und die andere Hälfte der Zeit lästern Sie über mich mit Ihren Arbeitskolleginnen."

„Und das wundert Sie?"

Ich hob eine Augenbraue und war überrascht, dass sie wirklich die Frechheit besaß, so etwas zu sagen. Lydia war eine hübsche junge Frau. Mit ihren roten Haaren und den grünen Augen könnte sie als Model arbeiten und auf den Mund gefallen war sie auch nicht. Aber sie kam ständig zu spät, tat selten, was man ihr sagte und ließ sich generell viel zu viel Zeit für alles.

„Ich muss doch sehr bitten", sagte ich.

„Sie müssen sehr bitten?", echauffierte Lydia sich. „Das sagt der Richtige. Immerhin sind Sie es, der mich rauswirft. Und das ohne triftigen Grund. Ich ... ich werde mir einen Anwalt nehmen."

„Tun Sie das ruhig. Aber ich habe Sie mehrfach abgemahnt und Sie haben trotzdem nichts an Ihrem Verhalten geändert. Sofern Sie also nicht schwanger sind, haben Sie vermutlich schlechte Chancen. Also. Sind Sie schwanger?"

Lydia öffnete den Mund und schnappte dann nach Luft wie ein Fisch auf dem Trockenen. „Nein! Sie ... Sie ... Sie ... Armleuchter", sagte sie, als könnte sie sich gerade noch beherrschen, mich nicht als Arschloch zu bezeichnen. „Das werden Sie noch bereuen. Ganz bestimmt sogar."

Ich zuckte gleichmütig mit den Schultern. „Sicher. Was wollen Sie denn machen? Mich verklagen?"

„Ja ... ich meine Nein. Ich meine ... das weiß ich noch nicht, aber irgendetwas wird mir schon noch einfallen."

Ich lehnte mich in meinem Stuhl zurück und hob die Augenbrauen.

„Na, da bin ich ja mal gespannt", sagte ich. „Und jetzt verschwinden Sie gefälligst. Es gibt immerhin Leute, die zum Arbeiten hier sind."

Lydia lief erneut rot an. Dann drehte sie sich um und stürmte aus meinem Büro. Im nächsten Moment hörte

ich, wie sie unter lautem Geschimpfe ihre Sachen zu-
sammenpackte. Gut so. Mit so einer Mitarbeiterin
konnte ich nichts anfangen.

Kurz darauf klopfte es wieder an meiner Tür und ich
brummte ein „Herein!"

Im nächsten Moment trat meine Assistentin Matilda
ein. Sie war eine dunkelhäutige Frau um die sechzig
und vermutlich der einzige Mensch, abgesehen von
meinem Großvater, für den ich so etwas wie Respekt
empfand.

„Charles", sagte sie vorwurfsvoll. „Was haben Sie nur
mit der armen Lydia gemacht?"

„Ich habe getan, was längst überfällig war. Sie gefeuert."

Matilda schnalzte mit der Zunge. „Das war vollkommen unnötig. Man hätte doch mit ihr reden können."

„Das habe ich getan. Mehrfach. Bitte, Matilda. Lassen
wir das. Gibt es sonst noch etwas?"

„Ja. Ihr Cousin ist hier und ..."

„Hallo, Charly, altes Haus", sagte Henry und drängte
sich einfach an Matilda vorbei.

„Und da ist er auch schon", murmelte sie und verließ
mein Büro. Ich legte meine Fingerspitzen aneinander
und lehnte mich zurück.

Mein Cousin Henry grinste mich an. Er trug einen
schicken Anzug und war wie immer perfekt rasiert, ge-
schniegelt und gestriegelt.

„Was hast du denn mit der scharfen Tussi da draußen
angestellt?", fragte er. „Die heult wie ein Schlosshund.
Sag bloß nicht, du hast mit ihr Schluss gemacht. Bei deinem Aussehen glaube ich kaum, dass sie dich rangelas-
sen hat."

Ich verdrehte innerlich die Augen. „Ich habe sie gefeuert. Willst du was Bestimmtes? Oder hattest du nur Lust, mich mal wieder zu beleidigen?"

„Da wäre tatsächlich noch was. Ich wollte dir ausrichten, dass Großvater ganz und gar nicht zufrieden mit deinem Führungsstil ist. Ich soll dir sagen, dass er dich im Auge hat und wenn ich mir das hier so anschaue, dann absolut zu Recht."

Ich ballte die Fäuste und musste mir Mühe geben, um ruhig zu bleiben. Henry hatte es immer schon verstanden, mich zur Weißglut zu treiben mit seiner Arschkriecherei. Er leitete einen Zweig der Verlagsgesellschaft und geierte darauf, die Führung des Verlags zu übernehmen, sobald unser Großvater in Rente ging. Genau wie ich, nur versuchte ich, mehr mit Ergebnissen zu punkten und meinem Großvater nicht in den Hintern zu kriechen.

„Wenn Großvater unzufrieden mit mir ist, dann soll er mir das gefälligst selbst sagen", brummte ich. „Am besten ruft er mich an oder kommt vorbei. Das sollte ja wohl nicht so schwierig sein."

„Ansichtssache. Immerhin bist du nicht unbedingt der angenehmste Gesprächspartner. Dir muss man doch immer alles aus der Nase ziehen, weil du so schweigsam bist."

„Davon solltest du dir mal eine Scheibe abschneiden. Es wundert mich, dass dir überhaupt noch jemand zuhört, so lange, wie es bei dir dauert, bis du auf den Punkt kommst."

„Pah. Die Leute lieben es, mir zuzuhören. Immerhin habe ich im Gegensatz zu dir was zu sagen."

Ich atmete tief ein und wieder aus. Dieses Spielchen spielten wir schon seit unserer Jugend. Henry war zwei Jahre älter als ich und es hatte ihn schon in der Schule gewurmt, dass ich größer und kräftiger war als er. Er beleidigte mich und ich wehrte seine Angriffe ab. Eigentlich sollte man meinen, dass wir für so etwas inzwischen zu alt waren, aber wie es aussah, wurde Henry es nicht müde, mir meine Fehler unter die Nase zu reiben.

„Sonst noch was?", fragte ich. „Oder kann ich jetzt weiter arbeiten?"

„Arbeit. Arbeit. Das ist doch das Einzige, was dich interessiert, oder? Ist dir eigentlich aufgefallen, was diese Frau, die du da gefeuert hast, für ein heißer Feger ist? Die hättest du besser auf dem Schreibtisch flachlegen sollen, statt sie zu entlassen. Aber nein. Stimmt ja. Ich hatte ganz vergessen, dass du mit deiner hässlichen Visage bei so einer wie der gar nicht landen könntest."

Okay. Das reichte. Ich stand auf und packte Henry am Kragen. Er war fast einen Kopf kleiner als ich und erheblich schmächtiger, sodass ich ihn problemlos überragte. „Wenn du nicht endlich deine Klappe hältst, dann setzt es was!", zischte ich ihn an. „Und jetzt verschwinde, bevor ich mich vergesse!"

„Charles Amadeus Anderson!", ertönte in diesem Moment die strenge Stimme meines Großvaters. „Lass Henry sofort wieder runter."

Erst jetzt fiel mir auf, dass mein Cousin ein paar Zentimeter über dem Boden schwebte und noch dazu bereits rot anlief, weil er keine Luft mehr bekam.

Schnell stellte ich ihn ab und machte einen Schritt zurück.

„Sorry", sagte ich und setzte mich wieder auf meinen Sessel.

Mein Großvater schnalzte mit der Zunge. Er war zwar um einiges kleiner als ich, aber durch seine Leibesfülle und den dicken Schnurrbart war er eine Erscheinung für sich und strahlte eine Autorität aus, die selbst ich zu spüren bekam.

„Henry. Lässt du uns bitte kurz allein?"

Missmutig nickte Henry und fasste sich an den Hals. „Klar", sagte er im Rausgehen. „Nicht, dass dieser Pitbull mir noch einmal an die Gurgel geht."

Mein Großvater wartete, bis mein Cousin die Tür hinter sich geschlossen hatte und setzte sich mir gegenüber. Vorwurfsvoll sah er mich an.

„Charles. Deine Gefühlsausbrüche sind genau der Grund, warum ich darüber nachdenke, die Leitung des Verlags an Henry zu übergeben, sobald ich in Rente gehe. Die und natürlich deine mangelnden Führungsqualitäten. Deine Außenwirkung ist eine absolute Katastrophe."

Ich wich dem Blick meines Großvaters aus. Es wurmte mich, dass er mich so in der Hand hatte. Mein Ziel war es immer gewesen, mein eigener Chef zu sein und zum Großteil war ich das auch. Aber Archibald Anderson stand auf der Karriereleiter nun mal einen Schritt weiter oben und war durchaus dazu imstande, mich als Abteilungsleiter absetzen zu lassen. Eine Vorstellung, die mir ganz und gar nicht behagte.

„Ich denke, du übertreibst", sagte ich schließlich. „Meine Außenwirkung ist die eines strengen Mannes, der einen guten Job macht."

„Ist das dein Ernst, Junge? Du hast wohl keine Ahnung, was die Leute über dich sagen. Sie halten dich für ungepflegt, ungehobelt und unhöflich."

„Wie ich aussehe, geht doch wohl niemanden etwas an", beharrte ich.

„Um das Äußere geht es im Prinzip auch gar nicht", sagte mein Großvater. „Es ist mir egal, wie du aussiehst, solange du gepflegt herüberkommst. Aber das tust du nicht. Du müsstest dringend mal wieder zum Friseur und der Bart sollte ab."

„Vergiss es. Der Bart bleibt, wo er ist und meine Haare ebenfalls. Was schert es die Leute, wie ich aussehe, solange der Verlag Umsatz macht? Und das tut er."

„Ja. Aber du musst zugeben, dass das ohne deine Mitarbeiter unmöglich wäre und die sind mit dir als Chef absolut unzufrieden."

„Ach ja?" Ich hob die Augenbrauen. „So etwas sagen sie? Mit wem hast du denn gesprochen?"

Wer auch immer es war, würde morgen ebenfalls seine Kündigung auf den Tisch bekommen.

„Mit allen. Es gab eine anonyme Umfrage", sagte mein Großvater. „Und dabei kam heraus, dass fast jeder deiner Mitarbeiter unzufrieden ist. Und bevor du jetzt auf die Idee kommst, deinen Leuten eine Standpauke zu halten, fass dir lieber mal an die eigene Nase. Wenn es so weitergeht wie bisher, dann werde ich die Leitung des Verlags Henry übertragen."

„Das ist nicht dein Ernst, oder?", fragte ich. „Henry ist ein Vollidiot. Er wird den Verlag innerhalb kürzester Zeit runterwirtschaften."

„Blödsinn. Wenn wir ehrlich sind, dann macht hier ohnehin Matilda die meiste Arbeit und mit ihrer Hilfe würde auch Henry es schaffen, den Laden am Laufen zu halten."

Ich wäre am liebsten meinem Großvater ins Gesicht gesprungen, aber das konnte ich natürlich nicht machen. Ich hasste es, von seiner Gnade abhängig zu sein.

„Also gut. Was erwartest du von mir?", fragte ich.

„Ganz einfach. Hör auf, deine Mitarbeiter zu wechseln wie die Unterhosen und sorg dafür, dass die Leute dich mögen."

Ich schnaubte. Er tat ja gerade so, als müsste ich dafür nicht meinen kompletten Charakter verändern. Aber um des lieben Friedens willen nickte ich.

„Also gut. Ich werde in nächster Zeit niemanden mehr rauswerfen und gebe mir Mühe, etwas freundlicher zu unseren Geschäftspartnern zu sein. Einverstanden?"

Mein Großvater sah nicht so aus, als wäre er zufrieden, aber offenbar wusste er auch nicht, was er sonst noch dazu sagen sollte.

„Irgendwann wird dir dein Verhalten noch vor die Füße fallen", sagte er. „Ich weiß, dass dieser Job nicht das ist, was du dir vom Leben erträumt hast, aber wenn du nicht aufpasst, dann bist du den bald wieder los."

Mit diesen Worten verließ er das Büro und schloss die Tür hinter sich. Sobald er fort war, atmete ich tief durch. Mein Großvater übertrieb ganz eindeutig. Vielleicht war ich nicht der netteste Zeitgenosse, aber so schlimm war ich auch wieder nicht, oder?

Kapitel 5

Jessica

„Charles Anderson ist der mieseste Mistkerl aller Zeiten", schimpfte Lydia und setzte sich mir gegenüber an einen Tisch in der Bar ihres Bruders Ian.

„Ach was", erwiderte ich mit einem Schmunzeln, weil es seit Monaten Lydias Lieblingsbeschäftigung war, sich über ihren Boss zu beschweren. „Was hat er denn nun schon wieder angestellt?"

„Er hat mich gefeuert."

Ich verschluckte mich an meinem Drink und musste husten. „Er ... hat was getan?" Damit hatte ich nun wirklich nicht gerechnet. „Wieso das denn, um Himmels willen?"

Sie warf die Hände in die Luft. „Weil er schlechte Laune hatte? Weil ihm ein Furz quer saß? Ich habe verdammt nochmal keine Ahnung. Es ist unglaublich. Da schuftet man sich jahrelang das Kreuz krumm und dann ..."

Ich wusste, dass Lydia übertrieb. Im Grunde genommen hatte sie ihre Arbeit seit Monaten nur noch halbherzig gemacht, eben weil es ihr gegen den Strich ging, wie Mister Anderson seine Mitarbeiter behandelte. Aber trotzdem hatte ich nicht damit gerechnet, dass er sie feuern könnte und ihr ging es da offenbar genauso.

„Aber er muss doch einen Grund genannt haben", widersprach ich. „Ansonsten könnte er dich unmöglich rauswerfen."

Sie verzog den Mund. „Er behauptet, ich wäre zu langsam und würde meine Arbeit nicht richtig erledigen. Aber ... wer hat denn bitte schön Spaß daran, Überstunden zu leisten, wenn die nicht bezahlt werden und der Vorgesetzte noch dazu ständig nur am Meckern ist? So hatte ich mir meinen Job wirklich nicht vorgestellt."

„Ich habe sowieso nicht verstanden, warum du dort geblieben bist, nachdem Charles Anderson dort angefangen hat. Du bist so gut in deinem Job. Da hast du es doch gar nicht nötig, dich so behandeln zu lassen."

Sie atmete geräuschvoll aus. „Das ist es ja gerade. Ich bin gar nicht so gut, wie ich es gerne hätte. Mir gehen im Korrektorat ständig Fehler durch die Lappen. Vor allem, wenn das Buch interessant ist. Ich fürchte, dass es gar nicht so einfach wird, einen neuen Job in dem Bereich zu finden. Dabei brauche ich unbedingt eine neue Stelle. Sonst verliere ich meine Wohnung."

„Als Übergang kannst du gerne erstmal hier arbeiten", sagte in diesem Moment Lydias Bruder Ian und stellte zwei neue Cocktails vor uns ab. Ian war einige Jahre älter als seine Schwester, hatte aber dasselbe rote Haar und Lachfältchen um die Augen. Er war einer der nettesten Zeitgenossen, die ich kannte und einfach jeder mochte ihn. Und das ganz ohne die vielen Tricks, die Alan mir im Laufe der Zeit beigebracht hatte. Im Prinzip war er also das komplette Gegenteil von Charles Anderson.

„Danke", sagte Lydia. „Ich denke, das Angebot werde ich erstmal annehmen. Kann immerhin dauern, bis ich was Neues gefunden habe. Jobs als Lektorin fallen nicht vom Himmel."

„Ich habe sowieso nie verstanden, warum du so was machen wolltest", sagte Ian. „Du hättest damals schon mit in die Bar einsteigen können. Vielleicht hätten wir dann inzwischen schon eine weitere eröffnet."

Lydia winkte ab. „Hör auf. Sonst überlege ich es mir anders und ziehe lieber wieder bei unseren Eltern ein."

Ian lachte. „Als ob. Bevor du nach Florida gehst, friert die Hölle zu."

Lydia zog eine Grimasse. „Also gut. Du hast recht. Ich werde nicht zu Mom und Dad ziehen. Aber auf Dauer in deiner Bar zu arbeiten kommt für mich auch nicht in Frage. Das ist nur eine Übergangslösung, klar? Du brauchst mich gar nicht für die nächsten Monate einplanen."

Ian salutierte. „Aye, aye, Madam. Und jetzt genießt erstmal euren Cocktail."

„Wird gemacht. Danke, Ian", sagte ich und lächelte ihn an.

„Für dich immer, schöne Maid. Ich habe extra etwas mehr Alkohol rein gemacht, damit ihr beide einen lustigen Abend habt."

Er zwinkerte mir zu.

„Ernsthaft? Du weißt doch genau, dass ich nichts vertrage“, schimpfte ich mit ihm, aber er zuckte nur mit den Schultern.

„Lydia ist gefeuert worden und fängt endlich in meiner Bar an. Das muss gefeiert werden.“

„Also gut. Aber nur, wenn du einen mittrinkst.“

„Klar. Aber nur einen. Ich muss immerhin noch die ganze Nacht arbeiten.“

Er ging zur Bar, um sich einen Drink zu holen und Lydia rührte in ihrem Cocktail.

„Das ist so frustrierend“, sagte sie. „Es fühlt sich an wie ein Rückschritt in meine Collegezeit. Da habe ich auch bei meinem Bruder gejobbt. Ich hasse Mister Anderson so sehr dafür, dass er mir das antut.“

„Das kann ich verstehen. Ich war damals auch total wütend auf ihn, als er mein Manuskript abgelehnt hat und habe Rache geschworen. Aber vielleicht hatte er Recht. Vielleicht ist mein Text wirklich schlecht.“

„Unsinn. Du bist eine tolle Autorin. Wenn überhaupt, dann ist die Story schlecht, weil Alan einfach nicht interessant genug ist.“

„Jetzt fang nicht wieder damit an. Du weißt, wie wichtig er mir ist. Dank ihm bin ich … so gut wie perfekt.“

„Unsinn. Niemand ist perfekt. Vor allem nicht Alan selbst und das sollte auch gar nicht der Anspruch sein. ‚The perfect Me‘, dass ich nicht lache. Das ist doch nichts Halbes und nichts Ganzes zwischen euch. Dieser Kerl ist verheiratet und du bist seine kleine Affäre. Das kann doch nicht dein Lebenstraum sein.“

Verletzt sah ich sie an. „Ich habe dir doch gesagt, dass mit seiner Frau nichts mehr läuft.“

„Sagt er.“

„Ja, genau. Sagt er. Und ich glaube ihm. Warum sollte er mich belügen?“

„Warum wohl? Weil er dich nicht verlieren will, natürlich. Ist doch total praktisch für ihn. Wann immer er nach New York kommt, hat er jemanden, der ihm das Bett wärmt. Und seine Frau wartet brav zu Hause, bis er zu ihr und den Kindern zurückkommt.“

Wenn sie das so sagte, hörte es sich viel schlimmer an, als ich es empfand. Schnell wechselte ich das Thema.

„Wir haben doch über Mister Anderson geredet. Wie würdest du es ihm denn am liebsten heimzahlen?“

Lydias Augen leuchteten und zum Glück sprang sie direkt darauf an. „Na, wie wohl. Am liebsten würde ich ihn öffentlich blamieren, indem ich einen Artikel über ihn schreibe, aber leider bin ich als Autorin vollkommen unbrauchbar und habe noch dazu keine Plattform. Aber du. Du könntest das machen. Schreib einen Artikel über ihn und veröffentliche ihn auf Alans Blog. Das wäre einfach perfekt.“

„Was? Nein! Du bist ja wohl verrückt. Das mache ich auf gar keinen Fall. Alan bringt mich um, wenn ich das tue.“

„Ach, Quatsch. Warum sollte er?“

„Weil es nicht zu seiner Art passt, über andere Leute herzuziehen, und ich arbeite für ihn. Alles, was ich tue, fällt auf ihn zurück.“

„Hmpf“, machte Lydia. „Spielverderberin. Zumindest könnten wir zusammen spaßeshalber einen Artikel verfassen. Wie wäre es damit? Nur zum Vergnügen, damit ich meinen Frust loswerde.“

„Von mir aus. Das können wir machen. Aber veröffentlichen tue ich ihn ganz bestimmt nicht.“

In diesem Moment kam Ian zurück an unseren Tisch und stellte vor jede von uns ein Pinnchen, bevor er sich selbst eins nahm.

„So. Auf deinen Start in meiner Bar", sagte Ian.

„Auf dein neues Leben", pflichtete ich ihm bei.

„Auf meinen Rauswurf", sagte Lydia.

Wir kippten die Drinks hinunter und ich schüttelte mich.

„Oh Gott, was war das denn bitte schön?", fragte ich.

„Selbstgebrannter", verkündete Ian zufrieden. „Der Hammer, oder?"

Lydia zog die Augenbrauen hoch. „Nur, wenn man seine Eingeweide nicht mehr braucht", sagte sie sarkastisch. „Aber kein Problem. Bring uns ruhig noch einen davon."

„Auf keinen Fall!", protestierte ich. „Ich hänge an meiner Speiseröhre. Da halte ich mich lieber an meinen Cocktail."

Schnell trank ich einen großen Schluck.

„Oh Gott. Ich werde heute Abend so was von betrunken sein", jammerte ich.

„Genau das ist der Plan", erwiderte Lydia.

„Gut", sagte Ian. „Dann viel Spaß beim Komasaufen. Leider muss ich weiterarbeiten, aber ich bin jederzeit für euch da, wenn ihr mich braucht."

„Danke, Bruderherz." Lydia schickte ihm einen Luftkuss hinterher und sah dann wieder mich an. „Wir geben uns die Kante und dann schreiben wir einen richtig schönen Verriss über meinen ach so perfekten Boss."

„Perfekt?“, fragte ich und prustete. „Von wegen. Er ist vermutlich der unperfekteste Boss von ganz New York.“

„Genial. Das wäre doch die Schlagzeile schlechthin. ,Imperfect Boss‘. Ich sehe es schon vor mir.“

Ich lachte wieder und nahm noch einen Schluck von meinem Drink. „Oh, ja. Das inspiriert mich. Ich brauche Zettel und Stift und dann redest du dir alles von der Seele und ich mache daraus einen schönen Artikel, den wir später verbrennen. Ich wette, dann geht es dir gleich besser.“

Lydia grinste breit. „Das denke ich auch. Aber vorher sollten wir unbedingt noch ein bisschen trinken.“

***

Am nächsten Tag erwachte ich mit schrecklichen Kopfschmerzen und es dauerte eine Weile, bis mir klar wurde, dass gerade jemand Sturm klingelte. Ich rieb mir die Stirn und stöhnte, als ich mich aufsetzte.

Ich trug noch immer dasselbe Kleid wie gestern Abend und hatte ganz offensichtlich weder geduscht noch mir die Zähne geputzt. Doch wie es aussah, blieb dafür auch keine Zeit, denn erneut betätigte jemand hartnäckig die Klingel.

Missmutig schlurfte ich in den Flur und drückte auf die Gegensprechanlage.

„Ja?“, fragte ich, aber niemand antwortete.

Stattdessen wurde jetzt gegen meine Wohnungstür gehämmert.

„Jessica?! Mach sofort auf", rief jemand, dessen Stimme ich nicht erkannte und ich öffnete schlaftrunken die Tür.

„Was'n los?", fragte ich und war vollkommen überrascht, als ich Alan vor mir stehen sah.

„Wir müssen reden", sagte er und stürmte an mir vorbei ins Innere. Er wirkte aufgebracht und gar nicht so gelassen, wie ich es sonst von ihm kannte. „Warum gehst du nicht an dein Telefon? Und wie siehst du überhaupt aus?"

Sofort schämte ich mich für meine Aufmachung. Seit seinem Coaching hatte ich immer auf ein präsentables Auftreten geachtet und war nie ungeschminkt aus dem Haus gegangen. Nach einer durchzechten Nacht und viel zu wenig Schlaf musste ich furchtbar aussehen.

„Es ... tut mir leid. Ich war gestern mit Lydia was trinken und habe keinen Besuch erwartet. Mein Handy habe ich vermutlich nicht aufgeladen. Ich gehe mich schnell frisch machen und ..."

„Nicht nötig. Das kann warten. Ich muss zuerst mit dir reden."

„Also gut", sagte ich und ging mit ihm ins Wohnzimmer. „Kann ich dir einen Kaffee anbieten, oder ..."

„Lenk nicht ab. Es ist dringend, Jessica. Was hast du dir nur dabei gedacht?"

Mein Herz schlug schneller bei dem Vorwurf, aber ich war mir keiner Schuld bewusst.

„Wobei?", fragte ich und versuchte mich zu konzentrieren, was in meinem Zustand gar nicht so einfach war.

„Na, bei dem Artikel auf meinem Blog. Ich habe dir vertraut. Wie konntest du nur so einen Verriss veröffentlichen? Was denkst du denn, wie das wirkt?"

Vollkommen irritiert sah ich ihn an und schüttelte den Kopf. „Ich weiß nicht was du meinst", stellte ich klar. „Was denn für ein Artikel?"

„Nun tu doch nicht dümmer, als du bist", fauchte Alan. „Oder willst du etwa behaupten, du hättest diesen Artikel nicht geschrieben?"

Er zog sein Handy hervor, entsperrte es und hielt mir im nächsten Moment einen Artikel unter die Nase, der auf Alans Blog erschienen war.

Es ging eindeutig um Charles Anderson. Ich wurde blass und nahm ihm das Handy ab.

‚Imperfect Boss' lautete die Überschrift. Verdammt. Ja. Das war eindeutig der Text, den ich mit Lydia zusammen verfasst hatte. Ich hatte ihn in mein Handy getippt und ihn dann in meiner Cloud abgespeichert. Aber ich hatte ihn nicht auf dem Blog hochgeladen. Oder doch?

„Ja. Das habe ich geschrieben, aber ich habe es nicht veröffentlicht", behauptete ich.

„Ach, nein? Und wer soll es sonst gewesen sein? Ich war es ganz bestimmt nicht."

„Vielleicht war es Carmen. Sie hat Zugriff auf meine Cloud und ..."

„Ja, natürlich. Immer schön die Schuld auf andere schieben. Was habe ich dir zu dem Thema beigebracht?"

Ich rieb mir die pochende Stirn. Natürlich wirkte das wie eine dumme Ausrede und so langsam war ich mir tatsächlich unsicher, ob ich den Artikel nicht doch selbst veröffentlicht hatte. Immerhin war ich gestern dermaßen betrunken gewesen, dass ich mich an die Hälfte der Zeit nicht mehr erinnern konnte. Aber so etwas? Das hätte ich doch noch wissen müssen, oder? Hatte Lydia mich tatsächlich dazu überredet, den Artikel zu veröffentlichen? Unmöglich. Oder? Oh Gott. Was hatte ich nur getan?

„Es ... es tut mir leid", stammelte ich. „Ich habe den Artikel nur geschrieben, weil Lydia von Charles Anderson gefeuert wurde und ..."

„Na, wunderbar. Also gibt es sogar ein Motiv. Verdammt, Jessica. Falls Mister Anderson das zu sehen bekommt, sitzen wir knietief in der Scheiße. So was passt überhaupt nicht zu meinem Image. Ich ziehe doch nicht über andere Leute her. Zumindest nicht dermaßen öffentlich."

„Oh, Gott. Du hast recht. Wir müssen das sofort löschen."

„Das habe ich schon getan. Allerdings erst, nachdem der Text bereits von mehreren tausend Leuten gelesen wurde und wer weiß, wie viele davon einen Screenshot gemacht haben. Das ist eine Katastrophe, Jessica, und ich bin wirklich tief von dir enttäuscht."

Ich fühlte mich wie ein gescholtenes Kind. Alles in mir schrie danach, mich zu verteidigen, aber wenn ich etwas in Alans Coaching gelernt hatte, dann war es, dass man zu seinen Fehlern stehen sollte und das hatte ich vor.

„Es tut mir leid, Alan", sagte ich und versuchte die Tränen zurückzudrängen, die mir in die Augen stiegen. „Ich habe ganz offensichtlich Mist gebaut und ich verspreche, dass ich dafür geradestehen werde. Wenn ...

wenn du mich deswegen feuern musst, dann tu es. Hauptsache, dein Ruf leidet nicht und ..."

„Hey. Nicht weinen. So weit sind wir noch lange nicht", sagte Alan und nahm mich in den Arm. „Erst einmal hoffen wir, dass Charles Anderson von diesem Artikel keinen Wind bekommt und dann sehen wir weiter. Einverstanden? Immerhin wäre es möglich, dass er gar nichts davon erfährt."

Kapitel 6

Charles

„Der perfekte Boss ist attraktiv, empathisch und fair. Charles Anderson, der für den Chefposten bei Anderson Publishing in Betracht gezogen wird, ist nichts davon", las Matilda laut vor und ich fühlte die Wut mit jedem Wort weiter in mir hochkochen. „Ganz im Gegenteil. Man könnte ihn sogar als den unperfektesten Boss von ganz New York bezeichnen. Denn Empathie ist für ihn ein Fremdwort, er behandelt seine Untergebenen wie Sklaven und hat keine Manieren. Ganz abgesehen davon, dass er dringend eine Imageberatung brauchen könnte, da seine Garderobe ziemlich zu wünschen übrig lässt. Wollen Sie das wirklich hören?"

Matilda sah mich fragend an und ich nickte grimmig. Das Ganze wurde immerhin auch nicht besser, wenn ich es selbst las. Und alle anderen hier im Verlag hatten den Text offenbar ohnehin schon gesehen und sich ausgiebig darüber amüsiert.

„Im Grunde genommen brauche ich gar nicht alles vorzulesen", sagte Matilda und legte das Tablet weg. „In dem Blogartikel steht nichts, was Sie nicht längst wissen. Man lässt sich über Ihren Kleidungsstil und Ihre Frisur aus, bemängelt Ihre Führungsqualitäten und führt an, dass alle paar Wochen die Belegschaft ausgetauscht wird. Die einzige Person, die es länger bei Ihnen aushalte, sei ich und das stimmt ja leider auch."

„Und woher hat diese Person solche Insiderinformationen?"

„Ich schätze, dass Lydia geplaudert hat. Ich kann sogar verstehen, dass sie sauer war, nachdem Sie sie rausgeworfen haben. Immerhin hat sie drei Jahre für die Firma gearbeitet und Ihr Großvater war immer zufrieden mit ihr."

Im Gegensatz zu Matilda hatte ich dafür überhaupt kein Verständnis. „Was für ein Miststück. Ich kann nicht glauben, dass sie mit so was hausieren geht. Es ist gut, dass ich sie rausgeworfen habe."

„Das sehe ich anders", sagte in diesem Moment mein Großvater, der meinen letzten Satz offenbar gehört hatte. „Wie konnte so etwas nur passieren?"

Ich schluckte meinen Ärger hinunter und schüttelte den Kopf.

„Keine Ahnung", sagte ich. „Ich dachte eigentlich, unsere Mitarbeiter hätten eine Verschwiegenheitserklärung unterschrieben."

„Das haben sie auch. Aber dabei geht es vor allem um unsere Projekte und weniger um unsere Führungsebene. Matilda. Sie können gehen. Danke für Ihre Hilfe."

Matilda nickte und verließ das Büro. Sie schloss die Tür diskret hinter sich, sodass ich mit meinem Großvater alleine war. Sobald sie fort war, schien der Ärger aus seinem Körper zu weichen und er setzte sich deprimiert auf den Stuhl vor mir.

„Charles. Was soll ich nur mit dir machen?", fragte er. „Du bist ein guter Geschäftsmann und hast einen hervorragenden Riecher, was Bücher angeht, aber der Rest ... du bist viel zu aufbrausend und hast eine katastrophale Außenwirkung. Du weißt, dass ich die Leitung des Verlags lieber in deine Hände geben würde als in die von Henry, weil er nicht gut mit Geld umgehen kann. Aber wenn es so weitergeht, dann habe ich keine andere Wahl. Deine Großmutter Giselle braucht mich immer mehr und ich kann nicht ständig deinen Mist ausbügeln. Dabei müsstest du doch bloß ein bisschen netter zu den Leuten sein."

Ich knirschte mit den Zähnen. Mein Großvater tat so, als wäre das leicht. Als müsste ich mich nur zusammenreißen, um die Unzufriedenheit und meinen Groll auf alle Menschen dieser Welt abzustreifen. Aber so einfach war das nicht und niemand verstand das.

„Ich werde es versuchen", sagte ich. „Aber erst einmal muss ich diesen Artikel aus der Welt schaffen. Alan Cook kann was erleben. So viel ist klar."

„Überlass das mal mir. Der Artikel ist offenbar bereits nicht mehr auf seinem Blog. Das ist schon mal gut. Vermutlich hat Mister Cook selbst gemerkt, dass er einen Fehler begangen hat."

„Es reicht mir nicht, dass der Artikel offline geht. Dieser Mann soll bluten dafür, dass er mich so bloßgestellt hat."

„Ich bin mir sicher, dass ich mich mit ihm auf eine Art der Widergutmachung einigen kann. Aber du solltest besser nicht mit ihm reden. Dafür bist du viel zu aufgebracht und machst am Ende alles noch schlimmer."

Da hatte mein Großvater sogar recht. Hätte Alan Cook jetzt vor mir gestanden, dann hätte durchaus die Gefahr bestanden, dass ich ihm einen rechten Haken verpasste. Meinem Großvater das Gespräch zu überlassen war also der diplomatischere Weg.

„Also gut", sagte ich. „Dann rede du mit dem Mann. Ich habe ohnehin keine Zeit, mich mit so etwas auseinanderzusetzen. Aber sieh zu, dass du ihm ordentlich die Hölle heiß machst."

Kapitel 7

Jessica

Neuer Klient. Charles Anderson. Ich blinzelte und las die Mail noch einmal. Ich saß zu Hause in meinem Büro und hatte eigentlich vorgehabt, einen neuen Blogartikel zu schreiben, aber diese Mail brachte mich aus dem Konzept. Das konnte doch unmöglich stimmen. Kurzerhand rief ich Alan an und war erleichtert, als er sich sofort meldete.

„Alan Cook?"

„Hallo, Alan", sagte ich. „Hier ist Jessica."

„Ah. Miss Carter. Schön, von Ihnen zu hören. Was gibt es denn?"

Wenn Alan so förmlich war, dann konnte es dafür nur einen Grund geben. Seine Frau war in Hörweite. Mist. Ausgerechnet jetzt. Ich biss mir auf die Unterlippe und sprach weiter.

„Keine Sorge. Es geht um was Geschäftliches", stellte ich klar. „Du hast mir eine Mail geschickt."

„Ja, genau. Ich habe einen Anruf von Archibald Anderson erhalten. Wegen des ... Artikels. Sie wissen schon."

Mir wurde heiß und kalt. „Okay. Was hat er gesagt?"

„Er hat sich ziemlich darüber echauffiert. Zu Recht, würde ich sagen. Aber ich habe es geschafft, ihn zu beruhigen, indem ich ihm Ihre Dienste als Imageberaterin angeboten habe."

„Meine Dienste? Aber ..."

„Mister Anderson fand die Idee, dass sein Enkel ein Gratis-Coaching bekommt, ganz hervorragend. Da ich allerdings in den nächsten Wochen auf Tournee bin, werden Sie den Großteil des Coachings übernehmen. Natürlich bleiben wir in Kontakt und Sie unterrichten mich über seine Fortschritte, aber die meiste Arbeit wird an Ihnen hängen bleiben. Ich erwarte, dass Sie bereit sind, jede Form von Überstunden zu leisten, um aus Charles Anderson den besten Boss aller Zeiten zu machen."

Mein Mund klappte auf.

„Das ... kann nicht dein Ernst sein. Charles Anderson ist ein chauvinistischer Mistkerl."

„Und genau das sollen Sie ändern. Sie wissen genug über das Geschäft, um einen eigenen Klienten zu betreuen. Vor allem, wenn man bedenkt, dass Sie uns diese ganze Sache eingebrockt haben. Also. Entweder nehmen Sie die Herausforderung an, oder Sie können sich einen neuen Job suchen."

Seine Worte klangen harsch und das machte mir klar, wie wir zueinander standen. Ich war nicht seine Frau. Ich war noch nicht einmal seine Freundin. Ich war seine Mitarbeiterin, die er ab und zu flachlegte. Das ernüchterte mich.

„Ich ... weiß nicht, ob ich dieser Aufgabe gewachsen
bin", sagte ich kleinlaut.

„Natürlich sind Sie das, Miss Carter. Was habe ich
Ihnen beigebracht? Man sollte sich Herausforderungen
stellen und nicht vor ihnen davonlaufen. Sie haben in
den letzten Jahren so viel gelernt. Da werden Sie doch
jetzt nicht den Schwanz einziehen, oder?"

„Was sagt Charles Anderson überhaut dazu?", fragte
ich. „Ich glaube nicht, dass er mich als Coach akzeptiert.
Immerhin war ich bei unserer letzten Begegnung sehr
unhöflich zu ihm."

„Sein Großvater wird ihn schon davon überzeugen.
Außerdem sollten Sie nicht so negativ denken, Miss
Carter. Sie wissen doch. Positive Affirmationen. Sagen
Sie sich nicht: Ich glaube nicht, dass Mister Anderson
mich als Coach akzeptiert, sondern fragen Sie sich: Wie
kann ich dafür sorgen, dass er mich akzeptiert?"

Ich verdrehte die Augen. Alan hatte von Anfang an all
sein geballtes Wissen über Erfolg und die Macht der
Anziehungskraft über mir ausgekippt, aber jetzt gerade
hatte ich auf so eine Lektion überhaupt keine Lust. Verdammt. Ich brauchte ihn gerade nicht als Coach oder
als Boss, sondern als Mann an meiner Seite, der mir gut
zuredete und Verständnis für meine Ängste zeigte.

Trotzdem hatte er recht. Ich kannte die Strategie der
positiven Affirmation ganz genau und konnte sie für
gewöhnlich auch umsetzen. Das Problem war nur, dass
Charles Anderson etwas in mir triggerte. Er versetzte
mich in eine Zeit zurück, in der ich noch ein völlig anderer Mensch gewesen war. Damals hatte ich noch

nicht dieselbe Selbstsicherheit gehabt wie heute. Aber ich durfte mich von meinen Ängsten und Sorgen auf keinen Fall kontrollieren lassen.

„Also gut", sagte ich daher. „Ich werde dafür sorgen, dass Mister Anderson mich akzeptiert."

„That's the spirit. Machen Sie sich jede Menge Notizen und erstatten Sie mir regelmäßig Bericht. Wäre doch gelacht, wenn wir aus diesem Mann keinen besseren Chef machen könnten."

Ich konnte nur hoffen, dass Alan damit recht behielt, denn im Moment war ich mir da alles andere als sicher. Positive Affirmationen hin oder her.

Kapitel 8

Charles

Der Tag begann wieder einmal grauenvoll. Die Sonne schien und brachte mich zum Schwitzen, meine Schachtel Zigaretten war so gut wie leer und die Vögel vor meinem Fenster zwitscherten auch viel zu laut. Hinzu kam, dass abgesehen von Matilda offenbar nur Dilettanten für mich arbeiteten.

„Bezahle ich euch etwa fürs Rumstehen?", fragte ich grimmig, als ich auf dem Flur eine ganze Gruppe an Leuten beim Faulenzen erwischte. „Oder gibt es hier was zu sehen?"

„Sorry, Boss", sagte der neue Illustrator, den ich erst vor ein paar Wochen eingestellt hatte. Wie war nochmal sein Name? Tyson? Oder Tyler? An den Nachnamen erinnerte ich mich auch nicht mehr, aber er interessierte mich auch nicht sonderlich. „Wir haben uns nur darüber ausgetauscht, wie das Wochenende so war."

„Das könnt ihr in eurer Pause machen, aber nicht jetzt. Und nun zurück an die Arbeit, sonst setzt es was."

Das Lächeln auf dem Gesicht des Typen erstarb und er trollte sich genau wie alle anderen in sein Büro. Ich wusste, dass die Leute über mich tuschelten, aber ich konnte ihnen auch nicht alles durchgehen lassen. Ohne Disziplin funktionierte so ein Verlag einfach nicht.

„Guten Morgen, Charles", sagte Matilda fröhlich. „Haben Sie gut geschlafen?"

„Eher nicht. Es ist Vollmond. Da schlafe ich niemals gut. Das wissen Sie doch."

Matilda ließ sich von meiner Laune nicht herunterziehen, sondern lächelte nur.

„Gut. Dann wird es Sie bestimmt freuen, dass Ihr Großvater mit Mister Cook zu so einer tollen Einigung gekommen ist."

„Was für eine Einigung denn? Hat er dem Kerl etwa keine Anzeige auf den Hals gehetzt?"

Sie schüttelte den Kopf. „Hat Ihr Großvater Ihnen das noch nicht gesagt? Sie bekommen von Mister Cook ein Gratiscoaching."

Ich erstarrte. „Wie bitte?", fragte ich.

„Tut mir leid. Ich dachte, Sie wüssten es schon. Sie bekommen einen Personal Coach und ..."

„Ich will keinen beschissenen Coach. Ich will, dass Mister Cook sich öffentlich entschuldigt und mir ein Schmerzensgeld zahlt. Wo ist mein Großvater?"

„Er ist heute nicht da. Er ist bei seiner Frau und ..."

„Fuck!" Ich riss mein Handy aus der Tasche, ging in mein Büro und knallte hinter mir die Tür zu.

Es klingelte zweimal, dann wurde der Anruf weggedrückt. Ich wollte erneut wählen, als eine Nachricht eintrudelte.

Verdammt. Mein Großvater kannte mich einfach zu
gut. Also tat ich, was ich immer tat, wenn ich mich ab-
reagieren musste. Ich holte meinen Boxsack aus dem
Schrank, hängte ihn an den Haken an der Decke, den
ich extra angebracht hatte und zog mein Hemd aus.
Dann zog ich mir Trainingshandschuhe an und drosch
so lange auf den Sack ein, bis ich völlig außer Atem
war. Erst als ich mich etwas beruhigt hatte, wählte ich
erneut die Nummer meines Großvaters.

„Das ging schneller als gedacht", sagte mein Großvater, sobald er rangegangen war. „Offenbar arbeitest du
an deiner Selbstbeherrschung."

Ich knirschte mit den Zähnen. „Das mit dem Coaching
kannst du vergessen", stellte ich klar. „Ich lasse mir bestimmt nicht von irgendeinem Hanswurst sagen, was
ich anziehen oder wie ich mich verhalten soll."

„Oh doch. Das wirst du. Alan Cook hat einen hervorragenden Ruf und ich weiß von einigen Leuten, denen
er schon helfen konnte."

Ich ballte die Hände zu Fäusten. Das wurde ja immer
schlimmer.

„Auf gar keinen Fall", sagte ich so ruhig wie möglich.
„Ich brauche keinen Coach und schon gar nicht so jemanden wie Mister Cook. Ich werde ihn doch nicht
auch noch für seinen Artikel belohnen. Wie kommt er
überhaupt dazu, so etwas zu schreiben?"

„Vermutlich hat es ihn gewurmt, dass du sein Buch damals abgelehnt hast. Aber ich bin froh, dass es so gekommen ist, denn das war hoffentlich der Weckruf, den du brauchtest. Wenn Alan Cook dich nach so einer Aktion coacht, dann beweist du aller Welt, dass du nicht nachtragend bist, sondern bereit, an dir zu arbeiten.“

„Verdammt. Ich bin aber nachtragend!“

„Ich weiß.“ Die Stimme meines Großvaters wurde langsam ungeduldig. „Aber das wirst du unterdrücken müssen. Denn leider hast du in diesem Fall keine Wahl. Mister Cook kommt heute Nachmittag vorbei. Matilda hat bereits einen Termin mit ihm ausgemacht. Er wird dir die nächsten Wochen zur Seite stehen und ich beschwöre dich, seine Ratschläge ernst zu nehmen.“

Ich lachte höhnisch. „Ja, genau. Als ob dieser Mann auch nur das Geringste zu sagen haben könnte, was mich interessiert.“

„Es ist mir egal, ob es dich interessiert oder nicht! Du wirst trotzdem tun, was er dir sagt!“, brüllte mein Großvater und ich hielt irritiert das Handy vom Ohr weg. Für gewöhnlich war ich es, der laut wurde, während mein Großvater der Gentleman in Person blieb. Dass er jetzt schrie, schockierte mich.

„Das hier ist deine letzte Chance“, stellte mein Großvater in normaler Lautstärke klar. „Ich setze dir eine Deadline. In vier Wochen ist die Benefizveranstaltung von der Frau des Bürgermeisters. Dort kannst du alle davon überzeugen, dass du dich geändert hast. Allen voran natürlich mich.“

„Vier Wochen? Das ist viel zu wenig Zeit.“

„Du musst bis dahin nicht der perfekte Boss sein, aber ich will sehen, dass du dich ehrlich bemüht hast und auf dem richtigen Weg bist, Charles."

„Also gut", sagte ich schicksalsergeben.

Der Wille zählte. Das war ja schon mal viel wert. Denn ich konnte mir nicht vorstellen, dass es Alan Cook gelingen sollte, aus mir den perfekten Chef zu machen. Laut Alan Cook war der attraktiv, empathisch und fair? Dass ich nicht lachte. Darauf konnte die Menschheit lange warten.

Kapitel 9

Jessica

Wieder die Verlagsräume von Anderson Publishing zu betreten, war für mich wie eine Reise in die Vergangenheit. Was hatte ich mich gefreut, als Archibald Anderson mir einen Termin gegeben hatte, um mein Buch vorzustellen. Aber statt eines Vertrags hatte ich einen verbalen Tritt in den Hintern bekommen.

Ich ging in den Eingangsbereich des Wolkenkratzers und nahm dann den Aufzug in den zehnten Stock. Als ich zum ersten Mal dort ausgestiegen war, war ich viel zu aufgeregt gewesen, um den Ausblick richtig zu bewundern, aber jetzt nahm ich ihn ganz bewusst in mich auf. Ich war schon mehrfach in einem der Hochhäuser im Financial District gewesen, weil Alans Aufträge mich dorthin geführt hatten. Trotzdem beeindruckte mich der Blick über New York jedes Mal aufs Neue. Auch das Wetter spielte mit und tauchte Manhattan in ein wunderschönes Licht. Mein Blick fiel auf das Empire State Building und ein Gefühl des Glücks überkam mich, weil ich das Privileg hatte, in dieser atemberaubenden Stadt arbeiten und leben zu dürfen.

Das Büro war modern und freundlich gestaltet. Die meisten Türen standen offen, sodass man problemlos hineinsehen konnte. Die Atmosphäre hatte hier allerdings etwas Bedrückendes an sich. Die Mitarbeiter schienen fast schon geduckt herumzulaufen, so als befürchteten sie, jeden Moment Ärger zu bekommen, wenn sie nicht schnell genug wieder an ihrem Platz waren oder sich zu lange miteinander unterhielten. Sie wirkten allesamt unglücklich, so als würden sie nur hier arbeiten, weil sie keine andere Wahl hatten, aber nicht, weil sie es wollten oder weil es ihnen gar Spaß machte.

„Guten Tag", sagte in diesem Moment eine Stimme hinter mir. „Kann ich Ihnen helfen, Miss ..."

„Carter", erwiderte ich und lächelte, als ich die Frau aus Lydias Erzählungen zu erkennen glaubte. Sie war dunkelhäutig, leicht übergewichtig und trug eine Brille. Außerdem strahlte sie etwas Mütterliches aus, das mir sehr gefiel. „Sie sind Matilda Cunningham, nicht wahr?"

Matilda runzelte die Stirn. „Das ist richtig. Kennen wir uns bereits?"

„Bisher nicht. Aber ich bin eine Freundin von Lydia. Und die hat mir viel von Ihnen erzählt."

„Ah. Das freut mich. Hoffentlich nur Gutes."

„Absolut. Sie sagte, Sie wären die gute Seele des Verlags."

Matilda winkte ab. „Ach, Unsinn. Da hat die liebe Lydia übertrieben. Aber wie kann ich Ihnen denn helfen, Miss Carter? Es tut mir leid, aber ich glaube nicht, dass der Boss besonders erpicht darauf ist, eine Freundin von Lydia zu kennenzulernen.“

Da hatte sie vermutlich recht. Ich freute mich auch nicht darauf, ihn zu sehen. Aber wie es aussah, hatte ich keine andere Wahl.

„Das kann ich mir gut vorstellen, aber um genau zu sein, erwartet er mich bereits. Ich bin die Mitarbeiterin von Alan Cook. Ich werde in den nächsten Wochen häufig hier sein, um seine Ausstrahlung zu verbessern. Ich gehe davon aus, dass Alan Ihnen bereits Bescheid gegeben hat.“

Matilda sah mich völlig perplex an und runzelte dann die Stirn.

„Das hat er nicht. Er wollte nur einen Termin für ein Erstgespräch haben und ich war davon ausgegangen, er würde persönlich kommen und sich um Mister Anderson kümmern. Mein Boss ist leider ein recht harter Fall, möchte ich sagen.“

„Keine Sorge. Ich bin ausreichend qualifiziert, um ihn zu beraten. Die Frage ist nur, ob er auf mich hören wird.“

Matilda tätschelte mir mitleidig den Arm. „Ich hoffe es, Miss Carter. Ich hoffe es sogar sehr.“

Zögerlich sah ich sie an. „Soll ich einfach ins Büro gehen? Oder möchten Sie mich zuerst anmelden?“

Matilda zögerte. „Nun. Ich vermute, dass ich ihn besser vorwarnen sollte. Andererseits habe ich keine Lust, mir sein Geschrei anzuhören. Was halten Sie davon, wenn wir so tun, als hätten Sie mich nicht gesehen? Ich war ohnehin gerade auf dem Weg in die Kaffeepause.“

Ich schmunzelte. Lydia hatte mir Matilda als sehr kompetente und resolute Frau beschrieben und so wirkte sie auch auf mich. Sie hatte alles im Griff und wusste offenbar genau, wie man mit ihrem Chef am besten umging.

„Kein Problem“, sagte ich. „Ich habe Sie nicht gesehen und Sie mich nicht.“

Matilda nickte und deutete auf den Raum am Ende des Ganges, wo ich vor sechs Monaten Charles Anderson in die Arme gelaufen war.

„Da vorne ist sein Büro. Man erkennt es allein schon daran, dass seine Tür im Gegensatz zu den anderen immer verschlossen ist. Ich wünsche Ihnen viel Erfolg.“

Mit diesen Worten verschwand sie in die entgegengesetzte Richtung und ich straffte die Schultern. Sobald ich das Büro erreicht hatte, klopfte ich an die Tür.

„Jetzt nicht“, rief eine tiefe Stimme von drinnen und sofort bekam ich eine unangenehme Gänsehaut. Charles’ Stimme war furchteinflößend und schon bei diesen zwei Worten war herauszuhören, dass er schlechte Laune hatte. Das überraschte mich allerdings nicht.

Ich zögerte und lauschte an der Tür. Innen hörte ich es poltern und noch dazu ein Klatschen. Was um Himmels willen trieb er denn da drin?

Ich klopfte erneut und bekam diesmal keine Antwort. Also fasste ich mir ein Herz und trat in das Büro. Sofort erstarrte ich. Charles Anderson hatte mir den Rücken zugekehrt und war zu meiner großen Überraschung oben ohne. Er stand vor einem Boxsack und schlug immer wieder darauf ein. Dabei spannten sich die gewaltigen Muskeln unter seiner Haut und ich musste feststellen, dass an ihm kein Gramm Fett zu viel war. Sein

Körper war absolut durchtrainiert und um ein Vielfaches muskulöser als der von Alan.

Charles' lange Haare waren allerdings verschwitzt und er sah von hinten genauso waldschratmäßig aus wie bei meinem letzten Besuch.

Am liebsten wäre ich sofort wieder gegangen, aber stattdessen räusperte ich mich.

„Verzeihung", sagte ich. „Mister Anderson?"

Charles fuhr mit erhobenen Fäusten herum und sah mich aufgebracht an.

„Ich sagte doch, jetzt nicht!", donnerte er. Sein langes dunkles Haar war zerzaust, sein Bart war viel zu lang für meinen Geschmack und seine Augenbrauen waren deutlich zu buschig. Sein Gesicht war erhitzt und er sah alles andere als vorzeigbar aus. Muskeln hin oder her. Dieser Mann war kein schöner Anblick.

Sobald Charles mich erkannte, wurde der Unmut auf seinem Gesicht zu Wut.

„Was wollen Sie denn hier?", fragte er und deutete auf die Tür. „Ich habe kein Interesse mehr an Ihrem Manuskript. Nach allem, was Ihr Boss über mich geschrieben hat, werde ich ganz sicher nichts über Alan Cook veröffentlichen. Sie können also direkt wieder gehen."

Oha. Wie es aussah, hatte Alan mich also nicht verraten, sondern alle Schuld auf sich genommen. Ein warmes Gefühl durchfuhr mich bei dem Gedanken. Ich musste ihm mehr bedeuten, als er zugab, wenn er so für mich in die Bresche sprang.

Schnell fokussierte ich mich wieder auf Charles und legte meine Aktentasche auf seinem Schreibtisch ab. „Keine Sorge", erwiderte ich. „Ich bin nicht wegen meines Buches hier, sondern um Ihnen zu helfen."

Mister Anderson streifte sich die Handschuhe ab und griff nach einem Handtuch, um sich den Schweiß aus dem Gesicht zu wischen.

„Das ist Unsinn", sagte er. „Wie wollen Sie mir bitte schön helfen? Ich habe Sie nicht darum gebeten. Ganz abgesehen davon, dass ich die Hilfe von Ihnen auch ganz sicher nicht annehmen werde."

„Ich fürchte, Sie haben keine andere Wahl. Ich bin im Auftrag von Alan Cook hier und werde Sie in den nächsten Wochen coachen."

Langsam zeigte sich die Erkenntnis auf Mister Andersons Gesicht und er wirkte vollkommen fassungslos.

„Bitte, was? Zuerst verunglimpft dieser Mann mich auf seinem Blog und dann hat er nicht einmal die Eier in der Hose, mich selbst zu coachen? Ich werde ihn umbringen und meinen Großvater am besten gleich mit."

Er wollte nach seinem Handy greifen und mir wurde klar, dass ich ihn sofort überzeugen musste. Sonst konnte ich nicht nur meinen Job und die Beziehung zu Alan vergessen, sondern würde vermutlich noch dazu eine Klage an den Hals bekommen.

Kurzerhand setzte ich mich auf den freien Stuhl vor dem Tisch und ignorierte die Tatsache, dass seine nackte Brust unglaublich gut aussah. Der Rest von ihm war immerhin eine Katastrophe. Ich blickte Charles Anderson so professionell wie möglich an und legte los.

„Hören Sie, Mister Anderson. Mir gefällt das Ganze genauso wenig wie Ihnen, aber wir haben beide keine Wahl. Keine Sorge. Ich weiß ganz genau, was ich tue und werde alles mit Mister Cook absprechen. Ich verspreche Ihnen ... wenn Sie auf mich hören, dann schaffen wir es problemlos, in ein paar Wochen Ihr Image aufzupolieren."

Charles blickte mich skeptisch an, griff aber glücklicherweise nach seinem Hemd und zog es an. Dann setzte er sich mir gegenüber an den Schreibtisch. Jetzt wurde ich zumindest nicht mehr von seinem beeindruckenden Oberkörper abgelenkt. Ich sah ihm an, dass er mich am liebsten wieder hinausgeworfen hätte, aber das durfte ich nicht zulassen.

„Geben Sie mir drei Wochen", schlug ich vor. „Wenn sich innerhalb von drei Wochen noch nichts geändert hat, dann gebe ich mich geschlagen. Aber falls bis dahin die ersten Erfolge eintreten, dann arbeiten wir weiter zusammen und ich verspreche Ihnen, dass sich bald niemand mehr über Sie beschweren kann."

Charles lachte freudlos, doch es erreichte nicht seine Augen. „Sie sind ganz schön von sich überzeugt", sagte er und legte die Finger aneinander. Es erstaunte mich, dass dieser Mann trotz all seiner Fehler so viel Selbstbewusstsein besaß. Sein Problem war wohl eher die fehlende Bescheidenheit. Aber das bekamen wir sicher in den Griff, wenn er bereit war, an sich zu arbeiten.

„Ich kann nicht zaubern", gab ich zu. „Um genau zu sein, muss ich ein Stück zurückrudern. Ich werde es nur schaffen, Ihnen zu helfen, wenn Sie meine Tipps umsetzen. Wenn Sie drei Wochen lang das tun, was ich Ihnen sage, dann werden sich Erfolge zeigen. Wenn Sie jedoch so weitermachen wie bisher und alle meine Ratschläge in den Wind schießen, dann wird sich rein gar nichts ändern."

Charles' Gesichtsausdruck verfinsterte sich wieder und er schüttelte den Kopf. „Sie können nicht ernsthaft erwarten, dass ich Ihre Ratschläge befolge, ohne sie zu hinterfragen."

„Das habe ich auch nicht gesagt. Wir können den Sinn oder Unsinn meiner Vorschläge gerne diskutieren. Aber Sie müssen offen bleiben und manche Dinge einfach ausprobieren. Sonst funktioniert diese Zusammenarbeit nicht. Da haben Sie recht."

Charles rieb sich nachdenklich das Kinn.

„Drei Wochen?", fragte er.

„Drei Wochen", bestätigte ich.

„Also gut", sagte Charles. „Sie haben Glück, dass mein Großvater mir die Pistole auf die Brust gesetzt hat. In vier Wochen gibt die Frau des Bürgermeisters eine Benefizveranstaltung. Haben Sie schon davon gehört?"

„Ja, natürlich. Dabei werden Spendengelder für krebskranke Kinder gesammelt. Mein Chef wird mit seiner Frau auch dort sein."

„Schön. Aber das interessiert mich nicht. Mir geht es vielmehr um den Bürgermeister und die anderen hohen Tiere New Yorks, die dort anwesend sein werden. Mein Großvater verlangt, dass ich an dem Tag einen guten Eindruck mache. Wenn mir das gelingt, dann wird er mir den Chefposten bei Anderson Publishing geben. Wenn nicht, bekommt mein Cousin Henry ihn."

Ich nickte. Das war gut zu wissen. Die Zeit drängte also und wir mussten uns ranhalten.

„Glauben Sie, das bekommen wir hin?", fragte Charles skeptisch.

Ich straffte die Schultern. „Es ist schwierig, aber nicht unmöglich. Sie müssen nur auf mich hören."

„Also gut. Ich bin einverstanden. Von mir aus können wir gleich loslegen."

Erleichterung durchflutete mich. Gott sei Dank. Damit war die erste Hürde geschafft.

„Sehr gut", sagte ich. „Heute würde ich Sie gerne einfach bei der Arbeit begleiten und mich mit Ihren Mitarbeitern unterhalten, wenn es recht ist. Das ist wichtig, um mir ein eingehendes Bild zu machen. Heute Abend bespreche ich das dann mit Mister Cook und morgen kann das Coaching richtig losgehen."

Charles runzelte die Stirn. Ganz offenbar gefiel ihm mein Vorschlag nicht.

„Warum wollen Sie mit meinen Mitarbeitern reden?", fragte er misstrauisch. „Was soll das bringen?"

„Nun. Wenn ich es richtig verstanden habe, dann geht es doch darum, Ihr Image zu verbessern und daher ist es wichtig, dass Sie sich heute so normal verhalten wie möglich, damit ich weiß, woran wir arbeiten müssen."

Charles knirschte mit den Zähnen und ich fürchtete schon, dass er ablehnen würde, aber dann lenkte er ein.

„Fein", sagte er. „Sie können sich gerne mit meinen Mitarbeitern unterhalten. Aber ich kann Ihnen sowieso sagen, was die von sich geben werden."

Ich sah ihn überrascht an. „Ach ja? Und was wäre das?"

„Der Boss ist ein unsensibler Tyrann und Sklaventreiber, der nur an seinen Profit denkt und sich einen Dreck um seine Mitarbeiter schert."

Meine Mundwinkel zuckten. „Interessant. Und würden Sie ihnen da zustimmen?"

Charles lehnte sich in seinem Sessel zurück. „In gewisser Weise schon", gab er zu. „Der Profit steht für mich an erster Stelle und ich kann Menschen nicht leiden.“

„Alle Menschen?“, fragte ich ungläubig. Das konnte ich mir kaum vorstellen.

„Die meisten“, räumte er ein. „Natürlich sind mir meine Mitarbeiter nicht vollkommen egal, aber sie sind nur solange wichtig für mich, wie sie abliefern.“

„Gut. Sie sind ehrlich. Das ist schon mal der erste Schritt zur Besserung. Trotzdem werde ich mich mal umhören und bin gespannt, ob Sie recht behalten.“

„Tun Sie, was Sie nicht lassen können.“

Charles winkte ab, als wolle er mich verscheuchen und wandte sich dann wieder seinen Papieren zu. Das war dann wohl die Aufforderung für mich, zu gehen. Ich stand auf und verließ sein Büro. Ich war gespannt, ob er recht behielt, was seine Mitarbeiter anging, oder ob doch jemand etwas Nettes über ihn zu sagen wusste.

***

„Mister Anderson ist im Grunde seines Herzen kein schlechter Kerl“, sagte Matilda und reichte mir eine Tasse Kaffee. „Er wird einfach von allen missverstanden.“

Ich zog überrascht die Augenbrauen hoch. Tatsächlich hatte sich Charles’ Ankündigung bisher bewahrheitet. Sobald ich seinen Mitarbeitern hoch und heilig versprochen hatte, dass ich ihm nicht erzählen würde, wer was über ihn gesagt hatte, hatte einer nach dem anderen begonnen, über ihn herzuziehen.

„Er ist ein Mistkerl“, hatte Tiffany gesagt, die mir bei meinem letzten Besuch den Weg zur Toilette erklärt hatte. Sie machte den Buchsatz, sowohl bei den Sachbüchern als auch bei der Lokalzeitung.

„Warum?", hatte ich sie gefragt. „Hat er Sie belästigt?"

„Um Gottes willen, nein. So etwas würde er nie tun. Manchmal glaube ich, dass er asexuell ist. Ich habe ihn zumindest noch nie mit einer Frau gesehen. Nein. Er ist einfach nur unhöflich und gemein. Als ich einmal einen blauen Lidschatten aufgetragen habe, hat er gemeint, ich würde aussehen wie ein Clown."

„Er ist so ungepflegt. Ich finde seine Frisur und den Bart abstoßend", hatte Elizabeth hinzugefügt. „Dabei könnte er gar nicht so schlecht aussehen, wenn er sich nicht so gehen lassen würde."

„Er ist ungerecht und gemein", hatte Tyler behauptet, ein attraktiver Mann, der für die Illustrationen in den Sachbüchern zuständig war. „Ich habe noch nie jemanden erlebt, der sich weniger für seine Mitmenschen interessiert."

Und so ging es weiter. Doch ausgerechnet die Chefsekretärin Matilda, die von allen als liebenswert und nett beschrieben wurde, sprang nun für ihn in die Bresche.

„Inwiefern wird er missverstanden?", fragte ich und zückte meinen Notizblock.

„Alle denken, dass er schon immer so war", erklärte Matilda mit einem tiefen Seufzer. „Aber wenn man seine Geschichte kennt, dann versteht man viel besser, warum er kein Menschenfreund ist."

„Und Sie kennen seine Geschichte?"

„Allerdings. Aber es steht mir nicht zu, sie herumzuerzählen. Da müssen Sie ihn schon selbst fragen. Ich darf dazu nur sagen, dass er eigentlich eine andere Karriere im Sinn gehabt hat."

„Ach, was. Und was wollte er sonst machen?"

„Wie gesagt. Das sollten Sie ihn lieber selbst fragen. Oder besser recherchieren."

Sie zwinkerte mir zu und ich notierte mir ‚Hintergrundrecherche' auf meinem Block.

„Okay. Wie lange arbeiten Sie für Mister Anderson?", fragte ich.

Sie lachte. „Für ihn arbeite ich erst seit sechs Monaten, aber für seinen Großvater arbeite ich schon fast mein ganzes Leben. Ich war dabei, als der Verlag vor dreißig Jahren gegründet wurde und es gibt wohl kaum jemanden, der sich so gut auskennt wie ich."

Das konnte ich mir gut vorstellen. Und es passte mir gut in den Kram, denn genau so jemanden brauchte ich.

„Das ist sehr gut", sagte ich daher. „Sie kennen doch bestimmt jede einzelne Person hier, oder?"

„Ich denke schon. Was genau möchten Sie denn wissen?"

„Am besten alles. Name, Alter, Familienstand, Hobbys, Interessen, ein bisschen vom Lebenslauf. Wie viele Leute arbeiten in dieser Abteilung?"

„Im Moment sind es fünfzehn."

„Okay. Das ist einigermaßen überschaubar und sollte machbar sein."

„Was sollte machbar sein?"

„Warten Sie es ab. Ich will nicht zu viel versprechen, bevor ich nicht mit Mister Anderson gearbeitet habe. Bis wann kann ich die Liste bekommen?"

„Wenn es wichtig ist, dann mache ich sie Ihnen bis morgen fertig."

„Ist es."

„Gut. Brauchen Sie sonst noch etwas?"

„Vorerst nicht. Ich denke, alles weitere werde ich im Laufe der Zeit noch selbst herausfinden."

Ich klappte meinen Notizblock zu, als ich aus dem Gemeinschaftsraum das Brüllen von Mister Anderson hörte.

„Robert!", schallte es durch die Redaktion und ein nervöser Mann kam zum Büro gelaufen.

Neugierig streckte ich den Kopf in den Flur und Matilda neben mir verdrehte die Augen.

„Jetzt können Sie ihn mal in Aktion erleben", sagte sie und deutete in Charles' Richtung.

„Ja, Boss", sagte der verschüchterte Mann.

„Warum sind die Anzeigen für die Sonntagszeitung noch nicht fertig? Sie hätten sie mir schon vor einer halben Stunde bringen sollen!"

„Ich ... tut mir leid", sagte Robert. „Ich habe noch ein paar Fehler gefunden, die ich korrigieren musste und ..."

„Ausflüchte. Alles Ausflüchte!", rief Charles und die Ader an seiner Stirn pulsierte. „Ich will diese Anzeigen auf meinem Tisch! Und zwar heute noch. Sonst setzt es was."

„Ja, Boss. Kommt sofort, Boss."

Robert wirkte, als wäre er am liebsten aus dem Fenster gesprungen und ich schüttelte innerlich den Kopf. Unglaublich, dass Charles so mit seinen Mitarbeitern umsprang. Irgendwie hatte ich gehofft, Lydia hätte übertrieben, aber so war es offenbar nicht.

Robert rannte regelrecht zu seinem Platz und ein paar Mitarbeiter schauten neugierig aus ihren Büros heraus in seine Richtung.

„Was glotzt ihr denn so?!", rief Charles und alle Köpfe zogen sich zurück. Ich wandte mich wieder an Matilda.

„Ist er immer so?", fragte ich.

„Das? Das war noch harmlos", sagte sie amüsiert.

„Ist er zu Ihnen auch so?"

„Nein. Das traut er sich nicht. Immerhin kenne ich ihn schon, seitdem er noch in die Windeln gemacht hat. Das ist wohl auch der Grund, warum die Mitarbeiter mit ihren Beschwerden immer zu mir kommen und ich dann versuche, die Wogen zu glätten."

Vermutlich war Matilda der einzige Grund, warum der Laden überhaupt noch lief. Unter so einem Chef wollte immerhin niemand arbeiten. Für heute hatte ich genug gesehen.

Ich verstaute meinen Block und nahm mir meinen Blazer, um ihn anzuziehen.

„Oh. Wollen Sie etwa schon gehen?", fragte Matilda. „Ich hatte erwartet, Sie würden bis zum Schluss bleiben."

„Nein. Ich habe genug Infos zusammen für heute. Ich muss mich noch mit Mister Cook besprechen und eine Strategie für morgen ausarbeiten."

Matilda lachte laut und herzlich. „Okay. Dann viel Erfolg. Und denken Sie an die Recherche."

Sie zwinkerte mir zu und ich winkte ihr zum Abschied. Von Mister Anderson verabschiedete ich mich nicht. Ich ging nicht davon aus, dass er Wert darauf legte und hatte noch dazu keine Lust, mich ein weiteres Mal seiner schlechten Laune auszusetzen. Damit würde ich mich morgen noch genug herumärgern müssen.

***

„Ich verstehe einfach nicht, wieso ich diesen dämlichen Artikel online gestellt habe", sagte ich zu Lydia, als ich wenig später wieder einmal mit ihr telefonierte. „Bist du sicher, dass du nicht dabei warst, als ich es getan habe? Das sieht mir gar nicht ähnlich."

„Ganz sicher", erwiderte Lydia. „Das habe ich dir doch schon gesagt. Ich habe mich ja selbst gewundert, dass du ihn veröffentlicht hast. Als wir im Pub waren, hast du ihn definitiv nicht hochgeladen."

Ich rieb mir die Stirn. Das hatte sie mir bereits gesagt, aber ich konnte mir trotzdem keinen Reim darauf machen. „Dann muss ich das von zu Hause aus gemacht haben", sagte ich. „Ich erinnere mich leider kaum noch an das Ende des Abends. Auf jeden Fall hat mir der Artikel jede Menge Ärger eingehandelt. Halt dich fest. Alan war so aufgebracht, dass er ausgehandelt hat, dass ich Charles Anderson coachen soll."

„Nicht dein Ernst", schrie Lydia. „Du coachst Mister Unperfekt?"

„Mister Unperfekt?", fragte ich überrascht nach und öffnete meinen Laptop. „Wie kommst du denn auf so was?"

„So hast du ihn doch in deinem Artikel genannt, oder? Den unperfektesten Boss von ganz New York. Ich finde, da passt der Name ziemlich gut."

Ich lachte. „Oje. Das sollte ich wohl besser nicht zu ihm sagen. Ich wette, den Titel findet er wenig schmeichelhaft.“

„Ach. Ich will ihm auch nicht schmeicheln. Um genau zu sein, verstehe ich gar nicht, wie du auf die Idee kommst, diesen Auftrag anzunehmen. Bei Mister Unperfekt ist doch eh Hopfen und Malz verloren.“

„Erstens habe ich keine Wahl“, stellte ich klar. „Alan hat deutlich gemacht, dass ich meinen Job los bin, wenn ich das nicht mache. Und zweitens glaube ich, dass es durchaus noch Hoffnung für Charles Anderson gibt. Ich wollte diesen Job zuerst auch nicht, aber wenn du mal ehrlich bist, dann ist es die perfekte Herausforderung für mich. Wenn ich es schaffe, aus Charles Anderson einen guten Boss zu machen, dann ist das auf jeden Fall gut für mein Portfolio und die Anerkennung von Alan wäre mir sicher.“

„Ich verstehe wirklich nicht, wieso du ständig der Anerkennung von diesem Kerl hinterherrennst. Er ist doch auch nur ein Mensch und noch dazu verheiratet.“

„Ich weiß. Aber was soll ich machen? Ich habe mich nun mal in ihn verliebt und dagegen kommt man nicht so leicht an.“

„Ich konnte ja noch nie verstehen, was du an ihm findest. Ich meine ... Ja. Er sieht verdammt gut aus und Ja. Er hat Charme. Sehr viel sogar. Aber den versprüht er bei absolut jeder Frau. Nervt es dich nicht, dass du ihn immer mit allen teilen musst?“

Ich schwieg. Natürlich nervte es mich und das wusste Lydia ganz genau. Aber bei Alan gab es nur entweder oder. Ich konnte ihn so nehmen, wie er war, oder ich musste komplett auf ihn verzichten und dazu war ich nicht bereit. Er hatte an mich geglaubt und etwas in mir gesehen, als ich selbst komplett am Boden gewesen war. Und dafür würde ich ihn immer lieben.

„Na ja", sagte Lydia. „Alan ist ein Thema für sich. Darüber reden wir am besten gar nicht weiter. Aber kommen wir zurück zu Mister Unperfekt. Also. Was genau hast du mit ihm vor?"

„Tja. Wenn ich das nur wüsste. Als Erstes muss er lernen, geduldiger und höflicher zu sein. An sein Aussehen müssen wir auch dringend ran, aber ich weiß nicht genau, wie viel wir da erreichen können. Er ist ja nicht hässlich wie die Nacht, aber besonders attraktiv ist er auch nicht. Abgesehen von seinem Oberkörper. Hast du gewusst, was für unglaubliche Armmuskeln und Bauchmuskeln er hat?"

„Nein. Ich meine ... Dass er Muskeln hat, ist offensichtlich. Aber ich habe ihn noch nie oben ohne gesehen. Du etwa?"

Ich errötete. „Ich bin in sein Büro geplatzt, als er gerade sein Hemd ausgezogen hatte."

„Oh, là, là. Und der Anblick hat dir gefallen?"

„Das spielt überhaupt keine Rolle. Charisma ist ohnehin wichtiger als die reine Optik."

„Ja, ja. Das behauptet jeder, der mit dem Aussehen nicht punkten kann."

Ich schluckte. Ich wusste, dass Lydia das nicht auf mich bezog, aber ich kam nicht umhin, daran zu denken, wie abfällig viele Männer mich vor ein paar Jahren noch betrachtet hatten. Ich war es gewohnt gewesen, übersehen zu werden, weil ich im Gegensatz zu Lydia keine Ahnung davon gehabt hatte, wie man sich richtig kleidete oder schminkte. Aber Alan hatte mir beigebracht, dass das gar nicht so wichtig war wie die Dinge, die ich tat. Kleidung war austauschbar und das Wichtigste war, dass man sich darin wohlfühlte, denn nur dann wirkte man selbstbewusst. Ich konnte mir allerdings nicht vorstellen, dass Charles sich in seinen deutlich zu weiten Hemden wohlfühlte.

Da kam mir ein anderer Gedanke.

„Matilda hat vorhin etwas Eigenartiges angedeutet", sagte ich. „Sie hat gesagt, dass Mister Anderson eigentlich gar nicht den Verlag leiten wollte. Weißt du zufällig, was er stattdessen vorhatte?"

Lydia lachte. „Aber natürlich. Das weiß im Verlag so gut wie jeder. Mister Unperfekt war Profiboxer und war sogar bei den Olympischen Spielen. Er hat eine Silbermedaille bekommen und war super im Training. Alle gingen davon aus, dass er es beim nächsten Mal schaffen würde, Gold zu holen, aber dann hatte er irgendeinen Unfall. Er hat eine Kopfverletzung erlitten und musste operiert werden. Seitdem hat man ihm das Boxen streng untersagt, weil die kleinste Gehirnerschütterung ihn umbringen könnte."

Mein Mund klappte auf. „Dein Ernst?", fragte ich.

„Ja, natürlich. Schaust du denn nie die Olympischen Spiele?"

„Na ja ... um ehrlich zu sein, nicht. Sport interessiert mich nicht besonders."

Schnell gab ich ‚Charles Anderson Olympia' ein, und tatsächlich. Da war er. In blauen Boxershorts stand er neben zwei anderen Männern auf einem Treppchen und hielt eine silberne Medaille in der Hand. Seine Arme wirkten noch durchtrainierter und muskulöser als jetzt und er sah um einiges besser aus. Auf den Fotos trug er keinen Bart, daher hätte ich ihn fast nicht erkannt.

Er wirkte sicherlich zehn Jahre jünger als heute. Dabei waren seitdem erst drei Jahre vergangen. Das war doch verrückt. Warum nur hatte er sich so gehen lassen?

„Wow. Auf den Bildern sieht er richtig gut aus“, sagte ich und Lydia lachte.

„Stimmt. Zumindest, wenn man auf den Typ Herkules steht. Und was machen wir jetzt mit Mister Unperfekt?“

„Keine Ahnung. Genau das muss ich mir bis morgen überlegen. Ich habe schon versucht, Alan anzurufen, aber der geht nicht an sein Handy. Also muss ich wohl improvisieren.“

„Alan geht nicht ran? Ist er zu Hause bei seiner Frau?“

„Nein. Er ist im Moment mit Carmen in Florida.“

„Hm. Komisch. Warum sollte er da nicht rangehen? Er weiß doch, dass du seine Hilfe brauchst.“

Ich zuckte mit den Schultern. „Bestimmt ist er auf einer Veranstaltung oder bei einem Essen und kann deswegen nicht. Sein Vortrag ist erst morgen.“

„Ja, bestimmt.“

Mehr sagte sie nicht, aber ihre Vermutung war auch so offensichtlich. Sie ging davon aus, dass ich nicht die einzige Frau war, mit der Alan eine Affäre hatte. Verwunderlich wäre es nicht. Immerhin war Alan ein sehr attraktiver und charismatischer Mann. Ich hatte seine Wirkung auf Frauen schon häufig beobachtet, aber alles in mir sträubte sich dagegen, zu glauben, er würde mir fremdgehen. Konnte man das überhaupt so bezeichnen, wenn man gar nicht offiziell zusammen war?

Für mich war es jedenfalls so und es gefiel mir viel besser, zu glauben, dass Alan schwer beschäftigt war, als denken zu müssen, dass er den Abend mit einer anderen Frau verbrachte.

„Hast du inzwischen eigentlich einen neuen Job gefunden?", fragte ich Lydia, um das Thema zu wechseln.

Sie seufzte. „Nein. Noch nicht. Es ist ein Kreuz. Matilda hat mir zwar eine gute Bewertung geschrieben und Mister Unperfekt dazu überredet, sie zu unterschreiben, aber trotzdem habe ich nichts gefunden. Ich muss also erstmal weiter bei meinem Bruder kellnern."

Wir unterhielten uns noch eine Weile über ihre Arbeit im Pub und verabschiedeten uns dann voneinander. Danach sah ich mir noch einmal die alten Fotos von Charles Anderson an. Damals hatte er eine vollkommen andere Ausstrahlung besessen. Zwar hatte sein Gesichtsausdruck beim Sport ebenfalls verkniffen gewirkt, aber als er die Silbermedaille in die Höhe hielt, grinste er so breit, dass es von einem Ohr zum anderen reichte. Außerdem spiegelten seine Augen seine Freude wider und das stand ihm unglaublich gut. Auf dem Bild wirkte er so stolz und glücklich, dass es einfach anziehend aussah. An diesem Tag hätte ich sicher großes Interesse gehabt, mehr über diesen Mann zu erfahren.

Da sah man mal wieder, wie wichtig ein schönes Lächeln war. Ich schloss die Fotos wieder und machte mich dann an die Arbeit, um einen Plan auszuarbeiten.

Kapitel 10

Charles

„Was wissen Sie über Ihre Mitarbeiter?", fragte Jessica, sobald sie am nächsten Tag in mein Büro kam und ich runzelte die Stirn.

„Was meinen Sie damit?", hakte ich nach.

„Was wissen Sie über jeden einzelnen von ihnen? Tiffany zum Beispiel. Was können Sie mir über sie erzählen?"

Ich hob eine Augenbraue. „Wer ist Tiffany?"

Schockiert sah sie mich an. „Das ist nicht Ihr Ernst", sagte sie. „Sie müssen doch wissen, wer für Sie arbeitet. Das ist die Frau mit den braunen Haaren, die den Buchsatz macht. Die werden Sie doch wohl kennen."

„Meinen Sie die mit den Hasenzähnen?"

Jessica verzog den Mund. Offenbar gefiel ihr die Umschreibung nicht, aber abstreiten konnte sie es auch nicht. Tiffany hatte riesige Schneidezähne, auch wenn sie ansonsten recht attraktiv war. Allerdings hatte ich gedacht, ihr Vorname wäre Cassidy. Offenbar hatte ich da etwas vertauscht.

„Genau“, sagte Jessica. „Das ist Tiffany. Was können Sie mir über sie sagen?“

„Sie meinen, abgesehen von der Sache mit ihren Zähnen? Nun. Sie möchte ständig Urlaub, kommt regelmäßig zu spät und ihre Arbeit ist auch selten pünktlich fertig. Sonst noch was?“

„So etwas meinte ich nicht. Ich möchte wissen, was Sie über Tiffanys Familie wissen. Ist sie verheiratet? Hat sie Kinder? Hat sie Haustiere? Was sind ihre Hobbys?“

Ich schnaubte. „Woher soll ich das wissen? Und warum sollte mich das interessieren?“

„Okay.“ Jessica wirkte nicht überrascht. „Und was ist mit Elizabeth? Wissen Sie da wenigstens, wer das ist?“

„Ja. Das ist die Blonde mit den großen ... Sie wissen schon.“

Jessica lächelte gequält. Offenbar gefiel ihr diese Umschreibung auch nicht.

„Ja. Genau. Also?“

„Tja. Elizabeth ist für die Kontakte mit den Buchhändlern zuständig und darin ist sie gar nicht mal so schlecht. Zumindest, wenn sie sich Mühe gibt. Leider leidet sie ständig unter Stimmungsschwankungen. Sie lästert über alles und jeden. Am liebsten wahrscheinlich über mich. Sonst noch was? Ach ja. Sie hat eine Katze. Da bin ich mir ziemlich sicher, weil ich eine Katzenhaarallergie habe und in ihrer Nähe dauernd niesen muss.“

Jessica nickte. „Eine Katze. Das ist doch schon mal ein Anfang. Haben Sie sie je nach der Katze gefragt? Wissen Sie, wie sie heißt?“

„Lucifer, würde ich sagen. Der Kater kommt nämlich direkt aus der Hölle, so viele Haare, wie er verliert."

Jessica wirkte, als hätte sie am liebsten die Augen verdreht, doch ihr Lächeln blieb professionell und hilfsbereit.

„Das sollten Sie gegenüber Elizabeth besser nicht so sagen", erklärte sie. „Aber ich sehe schon, dass wir ganz am Anfang beginnen müssen."

Sie legte mir einen Stapel Papiere vor die Nase, die aussahen wie Lebensläufe.

„Was ist das?", fragte ich.

„Das sind Informationen über Ihre Mitarbeiter", erklärte Jessica. „Darin finden Sie alles, was Sie über die Leute wissen sollten, mit denen Sie arbeiten."

„Die Lebensläufe kenne ich. Die habe ich von meinem Großvater erhalten, als ich hier angefangen habe."

„Schön. Aber diese Infos gehen weit darüber hinaus. Es geht nicht nur darum, zu wissen, wer wo zur Schule gegangen ist. Obwohl ich bezweifle, dass Sie sich daran erinnern. Es geht vielmehr darum, welcher Mensch hinter den Lebensläufen steckt. Was ihn bewegt und was ihn antreibt."

Ich schnaubte. „Und warum sollte mich das jucken? Das hat doch mit der Arbeit rein gar nichts zu tun."

„Und genau da irren Sie sich, Mister Anderson. Es gibt etwas ganz Entscheidendes, was Sie über die Psyche des Menschen wissen sollten. Jeder Mensch strebt danach, wichtig zu sein. Jeder möchte Anerkennung. Manche sind dafür bereit, sogar über Leichen zu gehen oder leiden so sehr an Größenwahn, dass sie versuchen, die Weltherrschaft an sich zu reißen, wie gewisse Diktatoren es bereits probiert haben. Aber ich rede hier

von ganz normalen Menschen, die ganz normale Be-
dürfnisse haben.“

„Und?“ Ich verstand immer noch nicht, warum mich
das interessieren sollte.

„Nun. Wenn man das weiß und zu seinem Vorteil
nutzt, dann kann man sehr viel erreichen. Denn wenn
Sie Ihre Ausstrahlung verbessern wollen, dann müssen
Sie nichts weiter tun, als den Menschen, mit denen Sie
reden, das Gefühl zu geben, wichtig zu sein.“

„Und ... was habe ich davon?“, fragte ich.

„Nun. Wie gesagt. Erstmal werden Sie den Menschen
sympathischer und das wiederum führt dazu, dass
man lieber für Sie arbeitet. Ich dachte, genau darum
ginge es Ihnen.“

„Es geht mir darum, dass mein Großvater aufhört mir
auf die Nerven zu gehen und mir die Leitung des Verlags überträgt. Um nichts anderes.“

„Gut. Ihr Großvater wird aber erst aufhören, Sie zu
nerven, sobald Sie bereit sind, an sich zu arbeiten!“

Nun war sie tatsächlich lauter geworden und ich runzelte die Stirn. Ich hasste es, so angefahren zu werden
und Jessica schien gerade klarzuwerden, dass sie bei
mir so nicht weiterkommen würde. Denn sie atmete
tief durch und hob entschuldigend die Hände.

„Verzeihung“, sagte sie. „Ich habe mich gehen lassen.
Ich wollte Sie nicht kritisieren. Sie sind ein guter
Mensch und ein Mann, der unter starkem Leistungs-
druck steht. Hinzu kommt, dass Sie das Gefühl haben,
nur von Dilettanten umgeben zu sein. Wer würde da
nicht ab und zu aus der Haut fahren?“

Ein guter Mensch? Wo kam das denn auf einmal her? Mir war noch nie jemand mit so viel Verständnis begegnet und irgendwo in mir schrillten die Alarmglocken, dass sie gerade dabei war, mich zu manipulieren. Aber verdammt nochmal, es funktionierte. Ich war es gewohnt, dass mir alle mit Ablehnung begegneten, daher überraschte es mich, plötzlich zu hören, dass es okay war, dass ich so reagierte, wie ich es tat.

Ich rieb mir das Kinn und sah sie an. „Nun ja ... Ähm. Da haben Sie Recht. Hier arbeiten wirklich nur Dilettanten. Matilda vielleicht mal ausgenommen."

„Aber wenn Sie das wissen, dann hätten Sie doch sicherlich Lust, Ihren Angestellten dabei zu helfen, es besser zu machen."

„Aber das tue ich doch. Ich sage ihnen jeden Tag, was sie falsch machen, aber das ändert nichts daran, dass sie ihre Fehler wiederholen. Egal, wie oft ich ihnen erkläre, wie die Arbeit richtig gemacht werden soll, es führt überhaupt nicht dazu, dass sie sich mehr bemühen. Oder wenn, dann nur einen Tag lang und danach machen sie alles wie bisher."

Jessica nickte und sah mich eindringlich an. „Wie wäre es denn, wenn Sie sie weniger kritisieren würden?"

Ich öffnete den Mund, um über diesen Vorschlag zu schimpfen, aber sie stoppte mich mit einer Handbewegung.

„Hören Sie mir bitte kurz zu, Mister Anderson", bat sie und ich nickte ihr zu, um ihr zu bedeuten, fortzufahren. Anhören konnte ich mir den Unsinn ja wenigstens.

„Niemand wird gerne kritisiert", sagte sie. „Sie nicht, ich nicht und Ihre Angestellten ganz sicher auch nicht.

Das ist menschlich. Denn Kritik kränkt uns und verletzt unser Selbstwertgefühl, daher reagieren wir auf Kritik grundsätzlich mit Ablehnung. Das geht uns allen so. Glauben Sie mir. Es gibt keinen Menschen, der gerne hört, dass er etwas falsch gemacht hat. Im Gegenteil. Wir sehnen uns nach Lob und Anerkennung. Deswegen geben es nur die wenigsten Leute zu, dass sie im Unrecht sind. Das erfordert nämlich ein hohes Maß an Selbstreflexion und Mut. Immerhin muss jemand, der zu seinen Fehlern steht, auch mit den Konsequenzen leben. Was auch immer das für welche sein mögen."

Das klang logischer, als mir lieb war, daher nickte ich.

„Dass meine Angestellten nicht bereit sind, zu ihren Fehlern zu stehen ist mir auch schon aufgefallen", murmelte ich. „Deswegen stoße ich sie ja regelmäßig mit der Nase darauf."

„Das ist auch grundsätzlich nicht falsch", sagte Jessica zu meiner Überraschung. „Allerdings geht es um die Art und Weise, wie Sie Ihre Kritik rüberbringen."

Jetzt war ich neugierig. „Also gut. Wie sollte ich meine Kritik denn herüberbringen?"

„Sie haben selbst gesagt, dass es nicht viel bringt, dass Sie Ihre Leute anschreien oder Ihnen drohen. Warum versuchen Sie es dann nicht mal mit einer anderen Taktik?"

„Welche denn? Nett bitten? Das habe ich auch schon versucht und es hat noch schlechter geklappt."

Einen Moment sah ich Skepsis in Jessicas Gesicht, aber dann lächelte sie wieder. Irgendwie reizte mich das. Sie war immer so gelassen und höflich, dass ich mir wünschte, aus ihr mal etwas mehr Unmut herauszukitzeln. Mir war klar, dass sie nur so nett zu mir war, weil sie keine andere Wahl hatte. Immerhin war das ihr Job.

„Wie wäre es, wenn Sie es einfach nochmal versuchen", schlug Jessica vor. „Wissen Sie ... Kritisieren kann jeder. Dafür braucht man weder einen guten Schulabschluss noch ein hohes Maß an Intelligenz. Aber es ist gar nicht so einfach, Fehler zu verzeihen oder konstruktive Verbesserungsvorschläge zu machen. Dafür braucht man Charakterstärke und Intelligenz. Und die haben nicht alle Menschen."

Ich schluckte. Das saß und ich kam nicht umhin, Jessica dafür zu bewundern, dass sie es schaffte, mir meine Fehler vor Augen zu führen, ohne mich direkt anzugreifen. Es brachte mich dazu, mein eigenes Verhalten zu hinterfragen. Etwas, das ich ganz und gar nicht gerne tat. Und das wiederum führte dazu, dass ich ärgerlich wurde.

„Sie wollen also sagen, dass ich weder charakterstark noch intelligent bin?", fragte ich nach und diesmal war es an Jessica, zu schlucken. Doch sie reckte das Kinn und funkelte mich herausfordernd an.

„Das habe ich nicht gesagt", stellte sie klar. „Wenn Sie sich entscheiden, es so zu verstehen, dann ist das ganz allein Ihre Sache und nicht meine. Alles, was ich sagen wollte, ist, dass es andere Möglichkeiten gibt, seine Angestellten dazu zu kriegen, besser zu arbeiten."

„Und welche wären das? Soll ich sie für Dinge loben, die sie nicht gemacht haben?"

„Nein. Aber für Dinge, die sie gut können. Jeder kann etwas gut. Sonst hätte Ihr Großvater die Leute sicherlich nicht eingestellt. Ich kann Ihnen also nur raten, ein Gespräch immer mit dem zu beginnen, was die Person gut kann. Loben Sie die Leute und weisen Sie dann vorsichtig darauf hin, dass bestimmte Dinge auf andere Art besser funktionieren würden. Bieten Sie am besten sogar noch eine Belohnung an."

„Was? Ich soll die Idioten noch für Ihre Fehler belohnen? Was ist das denn für ein Blödsinn? Die Leute gehören dafür bestraft, wenn sie Mist bauen. Immerhin ist es mein Recht als Vorgesetzter, gute Arbeit von ihnen zu bekommen. Ich bezahle diese Nichtsnutze schließlich."

„Das stimmt. Aber wenn Sie ihnen eine Belohnung anbieten, dann werden Sie viel schneller ans Ziel kommen."

Ich schüttelte den Kopf. „Das kann ich mir nicht vorstellen."

„Ach, nein? Dann versuchen Sie es doch einfach mal. Wir haben immerhin ausgemacht, dass Sie auf mich hören. Wie wollen Sie sonst nachweisen, dass die von mir vorgeschlagene Taktik nicht funktioniert?"

Missmutig sah ich Jessica an. Ich hasste es, wenn Leute so logische und schlagkräftige Argumente hervorbrachten.

„Und wie soll ich das anstellen?", fragte ich.

„Nun. Sobald das nächste Mal jemand einen Fehler macht, erheben Sie ihm gegenüber nicht die Stimme, sondern überlegen sich vorher ganz genau, wie Sie es schaffen könnten, Ihre Kritik konstruktiv zu verpacken, sodass sie besser angenommen wird. Sie beginnen mit einem Kompliment und stellen dann eine Belohnung in Aussicht. Ich versichere Ihnen, dass man Ihnen in diesem Fall mit Dankbarkeit und Wohlwollen begegnen wird."

Ich konnte mir nicht helfen, aber ich war immer noch skeptisch. Andererseits hatte ich eingewilligt, auf Jessica zu hören und es zumindest mit ihrer Taktik zu versuchen. Trotzdem klang das nicht wie etwas, das mir leichtfallen würde.

Wie auf Kommando klopfte in diesem Augenblick jemand an die Tür.

„Ja?!", blaffte ich aus Gewohnheit.

Die Tür ging langsam auf und Robert streckte seinen Kopf herein.

„Boss?", fragte er. „Darf ich reinkommen?"

Ich sagte nichts, sondern winkte ihn einfach nur nach drinnen. Robert arbeitete schon seit einigen Jahren für den Verlag und leistete im Großen und Ganzen gute Arbeit. Aber er war so unsicher und schreckhaft, dass ihm viel zu häufig Fehler passierten und das wiederum brachte mich zur Weißglut.

Robert duckte sich und warf Jessica einen verunsicherten Blick zu. Diese lächelte ihn freundlich an. Aus irgendeinem Grunde nervte mich das und ich fixierte ihn mit meinem Blick.

„Was gibt's?", fragte ich barsch.

„Na ja ... Es gibt da ein kleines Problem bei den Todesanzeigen. Wie es aussieht, hat sich jemand einen Scherz erlaubt. Es wurde folgender Text eingesandt."

Robert reichte mir einen Zettel und ich las laut vor. „Am 04.05. hat das Leiden von Peter Jennings endlich ein Ende gefunden. Die Beerdigung seiner Frau Catherine findet am 12.05. in der Saint James Cathedral statt." Ich runzelte die Stirn. „Wo ist das Problem?", wollte ich wissen. „Da hat ganz offensichtlich jemand Humor."

„Das stimmt", sagte Robert vorsichtig. „Aber was ist, wenn sich dadurch jemand auf den Schlips getreten fühlt?"

„Wir sind nicht für den Inhalt der Anzeigen verantwortlich", stellte ich klar. „Das steht auch in unseren Statuten. Wir müssen nur eingreifen, wenn es um diskriminierende oder rassistische Inhalte geht. So etwas kann ich hier nicht erkennen."

Ganz offensichtlich war Robert nicht überzeugt und auch Jessica kam neugierig näher.

„Robert hat nicht unrecht", sagte sie. „So etwas könnte durchaus so ausgelegt werden, als wäre die Zeitung frauenfeindlich."

Ich runzelte die Stirn. „Das ist doch totaler Blödsinn. Warum sollte man das als Frauenfeindlichkeit auslegen? Es könnte genauso gut anders herum sein. Wenn dort stehen würde, Catherines Leiden hat endlich ein Ende, weil die Beerdigung ihres Mannes am Dienstag stattfindet, dann würde doch auch niemand davon ausgehen, dass es männerfeindlich gemeint ist, oder?"

„Wahrscheinlich nicht", räumte Jessica ein. „Aber wie Sie wissen, werden Frauen generell häufiger diskriminiert. Trotz all der Fortschritte, die unsere Gesellschaft in den letzten Jahrzehnten gemacht hat, verdienen Frauen im Schnitt deutlich weniger Geld und es kommt viel zu häufig zu Anfeindungen ihnen gegenüber."

Ich betrachtete Jessica eingehend. Auch heute war ihr Outfit makellos. Keine Falte zeigte sich an ihrem Rock oder an ihrem Blazer und jedes Haar saß an der richtigen Stelle. Wie es wohl sein mochte, ihr den strengen Dutt zu lösen und meine Hände in ihrem langen Haar zu vergraben?

Es ärgerte mich, in welche Richtung meine Gedanken gingen und ich wandte meine Aufmerksamkeit schnell wieder Robert zu.

„Drucken Sie das so", sagte ich zu ihm. „Wegen solcher Lappalien möchte ich nicht wieder belästigt werden. Und machen Sie die Anzeigen heute noch alle fertig, klar?"

„Ja, natürlich, Boss. Ich verspreche es, Boss."

Robert zog den Kopf ein und verschwand aus meinem Büro.

„Sie hätten die Gelegenheit nutzen können, um ihn für seine Mühe zu loben", sagte Jessica. „Darüber hätte er sich sicher gefreut. Jetzt hingegen, wird er sich nicht so schnell trauen, Sie noch einmal anzusprechen."

„Na, umso besser. Wegen solcher Kleinigkeiten möchte ich auch gar nicht angesprochen werden. Es ist doch klar, dass er seine Arbeit zu tun hat."

„Auf der einen Seite stimmt das. Andererseits sollten Sie froh sein, wenn Ihre Mitarbeiter sich trauen, über solche Dinge mit Ihnen zu reden. Was, wenn es beim nächsten Mal um etwas geht, das Sie nicht als Lappalie ansehen? Dann würden Sie sich darüber aufregen, warum er Sie nicht einfach gefragt hat."

Ich wollte widersprechen, als mir aufging, dass sie recht hatte. Dieses Mal war es wirklich eine Kleinigkeit gewesen, aber beim nächsten Mal war es vielleicht etwas, was mir wichtig erschien. Aber es ging mir gegen den Strich, Jessica zuzustimmen.

„Sonst noch was?", fragte ich. „Oder kann ich jetzt wieder an die Arbeit gehen?"

„Natürlich können Sie das. Ich werde mich auch noch ein wenig unter die Leute mischen. Aber ich habe für heute eine Aufgabe für Sie."

Ich sah sie skeptisch an. „Was denn für eine Aufgabe?"

Ich hasste Aufgaben. Gewöhnlich war ich es, der den Leuten sagte, was sie zu tun hatten, und es ging mir gegen den Strich, wenn wir jemand anders etwas auftrug. Aber so war die Abmachung gewesen, also musste ich wohl oder übel tun, was Jessica sagte. Ich hoffte nur, dass es nicht allzu schwierig für mich sein würde.

„Wie ich Ihnen bereits erklärt habe, sehnt sich jeder Mensch nach Lob. Daher möchte ich Sie bitten, Ihre Mitarbeiter heute für irgendwelche Dinge zu loben oder ihnen ein Kompliment zu machen."

„Und für was bitte schön?"

„Vollkommen egal. Sie werden schon etwas finden. Wenn die Arbeit nichts hergibt, dann nehmen sie doch einfach etwas an ihrem Äußeren. Eine neue Frisur, eine neue Brille, ein hübsches Kleid... Ganz egal."

„Und was ist, wenn mir das Kleid nicht gefällt?"

„Was spielt das für eine Rolle? Sie können davon ausgehen, dass die Frau das Kleid angezogen hat, weil sie es mag. Niemand stellt sich vor seinen Schrank und sucht sich bewusst etwas aus, das er hässlich findet, insofern können Sie davon ausgehen, dass die Person sich über das Lob freuen wird. In diesem Fall ist es wichtiger, nett zu sein als ehrlich."

„Ich soll die Leute also belügen?"

„Belügen klingt zu hart. Ich würde sagen, dass sie die Wahrheit ein bisschen verbiegen. Das kommt dem näher."

Ich brummte etwas in meinen Bart und winkte Jessica davon. Ich hatte überhaupt keine Lust, meinen Angestellten Honig ums Maul zu schmieren, aber Abmachung war nun mal Abmachung und ich nahm mir vor es wenigstens zu versuchen.

Kapitel 11

Jessica

„Und?", fragte Matilda im Aufenthaltsraum und stellte sich mit ihrem Kaffee zu mir. „Wie läuft es bisher?"

„Ihr Boss ist extrem stur", sagte ich. „Es ist nicht einfach, mit ihm zu reden und ich fürchte, dass wir noch eine Menge Arbeit vor uns haben."

Matilda lachte. „Das hätte ich Ihnen auch gleich sagen können. Mein Chef ist immerhin der unperfekteste Boss von ganz New York."

Ich rang mir ein Lächeln ab, obwohl mir gerade eher zum Weinen zumute war. Matilda konnte unmöglich wissen, dass ich für den Artikel verantwortlich war, auch wenn ich mich nicht mehr daran erinnerte, ihn veröffentlicht zu haben. Ich war also selbst schuld an der ganzen Misere und musste die Suppe nun auslöffeln, die ich mir eingebrockt hatte.

Das änderte aber nichts daran, dass ich am liebsten alles hingeschmissen hätte. Doch ich hatte von Alan gelernt, dass man nicht so schnell aufgeben durfte. Besonders nicht in unserem Job. Natürlich kamen nicht die

Menschen zu ihm, die schon alles wussten und alles konnten, sondern die Menschen, die Hilfe brauchten. Der Unterschied war nur, dass die meisten Menschen, die Alans Rat suchten, bereit waren, an sich zu arbeiten.

Bei Charles war das nicht der Fall.

Er war nur mit dem Coaching einverstanden, weil man ihm keine andere Wahl ließ und das waren die schwierigsten Klienten überhaupt. Wie sollte man mit jemandem arbeiten, der überhaupt kein Interesse daran hatte, sich zu ändern? Denn eine Veränderung war besonders im Hinblick auf Charles wichtig, denn was in meinem Artikel stand, entsprach der Wahrheit. Er war ein grauenvoller Arbeitgeber und mir taten seine Angestellten ehrlich leid. Falls er jedoch auf mich hörte und bereit war, zu experimentieren, dann konnte man sicherlich einiges erreichen.

„Sie haben ja recht", sagte ich zu Matilda. „Ich bin nur frustriert und hoffe, dass er auf mich hören wird. Sonst ist das alles hier vollkommen umsonst."

„Nichts ist jemals umsonst. Zumindest haben Sie es dann versucht. Ich hoffe für Charles, dass er sich auf die Sache einlässt, weil ich befürchte, dass sonst Henry den Verlag übernimmt und das wäre für Charles eine absolute Katastrophe."

„Das kann ich mir vorstellen. Ich habe inzwischen herausgefunden, dass Mister Anderson ursprünglich Profiboxer war. Und so etwas wollten Sie mir nicht sagen?"

Matilda lächelte. „Ich habe mir schon gedacht, dass Sie es herausfinden würden. Das ist besser, als es durch andere zu erfahren. Es war unglaublich hart für Charles, dass er kurz vor dem Ziel aufgeben musste."

„Und es gibt überhaupt keine Chance darauf, dass er
seine Karriere fortführen könnte?“

„Leider nein. Die Ärzte haben ihm gesagt, dass er froh
sein kann, dass er keine bleibenden Schäden davon getragen hat. Ein weiterer Schlag gegen den Kopf könnte
ihn umbringen oder ihn erneut ins Koma verfrachten.“

„Oh, Gott. Und das alles durch einen Unfall? Was ist
denn passiert? Ein Autounfall?“

„Nein. Aber … das ist auch sehr privat. Fragen Sie
Charles am besten bei Gelegenheit selber danach.“

„Das tut mir leid. Es muss hart sein, wenn man so sehr
für etwas gekämpft hat und dann kurz vor dem Ziel
aufgeben muss.“

„Ganz genau. Vielleicht verstehen Sie jetzt, warum er
so ‚schwierig‘ ist“, sagte Matilda und setzte das Wort
schwierig mit den Fingern in Anführungszeichen.

Ich nickte und hob den Kopf, als Elizabeth in den Pau-
senraum der Abteilung kam. Ihr standen Tränen in den
Augen und sie hatte sich ein Halstuch um den Kopf geschlungen.

„Elizabeth“, sagte Matilda sofort. „Was ist denn passiert?“

„Es ist grauenvoll.“ Elizabeth schluchzte. „Ich war gestern beim Friseur, weil ich meine Haare neu blondieren
lassen wollte. Aber der Friseur, bei dem ich normalerweise bin, war krank. Also war ich bei seiner Kollegin
und die hat offensichtlich ihre Ausbildung im Lotto gewonnen, denn sie hat meine Haare vollkommen ver-
pfuscht.“

Ich hielt mir betroffen eine Hand vor den Mund. Matilda hatte ebenfalls Mitleid, war aber gleichzeitig neugierig.

„Oh nein, wie schrecklich", sagte sie. „Darf ich es sehen?"

Elizabeth sah zu mir und ich setzte eine mitfühlende Miene auf. „Keine Sorge. Ich verspreche, dass ich nicht lachen werde", sagte ich. „So etwas ist mir auch schon passiert. Ich hatte mal einen Grünstich in den Haaren. Das sah furchtbar aus."

Elizabeth zögerte, aber zog dann das Tuch von ihrem Kopf. Es war eine einzige Katastrophe und ich musste mich nun doch etwas zusammenreißen, um nicht zu lachen. Denn ihre Haare waren quietschorange. Es sah fast aus, als wäre es eine Clownshaarperücke. Ganz so schlimm war es bei mir damals dann doch nicht gewesen.

„Oh, mein Gott", rief Matilda. „Das tut mir so leid, Liebes. Du solltest die Friseurin verklagen."

„Das würde ich am liebsten auch", sagte Elizabeth. „Und das Schlimmste ist, dass mein Friseur erst übermorgen zurückkommt. Natürlich hat die Frau mir angeboten, das Ganze zu korrigieren, aber die lasse ich bestimmt nicht nochmal an meine Haare. Da warte ich lieber, bis Luigi wieder da ist."

„Das kann ich gut verstehen", sagte ich. „Vielleicht wäre es ja eine Möglichkeit, solange einen Hut zu tragen. Oder eine Perücke?"

Elizabeth schien froh darüber zu sein, dass Matilda und ich nachvollziehen konnten, wie unangenehm ihr die Haarfarbe war. Kein Wunder. Immerhin wurde in einem Büro schnell gelästert. Alan hätte jetzt vermutlich gesagt, dass Elizabeth am besten offen damit umgehen sollte, aber so, wie ich sie einschätze, würde sie das nicht schaffen. Empathie war in diesem Fall die bessere Wahl.

Genau in diesem Moment kam zu allem Unglück auch noch Charles in den Aufenthaltsraum. Ganz offensichtlich wollte er meinem Rat folgen und sich ein wenig unter die Leute mischen.

Er betrat den Raum, sah auf und grüßt alle mit einem Nicken. Dann stutzte er und starrte ungewöhnlich lange auf Elizabeths Haare.

Sag nichts, sag nichts, sag einfach nichts, dachte ich. Doch natürlich tat er genau das Gegenteil.

„Elizabeth", sagte er in neutralem Tonfall. „Schicke Frisur."

Elizabeth sah ihn einen Moment an, als hätte er sie gerade zutiefst beleidigt. Dann schlug sie sich die Hände vors Gesicht und begann bitterlich zu weinen.

„Verarschen kann ich mich selber", weinte sie und rannte aus dem Raum zu den Toiletten.

„Elizabeth. Nun warte doch", rief Matilda und lief ihr hinterher, um sie zu trösten.

Charles und ich blieben zurück und er sah mich vollkommen irritiert an. „Was habe ich denn nun schon wieder falsch gemacht?", fragte er allen Ernstes.

„Das haben Sie wirklich nicht verstanden?" Ich war fassungslos.

Wenn er seinen Fehler nicht erkannte, dann fehlte ihm tatsächlich jedes bisschen Empathie. Oder war er einfach nur ein typischer Mann?

„Ich habe genau das getan, was Sie mir geraten haben", sagte Charles. „Ich habe Elizabeth für etwas gelobt, das mir an ihr aufgefallen ist. Die neue Haarfarbe gefällt mir zwar nicht, aber Sie haben gesagt, dass sie mir auch nicht gefallen muss und dass ein wenig Lügen in diesem Fall in Ordnung wäre."

„Tja das Problem ist nur, dass Elizabeth mit ihrer Haarfarbe selbst todunglücklich ist."

„Was? Und warum hat sie sich dann so eine komische Farbe ausgesucht?"

„Das ist es ja eben. Das hat sie nicht! Sie wollte wieder blond sein. Aber die Friseurin hat es verbockt."

„Shit. Woher hätte ich das denn wissen sollen? Warum hat sie es denn nicht sofort korrigieren lassen?"

„So eine Frage kann auch nur ein Mann stellen", sagte ich. „Sie will zu dem Friseur ihres Vertrauens, weil sie Angst hat, dass es noch schlimmer wird. Und der kommt erst in zwei Tagen aus dem Urlaub."

„Heißt das, sie muss jetzt zwei Tage mit dieser aberwitzigen Frisur herumlaufen?"

Ich nickte.

Charles schüttelte ungläubig den Kopf. „Okay. Dann kann ich verstehen, warum sie heulend weggerannt ist. Das hätte ich auch getan, wenn ich plötzlich orangene Haare hätte."

Das war so ziemlich das Einfühlsamste, was ich bisher von Charles gehört hatte und in gewisser Weise hatte ich dadurch den Eindruck, wir würden Fortschritte machen.

„Das bedeutet allerdings nicht, dass Sie deswegen die Flinte ins Korn werfen dürfen", sagte ich.

„Was soll das denn nun schon wieder heißen?"

„Nun. Das bedeutet, dass Sie diesmal in ein Fettnäpfchen getreten sind, aber deswegen noch lange nicht denken dürfen, dass die Taktik nicht funktioniert. Versuchen Sie es einfach bei jemand anderem nochmal. Was ist zum Beispiel mit Tiffany?"

Charles sah zu Tiffany hinüber, die gerade dabei war, in ihr Schinkensandwich zu beißen.

„Kommen Sie", sagte ich. „Gehen Sie zu ihr und machen Sie ihr ein Kompliment."

Charles seufzte tief und nickte dann.

„Also gut", sagte er schicksalsergeben. „Ich werde es versuchen."

Kapitel 12

Charles

Ein Kompliment. Ein Kompliment. Wie machte man jemandem wie Tiffany bitte schön ein Kompliment? Sie sah aus wie eine explodierte Vogelscheuche mit ihren struppigen Haaren. Außerdem waren da die Hasenzähne. Auch ihr Kleid fand ich hässlich und fürchtete, dass ich wieder in ein Fettnäpfchen treten könnte, wenn ich ihr dazu ein Kompliment machte. Vielleicht war heute Waschtag und sie hatte sich ein Kleid von ihrer Großmutter geliehen. Aber irgendetwas würde mir schon einfallen.

Entschlossen ging ich auf Tiffany zu und überlegte, ob sie Familie hatte. Mist. Ich hätte mir die Bögen anschauen sollen, die Jessica mir auf den Tisch gelegt hatte. Dann hätte ich sicher gewusst, worüber man mit ihr reden konnte. So jedoch fühlte ich mich vollkommen hilflos. Moment. War da nicht was gewesen? Sie hatte doch vor ein paar Wochen erzählt, dass sie abnehmen wollte. Ich hatte zwar nur mit halbem Ohr hingehört, weil mich so etwas nicht interessierte, aber das war doch bestimmt ein Thema, mit dem man anfangen könnte.

„Hallo, Tiffany", sagte ich und sie sah auf.

Mir war noch nie aufgefallen, dass sie hinter ihrer hässlichen Brille so hübsche braune Rehaugen hatte. Ihre Wimpern waren richtig lang. Vielleicht sollte ich den Leuten mehr ins Gesicht sehen.

„Oh. Hallo, Boss", sagte Tiffany und hielt sich die Hand vor den Mund, weil ihr ein Salatblatt herausgefallen war. „Tut mir leid. Ich ... wollte nur kurz etwas essen und arbeite gleich weiter."

„Kein Problem", sagte ich gönnerhaft. „Ich wollte ohnehin nur fragen, wie es Ihnen geht. Was macht die Diät? Ich finde, Sie sehen schon viel schlanker aus."

Tiffany wurde aschfahl und wenn ich nicht ihr Boss gewesen wäre, dann hätte sie mich vermutlich geohrfeigt.

„Also ... es tut mir leid, aber das war selbst für Ihre Verhältnisse ziemlich gemein", sagte Tiffany. „Sagen Sie doch gleich, dass ich besser keine Kohlenhydrate essen sollte, weil ich kürzlich fünf Kilo zugenommen habe."

Sie stand auf und lief mit Tränen in den Augen davon. Mit offenem Mund blieb ich zurück und starrte ihr hinterher.

„Was ist passiert?", fragte Jessica. „Was haben Sie zu ihr gesagt?"

„Ich ... ich wollte ihr ein Kompliment machen und habe ihr gesagt, dass sie schon viel schlanker aussieht. Nur hat sie offenbar zugenommen und nicht abgenommen."

Jessica zischte. „Oh, verdammt. Eine Frau sollte man niemals auf ihr Gewicht ansprechen. Das sollte doch allgemein bekannt sein. Ich meine ..." Sie atmete tief durch und schien sich zu sammeln, um mir nicht weiter eine Predigt zu halten. Dann sah sie mich an. „Also gut. Ich finde es toll, dass Sie es versucht haben, Charles. Das Gewicht war vielleicht nicht das ideale Thema. Frauen sind, was das angeht, grundsätzlich empfindlich. Wie wäre es stattdessen mit der Familie? Wissen Sie von jemandem was über dessen Kinder?"

„Diane ist schwanger", sagte ich und deutete auf eine Frau mit dickem Bauch, die an ihrem Computer saß und arbeitete. „Soweit ich weiß, ist es ihr erstes Kind."

„Gut. Das ist sehr gut. Und Sie sind sicher, dass sie schwanger ist? Nicht, dass sie nur ... etwas pummelig ist. Wir wollen ja nicht, dass Sie ins nächste Fettnäpfchen treten."

„Nein, nein. Sie ist definitiv schwanger. Sie hatte ein paar Wochen Urlaub, um das Kinderzimmer einzurichten oder was weiß ich. Der Geburtstermin müsste jetzt bald sein."

„Na, sehen Sie. Dann wäre das doch ein gutes Thema. Los. Versuchen Sie es."

Ich nickte und ging auf Diane zu. Im Prinzip war es mir vollkommen egal, wann Sie ihr Balg bekommen würde, aber Abmachung war Abmachung.

„Hallo, Diane", sagte ich und stellte mich zu ihr an den Tisch.

„Hallo, Mister Anderson", sagte sie freundlich. „Was ist los? Bin ich schon über der Zeit? Es tut mir leid. Wegen des Babys schaffe ich im Moment nicht so viel wie sonst."

Na also. Definitiv schwanger.

„Ja, ja. Das verstehe ich natürlich. Wann kommt das Kind denn?"

„Wie bitte?"

„Das Baby. Wann kommt es zur Welt?"

Diane runzelte die Stirn, als hätte ich gerade etwas unglaublich Dummes gesagt.

„Es ist vor sechs Wochen zur Welt gekommen", stellte sie klar. „Ist Ihnen etwa nicht aufgefallen, dass ich vier Wochen nicht da war? Ich arbeite auch nur deshalb schon wieder, weil ich Sorge hatte, sonst ersetzt zu werden, aber meine Mutter kümmert sich zum Glück hervorragend um das Kind."

„Oh. Ich dachte …" Irritiert sah ich auf ihren Bauch, der immer noch ganz schön rund wirkte.

Diane verschränkte die Arme davor und wurde feuerrot.

„Neun Monate kommt der Bauch und neun Monate geht er", sagte sie verteidigend. „Pressen Sie mal etwas von der Größe einer Melone durch ein Loch, das so groß ist wie eine Traube. Und dann versuchen Sie, innerhalb kürzester Zeit wieder Ihre alte Figur zu bekommen."

„Tut mir leid", sagte ich, weil ich sie wirklich nicht hatte beleidigen wollen. „Ich wollte nicht …"

„Natürlich nicht. Und jetzt entschuldigen Sie mich bitte."

Diane stand auf und drängelte sich an mir vorbei. Verdammt. Das konnte doch nicht wahr sein. Als Jessica zu mir kam, hob ich abwehrend die Hand. „Fragen Sie gar nicht erst. Das mit dem Thema Kind war eine ganz dumme Idee. Das Baby ist längst da und natürlich waren wir dann wieder beim Thema Gewicht, was ja, wie Sie mir bereits erklärt haben, tabu ist. Ich denke, für heute habe ich erstmal die Nase voll davon, jemandem Komplimente zu machen. Vielen Dank auch."

Mit diesen Worten stürmte ich an Jessica vorbei und verschwand in meinem Büro. Für den Rest des Tages würde ich mich dort verschanzen und hatte keine Lust mehr, überhaupt irgendjemanden zu sehen.

Kapitel 13

Jessica

„Alan Cook?"

„Hallo, Alan", sagte ich erleichtert und blickte auf die vielen Hochhäuser vor mir. Ich hatte mich auf den Balkon der Abteilung zurückgezogen und lehnte mich dort an eine Wand, die so weit von der Balkontür entfernt lag wie nur möglich.

„Bin ich froh, dass du rangehst. Ich weiß überhaupt nicht, wie ich mit Mister Anderson umgehen soll. Er hat zwar versucht, meine Tipps umzusetzen, aber das ist komplett nach hinten losgegangen."

„Okay. Ich habe leider nicht viel Zeit, Jessica. Was genau ist denn das Problem?"

„Mister Anderson hat auf meinen Rat hin versucht, seinen Mitarbeiterinnen Komplimente zu machen und ist dabei in jedes Fettnäpfchen getreten, in das man nur treten kann. Entweder liegt es an ihm oder ich bin ein miserabler Coach."

„Also, erst einmal: Ich bin sicher, dass du alles richtig gemacht hast. Du weißt genau, welch große Stücke ich auf dich halte."

Das ging runter wie Öl. Gleichzeitig hatte es einen faden Beigeschmack, da ich wusste, dass er mich nur lobte, weil ich es hören wollte.

„Danke", sagte ich trotzdem. „Und was soll ich jetzt machen?"

„Versuch eine andere Taktik. Es gibt verschiedene Möglichkeiten, um seine Außenwirkung zu verbessern und das weißt du auch. Wenn ein Weg nicht funktioniert, dann versuch es mit dem nächsten. Lern ihn besser kennen und finde heraus, wie man ihn am besten packen kann."

Ich biss mir auf die Unterlippe. Natürlich. Im Grunde genommen wusste ich das. Aber eigentlich hatte ich vor allem Alans Stimme hören wollen.

„Wie laufen deine Auftritte?", fragte ich. „Ich vermisse dich."

Nun wurde Alans Stimme sanfter. „Ich vermisse dich auch. Aber ich werde leider nicht direkt nach der Tour zurück nach New York kommen, sondern fahre zu meiner Familie nach Trenton. Die Zwillinge haben Geburtstag und da darf ich nicht fehlen."

Diese Information versetzte mir einen Stich. Ich fand es zwar gut, dass er sich um seine Kinder kümmerte, aber gleichzeitig bedeutete es natürlich, dass er wieder bei seiner Frau sein würde statt bei mir und das wurmte mich mehr, als ich zugeben wollte.

„Okay", sagte ich trotzdem. „Das verstehe ich natürlich. Wann ... wann sehen wir uns denn wieder?"

Mir war klar, wie bedürftig das klang, aber ich konnte mich trotzdem nicht zurückhalten.

„Bald", versprach er. „Sehr bald sogar. Ich muss immerhin das Coaching von Mister Anderson überwachen."

Natürlich. Lieber hätte ich gehört, dass er meinetwegen nach New York kommen würde, aber so naiv war ich nicht. Mir war klar, dass ich trotz allem nur die Geliebte war. Er machte mir zwar immer wieder Geschenke und führte mich schick zum Essen aus, wenn er in der Stadt war, aber er wusste genau, dass er sich im Grunde genommen nicht um mich bemühen musste. Ich lag ihm so oder so zu Füßen. Verdammt. Da hatte ich Jahre damit zugebracht, von ihm zu lernen, wie ich selbstbewusster wurde und dann schaffte ich es trotzdem nicht, ihm einen Tritt in den Hintern zu geben und mein eigenes Ding zu machen.

„Also gut", sagte ich. „Sag auf jeden Fall frühzeitig Bescheid, wenn du kommst, damit ich mir einen Abend für dich freihalten kann. Ich habe im Moment viel zu tun, wie du dir vorstellen kannst. Die Arbeit mit Mister Anderson erfordert jede Menge Aufwand."

Alan sagte einen Moment nichts. Er war es nicht gewohnt, dass ich nicht zur Verfügung stand, wann immer er das wollte und innerlich jubilierte ich über diesen kleinen Sieg.

„Kein Problem. Carmen hat sicher Zeit für mich, falls du unabkömmlich bist", sagte er in höflichem Tonfall. Trotzdem fühlte es sich an wie eine Drohung. Ich war ersetzbar. Alan versuchte zwar immer, mir zu sagen, dass es nicht so war, aber durch diesen Kommentar hatte er sich entlarvt. Ich war nicht seine Ehefrau und nicht die Mutter seiner Kinder, sondern nur eine Geliebte, die er jederzeit austauschen konnte.

Ich schluckte. „Wie du meinst", sagte ich nur. „Ich muss jetzt weiterarbeiten, aber ich wünsche dir noch einen schönen Abend."

Ich wartete nicht auf seine Antwort, sondern legte auf und schaltete mein Handy ab. Dann lehnte ich mich zurück und schloss einen Moment die Augen.

Kapitel 14

Charles

Ich brauchte dringend eine Zigarette. Ich hatte ja bereits vermutet, dass dieses gesamte Coaching eine Schnapsidee war, aber inzwischen hatte ich den Eindruck, dass die komplette Situation sich durch Jessicas Tipps sogar noch verschlimmerte.

Bisher hatten meine Mitarbeiter mich zwar nicht gemocht, aber zumindest respektiert, doch nach der heutigen Aktion würden sie davon ausgehen, dass ich endgültig den Verstand verloren hatte. Ich hoffte nur, dass sie klug genug waren, um zu erkennen, dass ich mich bloß wegen Jessica so eigenartig verhielt.

Ich trat auf den Balkon, zog meine Zigarettenpackung heraus und steckte mir eine an.

„Ich würde Ihnen ja davon abraten, zu rauchen, aber ich schätze, da stoße ich auf taube Ohren, nicht wahr?"

Ich drehte mich um und sah Jessica, die an der anderen Seite des Balkons stand. Ich zündete demonstrativ meine Zigarette an und stieß genüsslich den Rauch aus.

„Genau richtig", erklärte ich. „Nikotin ist ein Suchtmittel. Das müssten Sie doch eigentlich wissen, oder? Davon kommt man nicht so leicht los."

Sie seufzte. „Da haben Sie recht. Trotzdem würde es Ihrer Außenwirkung gut tun. Zigarettenrauch stinkt und das setzt sich auch in Ihrer Kleidung ab. Selbst Ihr Büro riecht danach."

„Und? Ich unterlasse es immerhin, zu rauchen, wenn ich Geschäftspartner empfange."

„Das reicht doch nicht, meine Güte. Himmel. Ich hätte wirklich nicht gedacht, dass man Ihnen alles erklären muss."

Ich hob eine Augenbraue. „Es ist nicht so, dass ich Sie nicht verstehe, Miss Carter. Es ist mir nur einfach egal."

„Ja. Den Eindruck habe ich auch. Wissen Sie was? Ich kann so nicht arbeiten. Wie wäre es, wenn wir morgen einen Ausflug machen? Wir müssen uns besser kennenlernen und sehen, ob eine Zusammenarbeit überhaupt möglich ist. Sonst ..." Sie warf die Hände in die Luft. „Sonst weiß ich auch nicht, wie das mit uns funktionieren soll."

„Ich habe morgen jede Menge Termine", widersprach ich und zog mein Handy hervor, um meinen Kalender zu checken. „Am Donnerstag wäre es vormittags möglich. Da kann ich mich ein paar Stunden frei machen."

„Gut", sagte Jessica schnell. „Ich lasse mir etwas einfallen, was wir unternehmen können und dann sehen wir weiter. Aber wenn Sie schon unbedingt rauchen müssen, dann sollten Sie das wirklich nur draußen tun. In Ihrem Büro riecht es wie in einem Aschenbecher."

„Hatten Sie nicht gesagt, man solle seine Kritik nett verpacken?", fragte ich durchaus amüsiert.

„Sie haben recht. Also ... Stellen Sie sich vor, Sie kommen in das Büro eines Mannes, mit dem Sie gerne Geschäfte machen wollen und riechen sofort, dass der Mann gerade richtig schön einen hat fahren lassen. Es riecht bestialisch und Sie trauen sich kaum, zu atmen. Es wäre Ihnen in dem Fall doch sicher auch egal, ob der Mann es unterlässt, vor Ihnen zu furzen, oder? Stinken tut es trotzdem. Denken Sie mal darüber nach."

Überrascht sah ich Jessica hinterher, die mit diesen Worten die Terrasse verließ und wieder nach drinnen ging. Hatte diese elegante, perfekte Frau gerade ernsthaft übers Furzen gesprochen? Damit hatte ich nicht gerechnet und irgendwie machte es sie mir sympathischer. Sie wirkte menschlicher und gegen meinen Willen rang mir das Respekt ab. Diese Frau war wirklich etwas Besonderes.

***

Gegen Abend war Jessica längst weg, aber ich saß immer noch in meinem Büro. Es war bereits nach einundzwanzig Uhr, als ich den Laptop zuklappte und mich von meinem Schreibtisch erhob. Ich war meistens der Erste, der morgens hier war und der Letzte, der abends ging. Meiner Meinung nach gehörte sich das so für einen Vorgesetzten und es kostete mich keine große Mühe. Immerhin gab es zu Hause niemanden, der auf mich wartete. Keine Frau, keine Kinder und auch keine Geliebte, die mir das Bett wärmte. Und das, obwohl ich gegen Letzteres nichts einzuwenden gehabt hätte.

Im Grunde genommen war Jessica durchaus eine Frau, die mir gefallen würde. Sie hatte Klasse, war wunderschön und stilvoll. Doch ihre grauenvolle Perfektion machte sie gleichzeitig unerreichbar für mich, denn mir war klar, dass Jessica es niemals schaffen würde, hinter meine Fassade zu blicken. Sie sah nur das, was alle sahen. Einen ungehobelten Kerl, der wenig auf sein Äußeres gab und alle Menschen von sich stieß, und so sollte es besser auch bleiben. Immerhin konnte ich keine komplette Verwandlung durchmachen.

Ich streckte mich und stand dann von meinem Stuhl auf, um Feierabend zu machen. Sobald ich mein Büro abgeschlossen hatte, sah ich jedoch, dass Robert immer noch an seinem Platz saß und fast vor seinem Computer einschlief. Was tat er noch hier? War er etwa immer noch dabei, die Anzeigen fertig zu machen?

Kurzerhand ging ich zu ihm und sprach ihn an.

„Noch kein Feierabend?", fragte ich und Robert zuckte so heftig zusammen, dass ich fast gelacht hätte.

„Boss. Ich ... was machen Sie denn hier? Ich dachte, ich wäre der Letzte."

„Das dachte ich von mir auch. Aber offensichtlich sind wir beide länger hier, als gut für uns ist. Warum machen Sie nicht Feierabend?"

„Ich muss die Anzeigen noch fertigmachen. Das hatte ich Ihnen doch versprochen."

Das stimmte und normalerweise bestand ich auch darauf, dass die Leute Überstunden machten, wenn es noch etwas zu erledigen gab, aber Robert sah so erschöpft aus, dass er ohnehin nur Fehler machen würde, wenn er jetzt keinen Schlaf bekam.

Automatisch musste ich an Jessica denken und an das, was sie mir heute gesagt hatte.

„Robert … Sie machen einen guten Job", sagte ich und meinte das vollkommen ernst. Denn auch, wenn ich ständig an ihm herummäkelte, so hielt ich im Grunde genommen große Stücke auf ihn.

Mit großen Augen sah der kleine Mann mich an. „Wi … wirklich?", fragte er.

Ich nickte. „Ja. Ich sage es selten. Okay. Eigentlich sage ich es nie, aber Sie sind einer meiner besten Mitarbeiter. Ich kann es nur nicht leiden, dass Sie jedes Mal fast in Tränen ausbrechen, wenn ich Sie kritisiere."

Robert schluckte und schien schon wieder mit den Tränen zu kämpfen.

„Da. Genau das meine ich. Ich rede doch nur mit Ihnen. Da brauchen Sie doch nicht sofort zu flennen."

„Es … tut mir leid, Boss. Ich will ja gar nicht heulen. Es ist nur so, dass es manchmal gar nicht so einfach ist, es Ihnen recht zu machen und ein Lob … Ich wünsche mir schon so lange irgendeine Form der Anerkennung von Ihnen. Nun möchte ich erst recht hierbleiben, um die Anzeigen fertig zu machen."

Erstaunt sah ich ihn an. Ein Lob brachte also wirklich mehr als meine üblichen Drohungen? Wer hätte das gedacht. Bisher war ich davon ausgegangen, dass die Leute Angst vor mir haben mussten, um vernünftig zu arbeiten. Aber wie es aussah, war das ein Irrglaube. Jessica hatte zwar versucht, mir genau das klarzumachen, aber so richtig geglaubt hatte ich es nicht.

Ich strich mir über den Bart und schüttelte dann den Kopf.

„Nein", sagte ich dann. „Gehen Sie nach Hause."

„Aber …“

„Ich sagte, gehen Sie nach Hause! Oder muss ich erst wieder wütend werden?“

„Nein. Ich … ich verstehe nur nicht, warum … Sie sagten doch, das muss heute noch fertig werden.“

„Das stimmt. Aber ich habe meine Meinung geändert. Was habe ich davon, wenn Sie total übermüdet sind und deswegen neue Fehler einbauen? Schlafen Sie sich aus und gehen Sie morgen frisch ans Werk. Ich wette, dass Sie dann viel produktiver sind.“

Robert nickte erneut und schien es überhaupt nicht fassen zu können. Ehrlicherweise war ich selbst überrascht von mir. Es war unüblich, dass ich mich so verhielt. Aber ich hatte versprochen, auf Jessica zu hören und als Robert mich dankbar ansah, fühlte sich das erheblich besser an, als ich gedacht hätte.

„Danke, Boss“, sagte er und versteckte mit seiner Hand ein Gähnen. „Bis morgen.“

„Bis morgen“, murmelte ich und unterdrückte ein. „Schlafen Sie gut.“

Man musste es mit der Freundlichkeit schließlich nicht übertreiben.

Kapitel 15

Jessica

Ich hatte mich dazu entschlossen mit Mister Anderson in den Central Park Zoo zu gehen, weil ich hoffte, dass ich auf diese Art und Weise mehr über Charles' Charakter herausfinden würde. Hier gab es viele Familien mit Kindern, die sich zusammen die Tiere ansahen und es interessierte mich sehr, wie Charles sich in diesem Ambiente verhalten würde. In jedem Menschen steckte bekanntlich etwas Gutes und ich musste dringend herausfinden, was das bei Charles war, wenn ich vernünftig mit ihm arbeiten wollte. Er schien von meiner Wahl allerdings nicht begeistert zu sein.

„Der Zoo? Ernsthaft?", fragte er, als wir uns am Donnerstagmorgen pünktlich um zehn am Uhrenturm am Nordeingang trafen. Ich hatte ihm Uhrzeit und Adresse mitgeteilt, ohne zu spezifizieren, was ich mit ihm vorhatte. „Was um Himmels willen wollen wir denn hier? Ich bin eindeutig zu alt, um in den Streichelzoo zu gehen."

„Schade. Ich hatte eigentlich gehofft, dass in Ihnen ein Tierfreund steckt."

„Sie wissen doch bereits, dass ich eine Katzenhaarallergie habe."

„Das mag sein. Aber es gibt ja noch viele andere Tiere. Was ist zum Beispiel mit Hunden?"

Charles zuckte mit den Schultern. „Hunde sind okay. Zumindest, solange es nicht welche von diesen Fußhupen sind, die sofort anfangen zu bellen, wenn man nur in ihre Nähe kommt. Solche Kläffer kann ich überhaupt nicht leiden. Ein vernünftiger Hund sollte eine gewisse Größe haben und am besten dazu im Stande sein, Einbrecher zu verjagen."

„Das wundert mich überhaupt nicht", sagte ich und biss mir auf die Zunge, weil dieser Kommentar sehr unprofessionell gewesen war.

Charles schien das ebenfalls aufgefallen zu sein, denn er hob eine Augenbraue und sah mich an.

„Lassen Sie mich raten. Sie mögen die kleinen Kläffer, richtig?", fragte er.

Ich wich seinem Blick aus. „Na ja. Einige von diesen kleinen Hunden sind schon ganz niedlich. Ich mag es natürlich auch nicht, wenn ich verbellt werde, aber es hat schon was, wenn sie so klein sind, dass sie in eine Handtasche passen."

Charles verdrehte die Augen. „War ja klar, dass Sie zur Fraktion Paris Hilton gehören. Vermutlich haben Sie Angst vor großen Hunden, was?"

„Nein. Das habe ich nicht. Meine Eltern hatten eine Dänische Dogge. Ich kenne mich mit großen Hunden also ganz gut aus."

Charles betrachtete mich, als könnte er sich das nur schwer vorstellen. Aber das interessierte mich nicht wirklich. Meine Familie väterlicherseits hatte immer Doggen gehabt und ich mochte diese Tiere sehr. Das bedeutete allerdings nicht, dass ich Chihuahuas oder Yorkshire Terrier als Fußhupen bezeichnet hätte, so, wie er das tat.

Ich kaufte uns Eintrittskarten und obwohl Charles ganz offensichtlich keine Lust auf die Aktion hatte, ging er mit mir in den Tierpark.

Ich war immer schon gerne hergekommen, weil ich fand, dass Tiere etwas Beruhigendes hatten. Der Central Park Zoo war zwar nicht besonders groß, aber ich mochte ihn trotzdem sehr. Die Gehege waren schön und tierfreundlich eingerichtet, die Tierpfleger waren nett und die Anlage war gut gepflegt. Vor allem, wenn man in einer großen Stadt wie New York lebte, war es schön, ab und zu mal raus zu kommen.

Charles und ich liefen eine Weile durch den Zoo und ich versuchte ihn für die Tiere zu begeistern, aber ihn interessierten weder die Seelöwen noch die Grizzlybären. Ganz offensichtlich verstand er nicht, warum ich ihn hergebracht hatte und so langsam dämmerte mir, dass das eine miese Idee gewesen war.

Schließlich sah ich ein Häuschen, an dem Kaffee, Eis und Süßigkeiten verkauft wurden und deutete darauf.

„Haben Sie Lust auf einen Coffee to go?", fragte ich.

„Das ist vermutlich Ihre erste gute Idee heute", murmelte Charles in seinen Bart.

„Immerhin habe ich überhaupt Ideen. Von Ihnen kamen bisher ja keine Vorschläge, um unsere Zusammenarbeit zu verbessern."

Charles brummte etwas Unverständliches und wir stellten uns an.

Vor uns in der Schlange war ein Vater mit seinen beiden kleinen Töchtern und wartete ebenfalls darauf, an die Reihe zu kommen. Dadurch kamen wir nicht umhin, zu hören, wie eine der Töchter ihren Vater fragte: „Papa. In der Schule hat die Lehrerin gesagt, dass der Mensch vom Affen abstammt. Aber die Affen sehen doch ganz anders aus als wir. Wie kann das sein?"

Der Vater lächelte gequält und rieb sich die Brust. Er schwitzte stark in der Sonne und wischte sich immer wieder über das Gesicht. „Tja. Das ist eine gute Frage. Wisst ihr ... Vor ganz vielen Jahren hatte mal ein Affe einen schlimmen Unfall. Dabei hat er seine Haare verloren und sein Gesicht sah plötzlich ganz anders aus. Viele Jahre war er allein, bis er auf eine Affenfrau traf, die einen ähnlichen Unfall gehabt hatte und die beiden heirateten und wurden sehr glücklich. Sie bekamen Kinder und so entstand der Mensch."

Das kleinere Mädchen hörte mit großen Augen zu, während ihre ältere Schwester skeptisch die Stirn runzelte. Ich unterdrückte ein Schmunzeln, weil ich diese unsinnige Erklärung des Vaters lustig fand. Charles schien das Ganze hingegen gar nicht komisch zu finden.

„Das ist doch wohl nicht Ihr Ernst!", sagte er. „Sie können Ihren Kindern doch nicht so einen Unsinn erzählen. Wenn sie so was in der Schule sagen, dann werden sie doch ausgelacht."

Der Mann sah Charles befremdet an und wischte sich erneut den Schweiß von der Stirn. Offenbar verstand er genauso wenig wie ich, warum Charles sich überhaupt einmischte.

„Glaubt eurem Vater kein Wort“, sagte Charles ernst zu den Mädchen. „Die Menschen stammen nicht vom Affen ab, sondern haben nur dieselben Vorfahren wie Gorillas, Schimpansen oder Orang-Utans. Wir gehören alle zu den Hominiden, beziehungsweise Menschenaffen. Affen sind also keine Vorstufe des Menschen, sondern eigenständige Gattungen.“

Der Mann wurde rot vor Scham, weil Charles ihn vor seinen Kindern so bloßstellte und schnappte nach Luft.

„Vielen Dank für gar nichts“, sagte er kurzatmig. „Sie haben mich vor meinen Mädchen blamiert und mir noch dazu gehörig den Tag versaut. Mir ist ohnehin nicht ganz wohl heute und Sie haben es noch schlimmer gemacht. Kommt, Kinder. Ich hole euch woanders ein Eis.“

Die Mädchen protestierten nicht, sondern ließen sich von ihrem Vater mitziehen.

„Das war vollkommen unnötig“, sagte ich, sobald der Mann fort war. „Das hätten Sie nicht tun sollen.“

„Warum denn nicht? Ich hatte doch recht.“

„Das stimmt. Aber nur, weil man Recht hat, muss man nicht immer darauf bestehen. Was haben Sie davon, recht zu haben? Sie hätten den Vater auch einfach sein Märchen erzählen lassen können.“

Charles zuckte mit den Schultern. „Wenn ich im Recht bin, dann bestehe ich auch darauf.“

„Das sollten Sie aber nicht. Es macht unsympathisch und außerdem haben Sie nichts davon. Manchmal ist es besser, nicht auf sein Recht zu bestehen. Einfach nur um des lieben Friedens willen.“

Charles wirkte, als würde er diesen Ansatz überhaupt nicht verstehen. Es war offensichtlich, dass er es gewohnt war, seinen Mund aufzumachen, wenn er zu einer Sache etwas zu sagen hatte. Doch ich meinte es vollkommen ernst. Es brachte überhaupt nichts, wenn man auf sein Recht beharrte. Viel besser war es doch, Kompromisse einzugehen und für alle eine befriedigende Lösung zu finden.

Wir holten uns einen Coffee to go und gingen schweigend weiter durch den Zoo. Ich war schon kurz davor, das Ganze abzubrechen, als wir bei dem Polarkreis-Territorium ankamen. Ich wollte schon daran vorbeigehen, als Charles innehielt.

„Einen Augenblick", sagte er. „Pinguine habe ich schon immer gemocht."

Überrascht stoppte ich. „Wirklich?", hakte ich nach, weil ich mir das nur schwer vorstellen konnte. „Pinguine?"

„Ja." Charles ging in das Gebäude und blieb vor der Glasscheibe stehen, hinter der die Pinguine lebten. Oben sah man Steine, die den natürlich Lebensraum der Tiere nachempfinden sollten und im unteren Bereich konnte man erkennen, wie die Pinguine sich im Wasser bewegten.

„Ich war vor ein paar Jahren bei einem Wettkampf in Kapstadt und habe dort einen Urlaub angehängt. Nicht weit von der Hauptstadt gibt es einen Strand, an dem über tausend Pinguine zu Hause sind. Man kann dort mit den Tieren zusammen baden."

„Wirklich? Das klingt ja toll."

„Das war es auch. Ich war deprimiert, weil ich den Wettkampf verloren hatte und wollte eigentlich nur in

Ruhe am Strand sitzen. Aber ein Pinguin kam immer wieder zu mir an und lief mir den ganzen Tag hinterher, bis ich mit ihm zusammen ins Wasser gegangen bin. Das hat mir damals den Tag gerettet. Pinguine sind einfach niedliche kleine Kerlchen."

Ich lächelte in mich hinein, weil es mir gefiel, dass Charles tatsächlich eine Schwäche für Pinguine hatte. Wer hätte das gedacht?

„Wissen Sie …", sinnierte ich. „Sie müssten eigentlich nur ein wenig offener und netter zu den Menschen sein. Dass Sie Pinguine mögen, finde ich sehr sympathisch."

Charles wich meinem Blick aus.

„Warum sollte ich nett zu den Menschen sein, wenn ich sie allesamt nicht leiden kann?", fragte er, allerdings ohne Groll, sondern nur, als wäre es eine Feststellung.

Er ging zum Ausgang des Pinguinhauses und ich folgte ihm schnell. Gegenüber befand sich erneut das Gehege der Seelöwen. Ihr Becken war das Zentrum des Zoos. Charles blieb etwas abseits davon stehen und zündete sich eine Zigarette an, doch seine Worte beschäftigten mich nach wie vor.

Ich nahm all meinen Mut zusammen und sah ihn eindringlich an. „Sagen Sie … wären Sie vielleicht bereit, mir davon zu erzählen?"

„Wovon?", fragte Charles, der gerade entspannter wirkte, als ich ihn je erlebt hatte.

Der Zoo schien ihm besser zu gefallen, als er zugeben wollte. Es war nicht viel los und abgesehen von dem Mann von vorhin, der sich mit seinen beiden Töchtern ein paar Meter weiter die Seelöwen ansah, war niemand in der Nähe.

„Ich meine den Vorfall, der Sie zu so einem großen Menschenfeind gemacht hat. Irgendetwas muss doch da passiert sein.“

Schon als ich es aussprach, wusste ich, dass ich einen Fehler begangen hatte, denn Charles machte sofort wieder dicht und schüttelte den Kopf.

„Nein!“, sagte er. „Davon möchte ich ganz sicher nicht erzählen. Ohnehin habe ich für heute genug Tiere gesehen. Also, wenn Sie nur mit mir hergekommen sind, um herauszufinden, was mein Lieblingstier ist, dann haben wir das ja jetzt erledigt. Ich hoffe, dass Ihre nächste Idee etwas wirkungsvoller ist als diese hier. Aber was kann man schon von einer Frau erwarten, die bisher nichts weiter zustande gebracht hat, als für einen Mann wie Mister Cook zu arbeiten?“

Das saß. Ich war es gewohnt, von Lydia wegen Alan aufgezogen zu werden, aber Charles Anderson hatte kein Recht, mich derart anzugreifen.

„Wissen Sie was?“, sagte ich. „Sie haben nicht die geringste Ahnung, was für eine Frau ich bin.“

„Ach, nein? Das ist doch wohl offensichtlich. Sie sind sein Produkt. Die Haare, die Kleidung, Ihr Verhalten. Oder wollen Sie mir weismachen, Sie wären schon so unerträglich perfekt gewesen, bevor Sie angefangen haben, für ihn zu arbeiten?“

„Das, Mister Anderson, geht Sie nun wirklich nichts an.“

Charles lachte abfällig. „Natürlich nicht. Sie wollen unbedingt etwas über mich erfahren, aber wenn ich bei Ihnen nachbohre, geht es mich nichts an.“

„Der Unterschied ist, dass mein Interesse rein professioneller Natur ist. Ich muss mehr über Sie erfahren, um Ihnen zu helfen.“

„Tja. Von diesem ‚Vorfall‘, wie Sie es nennen, werde ich Ihnen ganz bestimmt nicht erzählen. Für Sie mag es ein Vorfall sein. Für mich war es der verflucht nochmal beschissenste Tag meines gesamten Lebens und über den rede ich mit niemandem. Immerhin sind Sie nicht meine verfickte Therapeutin, sondern nur die kleine unbedeutende Mitarbeiterin von Alan Cook.“

Ich schluckte und versuchte mir klarzumachen, dass er mich nur verletzte, um mich von sich zu stoßen. Ich hatte einen wunden Punkt berührt und er konnte nicht damit umgehen. Aber verdammt. Es tat trotzdem weh.

„Wissen Sie was?“, sagte ich. „Sie haben recht. Ich bin nicht Ihre Therapeutin. Aber falls Sie noch keine haben, dann sollten Sie sich dringend eine suchen, denn die brauchen Sie sehr viel mehr als eine Imageberaterin. Machen Sie eine Therapie und danach sind Sie vielleicht so weit, sich von irgendjemandem helfen zu lassen. Denn ich bin nicht bereit, so mit Ihnen weiterzuarbeiten.“

Abrupt drehte ich mich um und ging in Richtung Ausgang. Ich hatte gehofft, einen Zugang zu Charles Anderson zu finden, aber meine Hoffnung, er würde sich mir gegenüber öffnen, war komplett nach hinten losgegangen und ich wusste weniger als je zuvor, wie ich ihn am besten packen konnte. Wenn er mir jetzt nicht hinterherlief, dann war es das für mich. Er musste sich doch wenigstens entschuldigen, oder?

Aber das würde er nicht. Er war ein selbstgerechter, ich-bezogener Widerling, der andere Menschen nicht leiden konnte. Das hatte er selbst gesagt und ich würde ganz sicher nichts daran ändern, indem ich beleidigt davonlief.

Ich überlegte, mich nach ihm umzudrehen, als eines der beiden Mädchen, die Charles vorhin über die Affen aufgeklärt hatte einen spitzen Schrei ausstieß und das andere anfing zu weinen.

„Papa!", rief sie panisch. „Was ist mit dir?"

Ich fuhr herum und sah gerade noch, wie der Vater der beiden Kinder sich die Hand ans Herz hielt und stöhnend zusammensackte.

„Rufen Sie einen Krankenwagen!", brüllte Charles mir zu, als er losrannte, um dem Mann zur Hilfe zu eilen. Und das, ohne auch nur einen Augenblick zu zögern.

Kapitel 16

Charles

Diese gesamte Imageberatung war absoluter Blödsinn. Was sollte es mir bringen, mir von Jessica Dinge anzuhören, die ich selbst längst wusste? Natürlich war mir klar, dass ich netter zu den Menschen sein musste, um gemocht zu werden. Der Punkt war nur, dass mir das verdammt schwerfiel. Ich war kein sozialer Mensch. Das war ich noch nie gewesen. Früher hatte ich mich voll und ganz auf meinen Sport konzentriert und heute war meine Arbeit mein Leben.

Der ‚Vorfall‘ hatte mir gezeigt, dass jeder sich selbst der Nächste war und dass es nichts brachte, freundlich zu sein.

Ich zog erneut an meiner Zigarette und sah Jessica hinterher, als rechts von mir plötzlich ein Schrei ertönte.

„Papa!“, rief ein Mädchen. „Was ist mit dir?“

Mein Kopf fuhr herum und einen Moment fühlte ich mich in die Vergangenheit zurückversetzt. Der Schrei eines Kindes. „Papa! Papa, wo bist du?“ Ein Weinen und dann das komplette Chaos.

Ich sah mich nach den beiden Mädchen um. Sie standen weinend neben ihrem Vater, der verkrampft zu Boden gegangen war. Er schwitzte jetzt noch mehr als vorhin und hielt sich eine Hand ans Herz. Shit. *Ein Herzinfarkt*, war mein erster Gedanke. Ich wartete nicht darauf, dass mich jemand um Hilfe bat, sondern sprintete los.

„Rufen Sie einen Krankenwagen!“, rief ich Jessica zu, die ebenfalls angelaufen kam.

Der Mann war inzwischen in sich zusammengesackt und hatte das Bewusstsein verloren. Sofort checkte ich seinen Puls und mein eigener schoss in die Höhe, als ich merkte, wie langsam er war.

„Fuck! Das ist gar nicht gut“, murmelte ich, während die beiden Kinder schluchzend daneben standen.

„Was hat Papa?“, fragte die Größere unter Tränen. „Was ist mit ihm?“

Doch bevor ich antworten konnte, wurde ich unterbrochen.

„Der Krankenwagen ist unterwegs“, rief Jessica, die ihr Telefon noch in der Hand hielt.

So langsam sammelte sich eine kleine Menschenmenge um uns herum und ich sah in die Runde.

„Ich kann seinen Puls nicht mehr fühlen. Shit. Wir müssen ihn am Leben erhalten, bis der Krankenwagen da ist. Ist hier irgendjemand Arzt!?“, fragte ich mit lauter Stimme.

Als niemand antwortete, stieß ich einen wüsten Fluch aus und begann kurzerhand selbst mit den Wiederbelebungsmaßnahmen. Seit dem ‚Vorfall‘ damals hatte ich mindestens einmal im Jahr einen Erste-Hilfe-Kurs besucht. Daher wusste ich, welche Schritte man einleiten musste, um zu helfen.

Als Erstes kontrollierte ich den Atem. Er war kaum wahrnehmbar. Daher riss ich dem Mann kurzerhand das Hemd auf und begann mit der Herzdruckmassage. Ich setzte meine Handballen auf seine Brust und drückte kräftig nach unten. Der Mann gab ein leises Ächzen von sich.

„Nein!", rief das kleine Mädchen, riss sich von ihrer Schwester los und trommelte gegen meinen Arm. „Du tust ihm weh! Lass meinen Papa in Ruhe, du Blödmann. Lass ihn!"

Ich beachtete sie gar nicht, sondern zählte laut bis dreißig. Zum Glück zog Jessica das Kind von mir fort und redete beruhigend auf das Mädchen ein. Ich bog den Kopf des Mannes nach hinten, hielt ihm die Nase zu und beatmete ihn zweimal. Dann drückte ich erneut auf seinen Brustkorb und zählte laut mit.

Es war unglaublich schweißtreibend, aber ich weigerte mich, aufzugeben. Vor allem, weil das kleinere Mädchen nicht aufhörte, um ihren Daddy zu weinen und das größere immer wieder flehte, ich möge ihren Papa retten.

Ich drückte erneut kräftig auf dem Brustkorb des Mannes und spürte dabei, wie durch meine Bemühungen eine seiner Rippen brach. Trotzdem machte ich weiter. Der Sanitäter hatte uns im Kurs erklärt, dass es besser war, dem Unfallopfer die Rippen zu brechen, als die Maßnahmen einzustellen. Eine gebrochene Rippe konnte heilen. Aber wenn das Gehirn zu lange ohne Sauerstoff blieb, dann würde dieser Mann entweder sterben oder zumindest bleibende Schäden davon tragen.

„Die Sanitäter sind da“, sagte Jessica endlich und legte mir eine Hand auf die Schulter. „Sie können jetzt aufhören, Charles.“

Einer der Sanitäter kniete sich neben uns und ich hörte auf, die Brust des Mannes zu bearbeiten. Ich war von meinen Bemühungen vollkommen außer Atem und ließ mich zurückfallen, sodass ich mit dem Rücken auf dem Boden lag und in den blauen Himmel blicken konnte.

Ich sah nach rechts, wo der Rettungswagen zu erkennen war. Das Fahrzeug war bis in den Zoo hinein gekommen und parkte nur wenige Meter weiter. Schnell kümmerten die Leute sich um den Mann und setzten ihm eine Atemmaske auf.

Jessica erklärte ihnen, was passiert war und man brachte den Mann zum Krankenwagen.

„Das haben Sie gut gemacht“, sagte ein Sanitäter zu mir. „Ganz offensichtlich hatte er einen Herzinfarkt und dank Ihrer Hilfe hat er gute Chancen, zu überleben. Vielen Dank für Ihren Einsatz. Geht es Ihnen gut oder brauchen Sie ebenfalls Hilfe?“

„Es geht gleich wieder“, brachte ich hervor. Ich war fix und fertig und brauchte ein paar Momente, um wieder zu Atem zu kommen.

In diesem Moment kam das ältere der beiden Mädchen zu mir angelaufen und sah mich zurückhaltend an.

„Wie heißt du?“, fragte sie.

„Charles“, erwiderte ich. „Charles Anderson.“

Sie nickte ernst. „Danke", sagte sie. „Danke, dass du meinem Daddy geholfen hast."

Sie rannte wieder davon und kletterte zu ihrer Schwester und ihrem Vater in den Krankenwagen. Vermutlich würde ich nie wieder etwas von dem Mann oder seinen Töchtern hören, aber das spielte keine Rolle. Ich hatte alles gegeben, um ihn zu retten und mehr konnte man wohl kaum von mir verlangen.

Sobald der Krankenwagen fort war, setzte ich mich langsam wieder auf und war erstaunt, als ich sah, dass Jessica immer noch an meiner Seite war.

„Wollten Sie nicht gehen?", fragte ich unwirsch.

„Ja. Eigentlich schon. Allerdings nur, weil ich dachte, Sie wären ein unverbesserlicher Widerling und ein absoluter Menschenhasser. Doch gerade haben Sie mir das Gegenteil bewiesen. Sie hassen Menschen nicht, sonst hätten Sie nicht so reagiert. Dass Sie diesem Mann geholfen haben, ohne lange darüber nachzudenken ... Davor habe ich den allergrößten Respekt. Warum haben Sie das getan?"

Ich wich ihrem Blick aus. „Das hätte doch jeder getan", behauptete ich.

Sie schüttelte den Kopf. „Nein. Leider nicht. Hier waren bestimmt zwanzig Menschen und Sie waren der Einzige, der keine Sekunde gezögert hat, zu helfen. Und das, obwohl Sie vorhin noch mit diesem Mann gestritten haben. Ich verstehe das nicht. Warum?"

Ich senkte den Kopf. „Die anderen Leute hätten auch geholfen. Sie standen einfach nur unter Schock."

„Das kann sein, aber in so einem Moment kommt es auf Sekunden an. Ich kann natürlich nicht wissen, ob der Mann überleben wird, aber ich bin mir sicher, dass seine Chancen dank Ihnen erheblich besser stehen."

Das vermutete ich auch, aber ganz sicher war ich mir nicht. Ich hoffte es sehr, doch das wollte ich jetzt nicht auch noch laut aussprechen.

„Nun schauen Sie mich doch nicht so an, als wäre ich ein Held. Ich bin kein Arzt und habe dem Mann möglicherweise sogar die Rippen gebrochen."

„Vielleicht. Aber ich wette, das ist seinen Töchtern egal, wenn sie dafür ihren Papa behalten können. Ich ziehe den Hut vor Ihnen."

Es war mir unangenehm, dass sie so etwas sagte. Ich hatte das nicht getan, um mir ihren Respekt zu erarbeiten. Ich hatte es auch nicht getan, um die anderen Leute zu beeindrucken. Ich hatte nur den beiden Mädchen helfen wollen, die ihren Vater nicht verlieren durften. Nicht, weil ich sie kannte oder weil sie mir irgendetwas bedeuteten, sondern einfach nur, weil sie Kinder waren, die nicht ohne Vater aufwachsen sollten.

„Brauchen Sie irgendetwas?", wollte Jessica wissen. „Kann ich Ihnen irgendwie helfen? Sie sehen immer noch ziemlich fertig aus."

„Nein. Ich denke, ich gehe jetzt zurück an die Arbeit."

„Ernsthaft? Sie haben gerade einem Mann das Leben gerettet und wollen nun zur Tagesordnung übergehen?"

„Ja. Ich habe nachher noch ein paar wichtige Termine."

Jessica nickte. „Okay. Wie Sie meinen. Ich schätze, dann sehen wir uns morgen?"

Überrascht sah ich sie an. „Morgen? Ich dachte, Sie hätten beschlossen, mich nicht weiter zu coachen. Sie haben immerhin vorhin selbst gesagt, dass ich ein unverbesserlicher Widerling bin."

„Ja. Aber da habe ich mich ganz offensichtlich geirrt. Sie... Lassen wir das. Bleiben wir einfach dabei. Wir sehen uns morgen. Zumindest, wenn Sie das noch wollen."

Sie ließ mir einen Ausweg aus der ganzen Sache. Ich bräuchte nur zu sagen, dass ich kein weiteres Interesse an dem Coaching hatte, aber dann musste ich an meinen Großvater denken. Ich brauchte dieses Coaching. Es war wichtig für mich und je eher ich mich damit abfand, desto besser. Also rappelte ich mich auf und klopfte mir den Staub von der Hose.

„Einverstanden", sagte ich. „Wir sehen uns morgen."

Kapitel 17

Jessica

Als ich am nächsten Morgen in den Verlag kam, war ich sehr viel motivierter als zuvor. Charles Anderson hatte einem Mann das Leben gerettet und mir dadurch bewiesen, dass etwas Gutes in ihm steckte. Daher würde ich jetzt umso mehr dafür tun, um ihm zu helfen.

Ich betrat sein Büro, dessen Tür heute offen stand, und war überrascht, als ich Charles dabei vorfand, wie er die Steckbriefe las, die ich ihm gegeben hatte.

„Guten Morgen", sagte ich. „Wie ich sehe, machen Sie Ihre Hausaufgaben. Das freut mich."

Charles sah mich stirnrunzelnd an. „Was da drin steht, ist doch totaler Unsinn. Warum sollte es mich interessieren, dass Tiffany einen Bruder hat, der seit einem Jahr im Koma liegt oder dass Tyler drei Kinder hat, die alle bei seiner geschiedenen Exfrau leben? Was bringt mir das?"

Ich setzte mich auf den Stuhl und lächelte ihn milde an. „Das hilft Ihnen dabei, ein vernünftiges Gespräch mit Ihren Mitarbeitern zu führen. Wie ich Ihnen bereits erklärt habe, lieben es die Menschen, wenn man sich die Dinge, die sie einem erzählen, merken kann. Also ist es sinnvoll, diese Infos aus dem Effeff zu kennen. Es geht doch darum, dass Sie auf der Benefizveranstaltung einen guten Eindruck machen. Das war die Bedingung, richtig?"

„Ja. Auf die anderen Leute dort. Aber doch nicht auf meine Mitarbeiter. Die kennen mich sowieso und wissen, wie ich bin."

„Das bedeutet aber noch lange nicht, dass Sie das nicht ändern können. Es ist nie zu spät für einen neuen ersten Eindruck."

Charles hob die Augenbrauen. „Ach, wirklich? Wie kommt es überhaupt, dass Sie unbedingt als Imageberaterin arbeiten wollen? Definieren Sie Ihren Wert lieber darüber, dass andere Menschen besser rüberkommen, als sich um sich selbst zu kümmern?"

„Wenn Sie versuchen, mich damit zu provozieren, dann kann ich Ihnen versichern, dass Ihnen das nicht gelingen wird. Es gibt hervorragende Techniken, um Angriffe wie diesen abzuschmettern und das schaffe ich, im Gegensatz zu Ihnen, ganz ohne dabei aggressiv oder cholerisch zu werden."

Charles' Augenbrauen wanderten nach oben. Mit so einem Konter hatte er offenbar nicht gerechnet und ich klopfte mir selbst auf die Schulter, weil ich bei Alans Ausführungen zur Schlagfertigkeit gut aufgepasst hatte.

„Wenn Sie wollen, dann kann ich Ihnen bei Gelegenheit ein paar Tricks beibringen", schlug ich vor. „Aber erstmal sollten wir dabei bleiben, wie Sie bei Ihren Mitarbeitern besser ankommen. Das mit den Komplimenten hat ja leider nicht so gut funktioniert, also versuchen Sie es doch mal mit einer anderen Taktik, indem Sie einfach nur lächeln."

Charles sah mich an, als hätte ich nicht mehr alle Tassen im Schrank. „Wie bitte?"

„Sie haben mich schon verstanden. Um sympathischer zu werden, müssen Sie einfach nur lächeln. Kommen Sie. Versuchen Sie es mal."

Charles schluckte schwer und zog dann seine Mundwinkel nach oben. Durch den Bart sah man es kaum und das Lächeln erreichte nicht einmal ansatzweise seine Augen.

„Das können Sie bestimmt besser", beharrte ich. „Zeigen Sie ein bisschen Ihre Zähne."

Charles tat es, doch das sah so aus, als würde er die Zähne fletschen.

„Okay. Jetzt machen Sie mir Angst", gab ich zu.

Charles schüttelte den Kopf und sein Lächeln verschwand wieder. „Ich lächle nicht."

Ich legte den Kopf schief. „Wirklich nicht? Ich meine … Gibt es denn gar nichts, was Ihnen Freude bereitet? Nichts, was Sie zum Lachen bringt oder froh macht?"

Charles zögerte. „Nicht viel", sagte er.

„Also ist da doch etwas", beharrte ich. „Sie müssen mir gar nicht sagen, worum es sich dabei handelt. Aber denken Sie einfach daran. Und dann versuchen Sie es nochmal."

Es dauerte einen Moment und ich befürchtete schon, dass Charles sich weigern würde. Aber dann schielte er zu einem Bilderrahmen, der so auf seinem Schreibtisch stand, dass ich das Foto darin nicht sehen konnte, und kurz darauf erschien ein Lächeln auf seinem Gesicht. Ein zögerliches, aber ein echtes, warmherziges Lächeln, das ihm unwahrscheinlich gut stand. Es machte sein Gesicht weicher und ließ ihn weniger streng und unnahbar wirken. Aus dem Lächeln sprach so viel Zuneigung, dass ich tatsächlich eine Gänsehaut bekam. Wer wohl auf dem Bild war?

Ich räusperte mich und erwiderte das Lächeln, ohne dass es mich Überwindung kostete.

„Na, sehen Sie. Ich wusste, dass Sie es können", sagte ich. „Bei Olympia haben Sie auf dem Siegertreppchen schließlich auch gelächelt."

Das hätte ich nicht sagen dürfen. Sofort verschwand Charles' Lächeln wieder und er sah mich an, als hätte ich soeben seine Katze überfahren. Nur, dass er gar keine Katze hatte. Immerhin war er auf diese Tiere allergisch.

„Sprechen Sie mich nie wieder auf damals an", forderte er. „Vergangenheit ist Vergangenheit und ich will nicht daran erinnert werden."

Okay. Da hatte jemand es offenbar noch nicht verarbeitet, dass sein Traum von einer Goldmedaille geplatzt war.

„Tut mir leid", sagte ich. „Es wird nicht wieder vorkommen. Aber das ändert nichts daran, dass Sie mir bewiesen haben, dass Sie lächeln können. Warum tun Sie das nicht öfter? Glauben Sie mir. Mit einem Lächeln kann man so viel bewirken."

„Es liegt nicht in meiner Natur, zu lächeln. Ich finde es anstrengend."

„Wenn man es nicht häufig tut, ist das kein Wunder. Immerhin sind das Gesichtsmuskeln, die selten beansprucht werden. Aber wenn Sie es häufiger tun, dann ...“ Ich machte eine Pause und hatte dann eine Idee. „Was ist mit Comedians? Es muss doch Comedians geben, die Sie mögen. Was bringt Sie zum Lachen?“

Charles wirkte überrumpelt. „Comedians? Sie meinen diese Hampelmänner, die auf einer Bühne Witze reißen?“

„Ja. Im Prinzip schon. Was ist mit Louis C.K.? Das könnte genau Ihr Humor sein. Oder Bill Burr. Der hat auch einen richtig schwarzen Humor.“

Um genau zu sein, mochte ich diese Komiker nicht besonders, aber ich konnte mir vorstellen, dass Charles über ihre Sprüche lachen würde.

Doch er wiegelte ab. „Ich schaue mir keine Late-Night-Shows von Comedians an. Die Namen sagen mir zwar etwas, aber ich habe noch nie eine Comedy-Show live gesehen.“

„Dann sollten wir das dringend ändern.“ Ich googelte in meinem Handy und wurde schnell fündig. „Heute Abend ist in einer Bar hier in der Nähe Stand-up-Comedy angesagt. Da sollten Sie dringend hingehen.“

Charles brummte etwas und ich seufzte tief.

„Nun kommen Sie schon. Seien Sie kein Spielverderber. Das ist bestimmt lustig.“

„Ich gehe doch nicht alleine zu so einer Veranstaltung. Das ist ja lächerlich.“

„Dann laden Sie doch jemanden ein. Machen Sie ein Date daraus. Frauen lieben es, wenn man gemeinsam lachen kann.“

Doch Charles schüttelte den Kopf. „Auf keinen Fall“, sagte er. „So was ist kein Date, sondern eine Zumutung.“

„Also gut. Dann gehe ich halt mit Ihnen hin“, schlug ich vor. „Immerhin möchte ich sehen, wie es aussieht, wenn Sie lachen.“

„Ist das Ihr Ernst? Das ist eine furchtbare Idee.“

„Das sehe ich anders. Das ist ein gutes Training. Also. Sind Sie dabei?“

Charles seufzte tief und nickte schließlich. „Also gut. Meinetwegen. Aber gehen Sie nicht davon aus, dass ich mich dafür herausputze wie ein Gockel. Es ist rein geschäftlich.“

„Natürlich“, bestätigte ich. „Rein geschäftlich.“

Etwas anderes käme für mich ohnehin nicht in Frage.

Kapitel 18

Charles

Worauf hatte ich mich da nur eingelassen? Die Stand-up-Comedy-Show fand in einem alten Jazz-Club statt, der in der Nähe des Brooklyn Bridge Parks lag. Ich stellte meinen alten Dodge widerwillig auf einem öffentlichen Parkplatz ab und lief die restlichen Meter bis zu dem Club. Jessica wartete draußen und lächelte, als sie mich sah.

Sie hatte sich heute zwangloser gekleidet als im Alltag und sah in ihrem gepunkteten Sommerkleid und mit den offenen Haaren einfach hinreißend aus. Sie war eine unglaublich schöne Frau. Das konnte man nicht anders sagen und es juckte mich in den Fingern, meine Hand auszustrecken und sie durch ihr wundervolles dunkles Haar gleiten zu lassen. Als sie bemerkte, dass ich sie ansah, hob sie die Augenbrauen.

„Ja? Möchten Sie mir etwas sagen?", fragte sie.

Ich räusperte mich. „Nein", behauptete ich. „Alles bestens."

Sie schüttelte den Kopf. „Falls Sie vorhatten, mir ein Kompliment zu machen, dann tun Sie sich keinen Zwang an. Wirklich. Sie müssen das üben. Versuchen Sie es ruhig mal."

„Und da soll noch mal jemand sagen, Frauen wären bescheiden."

Jessica errötete und atmete tief ein. „Das ist kein Fishing for compliments, sondern eine gute Übung für Sie. Also. Ich fange an. Ich finde es toll, dass Sie heute hergekommen sind und freue mich auf den Abend mit Ihnen."

Ich runzelte die Stirn. „Das war aber kein richtiges Kompliment."

„Das stimmt. Aber es war ein positiver Kommentar. Außerdem war es ehrlich."

„Aha. Also haben Sie deswegen nicht behauptet, ich würde heute Abend gut aussehen?"

Jessica sah mich herausfordernd an. „Wollten Sie das etwa von mir hören? Ich kann das gerne sagen, wenn Sie sich dadurch besser fühlen."

„Jetzt nicht mehr. Immerhin wüsste ich jetzt, dass es gelogen wäre."

„Oh, glauben Sie mir, ich kann sehr überzeugend sein, wenn ich möchte. Aber das würde Ihnen im Moment auch nicht weiterhelfen. Also. Machen Sie einen positiven Kommentar."

„Na gut. Sie sehen in dem Kleid sehr hübsch aus."

Erstaunt sah Jessica mich an und wirkte plötzlich verlegen. „Ich ... danke. Damit hatte ich nun doch nicht gerechnet. Ich dachte, Sie würden jetzt etwas Sarkastisches oder Unangebrachtes sagen. Aber nein. Das ... das war gut. Wirklich. Damit lässt sich arbeiten."

Ich brummte zufrieden. Wenn es so leicht war, Frauen glücklich zu machen, dann sollte ich tatsächlich öfter mal etwas Nettes zu deren Aussehen sagen.

Gemeinsam betraten wir den Club und sahen uns um. An den Wänden waren lauter Bilder von bekannten Jazz-Musikern zu sehen und Musikinstrumente hingen von der Decke.

Die Bar war recht klein, sodass die Akteure kein Mikrophon brauchen würden, um überall verstanden zu werden. Es waren vielleicht fünfzig Leute im Publikum und alle schienen bester Laune zu sein. Vor einer kleinen Bühne waren Stühle aufgereiht und da wir knapp dran waren, waren nur noch Plätze in der ersten Reihe frei. Ausgerechnet. Verdammt. Immerhin war allseits bekannt, dass die Leute ganz vorne gerne in solche Shows mit einbezogen wurden und auf so etwas hatte ich überhaupt keine Lust.

Jessica schien das allerdings nicht zu stören, denn sie steuerte schnurstracks auf die freien Stühle zu und setzte sich, sodass mir nichts anderes übrig blieb, als ihr zu folgen.

Ich hatte mich gerade niedergelassen, als auch schon jemand die Bühne betrat. Es war ein sehr kleiner Mann mit rundem Bauch, der mich an Danny DeVito erinnerte. Er trug einen Cordanzug und eine runde Brille mit schwarzem Rand.

„Willkommen, willkommen", trällerte er. „Es freut mich riesig, Sie alle heute hier begrüßen zu dürfen. Mein Name ist Rowland und ich bin heute der Moderator."

Alle klatschten und ich ließ mich ebenfalls dazu herab, es ihnen gleichzutun. Ich ging nicht davon aus, dass ich heute Abend etwas zu lachen haben würde, aber zumindest konnte Jessica dann nicht behaupten, ich hätte mich geweigert, es zu versuchen.

„Wir haben heute mehrere junge Comedians dabei, aber am häufigsten werden Sie es mit mir zu tun haben und ich habe heute so einige schöne Witze auf Lager."

Sofort sprach er eine Frau mit Dutt an, die neben uns saß.

„Sie da mit der Palme auf dem Kopf. Wie heißen Sie?"

Die Frau zeigte auf sich und er nickte.

„Ich bin Christine", sagte sie.

„Super. Christine. Sagen Sie. Kennen Sie schon den neuesten Fahrstuhlwitz?"

Sie schüttelte den Kopf. „Nein."

„Ich auch nicht. Ich habe nämlich die Treppe genommen."

Einige Leute lachten, aber ich verdrehte nur die Augen. Wenn das die Witze waren, auf deren Niveau der Abend lief, dann konnte ja selbst ich bessere Witze erzählen und ich glaubte kaum, dass ich mich ernsthaft amüsieren würde. Aber immerhin Jessica schien es zu gefallen, denn sie lachte auch über die nächsten paar Witzchen und sah dabei absolut hinreißend aus.

Wenn ich den Abend also nur damit verbrachte, ihr beim Lachen zuzusehen, dann war das zumindest nicht das Schlechteste, was mir hätte passieren können.

Kapitel 19

Der Abend war richtig nett. Die Comedians waren allesamt Anfänger, aber machten ihre Sache gut. Einer hatte sich darauf spezialisiert, seine Jokes in Lieder zu verpacken und trug sie mit seiner Gitarre vor. Der Nächste war zwei Meter groß und erzählte uns Geschichten aus seinem Alltag und vor allem von seinen Reisen in Länder, in denen die Leute nicht so groß waren wie er und wo jeder Zweite ein Foto mit ihm machen wollte, weil man ihn für einen berühmten Basketballspieler hielt.

Zwischendurch kam immer wieder Rowland auf die Bühne, um den nächsten Comedian anzukündigen und ich schaute jedes Mal, wenn etwas besonders lustig war, zu Charles hinüber, in der Hoffnung ihn beim Lachen zu erwischen. Doch bisher hatte er nicht mehr als ein kleines Schmunzeln zustande gebracht.

„So. Bevor wir gleich in die Pause gehen, habe ich noch ein paar super Deine-Mutter-Witze für euch", sagte Rowland und grinste in die Runde. „Wer von Ihnen mag solche Witze?"

Es wurde geklatscht und gejohlt. Auch ich jubelte mit den anderen, nur Charles blieb vollkommen bewegungslos. Dummerweise schien das auch Rowland aufgefallen zu sein, denn sein Blick fiel auf ihn.

„Sie hier vorne. Wie heißen Sie denn?"

„Das geht dich einen Scheiß an."

„Oho", machte Rowland. „Also gut, Mister ‚Das geht dich einen Scheiß an'. Mögen Sie etwa keine Deine-Mutter-Witze?", fragte er.

Charles winkte ab. „Ich mag generell keine schlechten Witze."

Gelächter ertönte und Rowland zog die Augenbrauen nach oben. „Oh. Da ist wohl jemand schlecht gelaunt heute. Liegt sicher an Ihrer Mutter, oder? Lassen Sie mich raten. Ihre Mutter ist so dumm, die schaut bei einer Glastür durchs Schlüsselloch."

Die Menge lachte und ich schluckte schwer, weil ich keine Ahnung hatte, wie Charles darauf reagieren würde. Tatsächlich verfinsterte sich seine Miene und er richtete sich gerade auf. Ich fürchtete schon, dass er gleich losbrüllen würde, aber stattdessen schlug er verbal zurück.

„Ach ja? Und deine Mutter ist so hässlich, dass Leute bei ihr einbrechen, nur um ihre Vorhänge zu schließen."

Das kam so trocken herüber, dass es wie einstudiert wirkte. Nun lachten die Leute noch lauter und ich starrte Charles vollkommen überrascht an. Rowland war ebenfalls kurz überrumpelt, fing sich aber schnell wieder.

„Nicht schlecht", sagte er und begann nun ebenfalls, das vertrauliche Du zu verwenden. „Du willst also ein Duell? Kannst du haben. Deine Mutter ist so fett, dass ihr Foto von der ersten Klasse immer noch druckt."

Charles verschränkte die Arme vor der Brust. „Und deine Mutter ist so fett ... wenn man sie überfahren will, muss man in der Mitte nachtanken."

Nun konnte ich nicht anders und musste ebenfalls lachen. Das war so absurd und es erstaunte mich, mit welcher Ernsthaftigkeit Charles das herausbrachte. So, als wäre er in Wirklichkeit selbst Comedian.

So ging es weiter.

„Deine Mutter muss fragen, welche Farbe das Weiße Haus hat", kam von Rowland.

„Und deine Mutter ist so haarig, dass sie zuerst gestreichelt wird, wenn sie mit dem Hund spazieren geht", konterte Charles.

„Deine Mutter lispelt beim Chatten."

„Und wenn deine Mutter in einen Film ab achtzehn geht, dann bringt sie siebzehn Freunde mit."

Es war auffällig, dass die Witze von Charles besser waren und er sie vor allem lässiger herüberbrachte. Das schien Rowland zu stören, denn er feuerte immer weiter, bis ihm schließlich nichts mehr einfiel.

„Deine Mutter ist so blöd, dass ... dass ... sie dir nicht gesagt hat, dass du mal wieder dringend zum Friseur musst", sagte er und erntete damit nur noch schwaches Gelächter.

Doch Charles nahm es nach außen hin gelassen. Lapidar sagte er: „Und deine Mutter hätte dir mal sagen sollen, dass man sich als Comedian besser selbst ein paar Witze einfallen lassen sollte, als nur ausgelutschte

Witze zu benutzen, die man überall im Internet finden kann."

Rowland schluckte und wandte sich dann der klatschenden Menge zu. „Also gut. Ich denke, das ist das perfekte Schlusswort für die Pause. Vielen Dank und bis gleich."

Ich wollte Charles schon anerkennend auf die Schulter klopfen, weil ich mit so etwas wirklich nicht gerechnet hatte, als er plötzlich aufsprang und nach draußen stürmte.

Kapitel 20

Charles

Eine Zigarette. Ich brauchte jetzt ganz dringend eine Zigarette. Sobald ich an der frischen Luft war, ging ich zur nächsten Hausecke und lehnte mich an die Brüstung, um meine Zigaretten hervorzukramen.

Ich zündete eine an, nahm einen tiefen Zug und fühlte, wie die Anspannung Stück für Stück nachließ.

„Hey. Da sind Sie ja", sagte Jessica in diesem Augenblick. „Ich dachte schon, Sie wären mir entwischt."

„Lassen Sie es gut sein", erwiderte ich. „Ich werde gleich nach Hause fahren. Ich habe die Nase voll für heute."

„Aber ... warum? Sie waren unglaublich da drin. Das hätte ich Ihnen gar nicht zugetraut. Woher kennen Sie all diese Witze?"

Es war zu erwarten gewesen, dass sie diese Sache nicht auf sich beruhen lassen würde. Warum auch? Immerhin konnte sie nicht wissen, was es damit auf sich hatte und ich hatte auch keine große Lust, ihr davon zu erzählen.

„Ich habe sie aus dem Internet", erklärte ich, was zumindest nicht gelogen war.

„Okay. Aber … warum können Sie sie auswendig?"

„Vielleicht habe ich ein gutes Gedächtnis?"

„Tut mir leid, aber das bezweifle ich. Immerhin konnten Sie sich keine drei Details zu jedem Ihrer Mitarbeiter merken."

Finster sah ich Jessica an. „Dann funktioniert mein Gedächtnis halt selektiv. Dinge, die mich nicht interessieren, speichere ich auch nicht ab."

„Den Eindruck habe ich auch. Trotzdem irritiert es mich, dass Sie ausgerechnet solche Witze interessieren. Haben Sie etwa in der Schule jemanden damit gedisst?"

Ich schnaubte. „Ja, klar. Natürlich. Ich verhalte mich wie ein Arschloch, also muss ich in der Schule natürlich ein Mobber gewesen sein."

Jessica hob entschuldigend die Schultern. „Tut mir leid. Ich dachte nur … Wir hatten so einen Mobber in der Schule, der ständig Flachwitze über Frauen gerissen hat. Sowas wie ‚Warum leben Frauen länger als Männer? Sie bekommen die Zeit fürs Einparken gutgeschrieben.' Haha."

Ich verschränkte die Arme vor der Brust. „Tja. In meinem Fall war es doch ein bisschen anders. Um genau zu sein, war ich derjenige, der sich gegen die Witze der anderen verteidigen musste."

Ich sah, wie Jessica der Mund aufklappte.

„Sie … ich meine … wirklich?"

„Nein. Über so was mache ich immer Scherze."

Ihre Miene verfinsterte sich. „Tut mir leid, aber Ihr Sarkasmus ist bei so einem Thema nicht hilfreich."

„Ach ja? Na, Sie müssen es ja wissen."

„Um genau zu sein tue ich das auch. Denn bis vor ein paar Jahren, bin ich ständig gemobbt worden. Zuerst in der Schule, dann auf der Highschool und schließlich sogar am College. Und das nur, weil mir meine Leistungen wichtiger waren als Schminke oder irgendwelche Partys und weil ich lieber gelernt habe, als mich hübsch zu machen. Erst durch Alan Cook habe ich gelernt, mehr aus mir zu machen, selbstbewusster zu werden und die Angriffe der Leute nicht mehr an mich heranzulassen. Denn das ist bei den meisten Menschen, die gemobbt werden, das Problem. Sie sind nicht selbstbewusst genug und ihnen ist die Meinung anderer Leute viel zu wichtig. Bei Ihnen scheint das allerdings anders zu sein. Ich habe den Eindruck, dass es Ihnen scheißegal ist, was die Menschen von Ihnen denken.“

„Richtig geraten. Es geht mir am Arsch vorbei.“

„Aber warum? Das passt für mich überhaupt nicht zusammen.“

„Dann sollten Sie nochmal mit Ihrem Mentor darüber reden. Offenbar tun Sie ja sowieso den ganzen Tag nichts anderes, als mich zu analysieren.“

„Und Sie tun offenbar den ganzen Tag nichts anderes, als sich zu überlegen, wie Sie ein noch größeres Arschloch werden können. Herrgott. Ich verstehe das einfach nicht. Warum?“

„Sie wollen wissen, warum? Weil in meinem Leben verdammt nochmal alles schiefgegangen ist, was schiefgehen konnte. Meine Mutter hat meinen Vater verlassen, als ich sieben war und mein Cousin hat mich meine komplette Schulzeit damit aufgezogen, indem er mir bescheuerte Deine Mutter-Witze erzählt hat. Um mich zu wehren, habe ich ebenfalls welche gelernt, obwohl seine Mutter immer nett zu mir gewesen ist. Jahre später habe ich all meine Bemühungen in den Sport gesteckt und habe an einem Tag nicht nur meine Karriere verloren, sondern auch ...“

Ich brach ab. Ich hatte schon viel zu viel von mir preisgegeben.

Jessica schluckte. „Was haben Sie verloren?“, fragte sie und sah mich mitfühlend an. Ein Teil von mir hätte ihr am liebsten die ganze Geschichte erzählt, aber ich winkte ab.

„Nichts. Schon gut. Belassen wir es dabei, dass es ein beschissener Tag war.“

„Das kann ich mir vorstellen. Tut mir wirklich leid.“

„Tja. Von Ihrem Mitleid kann ich mir auch nichts kaufen und darüber reden will ich erst recht nicht. Und jetzt sollten Sie besser wieder reingehen. Die Show geht gleich weiter.“

Tatsächlich begaben sich die ersten Leute bereits wieder in die Bar, aber mir war der Spaß nun endgültig vergangen. Also drückte ich meine Zigarette aus und lief in Richtung Parkplatz. Hier war es ziemlich einsam und ich war froh, als ich meinen Dodge in der dritten Parkreihe entdeckte. Es war ein Oldtimer und ich machte mir immer Sorgen, er könne an Orten wie diesem geklaut werden.

„Heißt das ... Sie wollen sich den Rest der Show nicht ansehen?“, fragte Jessica enttäuscht, die mir offenbar gefolgt war. „So schlecht waren die Comedians doch gar nicht.“

„Für absolute Anfänger waren sie ganz okay“, räumte ich ein. „Aber wenn dieser Rowland auch nur noch ein einziges Wort über meine Mutter sagt, dann kann ich für nichts garantieren."

Jessica wirkte, als würde sie das sogar verstehen.

„Also gut", sagte sie daher. „Dann lassen wir das für heute. Ich bin trotzdem froh, dass wir das gemacht haben. Denn auch wenn Sie nicht herzhaft gelacht haben, so konnte ich zumindest ein paar Mal ein Schmunzeln bei Ihnen erkennen und das ist doch schon mal ein Anfang. Sie haben Humor. Sie müssen ihn nur öfter zeigen."

„Mein Humor nennt sich Sarkasmus. Alles andere ist Kinderkacke."

„Ist notiert. Für Mister Anderson nur noch richtig gute Witze. Wenn überhaupt. Aber Sie werden sehen. Irgendwann bringe ich Sie noch zum Lachen."

Das bezweifelte ich sehr. Aber ich widersprach nicht, sondern zog meinen Schlüssel hervor. Doch bevor ich zu meinem Wagen ging, kam mir plötzlich ein Gedanke.

„Wie kommen Sie später nach Hause?", fragte ich.

„Machen Sie sich etwa Sorgen um mich?" Sie wirkte positiv überrascht und ich ärgerte mich, überhaupt gefragt zu haben.

„Natürlich nicht. Ich bin nur neugierig."

„Ich fahre mit der Bahn. Ich wohne nicht weit von hier."

Ich brummte zustimmend und wollte mich abwenden, als ich hörte, wie jemand gegen eines der leeren Ölfässer stolperte, die neben dem Parkplatz standen. Erschrocken fuhren wir beide herum und sahen einen Obdachlosen auf uns zukommen, der alles andere als

nüchtern wirkte und uns den Weg zu meinem Auto ab-
schnitt.

„Hey!“, rief er und zog ein Messer aus seiner Tasche.
„Ihr da. Geld her oder es passiert was.“

Kapitel 21

Jessica

Oh. Mein. Gott. Ich war noch nie in meinem Leben ausgeraubt worden und hatte auch jetzt nicht damit gerechnet. Der Mann wirkte jung. Er war auf jeden Fall unter dreißig, aber seine Kleider waren abgerissen und er stank nach Alkohol.

„Charles", sagte ich verunsichert.

„Bleiben Sie hinter mir", raunte er mir zu. „Keine Heldentaten, klar? Ich werde mit dem Kerl schon fertig."

Ich schluckte. Charles war früher Boxer gewesen. Klar. Aber falls er nicht zusätzlich Krav Maga gemacht hatte, dann wusste er vermutlich nicht, wie man jemandem ein Messer abnahm.

Trotzdem nickte ich unmerklich und trat hinter Charles, der sich schützend vor mir aufbaute. Scheiß auf die Emanzipation. Wenn ich angegriffen wurde, dann war ich verdammt froh, einen großen, kräftigen Mann an meiner Seite zu haben, der mich beschützte. Und so ging es vermutlich den meisten Frauen.

„Her mit der Kohle, habe ich gesagt!", rief der Mann erneut und fuchtelte mit dem Messer vor sich herum. „Aber schnell. Sonst wirst du es bereuen, Mann."

„Das denke ich nicht", erwiderte Charles. „Sorry, aber du hast dich ganz klar mit dem Falschen angelegt."

Ich wollte Charles schon anschreien, dass er nicht dumm sein sollte, sondern dass es besser wäre, dem Kerl einfach unser Geld zu geben. Aber dann drehte Charles sich zu meiner grenzenlosen Überraschung um und hob eins der leeren Ölfässer auf an, die am Rande des Parkplatzes standen. Das Ding war ganz schön groß. Selbst leer musste der Behälter einiges wiegen, doch er hob ihn über seinen Kopf, als wäre das gar nichts.

„Was ... was soll das?", fragte der Obdachlose und wirkte nun gar nicht mehr so selbstsicher wie zuvor. „Setz das Ding wieder ab. Jetzt sofort, sonst ..."

„Sonst was?", fragte Charles und wirkte so unbesiegbar wie ein Fels. Er ging mit dem Fass auf den Mann zu und der wich ängstlich zurück.

Er hielt das Messer vor sich, als wolle er sich nur noch verteidigen und uns nicht mehr ausrauben wie gerade eben noch.

„Verschwinde, oder ich schmettere das Ding auf deinen Kopf", drohte Charles. „Geh nach Hause, dann muss niemandem was passieren."

„Nicht ... nicht ohne euer Geld", stotterte der Mann.

Charles lachte freudlos. „Vergiss es. Ich zähle jetzt bist drei und dann bist du weg, klar? Eins ... Zwei ..."

„Fuck!", schrie der Obdachlose. „Ist ja gut, Mann. Ich verschwinde. Du hast sie ja nicht mehr alle."

Der Mann hob beschwichtigend die Hände, bevor er sich umdrehte und mit seinem Messer davonrannte. Sobald er außer Sichtweite war, ließ Charles das Ölfass fallen und hielt sich zischend die Hand.

„Was ist passiert?", fragte ich erschrocken und fasste nach seinem Arm. Trotz der Dunkelheit sah ich, dass er sich an der Hand verletzt hatte. Vermutlich hatte das rostige Ölfass ziemlich scharfe Kanten.

„Sie bluten", sagte ich. „Oh, Mist. Was sollte das überhaupt? Mir sagen Sie, ich soll keine Heldentaten versuchen und Sie selbst führen sich auf, als wären Sie Superman."

„Hmpf. Sie sagten doch, ich wäre Wolverine. Der ist mir, um ehrlich zu sein, einiges sympathischer."

„Zeigen Sie mal her", sagte ich und griff nach seiner Hand.

Doch er entzog sie mir und holte ein Taschentuch aus seiner Hosentasche, um es auf die Wunde zu drücken. „Ist nur ein Kratzer", beharrte er. „Alles halb so wild."

„Das sehe ich anders. Wir sollten sofort einen Arzt aufsuchen und ..."

„Blödsinn." Charles winkte ab. „Beim Boxen habe ich mir schon viel schlimmere Verletzungen zugezogen als das hier."

„Das sagen Sie. Und was, wenn es sich entzündet? Das kann bei so einem rostigen Fass schnell passieren."

„Ich gehe trotzdem nicht zum Arzt. Das ist lächerlich."

„Dann kommen Sie wenigstens mit zu mir. Ich wohne nur ein paar Straßen weiter. Dann kann ich mir die Wunde ansehen und sie desinfizieren. Mein letzter Erste-Hilfe-Kurs ist zwar schon etwas länger her, aber das bekomme ich gerade noch hin."

Charles seufzte, als wäre ich ein nerviges Kind, nickte aber schließlich.

„Also gut. Ich lasse mich von Ihnen verarzten. Aber danach fahre ich nach Hause, klar? Ich renne mit so einer Lappalie ganz sicher nicht ins Krankenhaus."

„Einverstanden", sagte ich schnell. „Dann los. Es ist nicht weit und um diese Zeit kann man vor meiner Tür problemlos parken."

Charles gab sich geschlagen und führte mich zu seinem Auto.

„Wow", sagte ich beeindruckt. „Ist das ein Dodge Charger Daytona?", fragte ich, sobald wir den Wagen erreichten. „Das ist ja ein richtiges Sammlerstück."

Charles sah mich erstaunt an und nickte dann. „Das ist richtig. Woher wissen Sie das?"

Ich winkte ab. „Mein Vater besitzt ein riesiges Autohaus in Queens und hat ein Faible für Oldtimer. Ich musste mir als Kind stundenlange Vorträge über die verschiedenen Modelle von ihm anhören."

„Okay. Das erklärt einiges. Die wenigsten Frauen erkennen auf Anhieb, was sie vor sich haben, wenn sie mein Auto sehen."

Er öffnete den Wagen und ich hielt ihm auffordernd die Hand entgegen.

„Ich fahre", sagte ich mit einer Stimme, die keinen Widerspruch duldete. „Sie sind verletzt und müssen zuerst verarztet werden."

Er hob ungläubig die Augenbrauen. „Sie glauben doch wohl nicht, dass ich Sie mit meinem Auto fahren lasse."

„Doch. Das glaube ich. Und wenn Sie ehrlich sind, dann ist es das Beste so."

Wir lieferten uns ein Blickduell, doch zu meiner Überraschung gab Charles nach wenigen Sekunden auf und reichte mir den Schlüssel.

„Also gut", murmelte er. „Aber nur bis zu Ihnen nach Hause. Und wehe, Sie fahren mir eine Delle hinein."

„Auf gar keinen Fall", versprach ich und setzte mich ans Steuer.

Der Wagen war in hervorragendem Zustand und mein Vater hätte sicherlich seine Freude daran gehabt. Obwohl ich nicht annähernd so autoverrückt war wie er, wusste ich es durchaus zu schätzen, wie lange dieser Wagen schon über die Straßen rollte. Er war immerhin älter als ich selbst und Charles pflegte ihn offenbar mit Hingabe.

Ich hätte die Ausstattung noch eine Weile bewundern können, aber stattdessen wartete ich, bis Charles neben mir Platz genommen hatte und startete den Dodge. Allein der Sound des Motors war einmalig.

Ich fuhr vom Parkplatz und fädelte mich in die Hauptstraße ein. Im Prinzip bedauerte ich es gerade, dass ich nicht weit weg wohnte, denn das Auto fuhr sich wunderbar. Sobald ich in die Hauptstraße eingebogen war, warf ich Charles einen Seitenblick zu, der nach wie vor das Taschentuch auf seine Wunde drückte.

„Charles", begann ich. „Warum haben Sie das gemacht? Ich meine ... wir hätten dem Kerl doch einfach das Geld geben können und fertig."

Charles schüttelte den Kopf. „Ich lasse mich nicht von irgendwelchen Leuten herumschubsen. Schon lange nicht mehr."

„Und was, wenn der Mann eine Schusswaffe gehabt hätte?“

„Hatte er aber nicht.“

„Und was, wenn doch?“

Charles runzelte die Stirn. „Keine Sorge. Ich bin nicht lebensmüde. In dem Fall hätte mir das Fass auch nicht weitergeholfen.“

„Ich muss zugeben, dass es beeindruckend war, wie Sie das Ölfass über den Kopf gehoben haben. Das hätte ich nie im Leben geschafft.“

Charles hob die Augenbrauen. „Sie wiegen auch schätzungsweise halb so viel wie ich.“

Ich errötete, als er das sagte, denn vermutlich hatte er recht. Beim Sex müsste er aufpassen, mich nicht zu zerquetschen und komischerweise war mir der Gedanke gar nicht so unangenehm, wie er hätte sein sollen.

Vielleicht lag es daran, dass er mich soeben vor einem Messerangriff beschützt hatte, aber auf einmal kam Charles Anderson mir deutlich anziehender vor, als es vor ein paar Stunden noch der Fall gewesen war.

„Hier ist es“, sagte ich und war froh, als ich ganz in der Nähe einen Parkplatz fand. Ich stellte das Auto ab und wir stiegen aus. „Kommen Sie mit.“

Kapitel 22

Charles

Jessica wohnte in der Nähe von Brooklyn Heights, einer sehr guten Wohngegend in Brooklyn. Die Gebäude hier sahen einander alle sehr ähnlich. Die meisten hatten eine rötliche Fassade und kleine Treppen mit Geländer führten zu den einzelnen Wohnkomplexen nach oben. Die Straße war gesäumt von Bäumen und wirkte trotz der späten Stunde sicher und einladend. Es wunderte mich, dass Jessica sich so eine Wohnung überhaupt leisten konnte, aber das ging mich natürlich nichts an.

Jessica öffnete die Tür und führte mich die Treppen nach oben bis zu ihrer Wohnung. Dort entriegelte sie die Wohnungstür und machte das Licht an. Die Wohnung war klein und gemütlich eingerichtet. Doch zu meiner Überraschung war sie nicht ansatzweise so perfekt wie Jessica selbst. Ich hatte bei ihr mit einer penibel eingerichteten Wohnung gerechnet, in der alles zusammenpasste. Stattdessen waren die Möbel ein wilder Mix aus alt und neu. Auch bei den Farben schien Jessica keinen bestimmten Stil zu haben, sondern kombinierte auch mal pinke Kissen mit roten, obwohl selbst mir auffiel, dass das überhaupt nicht zusammenpasste. Jessica dirigierte mich zum Wohnzimmer und drückte mich auf ihre Couch. Sie war so weich, dass man regelrecht darin versank und bestand aus blauem Stoff. Es gab jede Menge Bücher im Wohnzimmer und einen alten Röhrenfernseher.

Der Wohnzimmertisch wirkte, als hätte sie ihn vom Trödelmarkt und die Regale, als wären sie von IKEA. Eine bunte Mischung, die mir irgendwie gefiel.

„Möchten Sie etwas trinken?", fragte Jessica. „Ach, was rede ich da. Ich kümmere mich erstmal um Ihren Arm."

Sie wirkte nervös. Vermutlich hatte sie nicht häufig Männerbesuch, und erst recht nicht von einem ihrer Kunden.

Jessica verschwand im Bad und kam kurz darauf mit Desinfektionsmittel und Verbandszeug wieder. Ich hätte am liebsten die Augen verdreht. Ich hatte einen Kratzer und sie tat so, als wäre ich lebensgefährlich verletzt.

„So. Dann wollen wir doch mal sehen. Schieben Sie Ihr Hemd hoch. Oder nein. Ziehen Sie es am besten aus. Der Ärmel ist voller Blut. Das sollte ich dringend auswaschen."

Ich hob die Augenbrauen, widersprach aber nicht, sondern knöpfte das Hemd auf. Als ich es auszog und der Stoff die Wunde streifte, schaffte ich es nicht, ein leises Stöhnen zu unterdrücken. Dieser Laut schien Jessica wie aus einer Starre zu reißen und sie wandte schnell den Blick von meiner Brust ab.

Hatte sie mich etwa angestarrt? Ich wusste, dass mein durchtrainierter Oberkörper den meisten Frauen gefiel. Ich durfte zwar nicht mehr boxen, aber das hinderte mich nicht daran, regelmäßig zu trainieren. Es war ein guter Ausgleich zu dem Stress im Verlag. Trotzdem hätte ich nicht gedacht, dass jemand wie die perfekte Jessica Carter sich von ein paar Muskeln beeindrucken ließ. Sie stand doch bestimmt eher auf geleckte Typen im Anzug wie Alan Cook und nicht auf haarige Muskelprotze wie mich. Oder?

Doch als ich sah, wie sie errötete, war ich mir fast sicher, dass ihr gefiel, was sie sah. Sie schluckte und leckte sich nervös über die Lippen, als sie sich neben mich setzte und mit einem nassen Lappen meine Hand abwusch. Die scharfe Kante des Ölfasses hatte mir den Handballen aufgeschnitten und ich biss die Zähne zusammen, um nicht zusammenzuzucken.

„Die Wunde ist nicht besonders tief“, stellte Jessica fest. „Ich finde zwar trotzdem, dass sich das ein Arzt ansehen sollte, aber ich denke nicht, dass es genäht werden muss.“

„Habe ich ja gleich gesagt. Aber Sie wollten ja nicht auf mich hören.“

Jessica verzog keine Miene, sondern sprühte Desinfektionsspray auf die Wunde. Ich zischte, weil es brannte.

„Oh. Tut mir leid“, sagte sie mit zuckersüßer Stimme. „Das könnte brennen.“

„Habe ich gemerkt“, brummte ich und staunte, als Jessica sehr viel vorsichtiger weitermachte und den Schnitt mit einem Pflaster abklebte. Ihre Finger fühlten sich gut an auf meiner Haut und sie roch angenehm nach Vanille und irgendwelchen Blumen. Ihr Kleid war im Sitzen hochgerutscht, sodass ich einen Teil ihres Oberschenkels sehen konnte. Helle, samtige Haut. Himmel. Diese Frau hatte keine Ahnung, wie sexy sie war.

„Sie waren wirklich mutig da draußen", sagte sie. „Ich wollte mich noch bedanken. Wäre ich alleine mit diesem Kerl gewesen ..."

Sie erschauderte und die Vorstellung machte mich rasend.

„Hey", sagte ich und hob ihr Kinn an, sodass sie mir in die Augen sehen musste. „Ich habe das mit den Heldentaten ernst gemeint. Sollten Sie jemals allein in so eine Situation geraten, dann tun Sie auf keinen Fall, was ich getan habe. Egal, ob Sie ein Ölfass heben können oder nicht. Mir macht so ein Schnitt nichts aus, aber Ihnen ... Wäre doch ein Jammer um Ihre makellose Haut."

Jessica biss sich auf die Unterlippe, was irgendwie süß aussah. Ohnehin wirkte sie anziehender auf mich als jemals zuvor. Ihre Brüste, die meinem Oberkörper viel zu nah waren, ihre hübschen Augen, die unsicher in meine blickten und ihre traumhaften Lippen. Ich konnte mir nur schwer vorstellen, dass sie früher einmal ein Mobbingopfer gewesen war. Ihre Perfektion war fast schon unheimlich und daher gefiel es mir umso mehr, in ihrer Wohnung eine andere Seite von ihr kennenzulernen. Sie war gar nicht so aalglatt, wie ich angenommen hatte. Im Gegenteil. Möglicherweise war sie sogar chaotischer als ich und schaffte es nur, das gut zu verstecken.

„Keine Angst", sagte Jessica. „Ich hätte dem Kerl vermutlich meine Geldbörse entgegengeworfen und wäre schreiend davongerannt. Ich mag selbstbewusst wirken, aber wenn mich jemand mit einem Messer bedroht, ist das aus und vorbei."

Ich nickte. „Gut. Aber ich denke, dass dieser Kerl es sich in Zukunft zweimal überlegt, bevor er jemanden ausraubt."

Jessica schmunzelte. „Da haben Sie vermutlich recht. Ich für meinen Teil war definitiv beeindruckt. Sie sind wirklich stark."

Sie betrachtete eingehend meine Armmuskeln und umfasste sie dann mit ihrer Hand. Ihre Berührung traf mich wie ein Blitzschlag und Erregung durchfuhr mich heftiger, als ich es seit langem erlebt hatte. Verdammt. Ich wollte ihre Hände überall auf mir spüren und ich fragte mich, ob sie sich wohl getraut hätte, mich anzufassen, wenn das Adrenalin nicht wegen des Überfalls noch durch ihren Körper geflossen wäre.

Ich wusste, dass Gefahr dazu führen konnte, dass man Lust auf Sex bekam, und verdammt. Bei mir war genau das der Fall.

„Danke", sagte ich mit belegter Stimme und hätte Jessica am liebsten gepackt und auf meinen Schoß gezogen.

Das wäre allerdings eine dumme Idee gewesen. Sie und ich passten kein bisschen zusammen. Wir waren so grundverschieden, dass wir in einer Beziehung ganz sicher nicht harmonieren würden. Doch was war mit zwanglosem Sex? War das eine Option, die für Jessica in Frage käme?

Vielleicht sollte ich es einfach darauf ankommen lassen. Ich beugte mich langsam vor und ließ ihr die Möglichkeit, zu entscheiden, was sie wollte und was nicht. Als sie nicht zurückwich, wurde ich mutiger.

Mein Bart steifte die empfindliche Haut an ihrem Hals und ich spürte, wie sie erschauerte. Shit. Sie roch unglaublich gut und alles in mir schrie danach, sie näher an mich zu ziehen. Ich küsste behutsam ihren Nacken und genoss es zu hören, wie sie wohlig aufstöhnte.

„Charles", keuchte sie und vergrub eine Hand in meinem Haar. „Wir ... sollten das nicht tun."

„Ach, nein?" Ich knabberte an ihrem Ohrläppchen und ließ eine Hand ihren Oberschenkel entlanggleiten. „Bist du dir da sicher?"

Wieder küsste ich ihren Hals und umfasste ihren Hintern, der perfekt in meine Hand passte. Himmel. Diese Frau war die pure Sünde.

„Ich ... ich sollte das nicht tun", präzisierte sie, ohne mich loszulassen.

„Und warum nicht?", fragte ich, während ich mich weiter vorarbeitete und ihre Mundwinkel küsste.

Ihre Haut war unglaublich weich und ich wollte nichts lieber, als ihre vollen Lippen zu küssen. Ich wollte wissen, wie sie schmeckte und am liebsten hätte ich ihren gesamten Körper in Besitz genommen. Doch ich spürte ihr Zögern, daher hielt ich mich zurück und wartete darauf, dass sie den letzten Schritt ging. Ganz sacht fuhr ich mit meinen Lippen über ihre, sodass ich sie hauchzart berührte. Erneut stöhnte sie auf, kam mir aber nicht entgegen.

„Was hält dich zurück, Jessica?", fragte ich mit belegter Stimme. „Sag bloß nicht, du bist in Wahrheit verheiratet und dein Mann wartet zu Hause auf dich."

Jessica blinzelte erschrocken und löste sich dann abrupt von mir. Sie sprang auf und brachte Distanz zwischen uns.

„Ich ...kann das nicht", stellte sie klar und rückte ihre Kleidung zurecht. „Wir können nicht ... ich meine ..."

„Wow. Was ist denn nun passiert?", fragte ich irritiert. „Habe ich etwas falsch gemacht?"

„Nein! Es ist nur ... ich kann das einfach nicht. Sie und ich ... das geht doch nicht."

Ich runzelte missmutig die Stirn. Was sollte das nun schon wieder heißen? Hatte sie sich gerade erst daran erinnert, dass ich nicht der Typ Mann war, auf den sie normalerweise stand?

„Vergessen Sie es. Ich habe verstanden", stellte ich klar und erhob mich. Ihre Zurückweisung verletzte mich mehr, als sie sollte. „Warum sollte die perfekte Jessica Carter auch Interesse an dem unperfektesten Boss von ganz New York haben?"

„Sie sind nicht ... ich meine ... Es tut mir leid."

Sie wirkte so verlegen, dass ich mir plötzlich wie ein Arschloch vorkam. Sie hatte Nein gesagt. Na und? Jede Frau und jeder Mann sollten das Recht haben, Nein zu sagen. Das war keine große Sache.

„Schon gut", sagte ich versöhnlicher und wollte nach meinem Hemd greifen. Doch sie schüttelte den Kopf.

„Ich habe doch gesagt, dass ich das für Sie auswasche. Warten Sie. Ich gebe Ihnen was anderes."

Sie verschwand im Schlafzimmer und kam kurz darauf mit einem schwarzen Shirt zurück, das mir sicherlich zwei Nummern zu klein war.

„Etwas Besseres habe ich leider nicht", sagte sie kleinlaut. „Aber für den Rückweg wird es schon gehen."

Ich überlegte, einfach oben ohne zu gehen, aber griff dann doch nach dem Shirt, um es überzuziehen. Von der Länge her war es gerade noch okay, aber an den Armen saß es dermaßen eng, dass ich es fast sprengte.

„Danke für Ihre Hilfe", sagte ich.

„Kein Problem. Das Hemd bringe ich Ihnen dann mit ins Büro."

„Stecken Sie es aber besser in eine Tüte. Sonst denkt das ganze Kollegium, wir hätten eine Affäre."

Jessica wurde knallrot und nickte. „Ja, natürlich. Das mache ich. Sind Sie sicher, dass Sie mit Ihrer verletzten Hand fahren können?", fragte sie unsicher.

Ich nickte. „Das geht schon. Keine Sorge. Sehen wir uns nächste Woche?"

„Auf jeden Fall. Ich habe das Gefühl, wir machen Fortschritte." Sie lächelte schüchtern und ihr Blick ließ mein Herz höher schlagen. Was für ein Mist. Da gab es endlich mal eine Frau, die mir gefiel und dann hatte sie kein Interesse.

Aber vermutlich war es besser so. Frauen machten nur Ärger und den konnte ich im Moment überhaupt nicht brauchen.

Daher sagte ich nichts weiter dazu, sondern verließ ihre Wohnung, um nach Hause zu fahren. Ich musste mir das mit Jessica aus dem Kopf schlagen. Auch wenn das leichter gesagt war als getan.

Kapitel 23

Himmel. Mein Herz klopfte mir bis zum Hals, als Charles Anderson meine Wohnung verließ und sobald ich die Tür geschlossen hatte, ließ ich mich daran zu Boden gleiten und fasste mir ans Herz.

Er hätte mich fast geküsst. Nein. Schlimmer noch. Ich hätte ihn fast geküsst. Diesen riesigen, ungehobelten Kerl mit viel zu vielen Haaren im Gesicht. Das musste an der Aufregung wegen des Überfalls liegen. Ganz ohne Frage. Ich stand nicht auf diesen Typ Mann. Im Gegenteil. Ich mochte gepflegte Männer mit schönen Händen und rasiertem Gesicht. Keine Männer, die eine Phobie gegen eine Schere zu haben schienen und die keinerlei Manieren besaßen.

Ich mochte charismatische Männer. Männer wie Alan. Nicht wie Charles. Und trotzdem ... Wie er sich beschützend vor mich gestellt hatte und wie er das Ölfass hochgehoben hatte, als wäre es nichts.

Alan wäre vermutlich zitternd zusammengebrochen und hätte den Obdachlosen angefleht, lieber mich zu nehmen als ihn.

Ich schüttelte den Kopf über mich selbst. Das war Unsinn. Ich hatte noch nie an Alan gezweifelt und nur weil Charles Anderson einen auf Herkules machte, war ich plötzlich angeturnt? Gott. Das war doch vollkommen idiotisch.

Und trotzdem. Mein Herz klopfte immer noch wie verrückt und ich fühlte, dass mein Slip vollkommen durchnässt war. Charles mochte dringend eine Generalüberholung brauchen, aber dieser Oberkörper. Puh. Allein bei dem Gedanken daran wurde mir heiß. Mit diesen Muskeln konnte Alan nicht einmal ansatzweise mithalten. Charles hatte ein richtiges Sixpack. So etwas hatte ich noch nie im wahren Leben gesehen. Was für ein Bild von einem Mann.

Aber es war nicht nur das. Auch seine Augen waren unglaublich ausdrucksstark, wenn er die buschigen Augenbrauen zur Abwechslung nicht grimmig zusammenzog und das Begehren in seinem Blick war mir durch und durch gegangen. Auf diese Art hatte Alan mich noch nie angesehen. So bewundernd. Alan sagte mir zwar regelmäßig, wie hübsch er mich fand, aber das klang in meinen Ohren immer ein bisschen gönnerhaft, so als müsste er das zu mir sagen, um mich zufriedenzustellen. Aber Charles hatte es nicht mit seinen Worten, sondern mit seinen Blicken gesagt und das war so viel mehr wert.

„Himmel, Jessica. Reiß dich zusammen", murmelte ich zu mir selbst und stand auf.

Charles Anderson war gar nicht so unattraktiv, wie ich dachte. Fein. Aber das änderte rein gar nichts daran, dass ich mit Alan zusammen war. Also ... vielleicht nicht richtig zusammen, aber trotzdem war ich ihm bisher treu gewesen und irgendwann ... ja. Irgendwann würden wir es offiziell machen.

Nur komischerweise fühlte sich das gar nicht mehr so erstrebenswert an.

***

Als ich eine Stunde später in meinem Bett lag, konnte ich nicht einschlafen. Die Aufregung des Tages hielt mich nach wie vor fest in ihren Klauen und ich wünschte, Alan wäre bei mir. Wie schön wäre es, jetzt in seinen Armen zu liegen und noch ganz andere Dinge mit ihm zu tun. Mein Körper kribbelte vor Erregung bei dem Gedanken und ich wusste gar nicht, wohin mit mir.

Ich überlegte, ihn anzurufen, entschied mich dann jedoch dagegen. Um diese Uhrzeit lag er bestimmt längst mit Rachel im Bett und das Letzte, was ich wollte, war, ihre verschlafene Stimme im Hintergrund zu hören. Also entschied ich, meine innere Anspannung auf andere Art loszuwerden. Ich angelte nach meinem Nachttischchen und zog aus der Schublade meinen Womanizer. Es war ein Auflegevibrator, den ich mir in einer meiner vielen einsamen Nächte gekauft hatte. Ich hatte schon unterschiedliche Sexspielzeuge ausprobiert, aber dieses funktionierte für mich am besten.

Ich schloss meine Augen und begann behutsam, mich selbst zu streicheln. Ich strich über meine Brüste und

183

stellte mir vor, es wären Alans Hände, die mich berührten. Gleichzeitig führte ich den Womanizer zwischen meine Beine und schob ihn in meinen Slip, um ihn auf meine empfindlichste Stelle zu legen.

„Alan", flüsterte ich und schaltete das Gerät ein.

Sofort durchfuhr mich ein angenehmes Schaudern und mein Becken begann wie von alleine, sich vor und zurück zu bewegen.

„Oh, Alan", stöhnte ich erneut und malte mir aus, es wäre seine Hand, die dort unten meine Mitte streichelte.

Ich stimulierte meine Brustwarzen mit der anderen Hand und sah vor meinem inneren Auge, wie Alans schlanker Körper sich an meinen presste und sein Bart über meine Haut strich.

Sein Bart? Moment. Alan hatte keinen Bart.

Der Mann in meiner Fantasie sah auf und ich erkannte das Verlangen in seinem Blick, das mich fast um den Verstand brachte. Nur, dass es nicht Alan war, dem diese Augen gehörten, sondern Charles. Er schaute mich mit einer solchen Glut in den Augen an, wie er es vorhin getan hatte, kurz bevor ich ihn gestoppt hatte.

Gott. Was tat denn Charles in meiner Fantasie? Ich fand ihn doch gar nicht attraktiv mit seinen langen, zotteligen Haaren und dem struppigen Bart. Doch dieser Blick hatte mich mehr erregt als alles, was Alan je mit mir angestellt hatte.

In meiner Vorstellung senkte er seinen Kopf, schob mein Nachthemd zur Seite und umschloss meine Brustwarze mit seinen Lippen. Gleichzeitig erhöhte er den Druck seiner Finger auf meine Mitte und ich klammerte mich an ihn. Sein großer, kräftiger Körper gab mir Halt und ich rieb mich an ihm, bis ich mit einem Aufschrei zum Orgasmus kam. Mein Becken zuckte immer wieder, aber ich nahm den Vibrator nicht weg, bis ich ein zweites Mal kam und den Womanizer mit einem Aufschrei aus meinem Slip zog. Ich spürte ein angenehmes Pochen in meinem Unterleib, während mein Verlangen langsam abebbte und ich nach und nach aufhörte zu zittern.

Himmel. Was war das denn gewesen? So heftig war ich schon lange nicht mehr gekommen und es irritierte mich, dass ausgerechnet der Gedanke an Charles mich dazu getrieben hatte. Das musste an der Gefahr liegen, der wir beide heute ausgesetzt gewesen waren. So etwas verband einen doch miteinander.

Ganz sicher lag es nicht an Charles selbst. Immerhin war es Alan, nach dem ich mich verzehrte, oder etwa nicht? Ich schüttelte den Kopf und legte den Womanizer wieder in seine Schublade. Jetzt war ich zwar befriedigt, aber ich bezweifelte, dass ich dadurch besser würde schlafen können. Viel wahrscheinlicher war, dass ich nun erst recht die halbe Nacht wach lag. Charles Anderson brachte mich mehr durcheinander, als ich je gedacht hätte.

Kapitel 24

Charles

Das Wochenende verging schleppend. Unter anderem, weil meine Gedanken ständig zu Jessica wanderten. Es war schon einige Zeit her, dass ich das letzte Mal mit einer Frau geschlafen hatte und Jessica reizte mich sehr. Natürlich war es okay, dass sie mich nicht hatte küssen wollen, aber frustrierend war es trotzdem. Ich selbst hätte nämlich nichts lieber getan, als sie zu küssen und wünschte es mir noch immer.

Umso enttäuschter war ich daher, als Jessica mich am Montag anrief, um mir zu sagen, dass ich mir am Mittwochvormittag nichts vornehmen sollte, weil sie da etwas Wichtiges mit mir vorhätte. Mittwoch. Das war erst in zwei Tagen.

Am liebsten hätte ich sie bereits heute wiedergesehen, aber das konnte ich ihr natürlich nicht sagen. Widerwillig stimmte ich zu, aber ließ es mir dafür am Mittwoch nicht nehmen, Jessica höchstpersönlich mit meinem Dodge von zu Hause abzuholen.

Ich stellte mein Auto vor ihrem Wohnhaus ab und lehnte mich an den Wagen, bis sie zur Tür heraus kam. Wie immer war sie top gestylt und kein Haar saß an der falschen Stelle. Heute trug sie einen schwarzen Jumpsuit und dazu einen modischen Sonnenhut. Sie sah aus, als wäre sie direkt einem Modekatalog entsprungen und ich erinnerte mich nur zu gut, wie weich die Haut an ihrem Hals war und wie gut sie gerochen hatte.

Ich schluckte und winkte ihr zu, um sie auf mich aufmerksam zu machen. Da sie nicht damit gerechnet hatte, von mir abgeholt zu werden, runzelte sie kurz die Stirn, bevor ein breites Lächeln auf ihrem Gesicht erschien.

„Hallo Charles", sagte sie. „Was machen Sie denn hier?"

„Guten Morgen, Jessica", erwiderte ich freundlich und hielt ihr die Tür auf. „Was dagegen, wenn ich Sie mitnehme? Ich habe heute Nachmittag noch einen wichtigen Termin und dachte, es geht schneller, wenn ich Sie abhole."

„Das ... ist nett von Ihnen", stellte sie fest und stieg ein.

Ich ging um den Wagen herum und setzte mich auf den Fahrersitz. Sogleich fiel Jessicas Blick auf meine Hand. „Wie geht es Ihrer Wunde?"

Ich hob die Hand, sodass sie die verkrustete Linie erkennen konnte. Sie war noch leicht gerötet, aber schmerzte kaum und hatte sich zum Glück auch nicht entzündet.

„Alles bestens", sagte ich. „Alles sozusagen wie neu."

„Das freut mich." Jessica zog eine Tüte aus ihrer großen Handtasche. „Hier ist übrigens Ihr Hemd. Frisch gewaschen und gebügelt."

Ich winkte ab. „Sie hätten es nicht bügeln müssen. Das tue ich auch nie.“

„Tja. Das sollten Sie aber, denn genau das ist heute unser Thema.“

Ich runzelte die Stirn. „Unser Thema ist Bügeln?“

„Nicht direkt. Aber zu einer guten Imageberatung gehört natürlich auch der Kleidungsstil. Also gehen wir heute einkaufen.“

Ich sah sie ungläubig an. „Im Ernst? Ich habe nicht vor, für so etwas wie Klamotten Geld auszugeben. Was stimmt denn nicht mit meiner Garderobe?“

„Ihre Kleidung ist absolut in Ordnung“, versicherte sie mir diplomatisch. „Aber man könnte noch ein paar Dinge optimieren. Der Stil ist gar nicht schlecht, doch man sieht den Hemden an, dass sie schon älter sind und Ihnen nicht perfekt passen. Warum nicht öfter mal etwas Neues?“

„Neue Kleidung ist teuer.“

„Das stimmt. Aber es ist auch eine Investition in Sie selbst. Das dürfen Sie nie vergessen. Man sollte sich auch ab und zu etwas Gutes tun.“

Ich umfasste hart das Lenkrad und knirschte mit den Zähnen. Das gefiel mir nicht. Kein bisschen.

„Ich brauche keine neue Kleidung“, beharrte ich.

Ich sah Jessica an, dass meine Reaktion ihr jede Menge Geduld abverlangte, aber sie blieb so professionell wie möglich. „Brauchen ist relativ. Aber ich habe den Auftrag, Sie in einen besseren Chef zu verwandeln und den werde ich auch erfüllen. Die Kleidung zahlt natürlich die Agentur.“

„Und wenn ich mich weigere?“, fragte ich.

Nun war Jessica es, die die Augenbrauen hochzog. Damit hatte sie offenbar nicht gerechnet.

„Hören Sie, Charles. Ich dachte eigentlich, wir hätten uns in den letzten zwei Wochen ein bisschen kennengelernt und Sie würden mir inzwischen etwas vertrauen. Lassen Sie mich doch einfach mal machen. Protestieren können Sie später immer noch.“

Flehend sah sie mich an und schließlich gab ich mich geschlagen. Am Ende bekam diese Frau ja doch ihren Willen. Also konnte ich es genauso gut einfach hinter mich bringen.

„Na gut“, gab ich nach. „Wo soll es hingehen?“

Sie lächelte breit und schien sich ehrlich über mein Einlenken zu freuen. „In die Oculus Mall“, sagte sie und ich stöhnte innerlich auf.

Ein Shopping Center. Auch das noch. Das Oculus Shopping Center war auch bekannt als Westfield World Trade Center Mall und war ursprünglich bloß ein Bahnhof gewesen. Doch das weiße Gebäude war architektonisch ein echter Hingucker. Es war unglaublich groß und erinnerte von außen an einen Vogel, der seine Flügel weit nach oben spreizte.

Wir parkten in der Nähe in einem Parkhaus und liefen dann zur Ocolus Mall hinüber. Die Eingangshalle war riesig und ließ durch die weißen Streben, die weit in die Höhe ragten, viel Licht herein. Alles wirkte neu und modern. Trotzdem fühlte ich mich hier unwohl. Das lag weniger an den vielen verschiedenen Läden und Restaurants, sondern vielmehr an den ganzen Leuten, die sich in der Mall tummelten.

Ich hasste Menschenmengen. Seit dem schrecklichen Tag vor zwei Jahren, der mein Leben für immer verändert hatte, mied ich so gut wie möglich Orte, an denen es für mich zu eng werden konnte. Das war auch der Hauptgrund, warum ich mich weigerte, mit der Subway zu fahren und stattdessen lieber mit dem Auto fuhr.

Zu viele Menschen führten bei mir schnell zu Beklemmungen oder gar Flashbacks und das war so ziemlich das Letzte, was ich brauchen konnte. Trotzdem riss ich mich zusammen und versuchte, mich auf Jessica zu konzentrieren, die vor mir herlief. Die Oculus Mall war sehr beliebt, aber ich war noch nie hier gewesen. Warum auch? Alles, was ich an Kleidung brauchte, konnte ich mir im Internet bestellen und falls ich spontan etwas benötigte, gab es immer noch Supermärkte. In einem richtigen Modegeschäft war ich schon seit Ewigkeiten nicht mehr gewesen, denn selbst vor dem schrecklichen Tag, hatte ich nicht viel Wert auf Mode gelegt. Ich hatte mich damals vor allem auf meine sportliche Karriere konzentriert und das Wirtschaftsstudium nur halbherzig durchgezogen, weil mein Vater und mein Großvater es von mir erwartet hatten. Inzwischen konnte ich natürlich froh sein, dass ich nicht völlig darauf verzichtet hatte, sondern dass es einen Plan B gab. Das Problem war nur, dass dieser Plan B mir nie gefallen hatte.

„Haben wir ein bestimmtes Ziel?", fragte ich missmutig. „Oder spazieren wir einfach nur durchs Einkaufscenter? Ich hoffe, Sie vergessen nicht, dass ich heute Nachmittag einen Termin habe."

Ich sah, wie Jessica sich verspannte und wieder einmal reizte es mich, sie zu provozieren. Wie schaffte sie es nur, die ganze Zeit über so gefasst zu sein? War das nicht unglaublich anstrengend? Immerhin hatte ich es schon geschafft, ihr zwischendurch eine Reaktion zu entlocken, aber es juckte mich in den Fingern, sie dazu zu bringen, mal richtig zu explodieren. Das hätte sie so viel menschlicher gemacht.

„Wir sind da", sagte sie und ging vor mir in ein modisches Klamottengeschäft namens ‚Chez Louis'. Hier gab es alles von sportlich bis elegant. Und das zu einem durchaus akzeptablen Preis.

„Heute suchen wir ein paar neue Alltagsklamotten für Sie", sagte Jessica. „Was mögen Sie für Sachen?"

Diese Frage überforderte mich. Ich hatte mir bisher nie Gedanken über Klamotten gemacht, sondern trug im Büro immer Jeans und einfache Hemden. Bei besonderen Anlässen zog ich dazu noch eine Krawatte an.

„Was ... spielt das denn für eine Rolle? Ich dachte, Sie als meine Imageberaterin suchen mir etwas aus."

„Das könnte ich natürlich tun, aber bei der Kleiderwahl gibt es etwas, das sehr viel wichtiger ist als die Frage, ob es der aktuellen Mode entspricht oder ob es gut sitzt und das ist die Frage, ob Sie sich darin wohlfühlen. Sie könnten sogar im Jogginganzug zur Arbeit kommen. Wenn Sie sich darin wohlfühlen, dann strahlen Sie das auch aus und kommen dementsprechend rüber."

Das klang sogar einleuchtend. Aber es half mir nicht unbedingt weiter.

„Ich …“ Ich räusperte mich. „Ich habe keine Ahnung von Klamotten“, gab ich zu. „Ich weiß nicht, was mir steht und ziehe im Prinzip immer dasselbe an.“

Jessica tippte sich nachdenklich an den Mund. „Tja. Dann müssen wir eine andere Taktik einschlagen. Wie wäre es damit? Ich bespreche mich mit einer Verkäuferin und bringe Ihnen ein paar Outfits. Sie probieren die an und wenn etwas dabei ist, das Ihnen gefällt, dann sehen wir weiter in diese Richtung.“

„Einverstanden“, sagte ich, obwohl ich überhaupt keine Lust dazu hatte, ewig lang irgendwelche Klamotten anzuprobieren. Aber ein Deal war ein Deal und daran würde ich mich halten.

Kapitel 25

Jessica

Es war zum Verzweifeln. Ich hatte noch nie einen Kunden begleitet, der derart schwierig war wie Charles Anderson. Egal, was ich ihm brachte, er hatte immer etwas daran auszusetzen. Dabei waren die Outfits toll. Das Schlimmste war allerdings, dass er mir nicht sagen konnte, was er stattdessen haben wollte.

Also gab ich schließlich auf, ihm Stoffhosen oder Lederschuhe andrehen zu wollen und optimierte den Stil, den er sonst im Büro zu tragen pflegte. Er mochte Jeans? Gut. Kein Problem. Es gab sehr schicke Jeans und noch dazu in verschiedenen Farben. Ich suchte eine in Schwarz heraus, griff nach einem Hemd und sportlichen Schuhen.

Als ich ihm die Sachen brachte, runzelte er die Stirn.

„Das ist doch genau dasselbe, was ich sonst auch anhabe", bemerkte er klugerweise.

„Das stimmt. Es ist derselbe Stil, aber in besser. Bitte. Probieren Sie die Sachen einfach an."

Charles nickte und nahm mir die Klamotten ab. „Wenn Sie dann endlich Ruhe geben", murrte er vor sich hin und verschwand in der Kabine. Bisher hatte er immer einen leidenden Gesichtsausdruck gehabt, wenn er aus der Kabine kam, aber dieses Mal schien er sich tatsächlich wohl in seiner Haut zu fühlen.

Er hatte recht. Im Grunde genommen war es nicht viel anders als seine eigenen Klamotten. Nur, dass es eben doch anders war. Die Passform des Hemdes stimmte. Sie betonte sein breites Kreuz und seine kräftigen Oberarme. Auch die Jeans saßen perfekt. In seinen schlabberigen Hosen war mir nie aufgefallen, was für einen knackigen Hintern er besaß, aber wenn er so viel Sport machte, dann war das wohl kein Wunder.

Ich schluckte und betrachtete seinen Oberkörper, den ich am Freitag bereits ohne Hemd hatte bewundern dürfen. Sofort wurde mir wieder warm.

„Hm. Nicht übel", brummte Charles und begutachtete sich im Spiegel. „Allerdings mag ich, um ehrlich zu sein, keine weißen Hemden."

Ich runzelte die Stirn. „Aber ... warum tragen Sie sie dann?"

Er zuckte mit den Schultern. „Weiße Hemden gibt es überall. Das macht es leichter. Wie gesagt mache ich mir normalerweise keine Gedanken über meine Kleidung. Aber wenn ich jetzt so darüber nachdenke ..."

„Kein Problem", sagte ich schnell. „Zu Jeans passen auch andere Farben. Ich suche Ihnen ein paar heraus."

Eine halbe Stunde später hatte Charles drei neue Jeans. Zwei in Blau und eine in Schwarz. Dazu war er stolzer Besitzer von fünf Hemden in verschiedenen Farben und zwei Poloshirts, die ihm erstaunlich gut standen. Eins der Hemden hatte er sogar direkt anbehalten. Es war cremefarben und bildete einen interessanten Kontrast zu seinem dunklen Bart.

Als die Verkäuferin den Preis nannte, zuckte ich nicht mit der Wimper, sondern zahlte mit meiner Kreditkarte. Danach verließ ich mit Charles den Laden, der unbehaglich die Leute betrachtete.

„So viel Geld für ein paar neue Fetzen Stoff“, murmelte er. „Ihr Chef hat einen an der Waffel.“

„Das stimmt nicht. Er weiß einfach nur, was nötig ist, um einen neuen Menschen aus Ihnen zu machen und Klamotten sind dabei ungemein wichtig. Sie führen dazu, dass man mehr Selbstbewusstsein zeigt, obwohl das bei Ihnen ja eher nicht das Problem ist.“

Charles schnaubte und wich meinem Blick aus, was dazu führte, dass ich mir plötzlich unsicher war, ob ich mit meiner Einschätzung richtig lag. Charles wirkte zwar so, als würde er vor Selbstbewusstsein strotzen, aber möglicherweise stimmte das gar nicht. Vielleicht tat er nur so, um seine Unsicherheit zu überspielen.

Diejenigen, die am häufigsten auf anderen herumtrampelten, waren oftmals die mit den meisten eigenen Problemen. War das möglich? Und spielte es eine Rolle? Eventuell schon. Denn falls es so war, dann mussten wir tatsächlich an Charles' Selbstwertgefühl arbeiten. Etwas, womit ich überhaupt nicht gerechnet hatte.

Darüber musste ich nochmal in Ruhe nachdenken, aber das konnte warten. In diesem Moment kamen wir an eine Stelle innerhalb des Einkaufszentrums, die komplett mit Menschen verstopft waren. Offenbar gab es ein neues Smartphone auf dem Markt und jeder wollte der Erste sein, der es besaß.

„Können wir … vielleicht einen anderen Weg nehmen?", fragte Charles und starrte die Menschen vor uns an. Er fühlte sich sichtlich unbehaglich und auf seiner Stirn standen Schweißperlen. Er hatte schon am Eingang unglücklich darüber gewirkt, dass hier so viele Menschen waren, aber jetzt war er fast schon panisch.

„Haben Sie Klaustrophobie?", fragte ich ins Blaue geraten.

„Ja, verdammt", bestätigte er. „Also. Können wir bitte einen anderen Ausgang nehmen?"

Im Grunde genommen war das keine Bitte, sondern eine Forderung, aber ich rechnete es ihm trotzdem hoch an, dass er bitte sagte.

„Einverstanden", sagte ich schnell und steuerte einen Seitenausgang an, der rechts von uns lag. Sobald wir aus dem Hauptgang heraus waren, ging es Charles sichtlich besser. Er atmete freier und wischte sich den Schweiß von der Stirn.

„Wollen Sie darüber reden, …", begann ich und verstummte, als mir ein schroffes „Nein" entgegen schallte.

„Okay. Dann nicht. Aber woher soll ich bitte schön wissen, was geht und was nicht, wenn Sie nicht mit mir reden? Ich weiß ja nicht, was passiert ist, um …"

„Der ‚Vorfall', der meine Karriere beendet hat, war die Massenpanik beim June Festival im Central Park. Sie haben sicher davon gehört, oder?"

Ich sah ihn betroffen an. „Ja, natürlich. Wer hat nicht davon gehört? Gab es da nicht diesen Blitzeinschlag?"

Ich erinnerte mich genau an die Schlagzeilen. Während eines Konzerts im Central Park war ein Gewitter aufgezogen. Doch ehe man das Konzert hatte beenden können, war ein Blitz eingeschlagen und ein Mast umgekippt. Daraufhin war Panik ausgebrochen.

„Mein Vater und ich waren dort", sagte Charles schroff. „Wir wurden von der Menge niedergerissen und sind im Krankenhaus gelandet. Ich habe überlebt. Er nicht. Reicht das an Information? Oder wollen Sie auch noch wissen, wie es sich angefühlt hat, als hunderte Füße über mich hinweg getrampelt sind?"

Ich wurde blass und blieb stehen. Betroffen hielt ich mir eine Hand vor den Mund. Wie konnte er mir diese Information so ins Gesicht knallen? „Ich ... das tut mir leid. Das wusste ich nicht."

„Ganz offensichtlich nicht! Aber wie Sie sich vielleicht vorstellen können, halte ich mich seitdem nicht mehr gerne in großen Menschenmengen auf."

Ich nickte betroffen. Eine Massenpanik. Guter Gott. Ich erinnerte mich genau an die Bilder, die vor ein paar Jahren durch die Medien gegangen waren. Blutende Menschen, schreiende Kinder und das Heulen der Sirenen. An dem Tag waren drei Menschen ums Leben gekommen und ganz offensichtlich war Charles' Vater einer davon gewesen. Ich erschauerte. Die Vorstellung, in so einer Menschenmenge festzustecken und nicht mehr herauszukommen war furchtbar. Kein Wunder, dass Charles sich nicht mehr gerne unter Menschen aufhielt. Eigentlich war es faszinierend, dass er nach diesem Erlebnis nicht irgendwo aufs Land gezogen war, sondern weiterhin in einer so großen Stadt wie New York lebte.

„Das tut mir unglaublich leid", sagte ich, als wir das Auto erreichten. „Falls Sie darüber reden wollen, habe ich immer ein offenes Ohr und ich verspreche, es in Zukunft bestimmt nicht wieder zu vergessen.“

Charles nickte nur und stieg ein. Ich folgte ihm und tippte die Adresse ins Navigationsgerät ein. Offenbar war das Thema damit erstmal erledigt.

Kapitel 26

Charles

Als wir kurze Zeit später bei einem hochpreisigen Hair & Beauty Studio in der Pearl Street ankamen, war ich nicht überrascht. Ich überlegte, ob es etwas bringen würde zu rebellieren, aber ich entschied mich dagegen. Ich hatte zwar kein Interesse an einer neuen Frisur oder gemachten Nägeln, aber ich hatte Jessica zugesagt, mich auf alles einzulassen, was sie vorschlug.

Daher biss ich in den sauren Apfel und stieg aus dem Wagen und betrachtete skeptisch das Ambiente. ‚Georgina's Hair & Beauty Salon‘, stand an der Tür. Es schien ein sehr moderner Laden zu sein, denn ich sah schon von draußen, dass die Möbel neuwertig waren und hier jede Menge Leute mit außergewöhnlichen Frisuren arbeiteten. Doch Jessica schien jemand Bestimmtes zu suchen, denn sie ging nicht zur Anmeldung, sondern sah sich zuerst einmal um. Offenbar hatte man sie im nächsten Moment erkannt, denn eine Frau um die fünfzig mit blonder Dauerwelle und knallpinkem Lippenstift kam auf sie zugestürmt und umarmte sie heftig. Die Frau sah aus, als wäre sie direkt den Achtzigern entsprungen.

„Jessica. Wie wunderbar, dass du da bist", sagte sie. „Es freut mich riesig, dich zu sehen. Immerhin bist und bleibst du eins meiner gelungensten Projekte."

Jessica errötete, als die Frau das sagte und winkte ab. „Hallo, Georgina. Rede nicht so einen Unsinn. Ich wette, du machst bei jedem einen guten Job."

„Das schon, aber ich brauche auch gutes Grundmaterial."

„Na, dann bin ich ja gespannt, was du bei dem Mann ausrichten kannst, den ich dir heute mitgebracht habe."

Sie deutete auf mich und Georginas Augen weiteten sich.

„Na, wenn das nicht der unperfekteste Chef von ganz New York ist", sagte sie und reichte mir die Hand. „Es freut mich, Sie kennenzulernen, Mister Anderson. Ich würde sagen, da haben wir einiges an Arbeit vor uns."

Ich runzelte die Stirn und versuchte zu verbergen, wie sehr mich ihre Einschätzung kränkte.

„Vielleicht sollten Sie erstmal bei sich selbst anfangen", knurrte ich. „Ihre Frisur sieht aus, als hätten Sie in eine Steckdose gepackt."

Zu meiner grenzenlosen Überraschung lachte Georgina laut, als hätte ich einen guten Witz gemacht.

„Wie wunderbar. Ich liebe Menschen mit bissigem Humor", sagte sie nur und legte mir eine ihrer Hände mit mörderisch langen Fingernägeln auf den Arm. „Und jetzt kommen Sie. Wir haben viel vor uns."

***

Die nächsten zwei Stunden waren für mich der absolute Horror. Ich wurde von oben bis unten auf den Kopf gestellt. Meine Haare wurden geschnitten, mein Bart wurde gestutzt und in Form gebracht und meine Finger wurden bearbeitet. Selbst die Haare auf meiner Brust mussten dran glauben.

Ich fühlte mich wie Sandra Bullock aus ‚Miss Undercover‘. Ein Film, zu dem meine Ex-Freundin Steph mich gezwungen hatte und der sich mir tief ins Gedächtnis gegraben hatte. Georgina hatte Jessica fortgeschickt, weil sie wollte, dass diese am Ende das komplette Ergebnis zu sehen bekam und in gewisser Weise fehlte sie mir jetzt schon.

Ohne sie fühlte ich mich irgendwie verloren.

Nachdem Georginas Minions sich auch noch meine Augenbrauen vorgenommen hatten, fühlte ich mich endgültig wie ein Lackaffe. Umso überraschter war ich daher, als ich auf Georginas Aufforderung hin in die neuen Klamotten schlüpfte und mich schließlich im Spiegel ansehen durfte.

Es war … unglaublich. Ich erkannte mich selbst kaum wieder. Georginas Team hatte es geschafft, dass ich gleichzeitig jünger, besser und gesünder aussah. Meine Augenbrauen waren nicht mehr so buschig, sodass meine blauen Augen besser zur Geltung kamen und der Bart und die Haare hatten einen modischen Schnitt. Ich war froh, dass man mich nicht komplett rasiert hatte, denn dann hätte ich mich überhaupt nicht mehr wie ich selbst gefühlt. Ein kurzer Bart war geblieben und zu meiner Erleichterung wirkte es, als wäre er leicht zu pflegen. Das war für mich nämlich ein wichtiger Aspekt, den es nicht zu unterschätzen galt.

„Und?“, fragte Georgina. „Was halten Sie davon?“

Sie sah mich mit großen Augen an und ich räusperte mich. „Gar nicht mal so übel“, gab ich zu. „Das heißt aber hoffentlich nicht, dass ich von nun an jede Woche zu Ihnen kommen muss, um das aufrecht zu erhalten, oder?“

Georgina lachte und sah trotz ihres Alters absolut hinreißend aus.

„Von mir aus können Sie gerne regelmäßig vorbeikommen“, sagte Georgina. „Aber ich denke, wenn Sie sich ein bisschen bemühen, dann bekommen Sie die Pflege auch selbst hin.“

Ich verschränkte die Arme vor der Brust.

„Na, vielen Dank auch für das Vertrauen“, brummte ich. „Sind wir dann endlich fertig? Wo ist Miss Carter?“

„Ich bin hier“, rief Jessica und kam um die Ecke. Doch als sie mich sah, blieb sie wie angewurzelt stehen und starrte mich an wie das siebte Weltwunder. Und in diesem Moment hätte ich wirklich zu gerne gewusst, was in ihrem Kopf vor sich ging.

Kapitel 27

Jessica

Über eine Stunde hatte ich Zeit gehabt, um ein paar Telefonate zu führen und organisatorische Dinge zu erledigen.

Als ich jetzt den Laden von Georgina betrat, war ich überaus gespannt, was mich erwarten würde. Ich wusste aus eigener Erfahrung, dass sie eine echte Künstlerin war, was die Verwandlung von Frauen anging. Bei Männern war ich mir nicht so sicher gewesen, was sie erreichen konnte. Doch wie es aussah, hatte sie auch dafür ein echtes Händchen, denn als ich um die Ecke kam, verschlug es mir im ersten Moment die Sprache.

War das wirklich Charles Anderson? Auf den ersten Blick hätte ich ihn nie im Leben erkannt, obwohl ich die Klamotten, die er trug, ja selbst mit ausgesucht hatte. Aber die neue Frisur und der kurze Bart standen ihm unglaublich gut. Er wirkte viel jünger, was auch an seinem Gesichtsausdruck lag, der jetzt deutlich offener wirkte als zuvor. Vorher hätte ich ihn für vierzig gehalten. Jetzt hingegen sah man ihm an, dass er Anfang dreißig war. Durch die gestutzten Augenbrauen sah man außerdem seine schönen Augen besser. Mir war bisher gar nicht aufgefallen, wie blau sie waren. Himmel. Allein sein Anblick sorgte dafür, dass mir ganz heiß wurde und unwillkürlich musste ich an den Abend in meiner Wohnung zurückdenken. Da war es mir bereits schwer gefallen, meine Finger von ihm zu lassen, aber jetzt wollte ich ihm am liebsten sofort auf den Schoß springen. War das tatsächlich derselbe Mann wie zuvor?

„Wow!", platzte es aus mir heraus. „Georgina. Du bist eine Zauberin."

Sie grinste breit und nickte zufrieden. „Ja. Das würde ich auch sagen. Wie gefallen Sie sich denn selbst, Mister Anderson?"

Charles wirkte verlegen. Er rieb sich unbehaglich den Nacken und fuhr sich dann durch die kurzen Haare. Warum nur war er so lange nicht mehr beim Friseur gewesen? Ein gepflegtes Äußeres machte unglaublich viel aus. Da war es vollkommen egal, ob man ein paar Kilo zu viel auf den Hüften hatte oder ab und zu grimmig in die Gegend schaute.

„Gar nicht übel", murmelte er. „Etwas zu kurz für meinen Geschmack, aber ganz okay."

„Von wegen zu kurz", sagte Georgina. „Dieser Schnitt passt perfekt zu Ihrem Gesicht und sobald Sie sich daran gewöhnt haben, werden Sie das sicherlich auch so sehen."

„Zumindest erspart es viel Zeit beim Trocknen", gab Charles zu und betrachtete seine Hände, die gepflegt und sauber aussahen.

Ich konnte wirklich nicht verstehen, warum er nicht in Jubelschreie ausbrach bei seinem neuen Aussehen. Ich selbst war damals in Tränen ausgebrochen, weil ich so überwältigt von meiner eigenen Verwandlung gewesen war. Natürlich hatte ich mich von da an nicht ständig so in Schale geworfen, aber es war schon faszinierend genug, zu sehen, was möglich war.

„Die Klamotten stehen Ihnen auch hervorragend", sagte Georgina. „So sollten Sie sich in Zukunft immer kleiden."

„Fühlen Sie sich denn wohl?", fragte ich, weil er nicht so begeistert aussah, wie ich es mir erhofft hatte.

„Ist schon okay", erwiderte er. „Aber die Zeit drängt und ich will nicht noch mehr davon verplempern. Wenn wir fertig sind, dann will ich zurück. Immerhin ist es schon zwei Uhr und ich darf keinesfalls zu spät kommen."

„Okay. Ich ... habe Ihnen etwas zu Essen mitgebracht."

Ich hob eine Tüte mit einem belegten Bagel in die Höhe und Charles sah mich erstaunt an. Offenbar hatte er nicht damit gerechnet, dass ich mich um sein leibliches Wohl sorgen würde. Schließlich murmelte er ein „Danke schön" und nahm mir die Tüte ab. Auch den Kaffee trank er gierig und ging dann nach draußen, um eine Zigarette zu rauchen. Ich übernahm es solange, die Rechnung zu bezahlen.

„Vielen Dank", sagte Georgina, sobald ich gezahlt hatte und sah zum Ausgang. „Dieser Mister Anderson ist ganz offensichtlich ein harter Brocken."

Ich nickte. „Das kannst du laut sagen. Ich kann mich nicht daran erinnern, jemals zuvor so einen schwierigen Kunden für Alan begleitet zu haben.“

„Eigenartig. Die meisten Menschen reagieren freudig darauf, wenn man das Beste aus ihnen herausholt, aber er wirkte immer noch, als hätte er in eine Zitrone gebissen.“

„Ich werde auch nicht aus ihm schlau. Aber ich hoffe, dass die Leute bei seinem Termin nachher positiv auf ihn reagieren werden und er dadurch merkt, wie sich seine Außenwirkung verändert. Viel wichtiger als die reine Optik ist bei ihm allerdings tatsächlich sein Verhalten. Er muss netter zu den Leuten werden und ich verstehe nicht, warum ihm das so schwerfällt.“

„Wenn es jemand schafft, seine besten Seiten hervorzukitzeln, dann bist du das“, sagte Georgina. „Du bist Alans beste Mitarbeiterin. Apropos. Wie geht es ihm eigentlich?“

„Gut. Danke. Er ist im Moment bei seiner Familie.“

„Oh. Und weißt du zufällig, wann er wieder in New York ist?“

Ich wurde hellhörig, als sie das fragte.

„Nicht so genau“, gab ich zu. „Er hat sich sehr bedeckt gehalten. Warum?“

„Ach. Nur so. Ich habe ihn schon lange nicht mehr gesehen und er ist einer meiner besten Kunden. Nicht nur, weil er selbst gerne herkommt, sondern auch, weil er dich immer wieder mit euren Klienten herschickt.“

Ich nickte, fragte mich allerdings, ob das der einzige Grund war. Georgina war für ihr Alter eine schöne Frau und ich konnte mir gut vorstellen, dass Alan genauso mit ihr flirtete, wie er es bei den meisten anderen

Frauen auch tat. Georgina war zwar verheiratet, aber ich vermutete, dass sie nicht die Erste wäre, die trotzdem auf ihn abfuhr. Alan war einfach ein ungewöhnlicher Mann und wickelte jede Frau um den Finger. Ich wusste sogar von einigen Schwulen, die auf ihn standen, obwohl ihnen klar war, dass er hetero war.

„Na ja. Ich denke, er wird sich melden, sobald er wieder in der Stadt ist", sagte ich. „Er braucht bestimmt bald einen neuen Haarschnitt und ich weiß, dass du dafür seine erste Wahl bist."

Georgina kicherte. „Ich hoffe ja, dass ich für Mister Anderson in Zukunft auch die erste Wahl sein werde, wenn es um sein Äußeres geht. Wer hätte gedacht, dass hinter den vielen Haaren so ein adretter Kerl steckt?"

Nun musste ich wirklich lächeln. „Er gefällt dir also, ja?"

„Natürlich. Dir etwa nicht?"

Bis vor kurzem hätte ich ganz klar mit Nein geantwortet. Nicht einfach bloß, weil er nicht mein Typ war, sondern weil er meiner Ansicht nach niemandes Typ war. Schönheit lag im Auge des Betrachters. Ganz klar. Aber wenn man sich überhaupt keine Mühe gab, dann musste man sich nicht wundern, wenn man keinen Partner fand. Darauf schien Charles allerdings auch keinen großen Wert zu legen. Etwas, was ich überhaupt nicht nachvollziehen konnte. Aber jetzt? So, wie er nun aussah, fiel er definitiv in mein Beuteschema.

„Doch", sagte ich schließlich. „Ich muss zugeben, dass er gar nicht so übel aussieht. Ob ich allerdings mit ihm ausgehen würde, weiß ich trotzdem nicht."

„Keine Sorge", ertönte in diesem Moment Charles' Stimme und ich wäre am liebsten im Boden versunken.

„Ich gehe grundsätzlich nicht mit Frauen aus, mit denen ich zusammenarbeite. Da wir das jetzt geklärt haben ... können wir los? Mein Termin wartet nicht.“

Ich wurde knallrot und auch Georgina wirkte betroffen und sah mich entschuldigend an. Offenbar hatte sie genauso wenig gemerkt, dass Charles zu uns gestoßen war, wie ich. Oh Gott. Wie peinlich. Das hätte wirklich nicht passieren dürfen.

„Tja, dann. Bis zum nächsten Mal“, sagte Georgina, winkte uns zu und verschwand eilig zurück an die Arbeit.

Ich drehte mich zu Charles um, schaffte es aber kaum, ihm in die Augen zu sehen. Doch dann räusperte ich mich und zwang mich trotzdem dazu. Es gab nichts Schlimmeres, als nicht zu seinen Fehlern zu stehen und mein Kommentar von eben war ein ganz klarer Fehler gewesen.

„Es tut mir leid“, sagte ich ehrlich. „So etwas hätte ich nicht sagen dürfen. Vor allem, weil es nicht stimmt. Wenn Sie mich nett fragen würden, dann würde ich sehr wohl mit Ihnen ausgehen.“

Charles wirkte so abweisend wie eh und je. „Machen Sie sich keine Gedanken. Ich hatte nicht vor, Sie nach einem Date zu fragen. Wie gesagt. Ich gehe nicht mit Frauen aus, mit denen ich zusammenarbeite und auch nicht mit Frauen, die mir nicht gefallen.“

Das saß. Ich gefiel ihm nicht? Damit hatte ich nicht gerechnet, denn seit meiner Verwandlung vor drei Jahren hatte so gut wie jeder Mann mich attraktiv gefunden. Dass das ausgerechnet bei Mister Unperfekt nicht der Fall war, wurmte mich.

Ich lief ihm nach und sah ihn von der Seite an. „Und warum nicht, wenn ich fragen darf?“

„Warum wohl? Mir passt Ihre Nase nicht!“

„Meine Nase?“ Ich griff danach. „Oje. Das habe ich schon oft gehört.“

Er runzelte die Stirn. „Wie bitte?“

„Meine Nase. Sie haben doch gerade gesagt ...“

Er winkte ab. „Das war doch nur eine Redewendung. Wo soll denn das Problem mit Ihrer Nase sein?“

„Sie ist so ... klein. Eine winzige Stupsnase halt.“

Er betrachtete mich skeptisch. „Und das soll ein Problem sein?“

Wir stiegen ins Auto und ich verschränkte abwehrend die Arme vor der Brust, obwohl ich genau wusste, dass man das besser nicht tun sollte.

„Frauen mit einer kleinen Nase werden selten für voll genommen“, erklärte ich. „Sie haben es grundsätzlich schwerer, sich zu behaupten.“

„So einen Unsinn habe ich noch nie gehört. Absoluter Schwachsinn. Mit Ihrer Nase ist alles in Ordnung. Genau wie mit dem Rest von Ihnen. Nur, dass Sie mir trotzdem nicht gefallen. Das Gesamtpaket sozusagen.“

Eigentlich sollte mich das nicht verletzen. Immerhin hatte ich ihn ja bisher auch nicht für attraktiv gehalten. Vielleicht lag es an seiner Veränderung, aber möglicherweise wurmte es mich auch generell zu hören, dass ich einem Mann nicht gefiel. Für gewöhnlich wurde einem das schließlich nicht auf die Nase gebunden. Woran auch immer es lag, es störte mich ungemein, dass ich Charles Andersons Ansprüchen nicht genügte, und das sollte mir wirklich zu denken geben.

Charles startete den Wagen und ich merkte, wie er nervös an seinem Hemdkragen zog, als wäre er ihm zu eng.

„Ist alles in Ordnung?“

„Sicher. Was soll schon sein?“, fragte er abwehrend, aber ich hatte längst verstanden, dass das bei ihm nur eine Taktik war. Er war unfreundlich, damit man ihn in Ruhe ließ, aber mein Job war es, genau das nicht zu tun.

„Sie sind nervös“, stellte ich fest. „Haben Sie Angst, wie die Mitarbeiter aus dem Verlag reagieren werden?“

„Blödsinn. Warum sollte ich Angst davor haben? Ich bin ihr Boss. Sie haben kein Recht, über mich zu urteilen.“

„Nur leider tun sie es trotzdem, nicht wahr? Das ist nur menschlich. Jeder Mensch urteilt über andere. Auch wenn wir versuchen, es nicht zu tun.“

Widerwillig nickte er. „Mag sein“, sagte er. „Aber mir ist scheißegal, was sie sagen.“

Und genau das glaubte ich ihm nicht. Es war ihm deutlich anzusehen, dass er sich unwohl fühlte. Und das, obwohl das neue Erscheinungsbild ja eigentlich zu seinem Selbstwertgefühl beitragen sollte.

„Also gut. Was ist das Schlimmste, was passieren könnte?“, fragte ich, ohne eine Antwort zu erwarten. „Ihre Mitarbeiter könnten Sie auslachen. Ich glaube allerdings nicht, dass sie das tun werden. Viel wahrscheinlicher ist, dass man Ihnen Komplimente macht.“

„Hm“, machte Charles.

„Kann es sein, dass Sie damit nicht umgehen können?“

„Was, wenn es ironische Komplimente sind? Vermutlich raste ich dann sofort aus.“

„Nun. Dagegen hilft nur Schlagfertigkeit. Legen Sie sich vorher schon ein paar mögliche Antworten zurecht, die Sie erwidern können, falls ihnen wirklich jemand dumm kommt. Das ist viel besser, als Ihr Gegenüber sofort anzubrüllen oder fertigzumachen.“

Charles sah mich einen Moment nachdenklich an und nickte dann. „Also gut. Dann hauen Sie mal raus. Was kann ich in so einem Moment sagen?“

Ich lächelte und wandte mich ihm zu. Wenn er mich tatsächlich um Hilfe bat, dann machten wir eindeutig Fortschritte und das freute mich mehr, als ich in Worte fassen konnte.

„Also gut. Hören Sie zu ...“

Kapitel 28

Charles

Als wir beim Verlag ankamen, fühlte ich mich einigermaßen gewappnet durch Jessicas Tipps. Gleichzeitig hatte ich es eilig, weil ich spät dran war. Ich hatte nur noch wenige Minuten bis zu dem Meeting und musste vorher noch in mein Büro. Also hetzte ich durch den Flur und achtete nicht darauf, ob Jessica mir folgte oder nicht. Ich griff nach meinem Laptop und wollte rüber zum Besprechungsraum, als mein Großvater mein Büro betrat.

„Du kommst erst in letzter Sekunde", schimpfte er. „Das gibt Minuspunkte, Charles. Ich dachte, ich hätte mich klar ausgedrückt und ..."

Er verstummte, als ich mich zu ihm umdrehte und seine Kinnlade klappte nach unten. Er betrachtete mich eingehend und grinste dann breit.

„Holla, die Waldfee", sagte er. „Da hat die junge Frau offenbar gute Arbeit geleistet. Du siehst hervorragend aus, Junge."

Ich verschränkte abweisend die Arme vor der Brust, weil ich das von ihm gar nicht hören wollte. Ich hatte mich immerhin nicht zum Vergnügen stundenlang herrichten lassen, sondern um zu zeigen, dass ich es schaffte, an meiner Außenwirkung zu arbeiten.

„Danke", murrte ich. „Können wir dann rüber?"

„Ja, sicher. Ich freue mich schon, die Gesichter der anderen zu sehen. Wie schade, dass Henry für ein paar Tage nach Paris geflogen ist. Er kommt erst am Montag zurück."

Das war zumindest eine Erleichterung, denn auf die Sprüche meines Cousins hatte ich überhaupt keine Lust.

Am liebsten hätte ich mein altes Ich zurück, denn das war wie ein Schutzpanzer gewesen, hinter dem ich mich verstecken konnte. Wenn mich bisher jemand nicht gemocht oder mich hässlich gefunden hatte, dann hatte ich zumindest gewusst, woran es lag. Aber wenn jetzt jemand etwas an mir auszusetzen hatte, dann wusste ich, dass es persönlich war, denn ich hatte mir zum ersten Mal seit Jahren Mühe gegeben.

Dadurch fühlte ich mich so nackt und angreifbar wie schon lange nicht mehr.

Als hätte sie gespürt, dass ich Unterstützung benötigte, tauchte kurz vor dem Besprechungsraum Jessica neben mir auf.

„Was dagegen, wenn ich der Besprechung beiwohne?", fragte sie und mein Großvater schüttelte den Kopf.

„Ganz und gar nicht. Ich bin hin und weg, was Sie bisher bei meinem Enkel erreicht haben und kann es kaum erwarten zu sehen, wie er sich in den nächsten

Wochen noch entwickeln wird. Wenn das so weitergeht, dann muss er sich um seinen Chefposten keine Sorgen machen.“

Ich erwiderte nichts und Jessica stupste mich leicht mit dem Ellenbogen an.

„Versuchen Sie es mal mit einem Lächeln“, schlug sie so leise vor, dass mein Großvater es nicht hören konnte. „Das wirkt Wunder.“

Ich versuchte, meine Mundwinkel nach oben zu ziehen, aber es gelang mir nicht. Sie blieben wie festgeschweißt unten stehen. Vor allem, als mein Großvater vorging und die komplette Bagage auf uns aufmerksam machte.

„Hallo, alle miteinander“, rief er. „Darf ich Ihre Aufmerksamkeit auf die Sensation des Tages lenken? Ich präsentiere meinen Enkel Charles Anderson.“

Er trat zur Seite und erwartete ganz offensichtlich, dass ich ihm folgte, aber meine Beine weigerten sich, sich zu bewegen. Mir brach der Schweiß aus und ich hatte das Gefühl, kurz vor einer Panikattacke zu stehen, als Jessica mir in die Hand kniff.

„Au!“, sagte ich und blickte sie irritiert an. „Was sollte das?“

„Ich versuche, Sie auf andere Gedanken zu bringen“, erklärte sie. „Das soll gegen Nervosität helfen. Und nun hören Sie auf nachzudenken und gehen Sie da rein.“

Ich rieb mir die Hand und trat in den Raum, bevor ich es mir anders überlegen konnte. Sofort ging ein Raunen durch die Belegschaft und ich musste mich zusammenreißen, um den Leuten nicht demonstrativ den

Stinkefinger zu zeigen. Es war mir immer egal gewesen, was die Menschen über mich dachten. Es war verdammt scheiße, dass das heute anders war.

„Der Boss sieht ja richtig schnieke aus", rief da auch schon Tyler in ironischem Tonfall und ich hätte ihm am liebsten den Kopf abgerissen. Stattdessen versuchte ich, mich an die Dinge zu erinnern, die Jessica mir über Schlagfertigkeit gesagt hatte.

Am wichtigsten war gar nicht so sehr, was man sagte, sondern wie schnell. Denn Schlagfertigkeit funktionierte nur, wenn man sofort reagierte. Sonst war das Zeitfenster um. Also los. Jetzt oder nie.

„Tja. Ich habe mich auch extra für Sie in Schale geworfen, Tyler", sagte ich mit so viel Ironie wie möglich und schielte dabei zu Jessica, die genau neben mir stand.

Die Leute lachten verhalten, was mir zeigte, dass ich den richtigen Kommentar herausgesucht hatte. Auch Jessica lächelte und ich ging zufrieden zu meinem Platz.

„Sie sehen wirklich gut aus, Boss", sagte Matilda neben mir und diesmal war mein Lächeln echt.

„Danke. Das Kompliment kann ich nur zurückgeben", sagte ich und sie errötete tatsächlich.

War das möglich? Hatte ich Matilda zum Erröten gebracht? Damit hatte ich nun überhaupt nicht gerechnet.

„Sie machen das hervorragend", raunte Jessica mir zu und setzte sich auf meine andere Seite.

„So. Nun wurde meinem Enkel aber genug Honig ums Maul geschmiert", sagte mein Großvater und sah in die

Runde. „Am besten beginnen wir sofort mit den Tagesthemen. Wer möchte anfangen?“

Tyler stand auf und ich gab mir Mühe, mich auf die Diskussion zu konzentrieren, aber gleichzeitig wanderte mein Blick immer wieder zu Jessica, die es schaffte, überaus interessiert auszusehen, obwohl die Inhalte sie vermutlich viel weniger kratzten als mich selbst. Ohne ihre Hilfe hätte ich mich gerade höchstwahrscheinlich blamiert und ich war ihr unglaublich dankbar dafür, dass sie an meiner Seite geblieben war.

Die Frage war nur, was ich tun sollte, sobald ich wieder ohne sie zurechtkommen musste.

***

Die Besprechung verlief erstaunlich gut. Obwohl ich mich unwohl fühlte, gelang es mir, souverän zu bleiben und mir meine Unsicherheit nicht anmerken zu lassen. Ich wusste, dass die Probleme einzig und allein in meinem Kopf bestanden. Im Grunde genommen gab es keinen Anlass, um mich unwohl zu fühlen. Immerhin sah ich besser aus als jemals zuvor. Doch das half mir im Moment nicht weiter.

„Ich bin so stolz auf dich, Junge“, sagte mein Großvater, sobald die Besprechung zu Ende war. „Ich hätte nie gedacht, dass die Imageberatung so viel bringen würde. Nun fehlt dir eigentlich nur noch eine Begleitung für die Benefizveranstaltung. Hast du da schon jemanden im Auge?“

Ich schüttelte den Kopf. „Ich wusste nicht, dass ich eine Begleitung brauche!“, sagte ich.

„Aber natürlich brauchst du die. Auf solchen Veranstaltungen kommt man immer in Begleitung. Nach Möglichkeit sollte es eine Frau sein, die hübsch und intelligent ist, damit du endgültig beweist, dass du dich geändert hast.“

Ich zog eine Grimasse. Vielleicht konnte ich einfach jemanden für den Abend buchen, oder...

„Komm bloß nicht auf die Idee, mit einer Escort-Dame aufzutauchen“, sagte mein Großvater. Ganz offensichtlich konnte er Gedanken lesen.

„Keine Sorge. Ich werde schon jemanden finden.“

Jessica wäre genau die Richtige für den Abend, doch ich bezweifelte, dass sie bereit war, mich zu begleiten. Vielleicht konnte sie mir stattdessen dabei helfen jemand Passendes zu finden.

Sobald mein Großvater sich verabschiedet hatte und ich mit Jessica zusammen in meinem Büro angekommen war, beschloss ich, sie darauf anzusprechen.

„Sie müssen mir ein Date besorgen. Ich brauche eine Frau.“

Überrascht sah sie mich an. „Tut mir leid, aber Partnervermittlung gehört nicht zum Service.“

„Ich will keine Frau für eine Beziehung sondern nur für einen Abend.“

„Ich wette, Sie wissen besser Bescheid, wo man solche Damen findet, als ich“, sagte sie schnippisch und ich verdrehte die Augen.

„Es darf keine Frau aus dem Gewerbe sein. Ich will sie auch gar nicht flachlegen.“

Jessica runzelte die Stirn. „Ich glaube, ich verstehe gerade nicht, wovon Sie sprechen.“

Ich seufzte. „Mein Großvater ist der Meinung, dass ich zu der Benefizveranstaltung in Begleitung kommen soll. Es gibt allerdings keine Frau, die ich fragen könnte. Daher dachte ich, dass Sie vielleicht jemanden wissen, der für den Anlass angemessen wäre."

„Angemessen... Ja. Da wüsste ich tatsächlich ein paar Kandidatinnen. Allerdings fürchte ich, dass Sie die mit Ihrer Art verschrecken könnten."

Da schien ihr ein Gedanke zu kommen. Sie zog ihr Handy hervor und scrollte im Internet. „Ich habe vorhin etwas in den sozialen Medien gesehen. Ja. Hier ist es schon. Freitagabend und sogar ganz bei Ihnen in der Nähe. Sehen Sie nur."

Sie hielt mir ihr Handy entgegen und ich staunte nicht schlecht, als ich die Worte Speed-Dating las.

„Ist das Ihr Ernst? Sie wollen, dass ich zu einem Speed-Dating gehe?"

„Warum nicht? Es ist auf jeden Fall eine gute Übung. Und mit etwas Glück, lernen Sie dort sogar die perfekte Frau für die Veranstaltung kennen. Einen Versuch wäre es auf jeden Fall wert."

„Das ist eine absolute Schnapsidee", sagte ich. „Ich war noch nie beim Speed-Dating, außerdem... Wie armselig ist das denn bitte schön?"

„Auch nicht viel armseliger, als mich darum zu bitten, Ihnen ein Date zu besorgen."

Das war erstaunlich bissig gewesen und ich sah sie perplex an. Wie es aussah, schaffte ich es immer häufiger, Jessica aus der Reserve zu locken und irgendwie gefiel mir das. Ohne es zu wollen, schlich sich ein Lächeln auf mein Gesicht.

„Eins zu null für Sie“, sagte ich. „Also gut. Ich werde auf dieses Speed-Dating gehen. Aber nur, wenn Sie auch mitkommen.“

„Wie bitte? Was soll ich denn da? Ihren Anstandswauwau spielen? Ich glaube nicht, dass die anderen Frauen begeistert sein werden, wenn ich hinter Ihnen stehe und zuhöre.“

„Unsinn. Wenn, dann nehmen Sie natürlich auch teil.“

Sie lachte. „Das ist nicht Ihr Ernst. Ich brauche keinen Mann für eine Veranstaltung.“

„Wie wollen Sie das Ganze denn auswerten, wenn Sie nicht dabei sind? Ich finde, dass das definitiv zu Ihrem Job gehört.“

Nachdenklich sah sie mich an und nickte dann. „Also gut. Ich komme mit. Aber nur, wenn Sie sich wirklich Mühe geben. Das müssen Sie mir versprechen. Versuchen Sie, sich den Frauen von Ihrer besten Seite zu zeigen. Also nicht so, wie Sie sonst immer sind, sondern so, wie ich es Ihnen beigebracht habe. Ich kann vielleicht nicht hinter Ihnen stehen, aber ich werde es trotzdem mitbekommen, wenn Sie absichtlich unhöflich sind. Da bin ich mir sicher.“

Missmutig stimmte ich zu. „Also gut. Ich werde mir Mühe geben. Versprochen. Wann und wo findet das Ganze statt?“

Kapitel 29

Jessica

„Du willst mit Charles Anderson auf ein Speed-Dating?", fragte Alan fassungslos.

Ich drückte mir das Handy ans Ohr und versuchte gleichzeitig, mir die Lippen zu schminken. Es war Freitagabend und ich war bereits spät dran.

„Ja. Er hat sich nur darauf eingelassen, wenn ich mitkomme."

„Das ist doch Unsinn. Was hast du dir eigentlich dabei gedacht, ihm so etwas vorzuschlagen? Normalerweise gehört das nicht in unser Konzept."

Für gewöhnlich war Alan offen, wenn es um neue Ideen ging. Aber anscheinend gefiel ihm der Gedanke nicht, dass ich zu einem Speed-Dating gehen würde.

„Ich erhoffe mir dadurch, dass Charles etwas weniger verkrampft wird. Du müsstest ihn sehen. Er braucht dringend Bestätigung und die kann er nur bekommen, wenn er ein paar positive Erfahrungen mit Frauen macht. Ich finde, dass er eine unglaubliche Verwandlung durchgemacht hat und ich habe den Eindruck, dass er damit noch nicht zurechtkommt. Also halte ich es für eine sehr gute Idee, dass er bei einem Speed-Dating mit wildfremden Frauen reden kann, um zu sehen wie er bei ihnen ankommt."

„Also gut. Vielleicht ist es für ihn wirklich eine gute Idee. Aber ich verstehe trotzdem nicht, warum du auch dorthin gehst. Willst du etwa einen Mann kennenlernen?"

In seinen Worten war ganz klar ein Vorwurf versteckt. Es klang so, als wollte er von mir wissen, ob er mir nicht reichte.

„Bist du etwa eifersüchtig?", fragte ich, während ich mir die Wimpern tuschte.

„Natürlich nicht. Immerhin gehe ich nicht davon aus, dass du mit einem dieser wildfremden Männer ins Bett steigen wirst. Oder irre ich mich da?"

Ich war es nicht gewohnt, dass Alan eifersüchtig reagierte, allerdings hatte ich ihm in den letzten Jahren auch nie einen Grund dazu geliefert. Jetzt allerdings schon und ganz offensichtlich wurmte es ihn, dass ich mit anderen Männern flirten würde. Dabei war das Ganze rein beruflich.

„Wenn du dir solche Sorgen machst, was ich anstellen könnte, dann solltest du vielleicht öfter vorbeikommen und dafür sorgen, dass ich es nicht nötig habe, mich mit anderen Männern zu treffen", sagte ich provokativ. „Ach, Halt. Nein. Das geht ja nicht. Immerhin musst du deiner eigenen Frau das Bett wärmen."

„Ich habe dir schon mehrfach gesagt, dass zwischen uns nichts mehr läuft", beharrte Alan. „Wir leben nur noch wie Geschwister nebeneinander her, und das seit

Jahren. Um Rachel brauchst du dir keine Sorgen zu machen."

Das sagte er so einfach. Seine Frau war wunderschön und auf den Fotos, die ab und zu in der Presse erschienen, hatte er stets liebevoll einen Arm um sie gelegt. Angeblich war das nur Show, aber es fiel mir manchmal schwer, das zu glauben.

„Tja. Bei dem Speed-Dating brauchst du dir auch keine Sorgen zu machen. Es ist rein beruflich. Ich begleite Mister Anderson, weil er ansonsten nicht hingehen will und als sein Coach ist das nun mal meine Aufgabe. Immerhin war das Ganze meine Idee."

„Du hattest eindeutig schon bessere", murmelte Alan.

„Und du warst schon mal netter zu mir", erwiderte ich. „Es ist doch sonst nicht deine Art, so zu sticheln."

„Ich ... also gut. Du hast recht. Es stört mich, dass du mit anderen Männern flirten willst. Also bitte ich dich ... geh nicht."

„Ich kann nicht nicht gehen. Ich habe es Charles versprochen."

„Dann denk dir eine Entschuldigung aus, warum du es nicht schaffst. Du musst das nicht tun."

„Tja. Vielleicht will ich das aber. Ich habe ihm zugesagt und ich bin tatsächlich neugierig, was er bisher von mir gelernt hat. Vielleicht schlägt er sich ja ganz gut."

„Du willst also wirklich dort hingehen?"

„Ja. Es sei denn, du kommst heute Abend zu mir. Dann würde ich es mir sogar nochmal überlegen."

„Das geht nicht. Ich muss zu einem Bankett mit dem Bürgermeister."

Ich schluckte, weil ich fürchtete zu wissen, dass er dort nicht allein hingehen würde.

„Wird Rachel dabei sein?“, fragte ich.

„Ja, natürlich. Sie ist meine Frau und ...“

„Weißt du was? Ich muss jetzt los, Alan. Viel Spaß heute Abend.“

Alan sagte einen Moment nichts und seufzte dann. „Nun sei nicht so, Jessica. Du weißt, dass ich keine Wahl habe.“

„Tja. Es gefällt mir trotzdem nicht, dass du jeden Abend neben deiner Frau einschläfst und nicht neben mir. Aber keine Sorge. Ich habe nicht vor, beim Speed-Dating mit einem dieser Männer etwas anzufangen. Ich bin nur wegen Charles dort. Nicht mehr und nicht weniger.“

„Ist das dein letztes Wort in dieser Sache?“

Mein Gesicht glühte, aber ich wollte jetzt nicht klein beigeben. „Ja“, sagte ich daher.

„Okay. Dann wünsche ich dir viel Spaß, denke ich.“

„Danke. Wir hören morgen wieder voneinander.“

***

Das Speed-Dating konnte tatsächlich interessant werden. Dies war der erste Gedanke, der mir kam, als ich die Location erreichte. Es war ein mexikanisches Restaurant, in dem ich bisher noch nie gewesen war. Der Name des Lokals war ‚Poco Loco‘.

Ich hatte mir für den Anlass Jeans und eine blaue Bluse angezogen. Dazu trug ich Pumps, die einen mittelhohen Absatz hatten, damit ich noch problemlos darauf laufen konnte. Ich erwartete mir nicht viel von dem Abend, aber man konnte ja nie wissen. Vielleicht begegnete ich hier tatsächlich einem netten Mann, der es schaffte, mich ein wenig von Alan abzulenken. Zumindest für ein paar Stunden, denn ich würde ganz sicher nicht mit jemandem nach Hause gehen.

Es war verrückt, dass ich tatsächlich das Gefühl hatte, ihn zu betrügen, nur weil ich auf ein Speed-Dating ging. Dabei war er derjenige, der verheiratet war.

In gewisser Weise hatte ich mich gefreut, dass er eifersüchtig reagiert hatte. Doch gleichzeitig war mein Widerstand geweckt worden. Immerhin war ich nicht seine kleine Mätresse, die nur zu Hause saß und auf ihn wartete, während er in der Weltgeschichte herumreiste und an den Wochenenden bei seiner Ehefrau und seinen Kindern war. So hatte ich mir mein Leben nicht vorgestellt und wenn ich ehrlich war, dann freute ich mich sogar ein bisschen darüber, Alan eine Art Lektion zu erteilen.

Das ,Poco Loco' war so gestaltet, wie jeder Tourist sich Mexiko vorstellte. An den Wänden hingen bestickte Wandteppiche, auf denen Männer mit Sombreros und Eseln zu sehen waren und von der Decke baumelten ebenfalls einige dieser traditionsreichen Hüte. Überall standen Kakteen herum und neben der Bar stand sogar eine lebensgroße Puppe von einem Mariachi-Sänger, der die traditionelle schwarze Tracht trug und aussah, als würde er auf einer Trompete spielen.

An der Bar herrschte ganz normaler Betrieb. Wie es aussah, gab es also die Möglichkeit, sich nach dem Speed-Dating noch mit jemandem hinzusetzen und etwas zu trinken. Allerdings war eine Ecke speziell für das Event reserviert. Ein großes Schild mit der Aufschrift ‚Speed-Dating‘ hing darüber und ich sah bereits, dass dort einige Damen warteten. Mein erster Eindruck war, dass es sich dabei um ganz gewöhnliche Frauen handelte. Ich hatte erwartet, dass eher Leute mitmachen würden, die im normalen Leben nicht so einfach jemanden kennenlernen konnten, weil sie zu schüchtern oder nicht hübsch genug waren, doch da hatte ich mich offensichtlich geirrt. Zumindest rein optisch konnte ich bei den drei Frauen, die dort standen, keine Probleme erkennen. Sie waren hübsch. Nicht atemberaubend, aber definitiv attraktiv. Die Erste hatte ein paar Kilos zu viel auf den Hüften, aber dafür ein wunderschönes Gesicht. Die Zweite war sehr klein und reichte mir vielleicht bis zur Brust, aber sie war zierlich und fast schon elfenhaft mit ihren kurzen Haaren und der feinen Brille. Die Dritte wirkte deutlich älter als der Rest der Gruppe, aber das konnte auch an den grauen Strähnen in ihrem Haar liegen. Wenn man darüber hinwegsah, war auch sie eine sehr schöne Frau. Kurzerhand fasste ich mir ein Herz und ging auf die Damen zu.

„Hallo“, sagte ich. „Seid ihr auch zum Speed-Dating da?“

„Ja, natürlich“, antwortete die Frau mit den grauen Strähnen. „Wir sind schon ganz gespannt, aber bisher ist es schwer zu sagen, welche Männer für das Speed-Dating hier sind und welche einfach nur etwas trinken wollen.“

„Das stimmt“, sagte die mollige Frau. „Ich hoffe, dass der Typ mit den langen Haaren da hinten nicht dazugehört.“

„Das hoffe ich auch", erwiderte die kleine Frau mit den kurzen dunklen Haaren. „Der macht mir irgendwie Angst."

Ich folgte ihrem Blick und fürchtete im ersten Moment, dass sie Charles meinen könnte. Doch dann erinnerte ich mich daran, dass er eine neue Frisur hatte und inzwischen nicht mehr als der Typ mit den langen Haaren bezeichnet werden konnte.

„Meint ihr den an der Bar?", fragte ich.

„Ja, genau. Er hat irgendwie etwas Komisches an sich. Ich weiß, dass die meisten Frauen auf Bad Boys stehen, aber der wirkt irgendwie aggressiv."

Ich betrachte den Mann und musste ihr Recht geben. Er war groß, hatte jede Menge Tattoos und Piercings und sein Blick wirkte noch finsterer als der von Charles.

„Ich glaube nicht, dass er wegen des Speed-Datings da ist", sagte die Frau mit den grauen Haaren. „So jemand geht doch nicht zu so einer Veranstaltung, oder?"

Ich sagte nichts dazu, weil ich, um ehrlich zu sein auch nicht damit gerechnet hatte, dass so viele normale Frauen hier sein würden. Im Prinzip hatte ich jede Menge Vorurteile gegenüber solchen Veranstaltungen und das, obwohl ich es Charles ja vorgeschlagen hatte. Das brachte mich auf einen Gedanken. Das hier war die perfekte Gelegenheit, um etwas mehr über die Frauen zu erfahren, mit denen Charles später reden würde.

„Sagt mal", begann ich. „Darf ich fragen, wie ihr darauf gekommen seid, hier mitzumachen?"

Die kleine Frau mit der Brille lachte. „Ich will eine Wette gewinnen", sagte sie. „Meine beste Freundin hat mit mir gewettet, dass ich mich nicht traue. Also muss ich ihr natürlich das Gegenteil beweisen."

„Und ich habe heute nichts Besseres vor", sagte die Frau mit den grauen Strähnen.

„Und wie ist es mit dir?", fragte ich die Mollige.

„Tja. Ganz ehrlich? Ich habe schon alles Mögliche versucht. Ich habe Online-Dating gemacht und diverse Apps ausprobiert, aber bisher war der richtige Kerl noch nicht dabei. Ich glaube nicht wirklich, dass ich hier meinen Traummann finden werde, aber so kann ich zumindest sagen, dass ich wirklich alles probiert habe. Und denkst du nicht auch, dass jeder Single einmal in seinem Leben ein Speed-Dating mitgemacht haben sollte?"

„Eigentlich dachte ich das bisher nicht. Aber jetzt, wo du es sagst, macht es irgendwie Sinn."

„Ja, oder? Ich bin übrigens Holly. Schön, dich kennenzulernen."

Ich reichte Holly die Hand und nannte meinen Namen. Kurz darauf erfuhr ich, dass die kleine Frau Rebecca hieß und die Frau mit den grauen Strähnen Olivia. Die drei waren sehr nett und ich fragte mich, wie sie wohl auf Charles reagieren würden und ob er es schaffen könnte, sie um den Finger zu wickeln. In diesem Moment betrat ein Mann das Restaurant und wir sahen alle gleichzeitig zu ihm hinüber.

„Oh, Gott", sagte Olivia. „Ich fürchte, der da ist wirklich wegen des Speed-Datings hier."

Die anderen beiden lachten und Rebecca schlug sich die Hand vors Gesicht.

„Ich fürchte, du hast recht."

Der Kerl sah aus wie ein typischer Nerd. Er hatte fettiges Haar und war sehr schlaksig. Seine Haut wirkte, als hätte er seit Jahren keine Sonne mehr gesehen. Ich biss mir auf die Unterlippe, um nicht zu lachen. Zum Glück war ich ohnehin nicht hier, um ernsthaft nach einem Mann zu suchen, denn das hätte mich vermutlich deprimiert. Andererseits war Charles auf den ersten Blick auch nicht attraktiv gewesen und inzwischen konnte ich nicht mehr leugnen, dass er mir gefiel. Vielleicht könnte Georgina bei diesem Mann ja auch noch einiges rausholen.

In den nächsten Minuten kamen noch mehrere Männer herein, von denen einer unansehnlicher war als der Nächste. Sie waren nicht unbedingt hässlich, aber auch kein optisches Highlight, daher mussten sie den Spott von uns Frauen über sich ergehen lassen. Zum Glück waren die Männer weit genug weg, um die teils doch sehr gemeinen Kommentare nicht zu hören. Ich hoffte wirklich, dass die Männer nicht genauso über uns lästerten wie wir über sie. Doch interessanterweise schienen die Kerle sich nicht auf dieselbe Art zu einer Gruppe zusammenzurotten, wie wir das taten. Fast jede neue Frau gesellte sich einfach zu uns und erneut staunte ich, dass sie alle so vollkommen normal wirkten. Bei den Kerlen hingegen sah das anders aus. Von denen hätte vermutlich so gut wie jeder eine Imageberatung brauchen können. Vielleicht sollte ich das Ganze zur Kundenakquise nutzen.

„Da ist schon wieder so ein Clown hereingekommen“, sagte Rebecca. „Er hat sogar rote Haare.“

„Sag nichts gegen rote Haare“, erwiderte Olivia. „Denkt nur an Jamie Fraser.“

„Wer ist Jamie Fraser?", fragte eine blonde Frau namens Caroline, die neu dazugekommen war.

„Du kennst Jamie Fraser nicht?", fragte Rebecca fassungslos. „Das ist ein Highlander. Er ist der Hauptcharakter aus den ,Outlander'-Büchern."

„Das sagt mir leider nichts", gestand Caroline.

„Schande über dich", schimpfte Holly. „Die Serie kenne ja sogar ich."

Ich musste lachen. „Ist es nicht ungerecht, die Männer nur nach ihrem Äußeren zu beurteilen?", fragte ich.

„Na, nach etwas anderem können wir sie ja im Moment noch nicht beurteilen", widersprach Holly. „Außerdem werden die Männer es ganz genauso machen. Wir haben nur fünf Minuten Zeit, um uns kennenzulernen. Dabei kann man doch gar nicht so viele Informationen austauschen. Insofern werden die Männer vermutlich danach gehen, ob wir ihnen optisch gefallen."

„Eigentlich ist es trotzdem kontraproduktiv, vorher so über die Kerle herzuziehen. Nachdem wir alle über den armen Nerd gelacht haben, wäre es doch vermutlich jeder von uns unangenehm, irgendwann mit ihm auszugehen oder?"

„Also, ich finde den Nerd süß", widersprach Rebecca.

„Ich finde ihn auch gar nicht so schlecht", sagte Caroline.

Das freute mich zu hören, aber ich war trotzdem skeptisch. In diesem Moment betrat ein neuer Mann das Restaurant, der deutlich attraktiver war als alle, die bisher angekommen waren. Er hatte kurzes blondes Haar, ein hübsches Gesicht und einen guten Körperbau.

„Wow", sagte Holly sofort und stieß ein Gurren aus. „Der sieht ja aus wie Jensen Ackles."

„Den kenne ich", erklärte Caroline stolz. „Der ist doch Schauspieler und spielt bei ‚Supernatural' mit."

„Du kennst ‚Outlander' nicht, aber dafür ‚Supernatural'?", fragte Rebecca überrascht. „Das ist ungewöhnlich."

„Egal, wo er mitspielt, er ist auf jeden Fall heiß", sagte auch Olivia. „Den würde ich ganz sicher nicht von der Bettkante stoßen."

„Hey. Stell dich hinten an. Ich habe ihn zuerst gesehen", protestierte Holly. „Das ist meiner."

„Und was ist mit mir?", fragte Caroline. „Mir gefällt er auch."

„Wie wäre es, wenn wir abwarten, was er selbst dazu zu sagen hat?", schlug ich diplomatisch vor. „Ich denke, er kann selbst aussuchen, wen er treffen will."

Holly lachte „So weit kommt's noch. Den heißesten Typen des Abends gebe ich nicht so schnell ab."

Olivia sah zum Eingang und zuckte mit den Schultern.

„Gut. Dann nehme ich halt den da. Der ist ohnehin viel besser, weil er auch noch ein paar Ecken und Kanten hat."

Ich sah auf und merkte, wie mein Herz vor Aufregung höher schlug, als ich Charles erkannte. Sobald ich ihn sah, erfüllte Stolz meine Brust. Er sah wirklich gut aus. Die neue Frisur, der gestutzte Bart und die schicken Klamotten gaben ihm einen völlig anderen Look. Hinzu kam, dass er sich erheblich selbstbewusster zeigte als am Mittwoch. Nicht, dass er sonst nicht selbstbewusst gewesen wäre, aber sein Gesichtsausdruck war weniger verkniffen. Vielleicht war es das, was anders war.

„Oh, ja. Ich hoffe, der macht mit", sagte Holly mit einem Funkeln und nickte in Charles' Richtung. „Der hat ja Oberarme wie Baumstämme. Darauf stehe ich total."

„Finger weg. Den reserviere ich schon mal für mich", sagte Olivia und aus irgendeinem Grunde störte mich das. Eigentlich hätte es mich freuen sollen, dass die Frauen so positiv auf Charles reagierten, aber irgendwie wurmte es mich gleichzeitig.

Immerhin kannte ich ihn inzwischen ein wenig und wusste, dass in ihm mehr steckte als nur ein Stück Fleisch. Es hatte ihn große Überwindung gekostet, aus sich herauszukommen und er war bei weitem kein so großes Arschloch, wie ich anfangs vermutet hatte.

Um nicht zuzugeben, dass ich Charles bereits kannte, ließ ich die anderen Frauen allein und wandte mich der Veranstalterin zu. Sie war eine Latina in den Vierzigern mit langem schwarzem Haar und einem fröhlichen Wesen. Auf ihrem Namensschild stand Rocia.

„Hola", sagte sie mit spanischem Akzent, sobald ich auf sie zutrat. „Es freut mich, dass du dabei bist. Hast du dich online angemeldet?"

Überrascht sah ich sie an. „Nein. Ich wusste nicht, dass das nötig ist."

„Es wäre eigentlich besser, aber wir haben immer ein paar Plätze für Kurzentschlossene. Hier ist eine Liste. Trag einfach deine Daten ein und melde dich an."

Sie reichte mir einen Zettel und ich schaute darauf. Ich musste nur meinen Namen, meine Kontaktdaten und mein Alter angeben. Alles weitere schien den Veranstaltern egal zu sein.

„Meine Kontaktdaten werden aber nicht weitergegeben, oder?“, hakte ich nach.

„Claro que no“, sagte Rocia. „Auf keinen Fall. Es wird ohnehin nur die E-Mail-Adresse weitergegeben und das auch nur an die Männer, bei denen du am Ende der Gesprächsrunde zugestimmt hast, dass du sie kennenlernen willst. Da brauchst du dir überhaupt keine Sorgen zu machen.“

Ich nickte und sie wandte sich dem nächsten Ankömmling zu. Ich beugte mich über den Zettel und zögerte, als es um die E-Mail-Adresse ging.

„Geben Sie besser nur eine Spam-Adresse an“, riet eine Stimme mir und ich musste unwillkürlich lächeln, als ich ihn sah.

„Gute Idee“, sagte ich und schrieb die E-Mail-Adresse auf, die ich immer dann angab, wenn ich befürchtete, dass ich durch die Angabe Spammails bekommen könnte.

„Kittycat17b@mail.com?“, fragte Charles amüsiert. „Das klingt wie die E-Mail-Adresse eines Escortgirls.“

„Oder wie die E-Mail-Adresse einer 17-Jährigen“, erwiderte ich. „Das ist meine erste Mail-Adresse gewesen. Ich hatte damals eine Katze namens Kitty, die mir zugelaufen war.“

„Okay. Und warum das b?“

Ich zuckte mit den Schultern. „Kittycat17 war schon weg und Kittycat17a auch. Also habe ich einfach den nächsten Buchstaben genommen.“

Charles schnaubte amüsiert, was bei ihm fast schon einem Lachanfall gleichkam.

„Verurteilen Sie mich nicht“, sagte ich. „Sie hatten bestimmt auch eine komische E-Mail-Adresse als Jugendlicher.“

„Nicht wirklich. Meine war mailto:charles.anderson@mail.com und die nutze ich immer noch gerne.“

„Die war damals noch frei?“

„Ja. Ich hatte Glück. Mein Vater hat sie mir gesichert, als es noch nicht viele Leute mit einem Internetanschluss gab. Er war eindeutig vorausschauend in solchen Dingen.“

Ich nickte und gab Charles die Liste. Er nahm sich einen Stift und füllte den Zettel aus. Dann wurden wir von der eifrigen Rocia zu den Tischen gescheucht.

„Haben Sie noch irgendwelche Tipps für mich?“, fragte Charles auf dem Weg zu unseren Plätzen.

„Ja. Wie gesagt. Jeder Mensch will Anerkennung. Zeigen Sie sich interessiert und stellen Sie den Frauen Fragen. Machen Sie Komplimente, aber seien Sie ehrlich. Das kommt immer gut an.“

„Und was, wenn ich nicht weiß was für Komplimente? Das ist ja bei meinen Mitarbeiterinnen auch schon schiefgegangen.“

„Dann sehen Sie es als Herausforderung. Irgendetwas werden Sie bestimmt an jeder Frau finden, das Ihnen gefällt.“

„Sie können sich später weiter unterhalten“, sagte in diesem Moment Rocia. „Jetzt geht es erstmal los.“

Ich setzte mich und sah, dass Charles ein paar Stühle weiter links Platz nahm. Mir gegenüber saß bereits ein Mann, der mindestens einhundert Kilo Übergewicht hatte und ich war erstaunt, dass der Stuhl sein Gewicht überhaupt aushielt.

Ich wollte ihn gerade begrüßen, als Rocia zu reden begann.

„Bienvenidos. Herzlich willkommen beim heutigen Speed-Dating", sagte sie mit ihrem breiten spanischen Akzent. „Mein Name ist Rocia und ich werde Sie durch den Abend begleiten. Ist jemand zum ersten Mal dabei?"

Ein paar Hände gingen in die Höhe. Unter anderem auch meine und die von Charles.

„Bien. Dann erkläre ich kurz noch mal die Regeln. Sobald der Gong ertönt, haben Sie fünf Minuten, um einander kennenzulernen. Danach ertönt der Gong wieder und die Männer gehen zum nächsten Stuhl. Am Ende können Sie auf unserer Internetseite anklicken, welche Leute Sie gerne wiedersehen wollen. Da Sie nur fünf Minuten zum Kennenlernen haben, sollten Sie versuchen, sich auf das Wesentliche zu beschränken", fuhr Rocia fort. „Stellen Sie Fragen, die Ihnen wirklich wichtig sind. Ich wünsche Ihnen allen viel Erfolg. Buena suerte"

Der Gong ertönte und der Mann mir gegenüber grinste mich breit an.

„Hi", sagte er. „Ich bin George. Ich bin dreißig Jahre alt, entwickle Videospiele und habe drei Wellensittiche. Ich besitze einen Wohnwagen, mit dem ich im Urlaub gerne an die Küste fahre und ... was solltest du noch über mich wissen? Ach ja. Ich liebe Kinder und will auf jeden Fall welche haben."

Das überrumpelte mich etwas. War es nicht normalerweise so, dass man den anderen etwas fragte, das einen interessierte und nicht einfach mit Infos über sich herausplatzte? Ich schielte zu Charles und hoffte, dass es bei ihm besser lief als bei mir. Dann holte ich tief Luft und hielt mich an meine eigenen Tipps, indem ich mich an allem, was George sagte, interessiert zeigte und ihn einfach reden ließ.

Kapitel 30

Charles

Das Speed-Dating lief erheblich besser, als ich erwartet hatte. Die Frauen waren nicht so eine Katastrophe wie befürchtet. Sie waren alle hübsch und nett. Zumindest, soweit ich das in der kurzen Zeit beurteilen konnte. Doch im Grunde genommen konnte mir das auch egal sein.

Jessica hatte zwar vorgeschlagen, ich sollte versuchen, hier eine Frau für die Benefizveranstaltung zu finden, aber das hielt ich für unwahrscheinlich. Trotzdem biss ich die Zähne zusammen und gab mir Mühe, wie ich es ihr versprochen hatte. Ich hörte den Frauen aufmerksam zu, stellte interessierte Fragen und probierte mich sogar ab und zu an einem Lächeln. Außerdem gab ich mir die größte Mühe, meinen Sarkasmus im Zaum zu halten. Und wie es aussah, funktionierte es. Die Frauen schienen sich gar nicht daran zu stören, dass ich relativ wenig über mich erzählte. Es genügte, dass ich bei ihren Erklärungen nachhakte und freundlich war.

Außerdem bemühte ich mich, jeder mindestens ein Kompliment zu machen. Der Ersten machte ich ein Kompliment zu ihren Haaren. Die Zweite lobte ich für ihre schönen Augen und bei der Dritten erklärte ich, wie hübsch ihre Brille sei.

Die nächste Frau gefiel mir optisch allerdings nicht so gut. Sie war viel zu dünn und hatte bereits einige graue Strähnen. Vermutlich war sie ein paar Jahre älter als ich und sprach mich einfach nicht an. Trotzdem würde ich auch hier etwas finden müssen, was ich gut fand.

Der Gong ertönte und ich versuchte mich an einem Lächeln.

„Hi. Ich bin Charles", begann ich.

„Hallo. Ich bin Olivia", erwiderte die Frau mit einer tiefen, rauchigen Stimme, die mir durch und durch ging. Hätte ich sie am Telefon gesprochen, wäre ich automatisch davon ausgegangen, eine Sexbombe an der Strippe zu haben.

„Wow", sagte ich daher ehrlich. „Deine Stimme ist unglaublich."

Die Frau lächelte und trotz ihres Alters sah sie dadurch richtig hübsch aus.

„Danke", erwiderte sie. „Das ist nett von dir. Deine Stimme ist auch nicht übel. Vielleicht sollten wir gemeinsam einen Podcast aufnehmen."

Ich lächelte. „Keine schlechte Idee. Die Frage wäre nur, zu welchem Thema."

„Hm. Kommt darauf an, was uns beide interessiert. Wie ist es mit Musik?"

Ich verzog das Gesicht. „Nicht wirklich."

„Und was ist mit Sport? Ich war früher Eiskunstläuferin."

Überrascht sah ich sie an. „Ach, wirklich? Wer hätte das gedacht. Ich war früher Boxer."

Ein Leuchten erschien in ihren Augen. „Dann könnte man ja wunderbar über Sport in einem Podcast reden. Wir könnten über die derzeitigen Athleten bei Olympia herziehen."

Die Idee fand ich sogar richtig interessant und das war etwas, womit ich nicht gerechnet hatte. Wir unterhielten uns noch eine Weile über diese Möglichkeit und ich war tatsächlich enttäuscht, als der Gong ertönte. Ich fand Olivia zwar nicht körperlich anziehend, aber vielleicht konnte sich ja eine Art Freundschaft entwickeln. Das wäre zumindest etwas Gutes an diesem Abend.

Mein Blick wanderte zu Jessica, die sich gerade mit einem Mann unterhielt, der wie ein absoluter Nerd wirkte. Sie hatte ihr professionelles Lächeln aufgesetzt, das ihre Augen nicht erreichte und wirkte alles andere als glücklich.

Selbst schuld. Immerhin hatte sie uns diese Sache eingebrockt.

Kapitel 31

Jessica

Nach einer Runde Speed-Dating rauchte mir der Kopf, weil ich so viele Männer kennengelernt hatte, dass ich sie gar nicht mehr alle auseinanderhalten konnte. Zum Glück hatte ich ohnehin nicht vor, einen von ihnen jemals wiederzusehen.

Ich hatte immer wieder nach Charles Ausschau gehalten, um zu sehen, wie er sich schlug und staunte, wie häufig es ihm gelang, die Frauen anzulächeln. Das war für ihn mit Sicherheit eine große Überwindung und ich war gleichzeitig stolz auf ihn und vielleicht ein kleines bisschen neidisch, weil er mich selten so anlächelte.

Meine eigenen Gespräche waren bisher wenig ergiebig gewesen. Einige der Männer waren zu schüchtern, um viel über sich zu erzählen und andere taten nichts anderes. Optisch hatte mir bisher keiner gefallen, aber auch vom Charakter her sprachen sie mich nicht an. Doch vielleicht würde sich das jetzt ändern, denn als der Gong ertönte, trat Jensen Ackles an meinen Tisch. Er sah dem Schauspieler wirklich unglaublich ähnlich.

Er hatte dasselbe blonde Haar und eine ähnliche Gesichtsform. Auch das verschmitzte Lächeln ging in die gleiche Richtung und wenn ich ehrlich zu mir selbst war, dann gefiel es mir überaus gut.

„Hi", sagte der Mann, sobald er sich gesetzt hatte. „Ich bin Nicholas Watson und ich muss sagen, dass du mit Abstand die schönste Blume auf dieser Wiese bist."

Die Anmache war zwar billig, aber sie verfehlte trotzdem nicht ihre Wirkung.

„Ich wette, das hast du zu jeder der anderen Frauen hier auch gesagt", erwiderte ich und schenkte ihm ein Lächeln.

Er winkte ab. „Unsinn. Bei denen habe ich natürlich andere Sprüche gebracht. Zum Beispiel: ,Haben wir Frühling? Oder bist du es, die hier so duftet?' Gut kommt auch immer: ,Hat es eigentlich wehgetan, als du vom Himmel gefallen bist?' Und: ,Kannst du mir kurz dein Handy leihen, damit ich meine Mutter anrufen kann? Ich musste ihr versprechen, sofort Bescheid zu geben, wenn ich meine Traumfrau gefunden habe.'"

Jetzt lachte ich richtig. „Der Letzte ist gar nicht so schlecht. Warum hast du den bei mir nicht gebracht?"

„Den hatte ich schon bei der letzten Frau. Ich muss doch variieren. Sonst finde ich nie heraus, welche Anmachsprüche wirken und welche nicht."

„Heißt das, du bist nur hier, um deine Anmachsprüche zu testen?"

„Nicht nur. Immerhin weiß man ja nie, wen man so trifft und du triffst mich mitten ins Herz. So viel ist klar."

Ich schmunzelte. „Der war schwach. Was hast du sonst noch auf Lager?"

„Hm. Wie wäre es damit? ‚Ich habe zwei Fragen: Was sind deine Lieblingsblumen und wohin soll ich sie schicken?‘“

„Okay. Nicht übel. Irgendwie süß. Sonst noch was?“

„Ja. Aber der funktioniert nur in einer Bar, wenn man ein Getränk in der Hand hat.“ Er verstellte seine Stimme und sah mich eindringlich an. „Ich habe gehört, dieser Drink soll dabei helfen, schöne Frauen kennenzulernen und jetzt wollte ich mal fragen, ob es wirkt.“

„Hm. Geht so“, urteilte ich. „Welcher Spruch hat bisher am besten funktioniert?“

„Ich soll dir meine Geheimwaffe verraten? Also gut. Pass auf. ‚Studien haben ergeben, dass Frauen innerhalb der ersten 1,3 Sekunden entscheiden, ob ihnen ein Mann gefällt. Also? Wie lautet deine Einschätzung?‘“

Ich lachte wieder und er sah mich auffordernd an.

„Soll ich darauf jetzt antworten?“, fragte ich und er nickte. „Na gut. Dann ja. Du gefällst mir irgendwie.“

„Puh. Das ist gut. Dann habe ich mich nicht vollkommen zum Affen gemacht.“

„Na ja. Ein bisschen schon, aber bei einem Speed-Dating hat man ja auch nicht so viel Zeit, also verzeihe ich dir das.“

„Super. Heißt das, du möchtest nachher mit mir zusammen von hier verschwinden?“

Ich legte den Kopf schief. Fragte er mich gerade nach einem spontanen Date? Offenbar schon. Und es wunderte mich, dass ich gar nicht mal so abgeneigt war. Nach dem Theater, das Alan vorhin veranstaltet hatte, geschähe es ihm nur recht, wenn ich mit einem anderen Mann ausgehen würde. Immerhin gehörte ich ihm nicht.

„Was schwebt dir denn vor?", fragte ich.

„Wir können entweder zu dir gehen oder zu mir. Das ist mir im Prinzip egal. Bei der Location bin ich nicht wählerisch."

„Moment. Du meinst, du willst ..."

„Poppen natürlich. Klar. Was dachtest du denn? Ich habe dir doch gerade gesagt, dass ich meine Anmachsprüche übe. Also? Was sagst du?"

„Äh ..."

In diesem Moment ertönte zum Glück der Gong und Nicholas stand auf. Allerdings nicht, ohne mir vorher nochmal vielsagend zuzuzwinkern. Was für ein Blödmann. Wie konnte man nur so mit der Tür ins Haus fallen?

„Wir sehen uns", versprach Nicholas und ich rang mir ein Lächeln ab.

Ganz sicher nicht, dachte ich und sah wieder zu Charles hinüber. Ich hoffte wirklich, dass dieser Abend zumindest für ihn ein Erfolg war, und tatsächlich sah Olivia ihm fast schon sehnsüchtig hinterher, als er aufstand und zum nächsten Stuhl wechselte. Was er wohl zu ihr gesagt hatte, um sie um den Finger zu wickeln? Ganz bestimmt hatte er ihr nichts von Frühling und duftenden Blumen erzählt. Das konnte ich mir zumindest nur schwer vorstellen.

Kapitel 32

Charles

Insgesamt verging die Zeit schneller als gedacht und ich staunte nicht schlecht, als ich schließlich bei Jessica landete, die sehr viel gestresster wirkte als ich.

Der Gong ertönte und sie sah mich gequält an. „Ich hoffe wirklich von Herzen, dass Sie mehr Spaß an dieser Sache haben als ich, denn bisher sind die Männer alle eine absolute Katastrophe gewesen. Ein Kerl hat mir tatsächlich angeboten sofort mit ihm zu verschwinden, um Sex mit ihm zu haben."

Ich runzelte die Stirn und sah mich um.

„Der Blonde da hinten", sagte Jessica und nickte in die entsprechende Richtung.

Der Mann wirkte selbst auf mich attraktiv. Trotzdem fand ich es vollkommen daneben von ihm, so einen Vorschlag zu machen. Ich war niemand, der mit jeder beliebigen Frau schlafen wollte und verstand auch nicht, warum Männer das taten. Nur, weil man gut aussah, gab einem das noch lange nicht das Recht, wild herumzuvögeln und reihenweise den Frauen das Herz zu brechen. Vielleicht sah ich das aber auch nur deshalb so, weil ich selbst nicht zu dem auserwählten Club der Männer gehörte, denen die Frauen zu Füßen lagen. Ich hatte noch nie einen One Night Stand gehabt, war aber dafür mit Stephanie viele Jahre zusammen gewesen.

„Hat er Sie belästigt?", fragte ich. „Soll ich ihm mal die Meinung sagen?"

„Nein. Natürlich nicht. Das ist vollkommen unnötig. Keine Sorge. Ich kann mich auch selbst ganz gut wehren. Aber danke für das Angebot. Wie läuft es denn bisher bei Ihnen?"

„Kommt darauf an. Wenn es darum geht, eine Frau für die Benefizveranstaltung zu finden, dann läuft es mies, aber wenn das Ziel war, mein Ego zu pushen und das Flirten zu üben, dann läuft es gar nicht mal so schlecht. Ich weiß zwar noch nicht, wie viele Frauen mich kennenlernen möchten, aber ich habe ein ganz gutes Gefühl bisher."

Ich hoffte, dass ich mich mit dieser Aussage nicht allzu weit aus dem Fenster lehnte, aber ich war optimistisch, was meine Ausstrahlung anging. Die Frauen hatten mich gemocht. Oder zumindest hatten sie die heutige Version von mir gemocht und das war ein gutes Gefühl.

„Schön. Das ist doch schon mal gut. Aber ... war denn gar keine dabei, die Ihnen gefallen hat? Was ist mit der Kleinen mit den kurzen braunen Haaren da drüben?"

„Rebecca? Nein. Die ist zwar hübsch, aber ihre Stimme ist so nervtötend, dass ich unmöglich einen ganzen Abend mit ihr aushalte."

„Hey. Sie wissen ihren Namen noch. Das ist gut. Was ist mit der blonden, stämmigen?“

„Holly? Ja. Die war nett, aber sie hat eine Katze und ich musste mehrfach niesen, als ich mit ihr gesprochen habe.“

„Ach ja. Die Katzenallergie. Und was ist mit ...“

Der Gong ertönte und ich verdrehte die Augen.

„Kopf hoch. Sie haben es fast geschafft“, sagte Jessica und lächelte mich aufmunternd an.

„Ja. Dann sage ich mal bis gleich.“

Ich ging an den nächsten Tisch und zehn Minuten später atmete ich erleichtert auf, als ich sah, dass ich nun mit allen Frauen der Runde gesprochen hatte.

„Felicidades. Sie haben es geschafft“, sagte Rocia. „Ich hoffe, Sie hatten viel Spaß. Sie können gerne noch bleiben und einen Drink an der Bar einnehmen. Ansonsten können Sie ab sofort eintragen, mit wem Sie in Kontakt bleiben wollen. Die Mails mit dem Link zu unserer Seite sind bereits draußen. Auf der Seite erfahren Sie auch gleich, wer Interesse daran hat, Sie wiederzusehen.“

Ich verzog den Mund, beschloss allerdings, das unkommentiert zu lassen und suchte mit den Augen nach Jessica. Es kam sicher komisch rüber, wenn ich mit ihr zusammen das Restaurant verließ, aber eigentlich war mir das egal. Doch dann bemerkte ich, wie der Schönling sie ansprach, der sie angeblich nach Sex gefragt hatte. Verärgerung überkam mich, als ich sah, wie sie einen Schritt von ihm wegmachte. Ihre ganze Körpersprache sagte, dass sie nichts mit ihm zu tun haben wollte und es machte mich wütend, dass er das nicht kapierte.

Also ging ich kurzerhand zu ihr und legte ihr einen Arm um die Taille.

„Da bist du ja, Jessica", sagte ich und duzte sie ganz bewusst. „Bist du soweit? Dann können wir ja noch etwas trinken gehen."

Jessica sah mich einen Moment überrascht an, aber schien dann zu kapieren, was ich damit bezweckte und schmiegte sich an mich.

„Aber sicher doch, Charles. Ich habe schon auf dich gewartet. Dir noch einen schönen Abend, Nicholas."

Der Mann wollte offenbar etwas sagen und öffnete den Mund, aber schloss ihn wieder, als ich ihm meinen besten „Verpiss dich"-Blick zuwarf.

„Ja. Ähm. Danke", sagte er. „Das wünsche ich dir auch."

Sobald wir die Bar verlassen hatten, machte Jessica sich von mir los und sah mich dankbar an.

„Danke", sagte sie. „Das war wirklich nett von dir."

Sie runzelte die Stirn und hielt sich dann die Hand vor den Mund.

„Nett von Ihnen", sagte sie. „Ich meinte natürlich, das war nett von Ihnen."

„Von mir aus können wir auch beim Du bleiben", sagte ich und winkte ab. „Jetzt ist es doch sowieso egal, oder?"

„Ich weiß nicht. Normalerweise duze ich mich nicht mit meinen Kunden."

„Gehst du denn mit allen deinen Kunden zum Speed-Dating?"

„Nein." Sie lachte. „Ich muss zugeben, dass das hier auch eine neue Erfahrung für mich gewesen ist."

Aus irgendeinem Grunde freut mich das. Denn auch für mich war die Zeit mit Jessica etwas Besonderes.

„Wie wäre es, wenn wir wirklich noch etwas trinken gehen?", schlug ich aus einem Impuls heraus vor.

Jessica wirkte zögerlich, aber dann straffte sie die Schultern und nickte. „Warum eigentlich nicht. Ich habe Lydia sowieso versprochen, heute Abend noch bei ihr vorbeizukommen, weil der Pub ihres Bruders gleich um die Ecke ist. Also komm doch einfach mit."

***

Der Pub war wirklich nicht weit weg. Er lag zwei Straßen weiter und gefiel mir erstaunlich gut. Die Möbel waren rustikal und es wurde selbstgebrautes Bier serviert. Das Licht war schummrig und es gab viele Sitznischen. Heute Abend war hier ordentlich was los und wie es aussah, gab es sogar um diese Uhrzeit noch warme Küche. Das traf sich gut, da mein Magen wie verrückt knurrte. Ich ging auf einen leeren Zweiertisch zu, auf dem noch das dreckige Geschirr der vorherigen Gäste stand und Jessica setzte sich mir gegenüber. Die Lautstärke war hoch, weil an den Nachbartischen laut gelacht und gesungen wurde.

Im nächsten Moment kam auch schon Lydia an unseren Tisch und quiekte begeistert, als sie Jessica erkannte.

„Hi!", rief sie und fiel ihrer Freundin um den Hals. „Wie schön, dass du es noch geschafft hast. Wie war das Speed-Dating?"

Sie warf mir einen kurzen Blick zu und sah dann wieder Jessica an.

„Es war wirklich interessant", erwiderte diese. „Ich hoffe, es stört dich nicht, dass ich in Begleitung bin."

„Aber nicht doch", sagte Lydia. „Deine Freunde sind auch meine Freunde."

Sie wandte sich erneut mir zu und streckte mir die Hand entgegen.

„Hi. Ich bin Lydia und du?"

„Ähm", begann ich und wusste im ersten Moment nicht, was ich sagen sollte. Ganz offensichtlich hatte sie mich in dem schummrigen Licht nicht erkannt. Ich sah, wie Jessica ein Lachen versteckte und erwartete schon, dass sie Lydia aufklären würde, aber ganz offensichtlich überließ sie das mir. Also tat ich ihr den Gefallen und streckte Lydia die Hand entgegen, um sie zu schütteln.

„Angenehm", sagte ich. „Aber wir kennen uns bereits. Ich bin es. Charles."

Ganz offensichtlich war es so laut, dass sie auch durch den Klang meiner Stimme nicht erkannte, wer ich war. Denn sie wirkte genauso irritiert wie zuvor.

„Charles wer?", fragte sie.

„Charles Anderson", antwortete ich.

„Du ..."

Fassungslos sah sie zu Jessica und diese nickte. „Ja", sagte sie zu ihrer Freundin. „Ich habe dir doch gesagt, dass ich ein Umstyling mit ihm gemacht habe. Und das ist das Ergebnis."

„Nicht dein Ernst", sagte Lydia und betrachtete mich von oben bis unten.

Dann nahm sie eins der Gläser von ihrem Tablett und kippte mir den Scotch mit Schwung mitten ins Gesicht.

Kapitel 33

Jessica

„Das war für die Kündigung", sagte Lydia mit zuckersüßer Stimme.

„Lydia!", rief ich fassungslos. Das hatte sie jetzt nicht wirklich gemacht, oder? „Bist du verrückt geworden?"

„Nein. Ich wollte mich nur dafür rächen, dass ich seinetwegen jetzt in dieser Kneipe arbeiten muss, statt in seinem Verlag tätig zu sein."

Normalerweise wäre Charles sicher aus der Haut gefahren. Vermutlich hatte noch nie jemand die Frechheit besessen, ihm ein Getränk ins Gesicht zu kippen. Doch statt Lydia anzuschreien und ihr zu drohen, wischte er sich das Getränk aus dem Gesicht und leckte sich über die Lippen.

„Kein schlechter Jahrgang", sagte er. „So einen hätte ich gerne noch mal. Und ein Handtuch, wenn Sie nichts dagegen haben."

Lydia sah ihn vollkommen perplex an. Danach drehte sie sich um und verschwand mit den Tellern in Richtung Bar.

„Lydia!", rief ich und sah entschuldigend zu Charles. „Sorry. Ich muss kurz mit ihr reden."

Charles nickte nur und ich rannte Lydia hinterher, die Tränen in den Augen hatte, als ich sie bei der Bar erreichte.

„Hey. Ist alles okay mit dir?", fragte ich und umarmte sie spontan. „Es tut mir leid. Ich hätte ihn nicht mit mitbringen sollen."

„Nein. Das hättest du nicht. Er ist so ein selbstgerechtes Arschloch."

„Ja, aber seine Reaktion war cool. Das musst du ihm lassen."

Lydia stieß ein heiseres Lachen aus. „Stimmt. Da ist mir tatsächlich auf die Schnelle nichts zu eingefallen."

„Sollen Charles und ich wieder gehen? Wir können auch in eine andere Bar, wenn es dich stört, dass er hier ist."

Sie seufzte. „Nein. Schon gut. Im Grunde genommen habe ich überreagiert und kann froh sein, wenn er mich nicht anzeigt. Mein Bruder killt mich, wenn er davon erfährt."

„Das wird er nicht. Ian ist einfach nur froh, dass du ihn unterstützt. Also bist du sicher, dass wir bleiben sollen?"

Lydia nickte. „Ja. Ist schon okay. Ich freue mich ja, dass du hier bist. Und ich bin vollkommen fasziniert, was du aus Charles gemacht hast. Mein Gott. Er sieht aus wie ein anderer Mensch. Wie hast du das geschafft?"

„Das war nicht allein mein Verdienst. Aber ja. Ich bin auch erstaunt, wie gut er sich macht."

Ich sah zu Charles hinüber und mir wurde ganz wohlig zumute bei seinem Anblick. Lydia holte scharf Luft.

„Was?", fragte ich.

„Da war er."

„Da war was?"

„Dieser Blick. Das war eindeutig dein ‚Nimm mich'-Blick. Aber das kann nicht sein. Charles Anderson kann dir unmöglich gefallen. Das ist einfach nicht möglich."

Ertappt sah ich zu Boden. „Tut er auch nicht. Ich meine ... okay. Ich finde inzwischen sieht er gar nicht mehr so schlecht aus, aber das heißt nicht ..."

„Jessica Carter. Ich habe dir zwar befohlen, dich nach anderen Männern umzusehen und Alan in den Wind zu schießen, aber damit meinte ich nicht, dass du dich in Mister Unperfekt verknallen sollst. Tu das bloß nicht. Er ist vielleicht nicht mehr ganz so mies wie vorher, aber er ist und bleibt ein Arschloch. Du weißt doch selbst am besten, dass man seinen Charakter nur zu einem gewissen Teil verändern kann."

„Hey. Jetzt bleib mal ruhig", bat ich sie. „Es gibt gar keinen Grund, sich so aufzuregen. Keine Angst. Charles Anderson ist mein Klient. Nicht mehr und nicht weniger. Himmel. Du klingst ja fast wie Alan."

„Wie jetzt? Alan glaubt, dass du was mit Mister Unperfekt anfangen könntest?"

„Nenn ihn nicht immer so. Und nein. Nicht wirklich. Er hat nur gesagt, dass es ihn stört, dass ich abends noch mit einem Kunden ausgehe."

„Pah. Er soll sich mal an die eigene Nase fassen. Also gut. Ich nehme alles zurück und behaupte das Gegenteil. Hab Spaß. Geh meinetwegen sogar mit Mister Unperfekt ins Bett, aber verlieb dich bloß nicht in ihn. Das führt zu jeder Menge Tränen und die muss ich am Ende aufwischen. Das kennen wir doch schon."

Ich verdrehte die Augen und schüttelte den Kopf. „Das höre ich mir nicht länger an. Ich gehe jetzt zurück zu Charles. Und du solltest ihm besser eine Serviette bringen, damit er sich frischmachen kann. Nicht, dass er doch noch das Arschloch rauskehrt und sauer wird."

Mit diesen Worten ging ich zurück zum Tisch.

„Du hast sie sprachlos gemacht", sagte ich, sobald ich mich zu Charles gesetzt hatte. „Ich glaube, das habe ich bei Lydia noch nie erlebt."

Er zuckte mit den Schultern. „Ich hatte eine gute Lehrerin", bemerkte er.

„Ganz offensichtlich. Obwohl ich zugeben muss, dass ich mit so einer Aktion von Lydia nicht gerechnet hätte. Sonst hätte ich dich nicht mit hierher genommen."

„Vermutlich hatte ich das verdient. Ich hoffe, dass ich nicht mit weiteren Angriffen zu rechnen habe."

„Das hoffe ich allerdings auch. Hast du Hunger? Ich könnte einen ganzen Elefanten verspeisen."

Ich griff nach der Karte und kurz darauf kam Lydia zurück und reichte Charles ein Handtuch und eine Schüssel Wasser.

„Tut mir leid", sagte sie. „Ich habe mich hinreißen lassen. Das war sehr unprofessionell von mir und ich entschuldige mich dafür."

„Schon gut. Keine Sorge. Ich werde Sie nicht bei Ihrem Chef anschwärzen. Und ganz nebenbei ... falls Sie einen neuen Job benötigen, dann könnte ich durchaus mal meine Kontakte für Sie spielen lassen. Das hier ist ja vermutlich nur eine Zwischenlösung."

„Das stimmt", sagte sie. „Aber ... Ist das ihr Ernst? Immerhin habe ich Ihnen gerade einen Drink ins Gesicht gekippt."

„Wir machen alle mal Fehler", tat Charles das Ganze ab. „Mein Angebot bleibt bestehen. Falls Sie Hilfe brauchen, sagen Sie gerne Bescheid. Es war nicht die feine Art von mir, Sie rauszuwerfen und auch ich möchte mich dafür entschuldigen."

Lydia sah Charles an, als wären ihm plötzlich drei Köpfe gewachsen und auch mich überraschte dieses Angebot sehr. Ich hatte ihm zwar einen Vortrag darüber gehalten, wie wichtig es war, anderen Leuten seine Hilfe anzubieten, aber heute war das erste Mal, dass er das wirklich umsetzte.

Lydia schüttelte den Kopf. „Schon gut. Schwamm drüber. Was geschehen ist, ist geschehen. Und was Ihr Angebot angeht ... vielleicht komme ich nochmal darauf zurück."

Charles nickte verständnisvoll.

„Was wollt ihr trinken?", fragte Lydia.

„Wie gesagt", antwortete Charles. „Ich nehme einen Scotch. So einer, wie der, den Sie mir vorhin ins Gesicht geschüttet haben. Und dazu einmal Irish Stew."

„Und ich nehme einen Salat und dazu einen bunten Cocktail. Du weißt ja, was ich gerne trinke", sagte ich.

Lydia nickte. „Gar kein Problem. Kommt sofort."

Sobald sie verschwunden war, sah Charles mich an.

„Wer hätte das gedacht? Lydia als fleißige Kellnerin. Vielleicht ist sie doch nicht so faul, wie ich dachte."

Mein Mund klappte auf. Das hatte er jetzt nicht wirklich gesagt, oder?

„Charles! Daran musst du wirklich arbeiten."

„Was meinst du?"

„Wie drücke ich das jetzt nett aus? Du musst aufhören, so ein Arschloch zu sein. Okay, das war nicht nett. Aber ich weiß gerade nicht, wie ich es netter sagen kann."

Charles lehnte sich zurück und verschränkte die Arme vor der Brust. „Ich dachte, ich wäre nett gewesen, weil ich das nicht gesagt habe, solange sie anwesend war."

„Es ist auch nicht nett über Leute hinter ihrem Rücken zu lästern", beharrte ich. „Eigentlich ist es sogar noch mieser, weil die Person sich dann nicht wehren kann."

„Ach. Und du tust so etwas nie?"

Ich wurde rot und wich seinem Blick aus. Da traf er einen wunden Punkt. „Um mich geht es gerade nicht."

„Ach, nein? Es hieß doch, dass wir ehrlich miteinander sein müssen. Also kommt hier mal ein bisschen Ehrlichkeit von mir. Ich wette, dass du genauso über andere Menschen lästerst wie jeder andere auch. Und warum? Weil es menschlich ist."

„Vielleicht ist es das wirklich, aber es ist trotzdem nicht die feine Art. Manche Kommentare sollte man sich einfach verkneifen."

Charles nickte nachdenklich und machte sich augenscheinlich Gedanken über das, was ich ihm gerade gesagt hatte, als Lydia mit unseren Getränken zurückkam.

„Vielen Dank, Lydia", sagte er. „Sie machen wirklich einen guten Job."

„Danke“, sagte Lydia erstaunt. „Ich glaube, das ist das erste Mal, dass ich von Ihnen ein Lob zu hören bekomme.“

Das wunderte mich kein bisschen. Immerhin wusste ich ja, wie schwer es Charles fiel, jemanden zu loben. Daran arbeiteten wir schließlich schon die ganze Zeit.

„Tja. Dann ... lobe ich Sie hiermit im Nachhinein. Sie haben auch im Verlag einen guten Job gemacht, auch wenn es für meinen Geschmack nicht schnell genug ging. Vielleicht hätte ich Sie mehr unterstützen sollen.“

„Sagen Sie das jetzt nur, damit ich Ihnen nicht ins Essen spucke?“

„Lydia!“, rief ich aus. „Um Himmels willen. Was stimmt nicht mit euch beiden?“

Lydia zuckte mit den Schultern. „Ich trau dem Braten nicht“, gab sie zu. „Aber keine Sorge. Ich bin nicht nachtragend. Ihr Essen ist sicher.“

Charles zog eine Grimasse. „Gut zu wissen. Vielen Dank auch.“

Sobald Lydia wieder weg war, prostete er mir zu und trank einen Schluck von seinem Scotch.

Ich nahm ebenfalls einen Schluck von meinem Cocktail, in den Ian wieder einmal mehr Alkohol gemischt hatte als üblich. Ganz offenbar wollten er und Lydia, dass ich lockerer wurde, aber das war vollkommen unnötig.

Ich würde ganz sicher nichts mit Charles anfangen. Selbst wenn sein neuer Look mir mit jeder Sekunde besser gefiel ...

Kapitel 34

Charles

In der nächsten Stunde aßen wir unser Essen und Lydia versorgte uns weiter mit Getränken, während wir uns angeregt über Gott und die Welt unterhielten. Tatsächlich schien Jessica, genau wie ich, mit jedem Drink etwas entspannter zu werden. Nach meinem dritten Scotch hatte ich sehr gute Laune, die allerdings einen Dämpfer bekam, als ich sah, wie jemand den Pub betrat, den wir heute schon einmal gesehen hatten.

„Hey", sagte ich und nickte in die Richtung des Mannes. „Ist das nicht dieser Nicholas, der vorhin mit dir ins Bett wollte?"

Jessica folgte meinem Blick und ihre Augen wurden groß. „Du hast recht", sagte sie. „Das ist er. Wie es aussieht, haben die anderen Mädels ihm auch einen Korb gegeben und jetzt ist er hier, um sich die Kante zu geben."

Tatsächlich ging Nicholas auf direktem Weg an die Bar und bestellte sich etwas. Kurz darauf wurden zwei volle Gläser mit einer klaren Flüssigkeit vor ihm abgestellt, die er direkt hinunterkippte.

„Stimmt", sagte ich. „Da hat eindeutig jemand schlechte Laune. Dabei hätte ich schwören können, dass alle Frauen heute Abend auf der Seite vom Speed-Dating angeben, dass sie ihn wiedersehen wollen."

„Oh, mein Gott. Die Seite", rief Jessica aus. „Das hätte ich ja fast vergessen. Wir müssen noch nachsehen, wer dich treffen will."

Ich verzog das Gesicht. „Muss das sein? Ich habe keine Lust, mir die Laune vermiesen zu lassen."

„Ach. So schlimm wird es schon nicht sein. Na los. Schau nach. Trau dich ruhig."

Widerwillig zog ich mein Handy hervor und checkte meine Mails. Und tatsächlich. Eine Mail mit dem Betreff ‚Speed-Dating im Poco Loco' stach mir ins Auge und ich klickte darauf. Ich folgte dem Link zu der Seite und blinzelte.

„Was ist los?", fragte Jessica. „Wie viele sind es?"

Als ich nicht antwortete, stand sie auf, kam auf meine Tischseite und schaute auf mein Handy.

„Wow", sagte sie und sah mich mit großen Augen an. „Vierzehn von fünfzehn Frauen möchten dich gerne wiedersehen. Das ist unglaublich."

Unglaublich traf es gut. Damit hatte ich überhaupt nicht gerechnet. Vor allem, weil eine der Frauen, die noch nicht gevotet hatten, Jessica war.

„Ich ... ich weiß gar nicht, was ich sagen soll", gab ich zu. „Wie es aussieht, muss ich Georgina einen Dankesbrief schreiben."

Jessica lachte auf. „Tu das. Aber ich denke nicht, dass dieses Ergebnis allein an deinem Aussehen liegt."

„Jetzt sag bloß nicht so was. Immerhin habe ich mich ganz schön quälen lassen, um mein Aussehen zu verbessern. Und jetzt behauptest du, das war alles für die Katz?"

Jessica legte mir eine Hand auf die Schulter. „Ganz ehrlich? Bei dir sind andere Dinge wichtiger als dein Aussehen. Ja. Der neue Stil steht dir super, aber auch mit deinem struppigen Bart und den langen Haaren hättest du sympathisch wirken können, wenn du nicht immer so ein Miesepeter wärst."

Ich prostete ihr zu. „Sorry, aber an meinem Charakter kannst du nicht so schnell etwas ändern wie an meinem Aussehen."

Nachdenklich sah Jessica mich an. „Ich finde ja, dass sich an dir schon einiges geändert hat. Du bist inzwischen viel freundlicher zu mir und zu Frauen im Allgemeinen. Wenn du das nun auch noch bei deinen Mitarbeitern und Geschäftspartnern schaffst, dann steht einem Posten als neuer Chef von Anderson Publishing nichts mehr im Wege."

Ich rieb mir über den Bart. „Na, das ist doch schon mal was", sagte ich ohne große Euphorie. Natürlich bemerkte Jessica das sofort und sprach mich darauf an.

„Du klingst nicht gerade glücklich darüber. Ich dachte, der Chefposten wäre dein Ziel."

„Das ist er auch. Aber er ist halt nicht DAS Ziel. Mein Ziel war es, die Goldmedaille im Schwergewichtsboxen zu bekommen, aber das kann ich aus gesundheitlichen Gründen vergessen. Chef von Anderson Publishing zu sein ist also nur Plan B."

Jessica schürzte die Lippen. „Nur weil etwas Plan B ist, ist das aber noch lange kein Grund, es mit weniger Hingabe zu verfolgen. Denn sonst scheitert Plan B auch noch und du musst zu Plan C übergehen, den du dann mit noch weniger Enthusiasmus verfolgen wirst."

Ich runzelte die Stirn. „Wie war das mit Vorsicht bei der Kritik?"

„Tut mir leid, aber es ist schwer, das diplomatisch auszudrücken. Stell dir doch mal vor, du hättest dein Ziel erreicht. Sagen wir mal, du hättest die Goldmedaille bekommen."

„Willst du jetzt absichtlich dafür sorgen, dass ich wieder schlechte Laune kriege?"

„Im Gegenteil. Ich will, dass du es dir ernsthaft vorstellst. Was wäre das für ein Gefühl?"

„Ein unglaubliches. Es wäre die Erfüllung eines Traums und ich wäre vollkommen glücklich und euphorisch."

„Ja. Aber wie lange?"

„Wie bitte?"

„Wie lange würde dieses Gefühl anhalten? Ein paar Tage? Ein paar Wochen? Vielleicht sogar mehrere Monate. Aber irgendwann flacht dieses Gefühl ab. Das ist vollkommen normal und überhaupt nicht verwerflich. Wir können nicht jahrelang in Hochgefühlen schwelgen. Dann wären wir ja gar nicht mehr fähig zu agieren. Selbst Menschen, die über alles verliebt sind, erreichen nach ein paar Jahren ein Maß an Normalität und das ist auch gut so."

„Okay. Vielleicht habe ich schon zu viel getrunken, aber ich habe keine Ahnung, worauf du hinaus willst."

Jessica sah mich eindringlich an. „Worauf ich hinaus will, ist, dass du dir ein neues Ziel setzen musst. Das wäre so oder so notwendig geworden. Wenn du die Goldmedaille bekommen hättest, dann wäre dieser Traum erfüllt gewesen. Also ... Zeit für einen neuen Traum. Oder etwa nicht?“

Ich schüttelte den Kopf. „Nicht unbedingt. Ich hätte nochmal versuchen können, eine Goldmedaille zu bekommen. Bei den nächsten Olympischen Spielen.“

Sie winkte ab. „Ja, okay. Vielleicht hättest du es auch dreimal geschafft. Aber irgendwann wärst du an den Punkt gekommen, an dem jemand anders besser ist als du. Das ist nur logisch. Immerhin wirst du auch älter. Früher oder später wäre also ein neuer Traum von Nöten gewesen. Nun war es leider schon recht früh der Fall, aber das hindert dich nicht daran, diesen neuen Traum genauso zu verfolgen wie den alten, oder?“

So hatte ich das nie gesehen. Ich war so verbittert darüber gewesen, dass mein Traum geplatzt war und mein Vater gestorben war, dass ich gar nicht auf die Idee gekommen war, meinen neuen Job mit derselben Hingabe zu verfolgen wie meine Karriere als Boxer. Immerhin war es nur Plan B. Aber Plan B zu meinem neuen Plan A zu machen, klang gar nicht mal so dumm. Immerhin gab es genug Leute, die mich für den Chefposten in einem großen Verlag beneidet hätten. Trotzdem fiel es mir schwer, das Jessica gegenüber zuzugeben.

„Vielleicht“, räumte ich ein und nahm noch einen Schluck von meinem Scotch „Ich ... werde mal darüber nachdenken.“

Jessica lächelte zufrieden. „Mehr will ich doch gar nicht. Immerhin bist du ein sehr intelligenter Mann und weißt vermutlich selbst, dass es nichts bringt, sich für den Rest seines Lebens in Selbstmitleid zu suhlen."

„Hmpf", machte ich und überlegte, wie ich am besten das Thema wechseln könnte. Als mir etwas einfiel, schmunzelte ich. „Sag mal, was ist eigentlich mit deinem Ergebnis vom Speed-Dating? Wenn ich nachsehen muss, dann musst du auch."

Sie winkte ab. „Unsinn. Ich war doch nur dabei, um dich zu begleiten."

„Stimmt. Aber das Voting zu checken gehört eindeutig dazu. Also, los. Kneifen gilt nicht."

Jessica biss auf ihrer Unterlippe herum und nickte dann. „Also gut", sagte sie und zog ihr Handy hervor.

Doch statt in ihre Mails zu gehen, runzelte sie die Stirn.

„Ist alles okay?", fragte ich irritiert.

„Tut mir leid, aber ich muss kurz was klären", sagte sie und stand auf. „Bin gleich zurück."

„Okay. Dann ... bis gleich", erwiderte ich und sah ihr hinterher, als sie in eine ruhigere Ecke des Pubs verschwand.

Ganz offensichtlich hatte sie eine Nachricht bekommen, die sie beschäftigte und ich fragte mich, was es wohl damit auf sich hatte.

Kapitel 35

Jessica

Ich hatte eigentlich nur vorgehabt nach der Mail vom Speed-Dating zu schauen, aber dabei war mir aufgefallen, dass ich zig Anrufe in Abwesenheit von Alan erhalten hatte. Einige Male hatte er mir sogar auf die Mailbox gesprochen. Was mich allerdings viel mehr interessierte, war eine Nachricht von Carmen.

Sie hatte mir ein Foto von Alan und seiner Frau bei der Veranstaltung des Bürgermeisters geschickt und ich schluckte, als ich sah, dass die beiden sich zärtlich darauf küssten. Es sah ganz und gar nicht so aus, als würden sie nur noch nebeneinander her leben. Dazu kam Carmens Text.

Hallo, Jessica. Alan war heute mit seiner Frau bei einem Bankett mit dem Bürgermeister von New York. Wäre es möglich, dass du diese Bilder hochlädst und einen kurzen Blogbeitrag dazu verfasst? Ich bin dieses Wochenende bei meiner Familie in Florida. Danke und bis Montag.

Mein Magen drehte sich um, als ich das Bild sah. Wie konnte Alan nur? Und dann telefonierte er mir auch noch hinterher? Nun war ich allerdings doch neugierig, was er wollte, also hielt ich mir das Handy ans Ohr und lauschte seiner Sprachnachricht.

„Jessica“, ertönte Alans beherrschte Stimme. „Es ist inzwischen nach Mitternacht und du bist immer noch nicht erreichbar. Ich hatte mehr von dir erwartet. Melde dich bitte, sobald du zu Hause bist.“

Die nächste Voicemail klang schon eindringlicher. „Jessica! Bist du inzwischen zu Hause? Melde dich, um Himmels willen. Ich mache mir Sorgen um dich.“

Bei der dritten klang er nicht mehr ganz nüchtern. „Verdammt, Jessica. Nun geh bitte an dein Handy. Ich kann verstehen, dass du sauer auf mich bist, aber ich will doch nur, dass es dir gut geht.“

In der vierten Nachricht klang er wirklich betrunken. „Jeeeeessssica! Hicks. Komm schon. Geh dran, mein Schnuckiputz. Du fehlst mir und ich will deine süße Stimme hören.“

In der letzten Nachricht war er noch dazu sauer. „Jessica! Wenn du nicht zurückrufst, dann ... dann brauchst du dich gar nicht bei mir melden. Hörssu, nie wieder. Ich brauche dich nischt, klar? Du brauchscht mich, aber ich brauche disch überhaupt nich. Du wärst nix ohne misch. Gaaar nix. Also melde dich, oder ...“ Seine Stimme brach ab und er fluchte, weil ihm offenbar das Handy heruntergefallen war. „Mist. Auf jeden Fall solltest du mich gaaaanz dringend anrufen, klar? Ich liebe dich, mein Schnucki.“

Kussgeräusche ertönten und er legte auf. Einen Moment sah ich mein Handy fassungslos an. Das war doch unglaublich. Da war er mit seiner Frau auf einer Veranstaltung, betrank sich und schickte mir zwischendurch solche Nachrichten. Was für ein Mistkerl.

Du bist betrunken. Mir geht es gut und wir telefonieren morgen, tippte ich in mein Handy und schickte es ab.

Dann checkte ich noch kurz die Mail vom Speed-Dating und wünschte mir im nächsten Moment, ich hätte es nicht getan. Nur die Hälfte der Männer wollte mich wiedersehen und irgendwie wurmte mich das. Warum eigentlich? Ich wollte doch auch keinen von ihnen wiedersehen. Abgesehen von Charles natürlich, aber das auch nur rein beruflich. Obwohl sich die Dinge, die wir bisher unternommen hatten, alles andere als beruflich anfühlten.

Frustriert ging ich zurück an den Tisch und setzte mich wieder gegenüber von Charles. Dann nahm ich meinen Cocktail und leerte ihn in einem Zug bis zur Hälfte.

„Wow. Das Zeug muss ja gut sein. Was trinkst du da?", wollte Charles wissen und deutete auf das pinke Getränk.

Ich lachte freudlos. „Ganz ehrlich? Ich habe keine Ahnung. Das ist irgendwelches Erdbeerzeug. Viel zu süß und viel zu bunt. Vermutlich sind da unglaublich viele Farbstoffe drin."

„Klingt ziemlich eklig. Warum trinkst du das?"

„Heute brauche ich das irgendwie."

„Es klingt, als wäre etwas vorgefallen. Ist dein Speed-Dating-Voting so mies?"

Ich machte eine wegwerfende Handbewegung. „Die Hälfte der Männer möchte mich wiedersehen. Mein Ergebnis ist also sehr viel schlechter als deins, aber das hat nur das Fass zum Überlaufen gebracht. Eigentlich bin ich frustriert wegen Alan."

„Wegen deinem Boss? Warum? Was hat er angestellt?"

„Er hat etwas dagegen, dass ich den Abend mit dir verbringe."

Nun war Charles offensichtlich verwirrt. „Warum das denn? Er hat dich mir doch überhaupt erst auf den Hals gehetzt."

„Das stimmt. Aber er ist der Meinung, dass ich um diese Uhrzeit nicht mehr mit Kunden ausgehen sollte."

Charles strich sich nachdenklich über den Bart. „Ganz unrecht hat er damit nicht. Es ist schon etwas ungewöhnlich. Aber das war die Idee mit dem Speed-Dating ja auch."

„Das habe ich ihm auch gesagt. Aber er ist etwas überbeschützend, was mich angeht."

„Ist er einfach nur ein besorgter Chef? Oder ..."

„Alan ist verheiratet", sagte ich schnell, weil ich mir denken konnte, in welche Richtung seine Gedanken gingen.

Charles nickte, schien aber nicht überzeugt.

„Okay", sagte er. „Wir müssen nicht darüber reden, wenn du nicht möchtest."

Ich seufzte und massierte mir die Stirn, weil langsam die Wirkung des Alkohols einsetzte. „Das ist ja der Punkt", sagte ich. „An sich will ich gerne darüber reden.

Alan ist mein Vorgesetzter und er ist verheiratet. Trotzdem wünsche ich mir nichts mehr, als richtig mit ihm zusammen zu sein."

Das hatte ich gar nicht sagen wollen. Verdammt. Wie es aussah, hatte der Alkohol auch bei mir die Zunge gelockert. Für gewöhnlich war ich besser darin, Geheimnisse für mich zu behalten.

„Das ... hätte ich nicht gedacht", gab Charles zu und zog die Augenbrauen nach oben.

„Was? Dass ich so einen tollen Kerl wie Alan abkriege? Ja. Das überrascht mich auch immer wieder."

„Nein. Das habe ich nicht gemeint. Es überrascht mich vielmehr, dass du dich von so jemandem wie Alan Cook dermaßen verarschen lässt."

Ich hielt im Trinken inne und sah ihn irritiert an. „Wie meinst du das?"

„Nun. Du bist hübsch, erfolgreich und intelligent. Und trotzdem gibst du dich damit zufrieden, für diesen Lackaffen das Betthäschen zu sein. Dabei könntest du so viel mehr haben, wenn du es nur wolltest."

„Du findest mich hübsch, erfolgreich und intelligent? Wow. Das waren drei Komplimente in einem Satz. Ich glaube, du bist gerade richtig gut in Fahrt, was?"

Er lächelte. „Möglich. Vielleicht spricht da aber auch nur der Alkohol aus mir."

„Na. Wenn du höflich wirst, sobald du getrunken hast, dann ist das was Gutes. Alan wird nämlich unausstehlich. Er hat Dinge gesagt, die ..." Ich schüttelte den Kopf.

Mir war klar, dass Alan das, was er gesagt hatte, morgen wieder bereuen würde. Trotzdem tat es weh.

„Was hat er gesagt?", fragte Charles und beugte sich vor.

Ich war erstaunt, wie echt sein Interesse wirkte und fragte mich, ob das gespielt war, oder ob er wirklich wissen wollte, was in mir vorging. Ich wusste, dass es Charles im Grunde genommen nichts anging, wie es zwischen Alan und mir lief, aber Lydia war gerade zu beschäftigt und ich hatte lange kein so starkes Bedürfnis mehr gehabt, über meine Beziehung zu Alan zu reden, wie jetzt.

Ich seufzte tief. „Er ... hat gesagt, dass ich ohne ihn ein Nichts wäre. Ich weiß, dass er es nicht so gemeint hat, aber ..."

„Er hat was gesagt?" Charles schlug wütend auf den Tisch, was man aufgrund der allgemeinen Lautstärke kaum hörte. „Was für Schwachsinn! Warum sagt er so was?"

„Weil es stimmt. Ich war früher ein unsicheres Mädchen und weit von der selbstsicheren, erfolgreichen Frau entfernt, die ich jetzt bin."

„Aber das bedeutet doch noch lange nicht, dass du ohne ihn nichts wert bist. So einen Unsinn darfst du auf gar keinen Fall glauben."

Ich hob hilflos die Schultern. Normalerweise fühlte ich mich wohl in meiner Haut, aber Alan schaffte es immer wieder, mich daran zu erinnern, wie ich früher gewesen war. Wie sollte er auch nicht? Immerhin war er es, durch den ich mich überhaupt verändert hatte.

Andererseits war ich heute hier, um Spaß zu haben und das würde ich jetzt auch tun.

„Weißt du was?", fragte ich. „Du hast recht. Ich bin toll und ich will tanzen. Mit dir. Und zwar jetzt sofort."

Charles sah mich vollkommen irritiert an, daher nahm ich einfach seine Hand und zog ihn kurzerhand auf die Beine. Alan konnte mich mal, verdammt. Ich brauchte ihn nicht und ich war ganz sicher nicht auf ihn angewiesen.

Kapitel 36

Charles

Jessica war eindeutig betrunken. Ansonsten hätte sie mich bestimmt nie dazu aufgefordert, mit ihr zu tanzen. Gleichzeitig musste ich selbst auch schon ziemlich angetrunken sein, weil ich ihr auf die Tanzfläche folgte. Ich tanzte nicht gerne. Das lag nicht unbedingt daran, dass ich nicht tanzen konnte, sondern vielmehr daran, dass ich es nicht mochte, von anderen Menschen angestarrt zu werden. Und beim Tanzen kam es häufig vor, dass die Leute einen beurteilten.

Doch jetzt im Moment war mir das vollkommen egal. Ich fühlte mich gut. Die einzigen beiden Personen, die mich hier kannten, waren Lydia und Jessica. Und Lydia war viel zu beschäftigt damit, ihre Gäste zu bedienen.

Also ließ ich mich von Jessica mitziehen und staunte nicht schlecht, als sie mir eine Hand auf die Schulter legte. Wie es aussah, wollte sie nicht, dass wir einfach nur voreinander herum zappelten, sondern sie wollte einen richtigen Paartanz mit mir machen. Wenn ich mehr Zeit gehabt hätte, um darüber nachzudenken, dann hätte ich vielleicht protestiert. Doch so legte ich meine Hände an ihre Hüften und begann mich mit ihr hin und her zu bewegen. Es wurde irischer Folk gespielt und obwohl ich die Schritte nicht kannte, legte ich einfach los. Es machte viel mehr Spaß, als ich erwartet hatte. Ich überließ mich meinen Instinkten, führte Jessica im Kreis und wirbelte sie herum, bis wir beide vor Lachen kaum noch atmen konnten.

„Hast du auch nur die geringste Ahnung, was wir da überhaupt machen?", fragte Jessica.

„Um ehrlich zu sein, nein", gab ich zu.

„Das merkt man." Jessica grinste, doch es schwang keinerlei Gehässigkeit in ihren Worten mit. Es war nur eine Feststellung und die konnte ich nicht abstreiten. Also versuchte ich es nicht einmal, sondern zog sie näher an mich und begann erneut, mich mit ihr zu der Musik zu bewegen. Diesmal war das Lied ruhiger und Jessica schmiegte sich an meine Brust.

„Du fühlst dich gut an", raunte ich in ihr Ohr und fühlte, wie Jessica in meinen Armen erzitterte. Es war offensichtlich, dass mein Kompliment sie nicht kaltließ.

Ich hatte heute durch das Speed-Dating gemerkt, wie positiv Frauen auf mich reagierten, wenn ich mir etwas Mühe gab. Trotzdem fiel es mir schwer, mir vorzustellen, dass eine so schöne Frau wie Jessica Interesse an mir haben könnte. Doch der Alkohol machte mich mutig. Ich ließ meine Hand ihren Rücken entlang wandern und erwartete, dass sie mich gleich in meinem Schranken weisen würde. Kurz vor ihrem Hintern machte ich jedoch halt, weil ich diese Grenze nicht überschreiten wollte. Ich mochte vieles sein, aber übergriffig war ich nicht.

„Danke, dass du mich zu diesem Abend überredet hast", sagte ich. „Ich hatte unheimlich viel Spaß."

„Du hattest Spaß? Oder hast du noch Spaß?"

Jessica sah mich fragend an und ich versank in ihren braunen Augen. Sie war eine unglaubliche Frau und mein Blick blieb an ihren Lippen hängen, weil ich nichts lieber tun wollte als sie zu küssen. Aber durfte ich das? Ich hatte selbst gesagt, dass ich nichts mit einer Frau anfangen wollte, mit der ich zusammenarbeitete. Doch es würde nicht mehr lange dauern, bis unser Arbeitsverhältnis beendet war. Machte es dann überhaupt einen Unterschied?

Langsam näherte ich mich ihren Lippen. Ich wollte sie so gerne küssen, wollte wissen, wie sie schmeckte und wie sie sich anfühlte. Es war viel zu lange her, dass ich eine Frau in meinem Bett gehabt hatte und ich ahnte, dass es mit Jessica etwas ganz Besonderes werden könnte.

„Ich würde gerne etwas tun, aber ich habe Angst vor deiner Reaktion", gab ich zu und lehnte meine Stirn an ihre.

„Warum das?", fragte Jessica und schloss die Augen. „Hast du etwa vor, mich mitten auf der Tanzfläche zu begrabschen?"

„Nein, aber es kommt dem Ganzen ziemlich nahe. Ich würde dich gerne küssen."

Jessicas Augen gingen auf und sie lehnte zurück, um mich besser ansehen zu können.

„Du ..." Sie wirkte überrascht.

„Schon gut. Vergiss es“, sagte ich. „Du hast mir mehrfach klargemacht, dass du nicht auf mich stehst. Es war
ein dummer Gedanke. Warum solltest du …“

Doch da war Jessica plötzlich wieder bei mir. Sie
schlang mir die Arme um den Hals, drückte ihre Lippen
auf meine und küsste mich.

Kapitel 37

Jessica

Lieber Himmel. Ich hatte keine Ahnung, wie es so weit gekommen war, aber ich küsste tatsächlich Mister Unperfekt. Und das, was mich am meisten daran irritierte, war, wie gut es sich anfühlte. Damit hatte ich beim besten Willen nicht gerechnet. Ich hatte gedacht, dass es eigenartig wäre, ihn zu küssen, weil ich immer geglaubt hatte, nicht auf Muskelprotze wie ihn zu stehen. Aber es fühlte sich unglaublich gut an. Charles schmeckte eindeutig nach mehr. Ich hatte beide Arme um seinen Hals geschlungen und zog ihn enger an mich. Ich wollte jetzt nicht darüber nachdenken, ob es eine kluge Idee war, ihn zu küssen oder nicht und vor allem wollte ich nicht an die Zukunft denken. Stattdessen genoss ich das Gefühl seiner Lippen auf den meinen und nahm seinen Geschmack in mich auf. Es musste schon länger her sein, dass er geraucht hatte, denn ich konnte den Rauch nicht schmecken, sondern nur den Scotch und ihn selbst. Seine Zunge berührte meine Lippen und mit einem Stöhnen öffnete ich meinen Mund für ihn. So etwas hatte ich schon ewig nicht mehr getan. Ich stand hier mit einem Mann mitten auf der Tanzfläche und küsste ihn.

Charles' linke Hand umfasste meine Hüfte, um mich noch weiter zu sich nach oben zu ziehen. Die andere Hand legte er an meinen Nacken und vergrub sie in meinem Haar.

„Du bist unglaublich", raunte er in mein Ohr.

Ein Kribbeln fuhr meine Wirbelsäule entlang und zum ersten Mal seit langem glaubte ich einem Mann diese Worte. Wenn Alan mir solche Dinge sagte, dann konnte ich sie nie ganz ernst nehmen. Aber Charles … Ich konnte die Ehrlichkeit in seinen Worten fühlen. Er meinte es genau so, wie er sagte. Er fand mich unglaublich und das wiederum war ein so schönes Gefühl, dass ich es nie wieder missen wollte.

Ich hatte keine Ahnung, wie lange wir uns küssten, aber es kam mir wie eine Ewigkeit vor. Wir hielten einander fest umschlungen und wiegten uns zu einem Rhythmus, der mit der Musik nicht viel zu tun hatte. Dabei erkundeten wir einander vorsichtig und neugierig zugleich. Der Alkohol musste mir das Hirn vollkommen vernebelt haben, denn es kam mir nicht einmal eigenartig vor, dass wir so viel Publikum hatten.

„Was hältst du davon, wenn wir woanders hingehen?", flüsterte Charles schließlich in mein Ohr.

Dieser Vorschlag brachte mich aus dem Konzept. Es war eine Sache, hier zu stehen und mit ihm herumzuknutschen, aber eine vollkommen andere, mit ihm nach Hause zu gehen. Mein Körper schrie ja. Er wollte nichts lieber, als mit Charles zu schlafen, aber langsam schaltete sich mein Gehirn wieder ein. Konnte ich das tun? Konnte ich mit Charles nach Hause gehen?

„Ich … muss mich frischmachen", sagte ich und machte mich von ihm los. „Bin gleich zurück."

Mit diesen Worten floh ich von der Tanzfläche und rannte zu den Toiletten, wo im Moment zum Glück nichts los war. Genau wie der Pub waren die Waschräume alt und beengt, aber das interessierte mich im Moment nicht. Ich erleichterte mich in der einzigen Kabine und ging dann zum Waschbecken im Vorraum.

Als ich meine Hände fertig gewaschen hatte, benetzte ich meinen Nacken und betrachtete mich im Spiegel. Ich sah müde aus und gleichzeitig hellwach. Eigentlich war das ein Widerspruch in sich, aber irgendwie ergab es trotzdem Sinn. Auf der einen Seite war ich erschöpft vom vielen Tanzen und von dem langen Tag und gleichzeitig war ich erregt wegen des Kusses. Wer hätte das gedacht? Ich hätte niemals erwartet, dass es so sein könnte, Charles Anderson zu küssen. Seine Lippen waren so weich und anschmiegsam gewesen und sein Bart kein bisschen kratzig. Stattdessen hat er sich männlich und einfach nur gut angefühlt. In diesem Moment betrat jemand hinter mir den Toilettenraum und schloss die Tür. Ich dachte mir im ersten Moment nichts dabei, bis ich hörte, wie der Riegel vorgeschoben wurde. Überrascht fuhr ich herum und erstarrte, als ich Nicholas erkannte.

„Hallihallo", sagte er. „Wen haben wir denn da?"

Nicholas war eindeutig betrunken, hatte aber noch eine überraschend klare Aussprache. Während Charles und ich uns geküsst und miteinander getanzt hatten, hatte er offenbar einen Drink nach dem anderen in sich hinein geschüttet.

„Was willst du denn hier?“, fragte ich. „Das hier ist die Toilette für die Frauen.“

„Ich weiß. Deswegen sollten wir uns besser beeilen, bevor die nächsten Frauen herein wollen. Immerhin seid ihr Damen alle mit einer schwachen Blase ausgestattet.“ Er lachte und ich erzitterte, als mir klar wurde, dass er zum wiederholten Mal versuchte, mich zum Sex zu bewegen. Ärger stieg mir auf.

„Warum versteht ihr Kerle eigentlich kein Nein? Ich habe dir doch deutlich gezeigt, dass ich kein Interesse an dir habe.“

„Das ist okay. Ich will auch nicht, dass du dich für mich interessierst. Ich will nur Sex. Das ist etwas vollkommen anderes. Und ich glaube, dass du genau dasselbe willst.“

„Selbst wenn ich Sex wollte, dann ganz bestimmt nicht mit dir“, sagte ich. „Und jetzt lass mich raus. Sonst schreie ich.“

Nicholas grinste debil. „Du glaubst doch selber nicht, dass dich jemand hören würde. Die Musik ist so laut, dass man da draußen überhaupt nichts mitbekommt. Also ... Warum bist du nicht einfach brav und bläst mir einen?“

Er kam auf mich zu und machte sich daran, seine Hose zu öffnen. So langsam bekam ich es nun mit der Angst zu tun. Ich war zwar inzwischen sehr viel selbstbewusster als früher, aber trotzdem war Nicholas erheblich größer und mit Sicherheit sehr viel stärker als ich. Wenn er mir Gewalt antun wollte, dann konnte er das auch. Ich wich vor ihm zurück.

„Ich warne dich", sagte ich. „Das wirst du bereuen."

Er grinste und ich sah die Gier in seinen Augen.

„Ich glaube eher, dass du es bereuen wirst, wenn du nicht mitspielst. Glaub mir. Ich bin schon mit ganz anderen Frauen fertig geworden."

Er kam noch näher und ich schlug ihm so heftig ins Gesicht, wie ich konnte. Sein Kopf flog zur Seite und ich versuchte, an ihm vorbei zu kommen.

Doch leider erholte Nicholas sich schnell wieder. Er schlug mir seinerseits mit der flachen Hand ins Gesicht und schleuderte mich dadurch gegen die Wand. Mein Hinterkopf knallte gegen die Fliesen und ich gab ein Ächzen von mir. Dann war er plötzlich bei mir und versuchte mich zu begrabschen. Doch diesmal schaffte ich es, ihm mein Knie in die Eier zu rammen. Er ging keuchend zu Boden und ich rannte zur Tür. Ich rüttelte daran, aber der Riegel war so rostig, dass ich ihn nicht auf Anhieb auf bekam. Wann schloss man auch schon den Vorraum ab?

„Hilfe! Hilfeeeee!", schrie ich in der Hoffnung, dass vor der Tür jemand wartete, aber es kam keine Reaktion.

Verdammt. Ich kam hier nicht raus und Nicholas rührte sich bereits wieder. Also tat ich das Einzige, was sonst Sinn ergab. Ich riss die Tür zu der Toilettenkabine auf, schloss sie hinter mir wieder und legte den Riegel vor. Keine Sekunde zu früh, denn im nächsten Augenblick donnerte Nicholas von außen dagegen.

„Lass mich rein!", brüllte er. „Du willst es doch, du geile Schlampe! Mit dem anderen Kerl hast du doch auch herumgemacht, dabei sieht der bei weitem nicht so geil aus wie ich. Also zier dich nicht weiter, sondern lass mich rein, klar?"

Ich zitterte am ganzen Körper und zog mein Handy aus der Hosentasche. Schnell wählte ich Lydias Nummer, damit sie mir half, aber natürlich ging sie nicht ran.

Erneut erzitterte die Tür und ich befürchtete, dass sie Nicholas nicht mehr lange standhalten würde.

„Ich mache dich fertig!", brüllte Nicholas. „Lass mich gefälligst rein, sage ich!"

Doch ich dachte gar nicht daran. Stattdessen legte ich auf und wählte stattdessen die Nummer der Polizei. Ich konnte nur hoffen, dass diese rechtzeitig da sein würde, bevor noch Schlimmeres geschah.

Kapitel 38

Charles

Jessica war schon viel zu lange auf der Toilette und so langsam machte ich mir Sorgen um sie. Ging es ihr schlecht? Oder hatte mein Kuss sie so sehr angeekelt, dass sie sich übergeben musste? Natürlich könnte das auch am Alkohol liegen, aber pessimistisch, wie ich war, bezog ich es auf mich. Vielleicht war sie auch nach Hause gegangen. Möglich wäre es definitiv, aber da ich mir nicht sicher sein konnte, traute ich mich nicht, ebenfalls zu gehen.

Ich sah noch einmal auf die Uhr und stand dann auf. Irgendetwas stimmte nicht, da war ich mir sicher. Jessica wäre nicht einfach gegangen, ohne mir Bescheid zu sagen. Das passte nicht zu ihr.

Ich bahnte mir einen Weg zwischen den Tischen her und erreichte die Waschräume. Vor der Frauentoilette hatte sich eine kleine Schlange gebildet und eine Frau klopfte unentwegt gegen die Tür.

„Hallo? Wird das mal langsam was da drin? Hier sind noch andere Leute, die auf die Toilette wollen."

„Was ist los?", fragte ich alarmiert.

„Wir wissen es nicht genau", sagte eine der Frauen, die vor der Tür standen. „Die Toilette ist schon viel zu lange besetzt."

„Bestimmt hat da jemand Durchfall", mutmaßte die dritte Frau.

„Oder sie kotzt", sagte die Erste.

„Ich glaube, dass meine Begleitung da drin ist", sagte ich. „Darf ich mal?"

Die Frauen machten mir Platz und ich legte mein Ohr an die Tür.

Wegen der lauten Musik war nichts zu hören.

„Jessica!", rief ich. „Jessica! Mach die Tür auf. Oder ich trete sie ein."

Jetzt hörte ich ein Krachen und dann einen Schrei, der eindeutig von Jessica kam.

„Oh, Shit", sagte ich und all meine Sinne waren in Alarmbereitschaft. „Tretet zurück!"

Die Frauen gingen zu Seite und ich nahm Anlauf. Dann warf ich mich mit aller Macht gegen die Tür.

Sie knallte auf und ich stürzte ins Innere. Meine rechte Schulter schmerzte, aber das interessierte mich im Moment überhaupt nicht. In Windeseile versuchte ich, die Situation zu erfassen. Nicholas hatte offenbar die Tür der Toilettenkabine aufgebrochen und hing mit offener Hose halb auf Jessica, die wie am Spieß schrie und um sich schlug. Wut überkam mich und ich sah rot.

Ich packte Nicholas, riss ihn von Jessica fort und schleuderte ihn gegen die Wand. Mit der linken Hand schlug ich dem Mistkerl mitten ins Gesicht und hätte vermutlich noch weiter auf ihn eingedroschen, wenn mich nicht jemand von ihm heruntergezogen hätte.

„Du Arschloch“, brüllte ich Nicholas an. „Was fällt dir ein, sie anzugreifen?“

„Hör auf mit der Scheiße“, sagte der große Mann, der mich zurückhielt und versuchte, mich zu beruhigen. „Das ist dieser Kerl nicht wert. Am Ende kriegst du noch eine Anzeige wegen Körperverletzung.“

Am liebsten hätte ich nicht auf ihn gehört, aber ich war noch nicht betrunken genug, als dass es mir egal gewesen wäre, eine Anzeige zu bekommen.

„Schaff mir diesen Mistkerl aus den Augen“, sagte ich daher mit Grabesstimme. „Sonst kann ich für nichts garantieren. Ich kümmere mich jetzt um Jessica.“

Der Mann ließ mich los und ich wandte mich der Toilettenkabine zu, in der Jessica zusammengekauert am Boden hockte und wie verrückt zitterte. Sie weinte und zuckte zusammen, als ich sie am Arm berührte.

„Jessica“, sagte ich beruhigend. „Alles okay. Ich bin es nur. Du weißt schon. Der Waldschrat mit der schlechten Laune? Keine Angst. Das Arschloch ist weg.“

Jessica hob den Blick und mein Herz setzte aus, als ich die Rötung an ihrem Auge sah. Dieser Mistkerl hatte sie geschlagen. Doch bevor ich etwas dazu sagen konnte, fiel Jessica mir um den Hals.

„Oh Gott, Charles“, schluchzte sie. „Danke für deine Hilfe. Ich danke dir so sehr.“

„Schon gut“, sagte ich. „Ich bin einfach nur froh, dass dir nichts Schlimmeres passiert ist.“

In diesem Moment kam Lydia angerannt.

„Jessica! Um Gottes willen. Was ist denn passiert? Wie geht es dir? Wen muss ich verprügeln?“

In diesem Moment fand ich Lydia unglaublich sympathisch und hätte ihr am liebsten auf die Schulter geklopft. Doch ich hielt immer noch Jessica in meinen Armen, die sich jetzt von mir losmachte, um ihrer Freundin um den Hals zu fallen.

„Oh, Lydia“, sagte Jessica. „Dieses Arschloch wollte mich vergewaltigen.“

„Gott. Wo ist er hin? Den mache ich fertig. Wer sich mit dir anlegt, legt sich auch mit mir an“, stellte Lydia klar.

„Dieser große Kerl mit den roten Haaren hat ihn nach draußen gebracht“, sagte ich.

„Rote Haare?“, fragte Lydia. „Das war bestimmt mein Bruder Ian. Wir sollten auch nach draußen gehen. Die Polizei ist sicher gleich da.“

Jessica erzitterte wieder und sah hilfesuchend zu mir. „Kommst ... kommst du mit?“, fragte sie verunsichert.

„Ich bleibe an deiner Seite“, versprach ich.

„Gut“, sagte Jessica und hakte sich bei mir ein, als würde sie bei mir Schutz suchen. Und bei Gott, den würde sie auch bekommen. Ich würde nicht zulassen, dass dieser Nicholas noch einmal in ihre Nähe kam.

Kapitel 39

Jessica

Ich zitterte am ganzen Körper, als ich die Fragen der Polizistin beantwortete, die für mich zuständig war. Man hatte mir eine Decke um die Schultern gelegt, um mich aufzuwärmen, aber mir war trotzdem eiskalt.

Meine Schminke war mit Sicherheit völlig zerlaufen und ich stotterte beim Erzählen. Nachdem ich fertig geredet hatte, legte mir die junge Polizistin mitfühlend eine Hand auf den Arm.

„Vielen Dank für Ihre Aussage", sagte sie. „Sie können jetzt gehen. Haben Sie jemanden, der bei Ihnen bleibt? Es könnte sein, dass Sie eine Gehirnerschütterung haben."

„Das ist nicht nötig. Ich habe keine Gehirnerschütterung. Sowas hatte ich mal als Kind, weil ich von einem Baum gefallen bin. Ich weiß genau wie sich das anfühlt und meinem Kopf geht es gut."

„Es wäre trotzdem besser, wenn Sie die nächsten Stunden nicht allein sind. Nur für den Fall", beharrte die Polizistin.

„Ich werde auf sie aufpassen“, sagte Charles zu meiner Überraschung und trat neben mich. „Keine Sorge. Sie bleibt heute Nacht nicht allein.“

Die Polizistin nickte. „Das ist gut. Schlafen Sie sich aus und wenn Sie das Bedürfnis danach haben, holen Sie sich Hilfe. Es ist keine Schande, nach so einem Erlebnis mit einem Therapeuten zu sprechen.“

Ich nickte nur und war froh, als sie mich allein ließ. Dann sah ich mich nach Lydia um.

„Du musst das nicht tun“, sagte ich zu Charles. „Lydia kann mit zu mir nach Hause kommen.“

„Ganz genau. Ich bin für sie da“, sagte auch Lydia, die in diesem Augenblick dazu kam, aber ihr Bruder Ian schüttelte den Kopf.

„Du bist ja lustig, Schwesterchen. Und wie soll ich das alles hier ohne dich schaffen? Du weißt, dass Janet heute krank ist und du siehst ja, was hier los ist. Am besten wäre es, wenn Jessica einfach noch ein paar Stunden bei uns in der Bar bleibt, bis wir zumachen und danach mit zu dir geht.“

Bei dieser Vorstellung grauste es mir.

„Ich ... will nicht noch länger im Pub bleiben“, erklärte ich. „Und ich bin sicher, dass Charles es nicht angeboten hätte, wenn er nicht bereit wäre, sich um mich zu kümmern.“

Lydia sah nachdenklich zu Charles und dieser nickte. „Keine Sorge. Ich werde gut auf sie aufpassen.“

„Also gut.“ Sie blickte mich eindringlich an. „Aber ruf mich morgen früh auf jeden Fall an. Sonst komme ich höchstpersönlich vorbei und hole dich da raus.“

„Ist gut", sagte ich und war froh, als sie mich umarmte und endlich wieder in den Pub ging. Sobald sie fort war, sah ich zu Charles.

„Es ist sehr nett, dass du angeboten hast, mir zu helfen, aber eigentlich will ich einfach nur nach Hause ..."

Ich stand auf und sofort wurde mir schwindelig. Vermutlich wäre ich gefallen, wenn Charles mich nicht gestützt hätte.

„Das kann ich mir vorstellen", sagte er. „Keine Sorge. Ich will nur sichergehen, dass es dir gut geht. Also entweder gehen wir zu dir oder zu mir. Deine Entscheidung. Ich wohne hier ganz in der Nähe. Bis zu dir ist es noch ein ganzes Stück."

„Okay", lenkte ich schließlich ein. Ich war einfach zu erschöpft, um noch weiter zu diskutieren. „Dann ... gehen wir besser zu dir."

Kapitel 40

Charles

Jessica mit nach Hause zu nehmen war genau die richtige Entscheidung gewesen. Das wurde mir spätestens klar, als sie in meinen Armen fast einschlief, während ich sie die Treppe hinauf führte. Sie war dermaßen erschöpft, dass ich ihr die Schuhe abstreifen musste, als wir in den Flur kamen.

Ich führte sie ins Wohnzimmer, wo ich sie bat, auf meinem Sofa Platz zu nehmen.

„Warte kurz hier. Ich besorge dir was zu trinken."

Ich wartete nicht auf ihre Reaktion, sondern ging in die Küche, um ihr ein Glas Wasser zu holen. Dann schnappte ich mir zwei Schmerztabletten und ging zurück ins Wohnzimmer. Dort schmunzelte ich, als ich sah, dass sie bereits eingeschlafen war. Sie hatte sich seitlich auf die Couch gelegt und die Augen geschlossen.

Sanft rüttelte ich an ihrer Schulter.

„Jessica. Wach auf."

Sie murmelte etwas, öffnete dann aber einen Spalt breit die Augen und nahm mir das Wasser ab. Sie trank und schluckte die Tabletten. Sobald sie beides heruntergespült hatte, schloss sie sofort wieder die Lider.

„Jessica!", sagte ich und rüttelte sie erneut. „Jessica!"

Doch sie rührte sich nicht mehr, sondern begann stattdessen, leise zu schnarchen, was so gar nicht zu ihr passen wollte. Das war zwar niedlich, aber ich konnte sie unmöglich auf der Couch schlafen lassen. Am Ende fiel sie herunter. Also nahm ich sie kurzerhand auf den Arm und trug sie in mein Schlafzimmer. Ein Gästezimmer hatte ich nicht, also war das die einzig logische Option.

Ich legte Jessica auf der einen Betthälfte ab und kontrollierte noch einmal, ob sie ruhig atmete. Erst dann ging ich ins Bad, um mich zu duschen. Als ich fertig war, lag sie immer noch friedlich schlafend auf meinem Bett und ich zog ihr die Decke weiter nach oben, damit sie nicht fror.

Sie lag so, dass man die verletzte Gesichtshälfte nicht sehen konnte und im Schlaf wirkte sie vollkommen friedlich und nicht so angespannt wie sonst die meiste Zeit. Auf mich wirkte sie in diesem Moment wie ein wunderschöner Engel.

„Schlaf gut, Jessica", flüsterte ich. „Bis morgen früh."

Ich strich ihr sanft über die Wange und löschte das Licht. Dann setzte ich mich in den Sessel neben dem Bett, auf dem ich für gewöhnlich meine Klamotten stapelte und betrachtete sie. Normalerweise störte es mich nicht, nachts allein zu sein. Aber jetzt, wo ich Jessicas leises Schnarchen hörte, spürte ich eine Sehnsucht tief in mir, die ich seit Jahren nicht mehr gefühlt hatte und es kostete mich all meine Willenskraft, nicht ins Bett zu steigen und Jessica in meine Arme zu ziehen, einfach nur, um ihre Wärme zu spüren.

Müde rieb ich mir die Augen, aber verbot mir, einzuschlafen. Immerhin hatte ich zugesagt, dass ich Jessica im Auge behalten würde und das konnte ich nicht, wenn ich selber schlief.

Verdammt. Das würde eine lange Nacht werden.

Kapitel 41

Als ich am nächsten Morgen aufwachte, fühlte ich mich wie gerädert. Ich hatte Kopfschmerzen und mir war übel. Ich blinzelte und versuchte mich zu orientieren, aber ich verstand überhaupt nicht, wo ich mich befand. Mein Blick glitt durch einen Raum, in dem ich noch nie zuvor gewesen war und blieb schließlich bei Charles hängen, der zusammengesunken in einem Sessel saß und schlief. Er trug eine Jogginghose und ein schwarzes Shirt und hatte den Kopf mit einer Hand aufgestützt. Seine Füße waren nackt und ich konnte ihm die Erschöpfung im Gesicht ablesen.

Müde rieb ich mir über die Augen und versuchte zu verstehen, was das Ganze hier sollte.

„Charles?", fragte ich. „Was... Wo bin ich?"

Charles zuckte bei meinen Worten zusammen und schien plötzlich hellwach zu sein. Er sprang vom Sessel auf und war im nächsten Moment bei mir.

„Jessica? Wie geht es dir? Ist alles in Ordnung? Musst du ins Krankenhaus?"

Die Fragen kamen so schnell hintereinander, dass ich überhaupt keine Chance hatte, sie zu beantworten. Stattdessen schüttelte ich den Kopf.

„Nein. Ich muss nicht ins Krankenhaus. Ich wüsste nur gerne, wo ich hier bin und was überhaupt passiert ist."

Charles runzelte die Stirn. „Kannst du dich an nichts erinnern?"

„Doch. Ich ... Ich weiß noch, dass wir zusammen beim Speed-Dating waren und danach waren wir in Ians Pub. Aber dann? Ich habe keine Ahnung."

Charles nickte und strich mir erstaunlich fürsorglich eine Haarsträhne aus dem Gesicht. Mir war klar, dass ich vor ihm zurückweichen sollte, aber interessanterweise fühlte es sich nicht falsch an.

„Du hast recht. Wir waren zusammen in diesem Pub, aber dann ist Nicholas dort aufgetaucht. Er hat dich auf der Toilette belästigt. Kannst du dich daran erinnern?"

„Nicholas? Dieser Schönling?"

„Ja. Ich fürchte, dass er dich geschlagen hat."

„Stimmt. Ich erinnere mich. Ich glaube, das war die Antwort darauf, dass ich ihm eine Ohrfeige gegeben habe."

Charles sah mich überrascht an. „Wirklich? Du hast ihn geschlagen?"

„Ja. Ich habe ihm eine gescheuert. Ach ja. Und ich habe ihm in die Eier getreten."

„Nicht schlecht. Du bist ja eine richtige Kriegerin. Damit hatte ich gar nicht gerechnet."

Charles betrachtete mich, als wäre er unglaublich stolz auf mich.

Ich winkte ab. „Leider hat es nicht viel gebracht. Ich musste mich trotzdem vor ihm auf der Toilette verstecken.“

„Ein bisschen hat es schon gebracht. Du hättest auch so tun können als wäre nichts und alles über dich ergehen lassen, aber das hast du nicht getan. Du hast dich gewehrt wie ein Tiger und das ist auch gut so. Denn wenn du nicht so laut geschrien hättest, dann wäre ich vermutlich nicht auf die Idee gekommen, die Tür einzurammen.“

Ich riss die Augen auf. „Du hast die Tür eingerammt? Wie denn das?“

Er hielt sich den Arm und verzog den Mund. „Mit meiner Schulter. Sie ist möglicherweise ein bisschen lädiert, aber das wird schon wieder. Du siehst deutlich schlimmer aus.“

„Oh je“, sagte ich. „So furchtbar?“

„Na ja. Vermutlich werden die Leute in den nächsten Tagen denken, dass dein Ehemann dich verprügelt hat.“

Die Antwort kam so trocken, dass es mich zum Lachen brachte. „Oh, Gott. Eigentlich ist mir überhaupt nicht zum Lachen zumute. Kann ich mich irgendwo im Spiegel ansehen?“

Charles nickte. „Ja, klar. Komm mit.“

Er winkte mich hinter sich her und ich folgte ihm über den Flur in ein sehr schön eingerichtetes Bad. Die Möbel sahen neu aus und die Armaturen glänzten, als würde man sie regelmäßig polieren. Im Großen und Ganzen passte dieses ordentliche Bad überhaupt nicht zu dem Menschen, für den ich Charles gehalten hatte. Aufgrund seiner eher schludrigen Kleidung hatte ich angenommen, dass er auch kein großes Interesse daran hatte zu putzen. Doch so konnte man sich irren. Es war alles picobello.

Ich trat an den Spiegel und erschrak, als ich mein Gesicht sah. Tatsächlich zierte mein linkes Auge ein wunderschönes Veilchen. Die Haut unter der Augenbraue war angeschwollen und ich musste Charles Recht geben. Die Leute würden vermutlich davon ausgehen, dass mein Partner mich verprügelt hatte. Nur, dass ich offiziell gar keinen Partner hatte.

„Himmel“, sagte ich. „Das sieht furchtbar aus.“

Charles nickte mitleidig. „Stimmt. Tut es sehr weh?“

Ich blinzelte. „Jetzt, wo ich es sehe, tut es interessanterweise mehr weh als vorhin, als ich es nur erahnen konnte. Ist das verrückt?“

„Nein. Das denke ich nicht. Das ist menschlich. Wenn ich mir meine Schulter anschaue, dann tut sie auch mehr weh als vorher.“

Er verzog das Gesicht und ich bekam Mitleid, da er diese Verletzung nur hatte, weil er mir hatte helfen wollen. Ob es ihm genauso unangenehm war, mein blaues Auge zu sehen?

„Wie auch immer“, sagte ich, um mich abzulenken. „Ich muss jetzt erstmal dringend unter die Dusche. Hast du vielleicht ein Handtuch für mich?“

„Klar. Bedien dich einfach.“ Er deutete auf ein Regal und räusperte sich dann. „Ich ... mache solange schon mal Kaffee. Oder möchtest du lieber einen Tee?“

„Nein. Kaffee ist super. Aber ... Hast du vielleicht auch ein Shirt für mich? Meine Bluse ist völlig verschwitzt.“

„Klar“, sagte Charles. „Warte kurz. Ich hole es dir.“

Er verschwand in seinem Schlafzimmer und war kurz darauf mit einem Sporttrikot zurück.

„Football?", fragte ich überrascht. „Ich dachte, du hättest geboxt."

„Ja. Aber nicht nur. In der Highschool war ich auch ein ganz guter Running Back. Ich war immer groß und kräftig, aber für eine Karriere als Footballer fehlte mir dann doch das Talent." Er zog eine Schublade auf, holte mir eine frische Zahnbürste heraus und reichte sie mir. „Hier, falls du dir die Zähne putzen möchtest."

„Danke", erwiderte ich ehrlich berührt und nahm sie entgegen. „Das ist nett. Dann bis gleich."

Charles nickte nur und verließ das Bad. Schnell duschte ich mich und benutzte dabei ganz ungeniert Charles' Shampoo. Es überraschte mich, dass er überhaupt welches besaß und nicht wie die meisten Männer das Duschgel für alles benutzte. Aber wie es aussah, hatte er seine ehemals langen Haare besser gepflegt, als es auf den ersten Blick den Anschein gehabt hatte.

Für den Körper nahm ich sein Duschgel von Adidas, das frisch und angenehm duftete, genau wie er. Zumindest, wenn er mal eine Weile die Zigaretten wegließ.

Als ich wenige Minuten später fertig war, fühlte ich mich wie neu geboren. Die Dusche hatte unglaublich gut getan und am Waschbecken griff ich nach der Zahnbürste.

Einen Haartrockner gab es nicht, daher kämmte ich meine Haare mit den Fingern durch und band sie mir zu einem Dutt nach hinten. Danach zog ich mir das Shirt von Charles an. Es reichte mir tatsächlich bis zu den Knien, daher band ich mir nur meinen Gürtel um und fand, dass es beinah aussah wie ein Kleid. Den Slip ließ ich weg, da ich den von gestern nicht wieder anziehen wollte.

Danach verließ ich das Bad und ging durch den Flur.

„Ich hoffe wirklich, dass ich das überschminken kann", sagte ich und trat ins Wohnzimmer. Ich fuhr mit dem Finger über mein Auge und zuckte zusammen.

„Zeig noch mal her", verlangte Charles, der gerade den Kaffee auf dem Tisch abgestellt hatte und drehte mich zu sich herum.

Ich ließ es geschehen und er zischte. „Verdammt. Jetzt, wo die Schminke weg ist und deine Haare nicht mehr im Weg hängen, sieht es noch schlimmer aus. Ich hätte diesen Nicholas verprügeln sollen."

„Das hätte weder dir noch mir etwas gebracht", widersprach ich.

„Setz dich. Ich hole dir etwas zum Kühlen, damit der Schmerz nachlässt." Charles zog mich hinter sich her und brachte mich zur Couch. Auch hier war alles ordentlich und ich fragte mich, ob er eine Haushälterin hatte, denn dass er selbst solche Ordnung hielt, war schwer zu glauben.

Charles verschwand in der Küche und ich betrachtete die Bilder an der Wand. Es war abstrakte Kunst, aber offenbar nichts aus einem Kaufhaus, sondern von eher unbekannten Künstlern. Eine Kommode fesselte allerdings besonders meine Aufmerksamkeit. Darauf standen mehrere Pokale, Fotos von Charles auf dem Siegertreppchen und schließlich seine Silbermedaille. In der Mitte stand ein Foto von Charles und einer jungen Frau. Um ihren Hals baumelte ebenfalls eine Medaille und sie strahlte genauso breit wie er.

„Wer ist das?", fragte ich neugierig, als Charles mit dem Kühlpad zurückkam, und deutete auf das Bild.

Charles' Miene verfinsterte sich und er drehte das Bild weg. „Stephanie. Meine Exfreundin", sagte er missmutig. „Sie ist Leichtathletin und im Gegensatz zu mir auch nach wie vor erfolgreich. Sie hat sogar schon ihre erste Goldmedaille geholt."

Er klang verbittert und am liebsten hätte ich nachgefragt, aber es war offensichtlich, dass er nicht mehr darüber reden wollte. Denn er setzte sich neben mich und hielt ein Küchentuch an mein Auge, in das er das Kühlpad eingewickelt hatte.

Erneut zuckte ich zusammen, aber Charles hielt mich fest.

„Es wird gleich besser", versprach er und strich mir sanft über die Wange.

Dabei sah er mir auf eine Art in die Augen, wie ich es bei ihm bisher nicht gesehen hatte und die mein Herz zum Klopfen brachte. Es weckte Erinnerungen in mir, die ... Himmel. Der Kuss. Ich hatte Charles geküsst und es war ein unglaublich guter Kuss gewesen. Wie hatte ich das auch nur für einen Moment vergessen können?

Ich errötete und Charles fixierte meinen Blick.

„Alles okay?", fragte er.

„Ja, sicher. Ich ... habe mich nur gerade daran erinnert, dass wir gestern Abend miteinander getanzt haben und ... noch mehr."

„Du meinst den Kuss?" Er zog eine Augenbraue nach oben. „Es kränkt mich, dass du den vergessen hast. War er so schlecht?"

„Nein. Gar nicht. Ich hatte nur so viel anderes im Kopf und ..."

„Hm. Vielleicht sollten wir deine Erinnerung auffrischen."

Charles' Stimme war belegt vor unterdrückter Lust, aber er machte keine Anstalten, mich ohne mein Einverständnis zu küssen. Stattdessen schien er auf eine Erlaubnis zu warten und das fand ich unglaublich anziehend. Er war so vollkommen anders als Alan, der sich einfach nahm, was er wollte, ohne Rücksicht auf andere zu nehmen. Bisher hatte ich geglaubt, das attraktiv zu finden, aber das Verlangen in Charles' Augen zu sehen und zu spüren, wie er sich trotzdem zurückhielt, um mir nicht zu nahe zu treten, war ungleich anziehender. Er wollte mich. Das war offensichtlich. Aber er hielt sich unter Kontrolle.

Und das führte wiederum dazu, dass ich selbst alle Zurückhaltung vergaß. Ich schloss die Augen, beugte mich vor und küsste ihn. Meine Lippen trafen auf seine und ein Feuerwerk der Gefühle durchfuhr mich. Sofort erwiderte er den Kuss und zog mich auf seinen Schoß, wo ich seine Männlichkeit durch die Hose spüren konnte. Himmel, war das heiß. Ich fühlte seine Muskeln unter dem Shirt und wollte unbedingt mehr davon, also schob ich es hoch und war froh, als er mir dabei half, es ihm über den Kopf zu ziehen. Er hatte einen blauen Fleck an der Schulter, aber der schien ihn nicht zu behindern, daher sagte ich nichts dazu, sondern küsste ihn erneut. Seine Hände wanderten unter das Footballshirt und ich erschauerte. Wie wild zerrte ich an seiner Hose und vergaß vollkommen, dass ich gerade noch Kopfschmerzen gehabt hatte. Meine Begierde war stärker als alles andere und Charles schien es ganz genauso zu gehen. Er ließ seine Hand mein Bein entlang gleiten und berührte mich zwischen den Beinen. Mein Verlangen nach ihm wurde so übermächtig, dass ich mich kaum noch zurückhalten konnte.

„Kein Slip“, stellte Charles fest. „Das gefällt mir.“

„Ich … hatte keinen Ersatz dabei“, verteidigte ich mich.

„Mir soll es recht sein. So habe ich besseren Zugang. Ich will dich lecken, Jessica“, raunte Charles. „Ich will wissen, wie du schmeckst.“

Ich schluckte. So etwas hatte noch nie jemand zu mir gesagt und erst recht nicht bei mir gemacht. Vor Alan hatte ich nicht viele Sexualpartner gehabt und der war immer mehr auf sein eigenes Vergnügen aus gewesen.

„Ich … ich weiß nicht“, gab ich zu.

„Ich werde nichts tun, was du nicht willst“, versprach Charles und küsste meinen Hals. „Aber ich bin sicher, dass es dir gefallen würde.“

Er kniete sich vor mich hin und begann langsam, sich einen Weg mein Bein nach oben zu küssen.

„Wenn ich aufhören soll, dann sag einfach Stopp“, sagte er. „Jederzeit.“

Ich biss mir auf die Unterlippe und stöhnte auf, als Charles’ Lippen an den Innenseiten meiner Schenkel entlang strichen. Sein Bart war weich und seine Zunge so geschickt, wie ich es nie für möglich gehalten hätte.

Ich wusste, dass ich das hier nicht tun sollte, aber Himmel. Es fühlte sich gut an. Alan hätte niemals in Erwägung gezogen, mich auf diese Art und Weise zu verführen und als Charles’ Lippen meine Mitte erreichten, warf ich meinen Kopf nach hinten und keuchte auf. Es fühlte sich unglaublich an, als seine Zunge meine Schamlippen teilte und Charles begann, mich zu lecken.

Ganz offenbar wusste er genau, was er da tat, denn mir wurde ganz schwindelig, als er mit seiner Zunge in mich eindrang und mich vollkommen in Besitz nahm.

„Oh, Gott. Charles. Ich …"

„Soll ich aufhören?", fragte er mit verführerischer Stimme.

„Nein! Alles, bloß das nicht."

Sein dunkles Lachen machte mich unglaublich an und ich war froh, als er sich wieder meiner Mitte widmete und seine Zunge begann, meine Perle zu umspielen. Er saugte vorsichtig daran und drang dann behutsam mit einem Finger in mich ein. Zielsicher fand er meinen empfindlichsten Punkt – etwas, das Alan in zwei Jahren nicht gelungen war. Im nächsten Moment rauschte der Orgasmus über mich hinweg wie ein Orkan. Alles drehte sich und meine Muskeln zogen sich um seinen Finger zusammen, bis ich völlig außer Atem war. Als ich mich beruhigt hatte, kam Charles unter meinem Shirt hervor, ein selbstgefälliges Grinsen auf dem Gesicht.

„Und? Habe ich dir zu viel versprochen?"

„Gott. Nein. Das war unglaublich. Ich habe noch nie …"

Erstaunt sah er mich an. „Du wurdest noch nie oral befriedigt?", fragte er fassungslos.

„Na ja. Schon. Mein erster Freund in der Highschool hat es versucht, aber das war nichts im Vergleich zu dem hier. Seitdem hat es keiner mehr gemacht."

Jetzt wirkte Charles wirklich geschockt. „Shit. Was stimmt nicht mit diesem Alan?"

„Er steht halt nicht darauf", verteidigte ich ihn. „Man muss nicht alles mögen."

„Das stimmt. Aber ich wette, dass er durchaus darauf steht, wenn du ihm einen bläst, oder?"

Ich errötete. „Spielt das eine Rolle? Wieso reden wir jetzt eigentlich über ihn?"

Versöhnlich sah Charles mich an und nickte. „Du hast recht. Das spielt keine Rolle. Bist du denn beim Sex schon mal gekommen?"

Ich biss mir auf die Unterlippe und das war Charles offenbar Antwort genug.

„Vergiss die Frage. Ich formuliere es um. Ich würde unglaublich gerne mit dir schlafen. Nicht unbedingt jetzt, aber bald. In dir zu sein ... Gott. Allein die Vorstellung macht mich unglaublich hart."

Es gefiel mir, dass er zuerst darüber redete, statt es einfach zu machen und die Vorstellung, ihn in mir zu spüren, machte mich an. Erneut dachte ich an Alan, aber dann erinnerte ich mich daran, wie sehr er mich verletzt hatte und sofort verschwand der Gedanke wieder. Alan konnte mich mal. Ich war immerhin nicht sein Eigentum.

„Warum eigentlich nicht jetzt", sagte ich daher mit belegter Stimme und kam mir extrem verrucht vor. „Ich möchte dich auch in mir spüren."

Charles nickte ernst, beugte sich wieder über mich und küsste mich. Doch bevor er es schaffte, mir das Shirt über den Kopf zu ziehen, ertönte plötzlich eine Kinderstimme aus dem Flur.

„Bin da! Wer noch?"

Erschrocken sah ich mich um, als ein circa achtjähriges, braunhaariges Mädchen mit vielen bunten Bän-

dern im Haar ins Wohnzimmer gerannt kam und erstarrte, als sie mich unter Charles auf dem Sofa liegen
sah. Oh, Mist. Wer um Himmels willen war das denn?

Kapitel 42

Charles

Fuck. Das war so nicht geplant gewesen.

„Hoppla. Hallo, Janie", sagte ich und zog verlegen Jessicas Shirt herunter, sodass sie vollständig bedeckt war. „Wo kommst du denn her?"

„Wo ich herkomme? Heute ist doch Samstag und morgen ist der große Tag."

Oh, Shit. Das hatte ich vollkommen vergessen. Dabei hatte ich mir sogar schon ein paar Dinge vorgenommen, die ich heute mit ihr machen wollte.

„Wer bist du denn?", fragte sie in Jessicas Richtung. „Und was ist mit deinem Auge passiert?"

„Ich … ähm …", sagte Jessica und wirkte ziemlich verlegen.

„Das ist Jessica", erklärte ich und griff nach meinem Shirt, um mich anzuziehen. „Sie …"

„Huhu", flötete zu allem Unglück in diesem Moment auch noch Ingrid und kam ebenfalls ins Wohnzimmer.

„Oh, mein Gott", rief Jessica aus und sprang auf. „Es … es tut mir so leid", sagte sie. „Ich hatte ja keine Ahnung, dass Charles Frau und Kind hat. Wenn ich das gewusst hätte, dann hätte ich nie ..."

Sie verstummte. Ganz offenbar, weil ihr die Ironie der Situation bewusst wurde. Denn wenn man es genau nahm, dann hätte sie sehr wohl mit einem verheirateten Mann geschlafen und tat es sogar immer wieder. Ihr Lover war Familienvater und betrog seine Frau mit ihr nach Strich und Faden. Aber ich wollte Jessica nicht weiter in Verlegenheit bringen und lachte daher leise auf.

„Keine Sorge, Jessica. Das ist nicht meine Frau, sondern meine Stiefmutter und die liebe Jane hier ist meine wundervolle kleine Schwester."

Erstaunt sah Jessica Ingrid an. Es war kein Wunder, dass sie vermutet hatte, Ingrid wäre meine Frau. Sie war mit ihren zweiundvierzig nur zehn Jahre älter als ich und hatte sich sehr gut gehalten.

„Das stimmt", sagte meine Stiefmutter. „Ich war mit Charles' Vater verheiratet. Aber was ist denn mit Ihnen passiert? Hat Charles etwa ..."

Geschockt sah sie zu mir und ich hob die Augenbrauen, weil ich nicht fassen konnte, dass sie mir das zutraute. Zum Glück schüttelte Jessica vehement den Kopf.

„Nein. Charles hatte nichts damit zu tun. Im Gegenteil. Ich wurde gestern von einem Mann angegriffen und Charles hat mich gerettet."

„Puh. Da bin ich aber froh", sagte Ingrid. „Sind Sie seine ... Freundin?"

„Nein. Ich ... bin seine Imageberaterin."

„Ach so." Ihr Gesicht hellte sich auf. „Ja, klar. Sie müssen der Grund sein, warum mein Stiefsohn seit neuestem nicht mehr aussieht wie der Grinch."

Jessica errötete erneut und schüttelte dann Ingrids Hand.

„Ja. Das ist wahrscheinlich mein Verdienst. Nett, Sie kennenzulernen."

„Sie haben auf jeden Fall einen wunderbaren Job gemacht und wenn ich die Situation richtig interpretiere, dann ist das wohl mehr als nur eine geschäftliche Beziehung."

Jessica schüttelte den Kopf. „Nein, nein. Rein geschäftlich. Das hier... haben Sie falsch interpretiert."

„Was heißt interpretiert?", fragte meine Schwester.

„Das bedeutet, dass man etwas auf eine bestimmte Art und Weise versteht", sagte Ingrid. Sie betrachtete Jessica und mich eingehend und ich konnte mir ein Schmunzeln nicht verkneifen. Es war ewig her, dass meine Stiefmutter mich mit einer Frau erwischt hatte und ganz offensichtlich zog sie ihre eigenen Schlüsse daraus. Sollte sie nur. Wen interessierte das schon?

„Ich sollte gehen", sagte Jessica. „Ich muss mich dringend umziehen."

„Das heißt, Sie haben hier übernachtet?", fragte Ingrid neugierig.

„Sehr subtil, Ingrid", sagte ich.

„Ich... Nein... Können wir das vielleicht wann anders besprechen, wenn keine Kinder anwesend sind?"

„Warum denn", fragte Jane.

„Ja genau. Warum denn?", fragte auch Ingrid. Diese Situation war einfach zu skurril. Meine Stiefmutter und meine Schwester waren sich ganz offensichtlich einig. Sie wollten Jessica unbedingt in Verlegenheit bringen und das wiederum tat mir leid.

„Du musst nicht gehen“, sagte ich. „Du kannst auch gerne noch mit uns frühstücken. Danach wollte ich dann mit Janie in den Park.“

Jessica schüttelte vehement den Kopf. „Auf gar keinen Fall. Ich muss unbedingt nach Hause und außerdem muss ich Lydia Bescheid sagen, dass es mir gut geht.“

„Wie schade“, rief Jane aus. „Kommst du denn morgen zu meinem Geburtstag?“

„Ich, ähm, weiß es nicht“, sagte Jessica fast schon panisch. „Ich überlege es mir.“

Sie angelte nach ihrer Handtasche und wollte gehen, aber ich folgte ihr, so schnell ich konnte.

Im Flur vor meiner Wohnung schaffte ich es, sie abzufangen.

„Ist alles in Ordnung?“, fragte ich. „Du musst wirklich nicht gehen.“

Es überraschte mich selber, aber ich wollte tatsächlich, dass sie blieb und hoffte sehr, dass sie zusagte. Ich mochte Jessica mit jedem Tag etwas mehr und das war ein Gefühl, das ich seit meiner Beziehung mit Stephanie nicht mehr gehabt hatte.

„Es ist alles okay“, versicherte sie mir. „Ich ... muss nur dringend nach Hause. Ich muss mir über ein paar Dinge klar werden und ...“

„Begleitest du mich morgen zu Janes Geburtstagsparty?“

Das überrumpelte sie offenbar, denn ihre Augen weiteten sich. „Ich ... glaube nicht, dass das so eine gute Idee ist.“

„Warum nicht? Immerhin hat Jane dich eingeladen.“

„Aber das ist eine Familienfeier."

„Stimmt. Aber meine Familie hast du ohnehin schon kennengelernt und mit dem Rest der Gäste wirst du auch zurechtkommen. Du sagtest doch, du willst mehr von mir wissen. Tja. Das wäre die ideale Gelegenheit."

Ich wusste selbst nicht genau, warum ich sie so gerne dabei haben wollte, aber ich fürchtete, dass das, was gerade zwischen uns begann, wieder verschwinden würde, wenn ich mich nicht beeilte.

„Also. Kommst du mit?", fragte ich.

„Ja ... Nein ... Ich weiß es nicht. Ich ..."

Ich ließ sie nicht aussprechen, sondern trat einen Schritt vor und küsste sie. Im ersten Moment versteifte Jessica sich, aber dann wurde sie wie Wachs in meinen Händen und schmiegte sich an mich. Sie fühlte sich unglaublich gut an und am liebsten hätte ich sie einfach wieder zurück in meine Wohnung gezogen, nur leider warteten dort meine Schwester und meine Stiefmutter auf mich. Das konnte ich also vergessen.

Als ich schließlich von Jessica abließ, waren ihre Wangen gerötet und sie sah einfach nur wunderschön aus.

„Gib mir später einfach Bescheid", raunte ich und sah, wie sie errötete. Dann gab ich ihr einen letzten Kuss auf den Mund und zwang mich, mich abzuwenden, bevor ich sie doch noch zurück in meine Wohnung zerrte.

Schnell ging ich hinein und machte die Tür hinter mir zu, worauf ich sofort von Jane bestürmt wurde. Sie hatte Ingrid offenbar wieder einmal dazu gebracht, ihr ganz viele Zöpfe zu flechten, denn ihr Kopf sah mit all den Zopfbändern ganz bunt aus.

„War das deine neue Freundin? Hast du endlich jemanden gefunden? Wirst du sie heiraten?"

„Hey, hey, hey. Immer langsam, klar?", sagte ich. „Vom Heiraten hat hier niemand gesprochen. Bisher ist sie bloß eine Frau, die ich gerne besser kennenlernen möchte und alles weitere geht dich nichts an, kleine Schwester."

„Aber ..."

„Nichts aber. Und jetzt lass es gut sein, okay?"

„Ganz genau", bestätigte Ingrid. „Am besten gehst du mal kurz ins Wohnzimmer und schaust deine Lieblingsserie, während Charles und ich noch einen Kaffee trinken, ja?"

„Muss das sein? Ich will viel lieber zuhören", quengelte Jane.

„Nein. Das ist ein Gespräch unter Erwachsenen."

Am liebsten hätte ich widersprochen, aber ich wusste, dass Ingrid ohnehin nicht lockerlassen würde. Es war nur gut, dass sie nicht viel Zeit hatte, weil sie noch ein paar Dinge für Janes Geburtstag erledigen musste. Sobald meine Schwester im Wohnzimmer war, schloss Ingrid die Küchentür und sah mich eindringlich an.

„Also gut", sagte sie. „Erzähl. Und wehe du lässt auch nur die kleinste Kleinigkeit aus."

Ich seufzte tief und setzte Kaffee auf. Um dieses Gespräch würde ich ohnehin nicht herumkommen.

Kapitel 43

Jessica

Als ich zu Hause ankam, war ich fix und fertig. Ich steckte meinen Schlüssel ins Schloss, machte die Tür auf und wäre fast in Ohnmacht gefallen, als ich von drinnen regelrecht angesprungen wurde.

„Was fällt dir ein, nicht an dein Handy zu gehen?", fragte Lydia und schüttelte mich, bis ich einen erschrockenen Schrei ausstieß.

„Oh, mein Gott!", rief ich. „Lydia! Willst du mich umbringen?"

„Dasselbe könnte ich dich fragen. Ich versuche seit Stunden herauszufinden, wo Mister Unperfekt wohnt, aber bisher ohne Erfolg. Warum hast du dich nicht gemeldet?"

„Es tut mir leid", sagte ich und drängelte mich an ihr vorbei. Ich bereute bereits, ihr meinen Wohnungsschlüssel gegeben zu haben. „Ich habe lange geschlafen und dann war mein Handy leer."

„Oh, Mann. Und ich dachte schon, Mister Anderson hätte dich in irgendeinem Wald verscharrt. Ich war kurz davor, die Polizei zu rufen."

Das brachte mich nun doch zum Schmunzeln. „Und was hättest du denen gesagt? Dass deine Freundin mit einem Kerl verschwunden ist und sich nicht mehr meldet? Die hätten dir doch einen Vogel gezeigt."

„Na. Du bist ja auch nicht mit irgendeinem Kerl weggegangen, sondern mit DEM Kerl. Mit Mister Unperfekt, der alles andere als normal ist."

„Ja, klar. Das hätte die Polizei bestimmt überzeugt."

Ich ging ins Wohnzimmer und setzte mich mit Lydia aufs Sofa. Eigentlich hätte ich mich gerne umgezogen, aber das musste offenbar warten.

„Nun vergiss mal die Polizei. Wie geht es dir? Was ist gestern Abend noch passiert und wie fühlst du dich? Du siehst ganz schön scheiße aus, wenn ich das so sagen darf."

Ich sah zu Boden. „So fühle ich mich auch. Aber ich muss dich enttäuschen. Gestern Abend ist gar nichts mehr passiert. Ich bin auf dem Sofa eingeschlafen und Charles hat mich in sein Bett getragen."

„Wirklich? Er hat dich getragen? Wie im Märchen auf Händen? Oder hat er dich wie einen Sack Kartoffeln über die Schulter geworfen? Das würde eher zu ihm passen."

Ich zog eine Grimasse. „Ich habe keine Ahnung, wie er es gemacht hat. Ich bin auf jeden Fall nicht dabei aufgewacht. Also war er wohl vorsichtig."

„Und dann? Hat er sich nackig neben dich gelegt, sodass du dich nachts an ihn schmiegen konntest?"

Ich schlug ihr empört gegen den Arm.

„Lydia! Nun hör schon auf. Nein. Das hat er nicht. Er hat im Sessel geschlafen. Ich glaube nicht, dass er mich auch nur angerührt hat. Oder sich, falls du das denken solltest. Er war der perfekte Gentleman."

„Pah. Wer's glaubt. Und wie war es heute Morgen? Ist da irgendwas Spannendes passiert?"

Ich lief knallrot an.

„Nein", behauptete ich. „Gar nichts."

„Als ob. Du bist rot wie eine Tomate. Da ist wohl etwas passiert und ich will sofort wissen, was. Also spuck es aus, bevor ich es aus dir herauskitzle."

Ich seufzte. „Also gut. Wir haben uns geküsst. Schon wieder, um genau zu sein. Das haben wir nämlich gestern Abend schon einmal auf der Tanzfläche getan."

„Ihr habt was?? Und das erzählst du mir erst jetzt? Gott. Was bist du nur für eine schreckliche Freundin? Das hättest du sofort sagen müssen. Himmel. Warum habe ich das nicht gesehen? Das ärgert mich. Wie konntest du das so viele Stunden für dich behalten?"

Ich verdrehte die Augen. „Wann hätte ich dir das denn bitte schön erzählen sollen? Vor oder nachdem ich von einem Verrückten angegriffen wurde und eine Aussage bei der Polizei machen musste?"

„Auch wieder wahr. Da war vermutlich nicht viel Zeit, was? Apropos. Geht es dir gut? Dein Auge sieht grauenvoll aus."

„Danke. Das sind genau die aufbauenden Worte, die man sich von seiner besten Freundin erhofft."

„Tut mir leid. Ich bin nur ehrlich. Du siehst wirklich schlimm aus und es ist gut, dass du ihn angezeigt hast. Aber jetzt zurück zu Mister Unperfekt." Sie grinste. „Du hast ihn wirklich geküsst? Oder hat er dich geküsst und du konntest nicht schnell genug weglaufen?"

„Oh, Gott. Um genau zu sein, habe ich ihn geküsst und es war gut. Richtig gut." Ich hielt mir die Hände vors Gesicht, weil ich mich gar nicht traute, Lydia anzusehen. „Aber was heute Morgen passiert ist, war noch viel schlimmer."

Lydias Augen wurden groß. „Ihr habt es getrieben!", rief sie aus. „Wie die Karnickel. Ich wusste es!"

„Gott, nein. Zumindest nicht so richtig. Er ... er hat mich ..."

Ich brach ab, weil ich nicht wusste, wie ich es ausdrücken sollte.

„Er hat dich geleckt?", fragte Lydia hilfreich wie eh und je und ich nickte.

„Ja. Ich weiß auch nicht, was da in mich gefahren ist."

„Seine Zunge, wie es aussieht. Die Frage ist nur, ob es dir gefallen hat." Sie hob vielsagend die Augenbrauen.

„Lydia!", rief ich aus und musste dann doch lachen. „Also gut. Ja. Es hat mir gefallen. Sehr sogar. Sonst würde ich mir bestimmt keine Wiederholung wünschen. Aber das geht doch nicht. Wegen Alan."

Lydia winkte ab. „Ach. Nun vergiss doch mal diesen Clown. Alan passt sowieso nicht zu dir und bei ihm hast du noch nie gesagt, der Sex wäre richtig gut gewesen. So was hätte ich Mister Unperfekt zwar nicht zugetraut, aber wie es aussieht, ist er immer wieder für eine Überraschung gut."

„Das ist er tatsächlich", schwärmte ich. „Er ist ... ganz anders, als ich dachte. Gestern hat er noch nicht einmal in meiner Gegenwart geraucht, was ich sehr rücksichtsvoll finde. Um genau zu sein, kann ich es kaum erwarten, ihn wiederzusehen.“

„Das glaube ich dir. Aber was heißt das jetzt? Ist das zwischen euch was Ernstes? Willst du mit Alan Schluss machen? Oder willst du ihn nur eifersüchtig machen?“

„Ich ... weiß es nicht genau. Charles hat mich für morgen zu der Geburtstagsfeier seiner kleinen Schwester eingeladen, aber ich weiß nicht, ob ich hingehen soll. Immerhin bin ich mit Alan zusammen. Ich habe ihm geschrieben, dass wir heute telefonieren, aber eigentlich habe ich dazu gar keine Lust.“

„Charles hat dich zu einer Familienfeier eingeladen? Wow. Das klingt verdammt ernst.“

„Also, eigentlich hat seine Schwester mich selbst eingeladen. Aber ja. Ich denke auch, dass es zu früh ist. Ich weiß immerhin noch gar nicht, was das mit Charles und mir ist.“

In diesem Moment klingelte es an der Tür und ich runzelte die Stirn.

„Erwartest du jemanden?“, fragte Lydia enttäuscht. Ganz offenbar wollte sie dringend noch weiter mit mir tratschen.

„Eigentlich nicht“, sagte ich. „Aber vielleicht ist es Alan, um sich zu entschuldigen.“

Mein Herz klopfte schneller bei dem Gedanken, allerdings nicht aus Vorfreude, sondern weil ich nicht wusste, was ich ihm sagen sollte. Immerhin hatte ich ihn ganz klar betrogen, selbst wenn Charles und ich bisher keinen richtigen Sex gehabt hatten.

Ich öffnete die Tür und staunte, als ein Bote mit einem Blumenstrauß davor stand.

„Jessica Carter?“, fragte er.

„Ja?“

„Den soll ich für Sie abliefern. Hier ist eine Karte. Schönen Sonntag noch.“

Ich nahm die Karte entgegen und ging mit dem Strauß ins Wohnzimmer zurück.

„Lass mich raten“, sagte Lydia. „Anstatt selber zu kommen, hat Alan dir Blumen geschickt. Was steht drin? ‚Tut mir leid, dass ich so ein Arschloch war, aber ich kann meine Frau trotzdem nicht verlassen?‘“

Ich zuckte mit den Schultern, legte die Blumen achtlos auf den Esstisch und machte die Karte auf.

Meine Liebste.
Verzeih mir meine Sprachnachrichten von gestern. Du bist das Beste in meinem Leben und ich will dich keinesfalls verlieren. A.

„Er unterschreibt noch nicht einmal mit seinem Namen“, sagte ich enttäuscht und reichte Lydia die Karte.

Sie las den Text und schüttelte missbilligend den Kopf. „Ich verstehe einfach nicht, was du an diesem Kerl findest. Der spielt doch bloß mit dir.“

Den Eindruck hatte ich inzwischen auch. Wenn er mich nicht brauchen konnte, stieß er mich weg und wenn er mich haben wollte, dann kam er wieder bei mir an. Da war mir Charles’ Ehrlichkeit tausend Mal lieber.

„Du hast recht“, sagte ich. „Das Problem ist nur, dass ich mich in diesen Mann verliebt habe und das lässt sich nicht so einfach vergessen.“

„Wirklich nicht? Nicht mal, als du mit Mister Unperfekt herumgemacht hast?“

„Nenn ihn nicht immer so. Und doch ... als ich Charles geküsst habe, habe ich tatsächlich nicht an Alan gedacht. Da ... hatte ich anderes im Kopf.“

Lydia lachte fröhlich. „So gefällst du mir. Dann schlage ich vor, dass du ganz dringend was mit Charles Anderson anfangen solltest. Ich mag den Mann zwar nicht, doch er tut dir offenbar gut. Du musst ihn ja nicht gleich heiraten, aber für etwas Ablenkung wäre er ideal.“

Die Vorstellung, eine Affäre mit Charles zu beginnen, war gar nicht mehr so abwegig und sorgte dafür, dass ich wieder feucht wurde. Was er mit seiner Zunge da unten gemacht hatte ... Himmel. Das wollte ich unbedingt noch einmal erleben.

„Weißt du was?“, fragte ich, nahm den Blumenstrauß und warf ihn in den Müll. „Ich werde Alan ein Ultimatum stellen. Entweder steht er zu mir und dem, was wir haben, oder er kann das zwischen uns vergessen.“

Lydia verzog den Mund. „Eigentlich finde ich nicht, dass er eine letzte Chance verdient hat, aber gut. Das ist deine Entscheidung. Hauptsache, du lässt dich nicht mehr so ausnutzen.“

Ich nickte und schnappte mir das Handy. Dann rief ich Alan an.

„Hallo, Miss Carter“, sagte er, sobald er ranging. „Gut, dass Sie anrufen. Ich bin spontan mit meiner Familie an die Küste gefahren und komme erst in einer Woche zurück. Darüber wollte ich Sie ohnehin noch informieren.“

Ich schluckte, als ich seinen geschäftsmäßigen Tonfall hörte. Seine Frau war also wieder in der Nähe. Eigentlich hatte ich nicht vorgehabt, am Telefon mit Alan über unsere Beziehung zu reden, aber zu wissen, dass er mit Rachel zusammen war, erinnerte mich an das Foto, das Carmen mir geschickt hatte. Und das wiederum ließ eine Sicherung bei mir durchknallen.

„Hallo, Alan", erwiderte ich. „Da du Familienzeit hast, mache ich es kurz. Du kannst dir deine Blumen in den Hintern schieben. Es ist aus zwischen uns. Ich habe keine Lust, noch länger deine kleine Affäre zu sein und nie neben dir in der Öffentlichkeit zu stehen. Du musst dazu gar nichts sagen. Ich wollte dich nur darüber informieren, dass es vorbei ist. Du brauchst dich nur noch bei mir zu melden, wenn es um geschäftliche Dinge geht oder wenn du bereit bist, das zwischen uns öffentlich zu machen. Andernfalls will ich nichts mehr von dir hören. Schönen Tag noch."

Mit diesen Worten legte ich auf und scherte mich nicht darum, dass ich Alan vermutlich gerade den Tag ruiniert hatte.

„Wow!", sagte Lydia und sah mich bewundernd an. „Das war toll! Das hätte ich dir gar nicht zugetraut."

Ich ließ mich auf die Couch fallen und schloss die Augen.

„Oh, Gott. Ich mir auch nicht. Arrgh. Was habe ich nur getan? Vermutlich wirft Alan mich jetzt hochkant raus."

„Wenn er das tut, ist er sogar noch ein größeres Arschloch als Mister Anderson und es ist gut, dass du ihn verlässt. Du bist ohnehin zu schade für diesen Job."

Das hatte sie mir schon häufig gesagt, aber bisher hatte ich es nicht geglaubt. Doch inzwischen fragte ich mich, ob sie vielleicht recht hatte. Möglicherweise verkaufte ich mich unter Wert und vielleicht sollte ich daran etwas ändern.

In diesem Moment ging eine Nachricht von Charles ein. Er hatte mir ein Foto von sich und seiner Schwester geschickt, auf dem die beiden in die Kamera lächelten und die Freiheitsstatue im Hintergrund zu sehen war. In Bezug auf Jane schien es ihm nicht schwerzufallen, seine grimmige Miene abzulegen. Es war so offensichtlich, dass er sie liebte, dass mir durch den Anblick das Herz anschwoll.

Hallo, Jessica. Ich will dich nicht drängen, aber Janie bettelt die ganze Zeit, dass ich dich nochmal fragen soll, ob du morgen zu ihrem Geburtstag kommst. Also ... hast du dich schon entschieden?

Ich zeigte Lydia die Nachricht und sie konnte ein „Awwwww" nicht unterdrücken. „Wie süß ist das denn? Klar gehst du hin. Jetzt erst recht, oder?"

„Ich weiß nicht. Vielleicht sollte ich erstmal meine Gefühle sortieren und ..."

„Blödsinn. Geh hin, hab Spaß und lerne Mister Unperfekt mal ganz privat kennen. Vielleicht hilft dir das bei deiner Entscheidung."

Da mochte sie sogar recht haben.

„Also gut", sagte ich daher und tippte.

Ich komme gern. Sag mir nur, wann ich wo sein muss.

Wundervoll. Ich hole dich um zwei Uhr bei dir zu Hause ab und freue mich jetzt schon darauf, dich zu sehen.

Ich mich auch

antwortete ich und biss mir auf die Unterlippe.

„Das ist mein Mädchen", sagte Lydia stolz. „Ich freue mich so für dich. Und vergiss bloß nicht, mir abends alles zu erzählen."

„Kein Problem. Aber du musst mir helfen, das blaue Auge zu überschminken. Und ein Geschenk für Jane auszusuchen. Ich habe keine Ahnung, was Mädchen in dem Alter mögen."

Lydia lachte. „Gar kein Problem. Das bekommen wir hin. Auf geht's. Wir gehen jetzt einkaufen."

Kapitel 44

Charles

Als ich am nächsten Tag mit meinem Dodge vor Jessicas Wohnhaus ankam, wartete sie bereits an der Straße auf mich. Sie trug heute ein sommerliches Kleid mit bunten Blumen. Es war nicht ansatzweise so aalglatt wie die Dinge, die sie sonst so trug und ich fragte mich, ob es zu den Klamotten gehörte, die sie vor ihrem Coaching schon besessen hatte.

So oder so sah sie wunderhübsch aus. Ihr blaues Auge war unter der Schminke nur noch zu erahnen und sie hatte ihr langes dunkles Haar zu einem lockeren Zopf geflochten, aus dem ein paar Strähnen lose herausschauten. Sie trug hohe Sandalen und hatte eine weiße Handtasche dabei. Außerdem hatte sie eine bunte Schachtel unter dem Arm.

Sobald sie sich zu mir ins Auto gesetzt hatte, beugte ich mich zu ihr hinüber und küsste sie zur Begrüßung. Eigentlich sollte es nur ein kurzer Kuss werden, aber sobald ich ihre Lippen schmeckte, konnte ich gar nicht mehr aufhören. Meine Zunge teilte ihre Lippen und sie stöhnte auf, als ich damit in ihren Mund vordrang.

Sie schmeckte unglaublich süß und ich war froh, dass ich auf dem Weg hierher ein Kaugummi gekaut hatte, um den Geschmack der letzten Zigarette loszuwerden. Ich hatte zwar nicht aufgehört, aber mein Bedürfnis zu rauchen war innerhalb der letzten Tage deutlich geringer geworden.

Am liebsten hätte ich Jessica auf meinen Schoß gezogen, aber in dem Moment hupte jemand hinter uns, weil wir mitten im Halteverbot standen.

Grimmig sah ich mich nach dem Kerl um und wäre am liebsten ausgestiegen, um ihm die Meinung zu sagen. Doch Jessica legte mir eine Hand auf den Arm und lächelte mich an.

„Lass es gut sein", bat sie mich. „Wir müssen ohnehin los. Jane wartet sicher schon."

Ich brummte und legte dann den Gang ein, um loszufahren. Sie hatte recht. Für solche Dinge war später immer noch Zeit.

„Wie war der Tag gestern mit deiner Schwester?", fragte Jessica, sobald ich losgefahren war.

„Gut", antwortete ich. „Wir sind mit dem Schiff nach Liberty Island gefahren und waren auf der Freiheitsstatue. Danach haben wir auf dem Sportplatz ein paar Körbe geworfen und sie hat mich dabei gnadenlos geschlagen."

Jessica hob überrascht die Augenbrauen. „Ach ja? Sie ist gut in Basketball? Ich bin darin grottenschlecht."

Ich drehte mich zu ihr und lächelte schwach. „Ich auch. Deswegen hat sie mich ja so oft geschlagen."

„Hm. Mach dir nichts draus. Seit gestern weiß ich immerhin, dass du andere Talente hast.“

Sie zwinkerte und überraschte mich damit, dass sie auf unser Intermezzo auf dem Sofa anspielte, freute mich aber gleichzeitig darüber, dass es ihr offenbar gefallen hatte.

„Hm. Wie es aussieht, habe ich mit diesen Talenten einen bleibenden Eindruck hinterlassen“, sagte ich und sah wieder auf die Straße, um keinen Unfall zu bauen.

Jessica räusperte sich. „Ist es weit bis zu deiner Stiefmutter?“, fragte sie, um das Thema zu wechseln.

Ich schüttelte den Kopf. „Nein. Sie wohnt in Greenwich Village.“

„Oh, wow. Das ist ein tolles Viertel. Und du bist sicher, dass sie nichts dagegen hat, wenn ich mitkomme?“

„Unsinn. Sie freut sich riesig, dich näher kennenzulernen. Aber sprich sie bitte nicht auf meinen Vater an. Das ist kein gutes Thema für einen Geburtstag.“

„Natürlich. Ich werde kein Wort über ihn sagen“, versprach Jessica und tat so, als würde sie ihren Mund verschließen. „Es muss schrecklich sein, ein Elternteil zu verlieren.“

„Das stimmt. Mein Vater hat zwar darauf bestanden, dass ich das College abschließe, aber danach hat er mich bei meiner Karriere voll unterstützt. Wann immer es ihm möglich war, ist er zu meinen Turnieren gekommen und war sogar mit mir bei den Olympischen Spielen in Rio de Janeiro. Er war so stolz auf mich, als ich die Silbermedaille bekommen habe und hat mich darin bestärkt, dass es beim nächsten Mal mit Gold klappen würde.“ Meine Stimme brach. „Ich ... bin nur froh, dass er nicht mehr mitbekommen hat, dass ich es nie geschafft habe, meinen größten Traum zu erfüllen."

Mitfühlend legte Jessica mir eine Hand auf den Arm. „Ich bin mir sicher, er wäre trotzdem stolz auf dich gewesen. Du hast so viel erreicht und du wirst auch diesen Chefposten bekommen. Davon bin ich überzeugt."

Ich räusperte mich und sah auf die Straße. „Was ist eigentlich mit deinen Eltern?", fragte er. „Leben die auch in New York?"

Jessica winkte ab. „Nein. Meine Eltern sind geschieden, seit ich zwölf bin. Damals ist mein Vater nach Queens gezogen und meine Mutter lebt in Princeton. Ich habe zu keinem von beiden ein gutes Verhältnis und wir telefonieren nur selten. Sie waren beide enttäuscht von mir, als ich angefangen habe, für Alan zu arbeiten. Ihrer Meinung nach hätte ich mich mehr auf meine Karriere konzentrieren sollen und weniger auf meine Außenwirkung. Äußerlichkeiten haben die beiden nie interessiert. Nur Leistung zählte, und von der konnte ich nie genug erbringen. Ich weiß noch, dass ich bei jeder guten Note zu hören bekam ‚Hätte besser sein können', sobald mir ein paar Punkte fehlten. Vermutlich kommt daher mein Drang zur Perfektion in allen Bereichen."

„Wichtig ist vor allem, was du selbst willst", sagte ich. „Wenn du gerne als Imageberaterin arbeitest, dann ist es egal, was deine Eltern darüber denken. Als ich damals angefangen habe professionell zu boxen, haben alle mich belächelt. Vor allem natürlich mein Cousin Henry. Immerhin habe ich dadurch mein Studium schleifen lassen und er fand es lächerlich, dass das Boxen mir wichtiger war, als das große Geld in der Familienfirma zu machen. Aber ich habe mich nie beirren lassen. Ich wollte zu den Olympischen Spielen und das habe ich auch geschafft. Als ich damals mit der Silbermedaille ankam, hat keiner mehr gelacht. Nicht einmal Henry."

Dieses Gefühl, es allen gezeigt zu haben, war unglaublich gewesen. So etwas wünschte ich mir für Jessica auch. Sie blickte aus dem Fenster und wirkte nachdenklich.

„Du hast recht", gab sie zu. „Mein Traum war es immer, ein eigenes Buch zu veröffentlichen, aber seit deiner Absage glaube ich nicht mehr, dass mir das irgendwann gelingen wird."

Sofort bekam ich ein schlechtes Gewissen. Ich legte eine Hand auf Jessicas Arm und drückte ihn. „Hey. Es war mit Sicherheit nicht richtig, auf welche Art und Weise ich dir damals eine Absage erteilt habe, aber prinzipiell bleibe ich bei meiner Meinung. Eine Biographie sollte am besten von der Person geschrieben werden, um die es geht. Du hast versucht, Alans Perfektion zu betonen, aber im Grunde genommen sind es doch die Schwächen, die uns menschlich machen. Und es sind auch unsere Schwächen, die uns interessant machen. Du schreibst gut. Sehr gut sogar. Aber du musst etwas finden, wofür du brennst, damit auch das Buch gut wird."

Jessica nickte und sah mich an. „Das werde ich", versprach sie. „Ich weiß zwar noch nicht genau, was es sein wird, aber das werde ich. Irgendwann."

Kapitel 45

Jessica

Als wir das Haus von Charles' Stiefmutter erreichten, stellte ich fest, dass die Häuser denen in meiner eigenen Wohngegend ziemlich ähnlich waren. Auch hier führte eine kleine Treppe zur Haustür hoch und an der Fassade befand sich eine Feuertreppe. Doch durch die kleinen Straßen erinnerte das Flair der Gegend hier mehr an ein Dorf, als es in Brooklyn der Fall war.

„Das ist ja eine hübsche Gegend", sagte ich. „Wohnt deine Stiefmutter schon lange hier?"

Charles nickte. „Ja. Sie hat damals schon mit meinem Vater hier gelebt. Die beiden sind hergezogen, nachdem ich ausgezogen bin. Jane war eigentlich nie geplant, aber sie war das größte Glück meines Vaters und auch Ingrid ist ganz vernarrt in sie. Für die beiden ist das Haus perfekt."

Ich stieg aus, nahm mein Geschenk vom Rücksitz und wartete, bis Charles sein eigenes herausgeholt hatte. Seine Schachtel war um einiges größer als meine, aber darauf kam es ja nicht an. Immerhin war die Einladung sehr spontan erfolgt.

„Was schenkst du deiner Schwester?“, wollte ich wissen.

„Lass dich überraschen“, sagte Charles mit einem Lächeln. „Es wird Janie bestimmt gefallen.“

Wir gingen zu der Haustür und klingelten. Drinnen hörte man bereits Kindergeschrei und im nächsten Moment öffnete Ingrid uns die Tür.

„Oh, mein Gott. Du bist wirklich gekommen“, rief sie und fiel mir um den Hals. „Du siehst toll aus, Liebes.“

„Hmpf“, machte Charles grimmig. „Über mich freut sie sich nie so.“

Ich erwiderte die Umarmung und drückte Ingrid an mich. Ich hatte mir immer eine Mutter gewünscht, die mich herzlich in den Arm nahm und mir zeigte, dass ich ihr wichtig war. Meine eigene hatte das leider nie getan und auch wenn Ingrid zu jung war, um meine Mutter zu sein, genoss ich ihre Herzlichkeit sehr.

„Sei doch nicht so ein mieser Brummbär“, sagte Ingrid und umarmte ihren Stiefsohn ebenfalls. „Dich sehe ich regelmäßig, aber dass du mal eine Frau zu einer Familienfeier mitbringen würdest, hatte ich schon gar nicht mehr zu hoffen gewagt.“

Ich errötete und machte einen Schritt in den Flur hinein.

„Wo ist denn das Geburtstagskind?“, fragte ich.

„Ach. Die ist mit ihren Freundinnen im Garten. Am besten kommt ihr erst mal mit in die Küche. Dort steht auch der Geschenketisch.“

Wir folgten Ingrid und tatsächlich: Auf dem großen Küchentisch standen bereits unzählige Geschenke in allen Formen und Größen. Ganz offensichtlich wurde dieses Kind sehr geliebt oder sehr verwöhnt. Vermutlich beides.

„Stell es einfach dazu“, sagte Ingrid. „Was wollt ihr trinken?“

Ich stellte mein Geschenk ab und bat um einen Cappuccino.

Ingrid nickte nur. „Ach, weißt du was?“, sagte sie zu ihrem Stiefsohn. „Am besten machst du einfach die Getränke und ich zeige Jessica solange das Haus.“

Charles verdrehte die Augen. „Du willst doch bloß die Gelegenheit nutzen, um Jessica auszufragen.“

Ingrid zuckte mit den Schultern. „Kann schon sein. Aber du kennst dich hier hervorragend aus. Also kannst du genauso gut den Kaffee für euch beide machen.“

Bevor ich dazu etwas sagen konnte, hatte Ingrid bereits meine Hand ergriffen und führte mich die Treppe hinauf. Das Haus war nicht besonders groß, aber sehr geschmackvoll eingerichtet. An den Wänden hingen viele Fotos von Ingrid, Jane und einem Mann, der so aussah wie eine ältere Version von Charles. Es juckte mich in den Fingern, nach den Bildern zu fragen, aber ich hatte Charles versprochen, das Thema nicht anzuschneiden.

„Also. Das hier oben ist Janes Zimmer“, erklärte Ingrid. „Daneben ist mein Schlafzimmer und gegenüber das Bad. Aber was ich dir eigentlich zeigen wollte, ist der süße kleine Balkon, der vom Büro ausgeht.“

Sie ging in das dritte Zimmer, in dem ein großer Schreibtisch und mehrere Regale standen. Dann öffnete sie eine Tür, die zum Garten hinaus zeigte und ich staunte über den schönen Ausblick. Der Garten war ebenfalls klein, aber das schien die Kinder nicht zu stören. Sie hüpften fröhlich auf einem Trampolin herum und ich erkannte, dass Jane heute ein wunderschönes blaues Kleid trug. Sie sah aus wie ein kleiner Engel.

„Ist es nicht hübsch?", fragte Ingrid. „Ich sitze bei gutem Wetter gerne hier und schaue über die Dächer hinweg. Es ist mein kleiner Rückzugsort."

„Ach, wirklich? Es ist nett, dass du ihn mir zeigst."

„Gar kein Problem. Setz dich doch kurz zu mir."

Ich setzte mich auf einen der Stühle, als mein Handy in meiner Handtasche vibrierte. Ich zog es heraus und sah, dass es Alan war. Sofort schlug mein Herz schneller, weil ich nicht mit ihm reden wollte. Den Tag heute wollte ich mir nicht verderben lassen. Entschlossen drückte ich Alan weg. Doch bevor ich das Smartphone wieder einstecken konnte, bekam ich eine Nachricht.

Ich muss dich sehen, Jessica. Wir müssen nochmal reden. Das bist du mir schuldig!

Ich runzelte die Stirn. Im Grunde genommen hatte er recht. Ich hatte ihm keine Gelegenheit gegeben, sich zu äußern und das war nicht fair. Vor allem, da er nicht nur mein Geliebter, sondern zusätzlich mein Boss war. Sehen wollte ich ihn allerdings nicht.

Wir können telefonieren, tippte ich. *Heute Abend um neun.*

Ich schickte die Nachricht ab und schaltete dann mein Handy aus. Neugierig sah Ingrid mich an.

„Alles in Ordnung?“, fragte sie.

„Ja, sicher. Das war nur mein Boss. Aber das kann warten.“

„Will er, dass du Überstunden machst?“

Ich lächelte gequält. „Könnte man so sagen.“

Ich sah die Fragezeichen in Ingrids Gesicht und war froh, als wir beide abgelenkt wurden, als wir sahen, wie unter uns Charles in den Garten trat und die Arme ausbreitete.

„Wo ist das Geburtstagskind?“, rief er so laut, dass er die Schreie der Kinder mühelos übertönte.

„Charles!“, rief Jane und hüpfte fröhlich vom Trampolin herunter genau in seine Arme. Er fing sie auf und drehte sie einmal im Kreis.

„Es ist so schön, die beiden zusammen zu sehen“, sagte Ingrid. „Charles versucht für Janie ein bisschen die Vaterrolle zu übernehmen, seitdem Andrew nicht mehr da ist.“

Sie klang traurig, als sie das sagte und ich wusste nicht, wie ich darauf reagieren sollte.

„Tut mir leid. Ich ... Charles sagte, ich solle das Thema besser nicht anschneiden, daher ...“

Sie winkte ab. „Ach. Er ist nur übervorsichtig. Er weiß, wie sehr ich immer noch darunter leide, dass Andrew nicht mehr da ist. Aber manchmal tut es ganz gut, darüber zu reden.“

„Er ... ist bei einer Massenpanik gestorben, nicht wahr?“, traute ich mich zu fragen.

Ingrid sah mich an. „Ja, genau. Es war schrecklich und ich habe immer noch manchmal Albträume von diesem Tag. Genau wie Jane. Wäre Charles nicht gewesen, hätten wir möglicherweise auch nicht überlebt.“

„Jane und du? Ihr wart auch dabei?“, fragte ich geschockt. Davon hatte ich nichts gewusst.

Ingrid nickte traurig. „Ja, leider. Sie war erst fünf damals. Andrew und ich sind mit Jane, Charles und seiner damaligen Freundin Stephanie zu dem Musikfestival im Central Park gegangen und als die Massenpanik ausbrach, hatte ich Jane gerade auf dem Arm. Ich bin mit ihr gestürzt und kam einfach nicht mehr hoch. Andrew hat versucht, mir zu helfen und ist dabei selber niedergetrampelt worden. Stephanie ist in Panik geraten und kopflos davongerannt. Charles hätte ebenfalls abhauen können. Die meisten Menschen hätten das in dieser Situation getan, aber er nicht. Er kam zurück, hat mich und Jane wieder auf die Beine gestellt und uns beide über eine Absperrung gehoben, wo wir in Sicherheit waren. Dann ist er zurück ins Gedränge, um seinem Vater zu helfen. Dabei wurde er selbst von den Beinen geholt. Ich weiß, dass er alles versucht hat, aber die Menge war dermaßen in Panik, dass jeder nur noch auf sich selbst geachtet hat.“

Ingrid liefen ein paar Tränen über die Wangen. „Tut mir leid. Es ... es tut immer noch weh. Dank Charles haben Janie und ich nur ein paar Kratzer abbekommen, aber er selbst musste ins Krankenhaus und lag wochenlang im Koma, und Andrew ...“

Sie brach ab und schluchzte. Spontan stand ich auf und nahm sie in den Arm.

Sie wischte sich die Tränen weg und erwiderte meine Umarmung. „Tut mir leid. Vermutlich hatte Charles recht. An Janies Geburtstag sollten wir nicht über so traurige Dinge reden.“

„Für mich ist das kein Problem. Ich habe immer ein offenes Ohr“, versprach ich. „Wenn ich etwas für dich tun kann, dann ...“

„Nein, nein. Schon gut. Ich sollte mich mehr zusammenreißen. Immerhin ist es schon drei Jahre her.“

„So etwas hört nie auf, wehzutun“, widersprach ich. „Aber langsam beginne ich zu verstehen, warum Charles die ganze Welt hasst.“

Ingrid nickte. „Ja. Was uns alle am meisten geschockt hat, war Stephanies Reaktion. Sie hat nicht einmal versucht, uns zu helfen und als Charles im Koma lag, ist sie nur einmal zu Besuch gekommen. Sie konnte seinen Anblick nicht ertragen. Wäre es andersherum gewesen, dann hätte er Tag und Nacht an ihrer Seite gesessen. Die Welt wäre ein besserer Ort, wenn alle so selbstlos wären wie er. Aber leider gibt es von seiner Sorte nicht viele.“

Ich sah wieder in den Garten, wo Charles gerade mit seiner Schwester und den anderen Kindern Fangen spielte. Fangen! Das hätte ich ihm nie im Leben zugetraut.

Ingrid hatte recht. Von Charles’ Sorte gab es nicht viele und das machte ihn zu etwas ganz Besonderem.

Kapitel 46

Charles

Die Feier von Jane lief hervorragend. Jessica kam überall gut an und verstand sich ganz offensichtlich mit Ingrid. Mein Cousin Henry war zum Glück noch im Urlaub, aber dafür war mein Großvater gekommen.

„Es ist eine Freude zu sehen, wie die kleine Jane wächst und gedeiht", sagte er zu mir. „Sie ist so ein hübsches Kind."

„Das ist sie", stimmte ich ihm zu. „Schade, dass Dad heute nicht bei uns sein kann. Er hat Janie vergöttert."

Mein Großvater klopfte mir auf die Schulter. „Er ist bei uns", versicherte er mir. „Ich bin mir ganz sicher, dass er von oben herabschaut und auf die kleine Janie aufpasst."

Diese Vorstellung gefiel mir, obwohl ich nicht sonderlich religiös war und wieder einmal fragte ich mich, was meine leibliche Mutter gerade machte und ob sie es nicht zumindest ein bisschen bereute, einfach abgehauen zu sein.

„Es ist schön, dass deine Imageberaterin heute mitgekommen ist. Ich hätte ja nicht gedacht, dass sie so viel berufliches Engagement zeigen würde.“

Ich schnaubte amüsiert. „Tja. Da siehst du mal. Jessica ist halt eine besonders fleißige Frau.“

Mein Großvater runzelte die Stirn. „Du verschaukelst mich doch, oder? Ist da was zwischen euch?“

Ich zuckte mit den Schultern. „Ein Gentleman genießt und schweigt.“

Mein Großvater lachte laut. „Ha! Du und Gentleman? Das wüsste ich aber. So oder so freut es mich für dich. Diese Jessica ist eine tolle Frau. An der solltest du festhalten.“

Genau das war mein Plan. Doch bevor ich noch etwas dazu sagen konnte, trat Ingrid vor und rief laut nach den Kindern.

„Kinder! Jetzt ist es Zeit zum Kuchenessen. Außerdem muss Jane ihre Geschenke aufmachen.“

„Jaaaa!“, riefen die Mädchen und kamen angerannt. „Kuchen!“

In Windeseile versammelten sich alle an dem großen Tisch. Mein Großvater bekam einen Sitzplatz, aber die anderen Erwachsenen mussten stehen. Jessica gesellte sich zu mir und ich legte ihr einen Arm um die Hüfte.

„Na? Amüsierst du dich gut?“, fragte ich leise in ihr Ohr.

„Ja. Sehr. Deine Stiefmutter ist toll.“

„Ich weiß. Sie ist die Beste.“

Ich wollte noch mehr sagen, aber da begann Jane bereits, ihre Geschenke auszupacken und zog damit alle Aufmerksamkeit auf sich. Sie bekam pinke Bettwäsche, hübsche neue Kleider, Buntstifte und jede Menge Spielzeug.

Schließlich war Jessicas Geschenk an der Reihe und ich fühlte, wie sie sich neben mir anspannte. Bestimmt fragte sie sich, ob es Jane gefallen würde.

Diese riss die Packung auf und strahlte. „Neue Haarbänder", rief sie begeistert und hob die knallbunten Haarreifen und Haarbänder nach oben. „Und Nagellack. Danke, Jessica. Hilfst du mir damit? Deiner ist so schön."

„Sehr gerne. Aber nicht heute", sagte Jessica. „Das müssen wir irgendwann anders machen."

Jane nickte eifrig und griff nach meinem Geschenk, das eins der größten war.

Sie öffnete es und ihre Augen begannen zu leuchten. „Ein Elsa-Schloss von Lego", rief sie. „Wie wunderschöööööön. Danke, Charles. Vielen, vielen Dank!"

Sie sprang auf und umarmte mich fest. Ich drückte sie an mich und atmete ihren sauberen Kindergeruch ein. Sie zu halten gehörte zu den schönsten Dingen in meinem Leben und ihr Lächeln verzauberte mich. Sie war zwar nicht meine Tochter, sondern meine Schwester, aber seitdem unser Vater nicht mehr da war, fühlte es sich fast so an.

„Sehr gerne", sagte ich. „Für dich alles, meine Prinzessin."

Ich gab ihr einen Kuss auf die Wange und ließ sie dann wieder los, damit sie zurück zu ihren Freundinnen laufen konnte, die gemeinschaftlich beschlossen, dass sie das Schloss sofort aufbauen wollten.

Als ich zu Jessica sah, hatte sie Tränen in den Augen und wirkte absolut hingerissen. „Euch zusammen zu

sehen ist unglaublich schön", sagte sie leise. „Ich hätte
nie gedacht, dass du so sein kannst."

Ich lächelte sanft. „Es gibt vieles, was du noch nicht
über mich weißt. Aber jetzt sollten wir uns dringend
ein Stück Kuchen sichern, bevor alles davon weg ist."

Kapitel 47

Jessica

Der Abschied von Ingrid und Jane war herzlich und selbst Charles' Großvater nahm mich in den Arm.

„Sie sind ein wundervoller Mensch, Jessica", sagte er. „Danke für alles, was Sie für meinen Enkel getan haben. Ich habe ein wirklich gutes Gefühl bei der Sache."

Er drückte mir einen Kuss auf die Wange und ich lächelte ihn an, bevor ich mich von Charles zum Auto führen ließ.

„Es würde mich nicht wundern, wenn mein Großvater auch noch ein Coaching bei dir machen will", sagte Charles amüsiert, sobald wir im Auto saßen. „Ingrid und Jane haben dich sowieso schon adoptiert."

Ich lachte. „Ich habe nichts dagegen. Deine Familie ist klasse."

Charles schmunzelte und fuhr los. Es war schön zu sehen, wie viel gelöster er im Umgang mit den Menschen war, die er liebte. Als er anfangs gesagt hatte, dass er nicht alle Menschen hasste, hatte er mit diesen Ausnahmen ganz eindeutig seine Familie gemeint. Die vergötterte er regelrecht und das machte ihn mir gleich viel sympathischer.

Der Rückweg war viel zu schnell vorbei und ich war fast schon traurig, als Charles einen Parkplatz direkt vor meinem Wohnhaus fand und es daher keinen Grund gab, länger herumzufahren.

Es juckte mich in den Fingern, Charles zu berühren, aber ich konnte ihn unmöglich mit nach oben nehmen. Immerhin hatte ich Alan gesagt, wir würden heute noch telefonieren. Inzwischen ärgerte es mich richtig, dass ich ihm das geschrieben hatte, aber er hatte recht. Das war ich ihm und unserer Beziehung schuldig.

„Ich bringe dich noch zur Tür", sagte Charles, stieg aus und öffnete mir wie ein vollendeter Gentleman die Autotür.

Erstaunt sah ich ihn an, weil ich ihm nicht zugetraut hätte, solche Manieren an den Tag zu legen.

Ich nahm die Hand an, die er mir entgegenstreckte und er zog mich hoch. Plötzlich war ich ihm viel zu nah. Ich roch sein frisches Aftershave und seine schiere Größe und Männlichkeit überwältigten mich fast. Der kurze Bart stand ihm unglaublich gut und seine blauen Augen funkelten.

„Ich hatte einen wirklich schönen Tag", sagte Charles mit belegter Stimme. „Danke, dass du mitgekommen bist."

Ich schluckte. „Kein Problem", erwiderte ich. „Danke für die Einladung."

„Ja. Das hat meine kleine Schwester gut hinbekommen."

Er legte mir eine Hand an die Hüfte, um mich zur Haustür zu begleiten. Dort angekommen suchte ich in meiner Handtasche nach meinem Schlüssel, aber ich war so nervös, dass ich ihn nicht sofort fand.

„Ich erinnere mich daran, dass in einem Film mal gesagt wurde, dass eine Frau, die mit ihren Schlüsseln herum spielt, gerne einen Abschiedskuss haben möchte", sagte Charles mit verführerischer Stimme.

Ich sah zu ihm auf und fühlte, wie meine Wangen feuerrot wurden. „War das ein Dokumentarfilm?", fragte ich.

Er schüttelte den Kopf. „Nein. Ich glaube das war ‚Hitch – Der Date Doktor'."

Ich lachte. „Ich hätte nie im Leben erwartet, dass du solche Filme überhaupt kennst."

„Ich war auch mal jung", stellte er klar. „Und meine Exfreundin hatte ein Faible für Schnulzen. Aber nicht ablenken, Jessica. Was ist nun mit diesen Schlüsseln? Findest du sie wirklich nicht oder ist das eine Art Code?"

Ich schmunzelte und hielt die Schlüssel hoch. „Gefunden. Und trotzdem stehe ich noch hier. Was könnte das wohl bedeuten?"

Charles lächelte. Es war ein echtes von Herzen kommendes Lächeln, das mir die Knie weich werden ließ. Ich hatte ja gewusst, dass ich ihn irgendwann dazu bringen würde, ehrlich zu lächeln und ein herzhaftes Lachen würde ich ihm auch noch entlocken. Doch bevor ich ihm das unter die Nase reiben konnte, hatte er sich schon zu mir heruntergebeugt und küsste mich.

Obwohl es nicht unser erster Kuss war, fühlte es sich fast so an. Es war viel liebevoller als unsere letzten

Küsse. Charles schien jede Berührung unserer Lippen zu genießen und als seine Hand sich in meinem Haar vergrub, entwich meinem Mund ein Stöhnen. Wie konnte es sein, dass es sich so gut anfühlte, ihn zu küssen?

Ich klammerte mich an ihm fest, um nicht zu stolpern und küsste ihn voller Inbrunst zurück. Alles in mir schrie danach, ihn nach oben zu bitten und auf das Telefonat mit Alan zu verzichten. Aber war das richtig? Sollte ich nicht erst mal einen Schlussstrich ziehen, bevor ich etwas Neues anfing? Hinzu kam, dass Alan nicht nur mein Geliebter war, sondern außerdem mein Boss.

Charles ließ von mir ab und legte seine Stirn an meine. „Du bist nicht bei der Sache", stellte er fest. „Machst du dir Gedanken wegen Alan?"

„Ja", gab ich zu. „Ich weiß, das sollte ich nicht. Zumindest nicht, während ich mit dir zusammen bin. Es fühlt sich falsch an."

„Schon gut. Wir haben Zeit. Ich hatte ohnehin nicht vor, heute mit dir nach oben zu gehen. Ich will das mit dir richtig machen. Und das bedeutet: Kein Sex beim ersten Date."

Ich lachte. „Also erstens war unser erstes Date meiner Meinung nach vorgestern und zweitens waren wir gestern schon ziemlich nah an Sex dran. Wenn Jane und Ingrid nicht gekommen wären ..."

„Also gut. Du hast recht. Aber gerade weil wir es gestern ein bisschen überstürzt haben, sollten wir heute vernünftiger sein."

„Und was ist mit morgen?"

Er schmunzelte. „Wir werden sehen."

Er küsste mich noch einmal und dieses Mal kamen mir keine ungebetenen Gedanken dazwischen, sondern ich konnte mich voll und ganz auf Charles einlassen. Am liebsten hätte ich ihn noch stundenlang weiter geküsst, aber nach ein paar Minuten löste er sich von mir und lächelte mich an. „Ich kann es kaum erwarten, dich morgen wiederzusehen.“

„Geht mir genauso. Danke für dein Verständnis, Charles. Das weiß ich sehr zu schätzen.“

Charles nickte und ging dann zu seinem Wagen. Er stieg ein, winkte mir noch einmal zu und war im nächsten Moment verschwunden. Ich sah ihm verträumt hinterher, als plötzlich jemand aus einer dunklen Seitengasse trat.

„Ist das dein Ernst?“, fragte Alan aufgebracht. „Du hast etwas mit Charles Anderson?“

Ich schrak so sehr zusammen, dass mein Herz mir fast aus der Brust gehüpft wäre.

„Alan!“, rief ich überrascht. „Wo kommst du denn plötzlich her? Ich dachte, du wärst mit deiner Familie an der Küste.“

„Das war ich auch. Zumindest so lange, bis mich gestern dein Anruf ereilt hat. Hast du etwa gedacht, dass ich das einfach so stehen lasse? Denkst du wirklich, dass du mir so wenig bedeutest? Andersrum scheint es ja so zu sein.“

Wut erfasste mich und ich tippe ihm mit dem Zeigefinger auf die Brust. „Das sagt gerade der Richtige. Seit zwei Jahren schon hältst du mich hin. Du sagst mir jedes Mal, dass zwischen dir und deiner Frau nichts mehr läuft, aber dann sehe ich Fotos von dir, wie du sie liebevoll in aller Öffentlichkeit küsst. Was soll das? Seid ihr nun ein echtes Ehepaar oder nicht?"

„Das sind wir nicht!", beharrte Alan. „Der Kuss war nur für die Kameras. In der Öffentlichkeit soll niemand wissen, dass wir Eheprobleme haben. Aber ich dachte, dass du mir mehr vertrauen würdest."

Ich bekam ein schlechtes Gewissen, aber der Tag mit Charles hatte mir gezeigt, wie es mit einem Mann sein sollte. Es war so schön gewesen, mich an Charles' Seite nicht verstecken zu müssen. Er hatte gar nicht versucht, das zwischen uns klein zu reden. Und das war ein unheimlich gutes Gefühl gewesen.

„Ich habe dir vertraut", sagte ich. „Zwei Jahre lang habe ich darauf vertraut, dass du irgendwann mit deiner Frau Schluss machen würdest. Aber das ist bisher nicht geschehen und ich glaube inzwischen auch nicht mehr, dass das noch passieren wird."

Alan verschränkte die Arme vor der Brust. „Ich habe dir von Anfang an gesagt, dass ich mich nicht unter Druck setzen lasse. Ich habe dich in Bezug auf Rachel nie belogen."

Das stimmte, aber es hatte sich trotzdem etwas geändert. Ich wollte inzwischen mehr und dieses Mehr konnte ich von Charles bekommen. Von Alan hingegen nicht.

„Du bist umsonst hergekommen", sagte ich. „Ich habe dir schon am Telefon erklärt, dass es aus ist zwischen uns. Entweder bist du bereit, unsere Beziehung öffentlich zu machen, oder du kannst dir ein anderes Betthäschen suchen."

„Das glaube ich dir nicht", erwiderte Alan. „Du brauchst nur wieder eine Erinnerung daran, was uns beide verbindet. Deswegen bin ich persönlich hergekommen, denn es gibt Dinge, die man nicht übers Telefon klären kann."

Er trat näher an mich heran und mich umfing sofort der Duft seines teuren Parfüms. Früher hatte ich es gemocht, aber im Vergleich zu Charles' unaufdringlichem Geruch war es viel zu penetrant.

Ich machte einen Schritt zurück und schüttelte den Kopf. „Nein", sagte ich. „Ich will das nicht."

„Nur ein Kuss", bat Alan mich. „Dann gehe ich wieder. Zumindest, wenn du das dann noch willst."

Ich zögerte. Meine Gefühle waren vollkommen durcheinander und ich wusste nicht, was ich denken sollte. Auf der einen Seite hatte ich das Gefühl, es Alan schuldig zu sein, der Sache zwischen uns noch eine Chance zu geben, aber mit Charles zusammen zu sein, fühlte sich so viel besser an.

„Okay. Nur ein Kuss", sagte ich. „Und dann gehst du."

Alan nickte und trat auf mich zu. Er strich mir sanft mit der Hand über die Wange und beugte sich dann zu mir herunter, um mich zu küssen. Seine Lippen waren viel schmaler als die von Charles, sie fühlten sich gleichzeitig vertraut und doch wiederum fremd an. Ich presste die Lippen aufeinander, weil ich so durcheinander war, öffnete aber schließlich doch meinen Mund, als seine Zunge darüber strich. Ich hatte es immer genossen, Alan zu küssen. Aber jetzt brachte es mich vollkommen aus dem Konzept. Der Geschmack, der Geruch und alles andere waren irgendwie falsch. Ich ließ zu, dass Alan mich an sich zog, aber als er seine Hand unter mein Kleid schieben wollte, hielt ich ihn zurück.

„Stopp", sagte ich. „Das reicht. Du hattest deinen Kuss und das war es auch für heute."

Ich drehte mich um und steckte meinen Schlüssel ins Schloss.

„Ist das dein Ernst?", fragte Alan. „Du verlässt mich? Deinen Chef? Für jemanden wie Charles Anderson? Dir ist schon klar, was das bedeutet, oder?"

Ich sah mich zu ihm um. „Nein. Was bedeutet das denn?", fragte ich aufgebracht. „Jemand wie du, würde doch eine Frau nicht rauswerfen, nur weil sie die Beine nicht für ihn breitmacht, oder?"

Alan räusperte sich. „Nein. Natürlich nicht. Aber ich denke nicht, dass ich deine Karriere in diesem Fall noch weiter unterstützen kann. Da du mit dem ersten Klienten, den ich dir zugeteilt habe, ins Bett gegangen bist, denke ich, dass es besser ist, wenn du in Zukunft nur noch für den Papierkram zuständig bist. Den direkten Kundenkontakt kann Carmen übernehmen."

„Was?", fragte ich. „Ist das dein Ernst?"

„Wie gesagt. Du hast dich unprofessionell verhalten, also ist das die Konsequenz."

Ich schüttelte den Kopf. „Weißt du was?", sagte ich. „Vergiss es. Ich kündige."

Mit diesen Worten ging ich in den Flur und ließ die Tür laut hinter mir wieder zuknallen. Auf Alans Klopfen und Rufen reagierte ich nicht mehr. Möglicherweise hatte ich gerade die dümmste Entscheidung meines Lebens getroffen, aber das spielte keine Rolle. Ich ging nach oben in meine Wohnung, zog mein Handy hervor und tippte einen Text an Charles.

Ich habe soeben gekündigt. Ich hoffe, dass du mich trotzdem als Imageberaterin behältst.

Es dauerte keine zwei Minuten, bevor er antwortete.

Auf jeden Fall. Ich bin unglaublich stolz auf dich, Jessica. Geht es dir denn gut?

Ja. Ich fühle mich erleichtert und befreit. Ich denke, dass es genau die richtige Entscheidung gewesen ist.

Dann ist gut. Ich kann es kaum erwarten, dich morgen im Büro zu sehen.

Ich auch nicht. Ich freue mich schon auf dich.

Ich drückte mir das Handy an die Brust und stellte fest, dass meine Worte der Wahrheit entsprachen. Es ging mir gut und obwohl ich keinen Job mehr hatte, freute ich mich auf das, was die Zukunft mir bringen würde.

Kapitel 48

Charles

Als ich am nächsten Tag ins Büro kam, war ich allerbester Laune. Ich freute mich riesig darauf, Jessica wiederzusehen und grüßte jeden, der mir über den Weg lief.

„Guten Morgen, Elizabeth", sagte ich. „Wie geht es Ihrer Katze?"

Erstaunt sah sie mich an und begann zu stottern. „Äh. Super …", sagte sie. „Danke der Nachfrage."

„Sehr schön. Und Sie, Diane? Wie läuft es mit dem Baby?"

Auch Diane starrte mich völlig perplex an. „Gut, gut", stammelte sie. „Der Kleine schläft zwar nicht lange am Stück, aber er ist ein absoluter Sonnenschein."

Ich nickte verständnisvoll. „Das freut mich zu hören. Das mit dem Schlafen wird sicher noch."

Ich wandte mich der nächsten Mitarbeiterin zu. „Tiffany. Sie sehen toll aus, heute. Die neue Frisur steht Ihnen super."

Sie errötete und griff sich an die Haare, die sie heute zur Abwechslung geglättet hatte. „Danke, Mister Anderson", sagte sie schüchtern. „Das ist wirklich nett von Ihnen."

„Keine Ursache. Ich habe von der Sache mit Ihrem Bruder gehört. Können Sie mir sagen, was genau ihm passiert ist?"

Tiffany zögerte und ich fürchtete schon, dass das Thema zu privat sei, aber dann antwortete sie mir doch.

„Er ... hatte einen Autounfall. Der andere Fahrer war betrunken und ist frontal mit meinem Bruder zusammengestoßen. Er hatte keine Chance mehr, auszuweichen."

„Das tut mir sehr leid zu hören. Und seither liegt er im Koma?"

„Ja. Leider. Er hat eine schlimme Kopfverletzung erlitten. Die Ärzte sagen, dass man nichts mehr tun kann, aber daran will ich nicht glauben. Es geschehen doch immer wieder Wunder, nicht wahr?"

Ich nickte nachdenklich. „Ich kenne einen guten Arzt, der auf Hirnverletzungen spezialisiert ist. Wenn Sie wollen, dann rede ich mal mit ihm. Vielleicht kann er sich den Fall Ihres Bruders mal ansehen."

„Das würden Sie tun?", fragte Tiffany mit großen Augen. „Das wäre toll. Danke. Vielen Dank."

„Ich kann natürlich nichts versprechen", relativierte ich meine Aussage schnell. Immerhin wusste ich nicht, ob mein behandelnder Arzt sich der Sache überhaupt annehmen würde. Er hatte mich nach der Massenpanik operiert und war lange für mich zuständig gewesen. Zu meinem Glück war er ein großer Fan vom Boxen und möglicherweise konnte ich über ihn etwas erreichen.

„Das ist nicht schlimm", sagte Tiffany. „Im Moment tun die Ärzte immerhin auch nichts. Ich freue mich einfach, dass Sie es anbieten. Das ist nicht selbstverständlich, sondern richtig nett. Vielen Dank."

„Keine Ursache. Wenn ich sonst noch was für Sie tun kann, sagen Sie einfach Bescheid."

Mit diesen Worten verabschiedete ich mich und spürte, wie die Frauen mir irritiert hinterher sahen, als ich pfeifend in Richtung Büro ging, um mich an die Arbeit zu machen. Komischerweise störten mich heute nicht einmal die Vögel, die draußen zwitscherten. Ich öffnete die Fenster, um frische Luft hereinzulassen und setzte mich an den Schreibtisch.

Keine zehn Minuten später klopfte jemand an die Tür und streckte auf mein „Ja, bitte" den Kopf herein.

Es war Matilda, die mich skeptisch von oben bis unten musterte.

„Guten Morgen, Matilda", sagte ich. „Stimmt etwas nicht?"

Sie trat ein und blieb vor meinem Schreibtisch stehen.

„Die anderen Mitarbeiter haben mich gebeten, mal nach Ihnen zu sehen, weil Sie sich eigenartig verhalten", erklärte sie. „Dem kann ich nur zustimmen. Irgendetwas stimmt mit Ihrem Gesicht nicht. Es sieht so anders aus als sonst."

Ich schnaubte amüsiert. „Das muss an der neuen Frisur und dem kürzeren Bart liegen. Ist doch kein Wunder, dass ich da anders aussehe."

„Nein. Das ist es nicht. Ich ... Oh, mein Gott! Ja. Das ist es. Sie lächeln."

„Was?" Beinahe erschrocken fasste ich mir ins Gesicht.

„Ja, wirklich. Sie haben gerade vor sich hin gelächelt. Ich glaube, das habe ich seit Jahren nicht mehr bei Ihnen gesehen. Was ist passiert? Hat Ihr Großvater eine vorzeitige Entscheidung getroffen? Sind Sie jetzt offiziell der neue Chef? Oder haben Sie im Lotto gewonnen? Andere Gründe für Ihre gute Laune kann ich mir nur schwer vorstellen."

Schnell flüchtete ich mich zurück in meine gleichgültige Miene, aber meine gute Laune wollte nicht so schnell verfliegen.

„Kümmern Sie sich um Ihren eigenen Kram", brummte ich und unterdrückte ein Schmunzeln.

„Also ... irgendetwas ist anders", sagte Matilda. „Ich werde schon noch herausfinden, warum Sie so fröhlich sind und dann werde ich alles versuchen, damit das auch so bleibt."

Mit einem breiten Grinsen verließ sie mein Büro und ich sah ihr kopfschüttelnd hinterher. Normalerweise hätte es mich geärgert, dass Matilda versuchte, sich in Dinge einzumischen, die sie nichts angingen, aber bei dem Gedanken, dass Jessica jeden Moment hier sein könnte, wurde das absolut nebensächlich. Ich konnte einfach nicht anders. Ich freute mich riesig darauf, sie wiederzusehen und hoffte, dass es ihr genauso ging.

Kapitel 49

Ich war nervös, als ich den Verlag betrat. Alan hatte noch mehrfach versucht, mich anzurufen und mir einige Nachrichten geschickt. Er versprach, dass er seine Worte nicht ernst gemeint hatte und dass es keinen Grund für mich gäbe zu kündigen, aber ich blieb dabei. Ich hatte diesen Job nur seinetwegen angetreten und inzwischen war ich ihm sozusagen entwachsen. Und diese Erkenntnis hatte ich einzig und allein Charles zu verdanken.

Ich lief den Gang entlang zu Charles' Büro und bemerkte gleich, dass heute eine andere Stimmung herrschte als bisher. Die Mitarbeiter schienen fröhlicher zu sein und mein Lächeln wurde von jedem Einzelnen erwidert.

„Guten Morgen", sagte ich, als ich an Matilda vorbei kam. „Ist Charles in seinem Büro?"

Matilda klappte ein Buch zu, in dem sie gerade gelesen hatte und rückte ihre Lesebrille zurecht.

„Guten Morgen", sagte sie und schmunzelte. „Nennen Sie ihn also inzwischen beim Vornamen, ja?"

Ich errötete, aber da fuhr sie schon fort.

„Charles hat heute erstaunlich gute Laune und wenn ich mir Sie so ansehe, dann habe ich eine Ahnung, woran das liegen könnte. Sie strahlen ja regelrecht, Miss Carter. Genau wie er."

Ich schluckte. War es so offensichtlich, dass ich mich auf Charles freute? Und sollte mir das unangenehm sein? Aber warum eigentlich? Dafür gab es keinen Grund. Warum sollte ich meine Freude also verstecken?

Ich räusperte mich. „Vielleicht freut er sich darüber, dass unsere Imageberatung langsam anschlägt", mutmaßte ich. „Ich denke, wir haben am Wochenende große Fortschritte gemacht."

Matilda lachte. „Den Eindruck habe ich allerdings auch. Und das ist auch gut so. Immerhin ist es bis zu der Benefizveranstaltung nicht mehr lange hin."

Ich nickte. „Das stimmt. Dann sollte ich wohl dringend mal zu Mister Anderson gehen und weiter mit ihm arbeiten. Die Zeit drängt."

„Tun Sie das", sagte Matilda und zwinkerte mir zu. „Nehmen Sie sich alle Zeit der Welt. Heute sind keine Termine angesagt, die sich nicht verschieben lassen. "

Ich hatte keine Ahnung, warum sie mir das sagte, aber nickte trotzdem und ging dann weiter zu Charles' Büro. Ich klopfte an und hörte schon an seinem „Herein", dass Matilda recht hatte. Charles hatte gute Laune.

Als ich eintrat, sah er von seinen Unterlagen auf und ein ehrliches Lächeln erschien auf seinem Gesicht. Es war erstaunlich, wie viel attraktiver er dadurch wirkte und mein Herz machte bei dem Anblick einen Hüpfer. War ein Lächeln nicht viel wertvoller, wenn man sparsam damit umging? Alan strahlte jeden an, aber es wirkte nicht ansatzweise so herzerwärmend und ehrlich wie das Lächeln von Charles.

„Jessica“, sagte er. „Wie schön, dass du da bist. Wie geht es dir?“

Ich erwiderte sein Lächeln und schloss die Tür hinter mir.

„Gut“, sagte ich und kam mutig auf ihn zu. „Ich habe gut geschlafen, was ein Wunder ist, weil ich ständig an dich denken musste.“

Ich ging um den Schreibtisch herum und konnte dabei einen Blick auf das Bild werfen, das ihm während des Coachings ein Lächeln entlockt hatte. Es wunderte mich kein bisschen zu sehen, dass darauf Ingrid, Andrew und Jane abgebildet waren. Doch jetzt gerade hatte ich anderes im Sinn, als mit Charles über seine Familie zu reden.

Ich kam mir sehr verrucht vor, als ich mich einfach auf seinen Schoß setzte und ihm die Arme um die Schultern legte.

„Ach ja? An was genau musstest du denn denken?“

„Daran, was ich heute alles mit dir vorhabe.“

„Klingt gut. Welche Lektion ist denn heute dran, Miss Imageberaterin?“, fragte Charles mit seiner dunklen Stimme, die mir eine Gänsehaut verursachte.

Ich lächelte. „Nun. Soweit ich das sehe, haben wir das Wichtigste bereits geschafft. Die Frage ist nur, ob das wirklich an meinen Fähigkeiten als Imageberaterin liegt.“

Charles lachte verführerisch und streichelte meinen Arm entlang, was mir eine Gänsehaut bescherte. Meine Haut kribbelte überall da, wo er mich berührte und ich nahm wahr, dass es heute gar nicht nach Zigaretten roch. Charles hatte eine unglaubliche Verwandlung durchgemacht und alles in mir verzehrte sich nach ihm.

„Ich denke eher, dass es an deinen weiblichen Reizen liegt“, flüsterte Charles in mein Ohr. „Ich konnte gestern Abend im Bett auch an nichts anderes denken als an dich.“

Er küsste meinen Hals und ich warf den Kopf in den Nacken, um ihm besseren Zugang zu gewähren. Seine Lippen fühlten sich wunderbar an und die Tatsache, dass wir uns an einem öffentlichen Ort befanden, war gleichzeitig ungezogen und erregend.

„Wir sollten das nicht tun“, sagte ich halbherzig. „Die Tür ist nicht abgeschlossen und es könnte jederzeit jemand hereinkommen.“

„Ohne zu klopfen traut sich das niemand“, erwiderte Charles. „Aber wenn es dir lieber ist, können wir auch woanders hin gehen. Ich scheiße auf meine Termine heute.“

Wollte ich gehen? Oder aufhören? Komischerweise wollte ich keines von beidem. Die Möglichkeit, erwischt zu werden war mindestens so aufregend wie sonst die Gefahr, mit Alan zusammen aufzufliegen. Offenbar mochte ich diesen Nervenkitzel und es war das erste Mal, dass ich mir das eingestand.

„Nein“, sagte ich. „Ich will, dass wir hierbleiben. Ich habe nur Angst, dass ich zu laut sein könnte.“

Charles grinste. „Kein Problem. Die Tür ist ziemlich massiv und der Raum ist relativ schalldicht. Das ist auch gut so bei all den Wutanfällen, die ich hier drin schon hatte."

Er knabberte weiter an meinem Hals und ich fühlte, wie ich feucht wurde. Kurzerhand warf ich alle Bedenken über Bord, drängte mich näher an ihn und küsste ihn.

Eigentlich hatte ich erwartet, dass unser erstes Mal bei ihm oder bei mir zu Hause stattfinden würde, aber sein Schreibtisch wirkte plötzlich unglaublich einladend auf mich. Als hätte Charles das Gleiche gedacht, stand er auf und setzte mich darauf ab, während wir einander weiter küssten und uns gegenseitig erkundeten. Er riss meine Bluse auf, während ich an seiner Hose nestelte. Beim letzten Mal hatte er mich mit seiner Zunge zum Kommen gebracht, aber dieses Mal wollte ich seine Männlichkeit in mir spüren.

Ich zog seine Hose herunter und griff in seine Boxershorts, um ihn zu streicheln. Und was ich dort spürte, brachte mich einen Moment aus dem Konzept. Sein Glied war riesig. Ich hatte immer gedacht, dass die Größe keine Rolle spielte, aber jetzt gerade war ich mir da nicht mehr so sicher.

„Heilige Scheiße", sagte ich und fuhr mit der Hand seinen Schaft entlang.

„Alles nur für dich, Baby", raunte Charles und ich schluckte.

„Ist ... der nicht zu groß? Ich meine ..."

Charles grinste selbstzufrieden. „Keine Sorge. Das passt. Wichtig ist nur, wie erregt du bist und dafür kann ich sorgen."

Er küsste mich wieder und während seine Finger meinen BH öffneten, lösten sich meine Bedenken in Luft auf. Es spielte keine Rolle, dass sein Penis größer war als der aller anderen Männer, mit denen ich bisher zusammen gewesen war. Ich wollte ihn trotzdem. Jetzt vielleicht sogar mehr denn je. Ich wollte wissen, wie es sich anfühlte, ihn zu spüren. Doch Charles hatte es nicht eilig.

Er küsste sich einen Weg hinunter zu meinen Brüsten und umspielte eine Knospe nach der anderen mit seiner Zunge. Das Gefühl war unglaublich und schoss mir direkt zwischen die Beine. Ich grub meine Hände in sein kurzes Haar und keuchte auf, als er gleichzeitig eine Hand meinen Oberschenkel entlang wandern ließ.

„Entspann dich", forderte er. „Ich weiß genau, was du brauchst."

Den Eindruck hatte ich inzwischen auch, denn es dauerte nicht lange, bis ich vor Verlangen gar nicht mehr wusste, wo unten und wo oben war. Das war verrückt. Wir befanden uns in seinem Büro und trotzdem oder vielleicht sogar gerade deswegen, war ich unglaublich erregt. Ich schloss genießerisch die Augen, als er meinen Slip herunterzog, spreizte dann meine Beine und genoss es, als er mit zwei Fingern in mich glitt und im nächsten Moment meinen G-Punkt stimulierte. Ich unterdrückte einen Schrei und wurde von wohligen Schauern erfasst.

„Charles", stöhnte ich. „Ich ... brauche dich."

„Ich weiß, Baby", erwiderte er und griff in seine Hosentasche. „Ich bin jeden Moment bei dir."

Ich bekam nur am Rande mit, wie er ein Kondom überstülpte und dann spürte ich sein Gemächt an meiner Mitte. Er rieb sich an mir und beugte sich dann wieder vor, um mich zu küssen.

Es war ein unglaubliches Gefühl und ich verlor mich vollkommen darin, bis er seine Stirn an meine legte.

„Mach die Augen auf", verlangte er. „Ich will, dass du siehst, mit wem du hier zusammen bist. Es macht das Ganze so viel intensiver."

Ich gehorchte, öffnete die Augen und sah genau in seine. Er wollte mich so sehr wie ich ihn und seine Zurückhaltung sorgte dafür, dass ich regelrecht zerfloss.

„Jetzt?", fragte er und ich nickte heftig.

„Jetzt!", befahl ich und er glitt in mich.

Ich keuchte, als er mich plötzlich ausfüllte und klammerte mich am Tisch fest. Himmel. Er war wirklich groß, aber es fühlte sich unwahrscheinlich gut an. Ganz langsam drang er tiefer in mich ein, bis er vollständig in mir war.

„Geht es?", fragte er nach, obwohl eindeutig war, dass er kaum noch an sich halten konnte.

„Ja", sagte ich schnell. „Ja!"

„Gut."

Ein diabolisches Grinsen erschien auf Charles' Gesicht und dann begann er in mich zu stoßen. Zuerst langsam, aber dann immer schneller, bis der Schreibtisch sich knarzend über den Boden bewegte. Ein ganzer Stapel Papiere fiel zu Boden und verteilte sich im Raum, aber weder Charles noch mich interessierte das im Moment.

„Aaaaah", schrie ich und ermahnte mich selber dazu, ruhiger zu sein.

Der Raum war vielleicht nicht so hellhörig wie die Zimmer bei mir zu Hause, aber ich ging trotzdem davon aus, dass man uns im Flur hören konnte.

Ich biss mir auf die Unterlippe, klammerte mich noch mehr am Tisch fest und umschlang Charles' Hüften mit meinen Beinen.

„Gott. Du fühlst dich unglaublich an", stöhnte er. „Aber ich will, dass du mit mir kommst, Jessica. Du verdienst es, das zu erleben."

Er griff zwischen unsere Beine und begann so gekonnt meine Perle zu reiben, dass mir nun doch wieder ein Schrei entkam. Himmel. Das war einfach unglaublich. Er stieß in mich und stimulierte mich dabei so, dass mir Hören und Sehen verging. Nur am Rande bekam ich mit, wie auch der Locher und ein Tacker sich vom Schreibtisch verabschiedeten. Selbst die Schreibtischlampe hing halb auf dem Boden.

„Sieh mich an, Jessica", forderte Charles erneut, und das tat ich.

Ich sah zu ihm auf, während ich unweigerlich auf unseren ersten gemeinsamen Höhepunkt zusteuerte. Dann ließ ich die Kontrolle los, überließ Charles völlig die Führung und spürte die Explosion der Gefühle in mir. Es war unglaublich. Endorphine rauschten durch meinen Körper und mir wurde schwindelig vor Glück.

„Ja, ja, ja!", keuchte ich.

Meine Vagina zog sich immer wieder um Charles' Glied zusammen und das brachte auch ihn dazu, die Beherrschung zu verlieren.

„Fuck!", stöhnte er und ergoss sich in mir. Ich fühlte das Pulsieren und liebte jede Sekunde davon. Als Charles schließlich halb auf mir zum Liegen kam, war ich so erschöpft und glücklich wie noch niemals zuvor in meinem Leben.

„Wow", war das Einzige, was ich hervorbrachte.

Charles lachte leise. „Das kann man wohl sagen", erwiderte er und zog sich langsam aus mir zurück. Ich ließ ihn nur widerwillig gehen, wusste aber, dass er das Kondom entfernen musste.

Sobald er das getan hatte und seine Hose wieder zu war, zog er mich hoch und half mir, mich anzuziehen. Nachdem er mir die Bluse zugeknöpft hatte, warf er einen Blick auf sein verwüstetes Büro.

Verlegen kratzte er sich den Hinterkopf.

„Ich hoffe, ich habe dir nicht wehgetan", sagte er. „Offenbar habe ich mich von der Leidenschaft mitreißen lassen. Beim nächsten Mal lassen wir es langsamer angehen."

Ich schüttelte den Kopf. „Nein. Du hast mir nicht wehgetan. Im Gegenteil. Es war der absolute Wahnsinn."

Charles lächelte mich zufrieden an und küsste mich noch einmal zärtlich. Es war ein unglaublich schönes Gefühl und hätte vermutlich niemals geendet, wenn es in diesem Moment nicht heftig an der Tür geklopft hätte.

„Mister Anderson!", hörte man Matildas empörte Stimme. „Ich muss doch sehr bitten. Sie können nicht einfach so in das Büro eindringen und ..."

Die Tür schwang auf und im nächsten Moment stand Henry Anderson auch schon mitten im Büro.

Kapitel 50

Charles

Als mein Cousin plötzlich im Büro stand, hätte ich ihn am liebsten hochkant wieder rausgeworfen. Vor allem, da Jessica die Augen erschrocken geweitet hatte und ihr die ganze Situation offensichtlich peinlich war. Schützend stellte ich mich vor sie und schirmte sie vor den Blicken von Henry ab.

Der schien sich allerdings weniger für sie zu interessieren als für mich. Denn er ignorierte sowohl Matilda als auch die Unordnung im Büro und kam schnurstracks auf mich zu.

„Ich wollte es ja nicht glauben", sagte er. „Alle haben mir erzählt, wie sehr du dich verändert hättest. Nicht zu fassen. Da ist man mal eine Woche im Urlaub und schon steht die ganze Welt Kopf."

Er betrachtete mich von oben bis unten und verzog abfällig den Mund. „Eine neue Frisur und der gestutzte Bart machen noch lange keine besseren Menschen aus dir. Innerlich bist du immer noch genau derselbe Versager wie früher. Mir kannst du nichts vormachen,

Cousin. Du warst in der Schule schon schlechter als ich und deinen Collegeabschluss hast du auch nur mit Mühe und Not gemacht. Du kommst offenbar viel zu sehr nach deiner Mom."

Ich ballte die Hände zu Fäusten und hätte ihm am liebsten eine reingehauen für diesen Spruch. Aber Jessica legte mir eine Hand auf den Arm und beruhigte mich dadurch wieder. Ihr Haar war zerzaust und es war ziemlich eindeutig, was wir gerade getrieben hatten. Trotzdem stellte sie sich selbstbewusst neben mich und stärkte mir den Rücken.

„Charles hat in den letzten Wochen riesige Fortschritte gemacht", stellte sie klar. „Das geht weit über das Äußere hinaus."

Henry lachte. „Es ist ja klar, dass Sie das sagen müssen. Immerhin sind Sie seine Imageberaterin. Andererseits... Wie es aussieht, sind Sie inzwischen mehr als das. Glückwunsch, Cousin. Hast du es endlich mal wieder geschafft, eine Frau flachzulegen? Wurde ja auch Zeit."

Es wunderte mich, wie Jessica es schaffte, bei diesem Spruch ruhig zu bleiben. Es war ganz offensichtlich, dass Henry versuchte, mich zu provozieren. Er wollte, dass ich ihn anschrie oder ihm eine reinhaute. Das wurde mir jetzt bewusst und Jessica versuchte, genau das zu verhindern. Also beschloss ich, ihr zu helfen, indem ich mich in Gelassenheit übte. Ich setzte mich in meinen Stuhl und legte die Hände aneinander.

„Ich habe verstanden, was du vorhast, Henry", sagte ich so entspannt wie möglich. „Du möchtest beweisen, dass ich immer noch so aufbrausend bin wie zuvor.

Aber das wird dir nicht gelingen. Also. Kipp deine Beleidigungen über mir aus und dann verschwinde wieder."

Jessica sah mich genauso überrascht an wie Henry, aber mein Cousin fing sich schneller wieder. Er kam an den Tisch und baute sich vor mir auf.

„Wenn du wirklich glaubst, dass diese Imageberatung dir den Chefposten bei Anderson Publishing einbringen wird, dann irrst du dich. Unser Großvater wird mir den Posten übergeben. Es kann sein, dass du es schaffst, die Leute eine Weile an der Nase herum zu führen, aber tief in dir drin bist du immer noch derselbe Mann wie zuvor. Vielleicht hat diese Frau es geschafft, dich eine Zeitlang zu bändigen, aber das wird nicht von Dauer sein. Irgendwann wird ihr auffallen, was für ein mieses Arschloch du bist. Und spätestens dann fällst du automatisch wieder in deine alten Verhaltensweisen zurück."

Ich ließ seine Worte an mir abprallen und schaffte es sogar, ein herablassendes Lächeln zu Stande zu bringen.

„War es das?", fragte ich nach. „Oder hast du noch mehr zu sagen?"

„Ja, natürlich. Ich könnte noch stundenlang weiter reden. Es ist doch offensichtlich wie unprofessionell du bist. Vögelst irgendeine Schlampe in deinem Büro und …"

Ein Klatschen ertönte und ich war mindestens genauso überrascht wie Henry, als Jessica ihm eine saftige Ohrfeige verpasste.

„Genug ist genug", zischte sie. „Verschwinden Sie hier, oder ich werde überall herum erzählen, wie respektlos Sie von mir reden. Dann sind Sie nämlich das chauvinistische Arschloch."

Henry rieb sich über die Wange. Ganz offensichtlich hatte er nicht damit gerechnet, dass Jessica zuschlagen würde. Bei mir war er davon ausgegangen und hatte es regelrecht provoziert. Vermutlich hätte er sein blaues Auge dann stolz in der Firma herumgezeigt und jedem, der es hören wollte erzählt, dass ich ihn so zugerichtet hatte. Aber eine Frau? Eine Ohrfeige von einer Frau zu bekommen, war nichts, womit man Pluspunkte machen konnte. Im Gegenteil. Für gewöhnlich hatten Frauen gute Gründe, wenn sie einmal die Beherrschung verloren.

Henry wollte offenbar noch etwas sagen, doch Matilda legte ihm eine Hand auf den Arm und zog ihn mit sich.

„Lassen Sie es gut sein, Mister Anderson", sagte sie. „Machen Sie es nicht noch schlimmer. Sonst muss ich Ihrem Großvater erzählen, was heute passiert ist. Und das kann auch nicht in Ihrem Sinne sein."

Henrys Mund klappte auf und er machte ihn wieder zu. Dann verließ er das Büro.

„Ich gehe jetzt wieder an die Arbeit", sagte Matilda. „Am besten tun wir einfach so, als wäre das hier nicht passiert."

Sie deutete auf die Unordnung auf dem Boden. „Das hier sollten Sie allerdings wieder aufräumen", sagte sie. „Ach ja, und Jessica..."

„Ja", sagte Jessica.

Matilda zwinkert ihr zu. „Gut gemacht."

Mit diesen Worten verließ sie das Büro und im nächsten Moment war ich mit Jessica allein.

Sofort vergrub sie ihr Gesicht in den Händen und schüttelte den Kopf. „Oh, Gott. Was habe ich nur getan? Es ist etwas anderes, dass ich Nicolas geschlagen habe, als er handgreiflich geworden ist. Aber jemanden zu ohrfeigen, nur wegen einer Beleidigung... Das ist normalerweise gar nicht mein Stil."

Ich zuckte mit den Schultern. „Er hat es so gewollt", wiederholte ich. „Zugegeben. Eigentlich wollte er von mir geschlagen werden und nicht von dir, aber so herum war es mit Sicherheit besser."

„Bist du dir sicher?", fragte Jessica. „Ich komme mir mies vor."

Ich schüttelte den Kopf. „Wenn überhaupt, dann muss er sich mies vorkommen. Nicht du. Du hast nichts falsch gemacht."

Ich trat auf Jessica zu und schob ihr eine Strähne hinter das Ohr. Dann beugte ich mich zu ihr herunter und küsste sie zärtlich auf den Mund.

„Ich bin froh, dass du ihn geschlagen hast", stellte ich klar. „Denn ansonsten wäre mir nichts anderes übriggeblieben, als es selber zu tun. Wenn er mir gemeine Sachen an den Kopf wirft, dann ist das eine Sache. Aber ich werde niemals zulassen, dass er dich beleidigt."

Jessica lächelte mich an. „Danke", erwiderte sie. „Aber jetzt sollten wir dieses Chaos beseitigen und ich muss mich dringend frischmachen. Immerhin braucht ja nicht das ganze Büro wissen, was hier gerade vorgefallen ist. Oder meinst du, dass Henry es ohnehin allen erzählen wird?"

Ich schüttelte den Kopf, bückte mich und begann die Papiere aufzusammeln, die wir heruntergeworfen hatten. „So, wie das Ganze ausgegangen ist, gehe ich davon aus, dass er alles dafür tun wird, es unter den Tisch zu kehren. Und sobald wir hier fertig sind, werde ich mich noch einmal an die Lebensläufe setzen, um mehr über meine Mitarbeiter herauszufinden. Immerhin möchte ich Henry beweisen, dass er sich irrt. Ich kann es durchaus schaffen, mich zu ändern und das werde ich bei der Benefizveranstaltung auch allen beweisen.“

Kapitel 51

Jessica

Die nächsten Tage gehörten zu den schönsten meines bisherigen Lebens. Ich war die meiste Zeit bei Charles im Büro und wann immer es ihm möglich war, machte er früher Schluss und wir verbrachten die Zeit gemeinsam. Entweder gingen wir zu einem von uns nach Hause oder wir unternahmen gemeinsam etwas. Wir gingen spazieren, ins Kino oder essen. Dabei stellte ich fest, dass Charles ein viel besserer Gesprächspartner war, als ich ihm zugetraut hätte. Wir redeten stundenlang über alles und nichts, aber am liebsten verbrachten wir die Zeit zusammen im Bett. Der Sex mit Charles war so komplett anders als alles, was ich bisher mit Männern erlebt hatte, dass man es überhaupt nicht vergleichen konnte. Ich hatte einmal gehört, dass Männer, die äußerlich nicht perfekt waren, sich im Bett mehr Mühe gaben und was Charles anging, konnte ich das nur bestätigen. Im Gegensatz zu Alan tat er alles, um mich glücklich zu machen. Ich wiederum gab mir die größte Mühe, um den Gefallen zu erwidern. Im Großen und Ganzen konnte man sagen, dass wir einander wunderbar ergänzten und viel Spaß dabei hatten, uns gegenseitig Freude zu bereiten.

Gleichzeitig arbeiteten wir weiter an Charles' Außenwirkung. Zusammen mit Matilda sammelte ich so viele Informationen wie möglich über die Leute, die bei der Benefizveranstaltung anwesend sein würden. Ähnlich wie bei den Mitarbeitern machten wir für Charles eine Art Spickzettel fertig, den er auswendig lernen konnte. Allen voran standen darauf natürlich Informationen über den Bürgermeister und seine Frau. Es durfte nicht allzu persönlich sein, damit der Mann sich nicht gestalkt fühlte, aber es war auf jeden Fall gut, wenn Charles über die aktuelle Problemlage in New York informiert war. Auf diese Weise konnte er bei dem Bürgermeister sicherlich punkten.

„So langsam raucht mir der Kopf", sagte Charles, der in Boxershorts auf seinem Bett saß und den Papierkram um sich herum ausgebreitet hatte. „Wen interessiert es denn bitteschön, dass in Manhattan eine neue Fußgängerampel eingeführt werden soll?"

Ich kam mit einem Joghurt in der Hand in sein Schlafzimmer und setzte mich neben ihn. Ich trug ebenfalls nur Unterwäsche und hatte mein Haar unordentlich zu einem Pferdeschwanz gebunden.

„Es ist gut, wenn du mit den aktuellen Themen vertraut bist", sagte ich. „Du brauchst doch ein paar Gesprächsthemen, um dich mit dem Bürgermeister zu unterhalten."

„Das ist ja noch unsinniger, als wenn ich ihn nach seinen drei Kindern frage."

„Es ist aber gut, dass du inzwischen weißt, dass er drei Kinder hat."

„Natürlich weiß ich das. Seine jüngste Tochter ist immerhin der Grund für diese ganze Veranstaltung. Sie ist in Janes Alter und kämpft seit drei Jahren gegen den Krebs an. So was muss echt scheiße sein."

Ich nickte. „Da hast du recht. Das arme Mädchen."

Charles sah mich an. „Hast du eigentlich schon ein Kleid für den Abend?"

Überrascht erwiderte ich seinen Blick. „Ein Kleid?"

„Ja, natürlich. Bei dem Ball ist Abendgarderobe angesagt. Ich habe für mich schon einen Termin bei dem Herrenausstatter gemacht, den du mir empfohlen hast."

„Ich ... wusste nicht, dass ich mitkommen soll."

Charles runzelte die Stirn. „Natürlich kommst du mit. Ich brauche eine Begleitung und ich könnte mir niemanden vorstellen, den ich lieber dabei hätte als dich."

Mein Herz machte einen Hüpfer und ich lächelte. „Das ist lieb von dir", sagte ich. „Trotzdem hättest du mich ruhig fragen können, ob ich überhaupt mit möchte."

Charles hob die Augenbrauen. „Für mich war das selbstverständlich. Aber okay. Liebste Jessica. Würdest du mit mir zu dieser Benefizveranstaltung gehen?"

Ich kicherte. „Das fühlt sich fast so an wie damals in der Highschool, als ich von Jim gefragt wurde, ob ich mit ihm zum Abschlussball gehe."

„Heißt das, du kommst mit?"

Ich seufzte. „Eigentlich könnte ich gut darauf verzichten. Alan wird dort sein und ich habe keine Lust, ihm zu begegnen. Aber wenn du mich schon so nett fragst."

Charles lächelte. „Danke, Jessica", sagte er. „Du wirst es nicht bereuen."

Er sah wieder auf die ganzen Papiere und rieb sich die Stirn. „Mein Kopf ist langsam so voll, dass ich nichts mehr hinein bekomme. Glaubst du nicht, dass ich für heute genug Hausaufgaben gemacht habe?"

Ich tippte mir mit dem Löffel an den Mund und lächelte.

„Ich denke, dass man nie genug lernen kann. Aber vielleicht können wir ja mal eine Pause einlegen."

Charles grinste. „Pause gefällt mir", sagte er. „Gib mir doch mal ein bisschen von deinem Joghurt."

Ich wusste nicht, was er vorhatte, aber reichte ihm trotzdem den Becher. Im nächsten Moment begann Charles, meinen Nacken mit Joghurt zu verzieren und küsste sich dann die Spur entlang. Er fuhr mit dem Mund über meinen Hals, um den Joghurt zu entfernen und leckte sich dann die Lippen.

„Lecker. Aber an einer anderen Stelle würde es mir noch besser gefallen."

„Ich habe nichts dagegen", sagte ich mit erhitzten Wangen. „Aber nach der Pause geht es wieder ans Lernen."

Charles brummte „Wenn ich gewusst hätte, dass du so eine strenge Lehrerin bist, dann hätte ich mir eine andere Imageberaterin gesucht."

„Mit der hättest du aber mit Sicherheit nicht so viel Spaß wie mit mir."

„Da hast du wohl recht. Aber wollen wir doch mal sehen, ob ich die Pause nicht ein bisschen länger ziehen kann, als du dir das vorgestellt hattest."

Charles ließ ein paar Tropfen Joghurt auf meinen
nackten Bauch fallen und ich erschauerte, als er sie weg
küsste. Dann spürte ich seine Hände an meinem Slip
und hoffte, dass er seine Ankündigung wahr machen
würde. Gegen eine ausgedehnte Pause hatte ich nämlich absolut nichts einzuwenden.

Kapitel 52

Charles

Am Tag der Benefizveranstaltung war ich ziemlich nervös. Ich hatte in den letzten Tagen einiges dafür getan, um mein bisheriges Verhalten auszubügeln. Ich war nett zu meinen Mitarbeitern gewesen und hatte sogar Meetings mit ihnen zusammen veranstaltet, um herauszufinden, was sie brauchten und wollten. Insgesamt war das Ganze erfolgreich gewesen. Ich hatte gestaunt, wie konstruktiv die Zusammenarbeit mit meinen Leuten sein konnte, wenn ich mich nicht von vornherein gegen ihre Ideen sperrte. Langsam sah ich ein, dass es nichts brachte, alle Menschen zu hassen. Ich war nicht allein auf dieser Welt und das war auch gut so. Es gab Leute, die mir wichtig waren. Ingrid, Jane, meine Großeltern und inzwischen auch Jessica. Immer wieder Jessica. Diese Frau war ein Engel, der mir vom Himmel geschickt worden war. Sie holte mich aus dem Loch heraus, in dem ich mich seit der schlimmen Massenpanik verkrochen hatte. Mit ihr zusammen zu sein, war wie ein Wunder. Sie brachte die besten Seiten in mir zum Vorschein und verbesserte meine Laune auf eine Art und Weise, wie ich es nie für möglich gehalten hätte. In einem hatte ich mich allerdings in ihr geirrt.

Sie war nicht perfekt. Auch sie hatte ihre kleinen Macken, und das war auch gut so. Denn mit jeder kleinen Schwäche, die ich an ihr entdeckte, verfiel ich ihr ein bisschen mehr. Ich fand es süß, dass sie leise schnarchte, wenn sie schlief und ich liebte es, wie zerzaust und müde sie aussah, wenn wir die ganze Nacht im Bett verbracht hatten. Wie die meisten Frauen hatte sie Zellulitis, die sie unbedingt vor mir verstecken wollte. Doch das machte mir überhaupt nichts aus. Es gefiel mir auch, sie ungeschminkt zu sehen und dabei festzustellen, dass sie lauter kleine Muttermale im Gesicht hatte.

Auch ihr Verhalten war nicht tadellos. Wenn sie Auto fuhr, dann fluchte sie regelmäßig, sobald ein anderer Autofahrer ihr die Vorfahrt nahm. Sie hasste Sport und machte ihn nur, wenn es sich nicht vermeiden ließ. Trotzdem war sie schlank, weil sie streng auf ihre Ernährung achtete. Sie aß für gewöhnlich keinen Zucker, machte aber regelmäßige Ausnahmen, wenn es um Eiscreme ging. Sie schaffte es so gut wie nie, an einer Eisdiele vorbei zu gehen, ohne sich mindestens eine Kugel zu holen. All diese Kleinigkeiten fand ich unglaublich anziehend an ihr.

Doch heute war es endlich so weit. Für mich war selbstverständlich gewesen, dass Jessica mich auf die Benefizveranstaltung begleiten würde. Ohne sie wäre diese ganze Sache mit Sicherheit grauenvoll, aber mit ihr zusammen war ich mir sicher, dass ich es überstehen würde. Heute ging es um alles oder nichts. Meine

Karriere als Boxer konnte ich vergessen, aber den Chefposten bei Anderson Publishing hatte ich mir verdient. Ich hatte das Wissen, das Jessica mir gegeben hatte, inzwischen so sehr verinnerlicht, dass ich mir sicher war, es auch in Zukunft ganz automatisch anzuwenden. Es brachte nichts, wenn ich meine Mitarbeiter anbrüllte oder sogar beleidigte. Oftmals reagierten diese dann sogar mit Trotz und taten aus Prinzip das Gegenteil von dem, was ich wollte. Natürlich schaffte ich es nicht immer, mein Temperament zurückzuhalten, aber ich gab mir die größte Mühe. Wenn ich dazu tendierte, wieder auszurasten, atmete ich ein paarmal tief durch und zählte innerlich bis zehn. Dann erinnerte ich mich an all die guten Ratschläge von Jessica und versuchte, sie umzusetzen.

Außerdem hatte ich mich perfekt auf heute vorbereitet. Ich konnte die Gästeliste so gut wie auswendig und hatte mir einen Smoking gekauft. Ich hielt so etwas zwar immer noch für Geldverschwendung, aber ich war so kurz vor dem Ziel, dass ich jetzt auf keinen Fall wollte, dass das Ganze an solchen Kleinigkeiten scheiterte. Hinzu kam, dass ich zugeben musste, dass er mir stand. Die Weste und die Fliege gefielen mir. Das war besser als die nervige Krawatte, bei der ich nie genau wusste, wie man sie binden musste. Ich fühlte mich wohl in meiner Haut und das war laut Jessicas Aussage das Wichtigste.

Sobald ich mich in Schale geworfen hatte, fuhr ich mit meinem Dodge zu ihr nach Hause, um sie abzuholen und war froh, als ich erneut einen Parkplatz ganz in der Nähe ihres Wohnhauses fand. Doch dieses Mal wartete sie nicht unten auf mich, sodass ich ausstieg, um zu klingeln.

„Ja?“, ertönte eine Frauenstimme, die allerdings nicht die von Jessica war.

„Hier ist Charles“, sagte ich. „Wer ist denn da?“

„Hier ist Lydia. Jessica ist gleich so weit. Ich mache auf.“

Der Summer ertönte und ich ging die beiden Treppen nach oben.

Früher hätte ich mich wahrscheinlich darüber geärgert, dass Jessica unpünktlich war, aber heute freute ich mich einfach nur darüber, dass sie zugesagt hatte, meine Begleitung zu sein. Ich hätte mir nicht vorstellen können, mit einer anderen Frau dorthin zu gehen als mit ihr.

Ich kam in den zweiten Stock, wo Lydia bereits auf mich wartete. Sie trug ihr rotes Haar offen und sah genauso hübsch aus wie früher im Büro. Trotzdem schenkte ich ihr keinen zweiten Blick, sondern wollte nur zu Jessica. Lydia hingegen betrachtete mich, als wäre ich ein besonders interessantes Forschungsobjekt.

„Wow!“, sagte sie. „Ich hätte es ja nicht für möglich gehalten, aber Sie sehen wirklich gut aus, Mister Anderson.“

Ich räusperte mich und nickte Lydia zu. „Danke. Da Sie nicht mehr für mich arbeiten, können wir uns auch gerne duzen.“

Lydias Augen leuchteten.

„Sehr gerne“, sagte sie. „Ich bin immer noch ganz fasziniert, was Jessica aus dir gemacht hat. Du bist ein anderer Mensch geworden.“

„Ich frage mich auch, wie sie das gemacht hat."

„Lydia!", rief in diesem Moment Jessica und trat in den Flur. „Ich bin fertig und ..."

Ihre Augen weiteten sich, als sie mich sah und ich selbst musste ebenfalls schlucken. Es war das erste Mal, dass ich Jessica in einem langen Abendkleid zu sehen bekam. Das Kleid war rot. Genau wie ihr Lippenstift. Es war derselbe, den sie an dem Tag getragen hatte, als ich sie kennen lernte. Rot stand ihr unglaublich gut. Die Farbe bildete einen schönen Kontrast zu ihrem dunklen Haar und ihren dunklen Augen. Das Kleid lag eng an und betonte jede ihrer Rundungen. Sowohl ihre Brüste als auch ihr wunderschöner Hintern kamen darin hervorragend zur Geltung und durch einen Schlitz an der Seite blitzte eins ihrer Beine hervor. Über ihren Schultern hing eine schwarze Stola und an den Füßen trug sie hohe Pumps in derselben Farbe. Die Haare hatte sie hochgesteckt, aber ein paar Strähnen bewusst hervorgezogen. Sie wusste, dass ich es nicht mochte, wenn ihre Frisur zu perfekt war und diese kleinen Makel machten sie noch mal um ein Vielfaches schöner.

„Hallo, Jessica", brachte ich heraus. „Du siehst unglaublich aus."

Jessica errötete und schüttelte den Kopf.

„Das mit den Komplimenten hast du inzwischen drauf", sagte sie. „Du siehst aber auch nicht übel aus."

„Nun hört schon auf, euch so zu begaffen, als wolltet ihr euch jeden Moment bespringen", sagte Lydia. „Reißt euch zusammen. Übereinander herfallen könnt ihr nach der Veranstaltung, aber wenn ihr jetzt anfangt euch auszuziehen, dann bekommt eure Kleidung Knicke und Falten."

Jessica lachte und auch ich konnte mir ein Schmunzeln nicht verkneifen.

„Sie hat recht“, sagte ich. „Ich würde dir wirklich am liebsten dieses Kleid vom Körper reißen. Aber wenn wir jetzt damit anfangen, dann kommen wir unpünktlich.“

„Ein Jammer. Aber ein Begrüßungskuss hätte ich trotzdem gerne. Der Lippenstift ist kussfest, du musst dir also keine Sorgen machen, dass du am Ende Lippenstift im Gesicht hast.“

Das ließ ich mir nicht zweimal sagen. Ich beugte mich hinunter, nahm Jessicas Gesicht zärtlich in die Hände und küsste sie so eingehend, als wollte ich sie brandmarken. Sie war mein und ich würde nicht zulassen, dass man sie mir wieder wegnahm.

„Awww. Ihr zwei seid so niedlich“, sagte Lydia. „Aber ihr müsst jetzt trotzdem los. Sonst kommt ihr am Ende zu spät.“

Jessica löste sich von mir und umarmte ihre Freundin.

„Vielen Dank, Lydia“, sagte sie. „Du hast mir sehr geholfen.“

„Kein Problem.“ Lydia winkte ab. „Dafür sind Freundinnen doch da. Und jetzt los. Sonst heule ich am Ende noch. Ich habe dich noch nie so glücklich gesehen, Jessy.“

„Das liegt daran, dass ich auch noch nie so glücklich war.“

Lydia sah mich an und verengte die Augen. „Hast du das gehört, Charles?“, fragte sie. „Jessica war noch nie in ihrem Leben so glücklich. Also versau das nicht, klar?“

Ich legte Jessica eine Hand auf den Rücken, um sie aus der Wohnung zu führen. „Keine Sorge. Das habe ich nicht vor."

Wir verließen das Wohnhaus und setzten uns in mein Auto. Sobald ich es gestartet hatte, sah Jessica mich von der Seite an.

„Und?", fragte sie. „Bist du nervös?"

„Ganz ehrlich? Und wie. Am liebsten würde ich mit dir wieder nach oben gehen, Lydia rauswerfen und den Abend mit dir im Bett verbringen."

Jessica lachte. „Das klingt verführerisch. Aber erstens würde Lydia uns in den Hintern treten und zweitens ist heute dein großer Tag. Da darfst du auf gar keinen Fall fehlen. Es geht um dein neues großes Ziel."

Ich seufzte. „Ich weiß. Deswegen bin ich auch nervös."

„Das brauchst du nicht. Du hast dich unglaublich gut gemacht und ich denke, dass das heute Abend jeder sehen wird. Ich bin davon überzeugt, dass du den Chefposten bekommst."

Sie legte mir eine Hand auf den Arm und ein Gefühl von Zuversicht durchflutete mich.

„Ich hoffe, dass du Recht behältst. Denn man weiß ja nie, was der Abend noch so bringen wird."

Kapitel 53

Jessica

Ich war noch nie in meinem Leben auf einer Benefizveranstaltung gewesen. Solche Events waren Dinge, zu
denen Alan für gewöhnlich seine Frau mitnahm. Es
war ein eigenartiges Gefühl zu wissen, dass ich den beiden heute Abend höchstwahrscheinlich begegnen
würde und die Vorstellung machte mich nervös. Denn
auch wenn ich mit Charles glücklich war, übte Alan
nach wie vor eine gewisse Anziehungskraft auf mich
aus, der ich mich kaum entziehen konnte. Jahrelang
hatte es für mich nur diesen einen Mann in meinem Leben gegeben und es fiel mir schwer, meine Gefühle für
ihn abzustellen. Trotzdem war ich unglaublich stolz,
heute an der Seite von Charles Anderson stehen zu dürfen. In seinem Smoking sah er unglaublich gut aus. Der
Anzug passte ihm perfekt und unterstrich sein herbes
männliches Äußeres noch. Zur Feier des Tages war er
sogar extra noch mal bei Georgina gewesen. Sie hatte
ihm den Bart nachgeschnitten und ihn insgesamt noch
einmal ordentlich hergerichtet. Ich hingegen hatte mir

von Lydia helfen lassen. Sie war zwar nicht so eine Expertin wie Georgina, aber sie hatte Spaß daran, mich zu schminken und mir die Haare zu machen. Außerdem war sie meine beste Freundin und ich hatte ihren Zuspruch dringend nötig gehabt.

„Da sind wir also", sagte Charles, sobald er seinen Dodge geparkt hatte und schaffte es nicht zu überspielen, wie nervös er war. Kein Wunder. Heute würde sich entscheiden, ob er die Führung von Anderson Publishing übernehmen würde. Falls nicht, dann würde er sich vermutlich einen anderen Job suchen müssen. Ich konnte mir nämlich kaum vorstellen, dass er Lust hatte, unter seinem Cousin zu arbeiten.

Ich griff erneut nach seiner Hand und drückte sie. „Du schaffst das", sagte ich. „Du musst nur an dich glauben. Ich tue das nämlich auch."

Charles nickte, führte meine Hand an seinen Mund und küsste sie. Sein kurzer Bart kitzelte auf meiner Haut und sofort überkam mich das Verlangen danach, auf seinen Schoß zu klettern und ihn zu küssen. Aber deswegen waren wir nicht hier.

„Danke, dass du mitgekommen bist", sagte Charles. „Ich weiß nicht, was ich ohne dich tun würde."

„Ich schon", sagte ich und lächelte ihn an. „Du würdest mit griesgrämigem Gesichtsausdruck in deinem Büro hocken und die Welt dafür verfluchen, dass sie so gemein zu dir ist."

Charles zog eine Grimasse. „Werd bloß nicht frech", sagte er. „Sonst muss ich dir heute Abend noch mal zeigen, wer hier der Boss ist."

Es gefiel mir, wenn er so redete und ich grinse ihn an. „Kein Problem. Von dir lasse ich mir das gerne zeigen."

Charles beugt sich zu mir herüber und küsste mich. Dann ließ er wieder von mir ab und sah mich an. „Es bringt wohl nichts, das Ganze weiter hinauszögern, oder?"

Ich schüttelte den Kopf. „Nein."

„Also gut. Dann mal los."

Der Saal, in dem die Benefizveranstaltung stattfand, gehörte zum Plaza Hotel in Manhattan und wurde für gewöhnlich für Hochzeiten und andere Feiern genutzt. Die Hälfte des Saals war mit Tischen und Stühlen ausgestattet und es gab eine Bühne, auf der ein Mikrofon stand. Dort würde die Frau des Bürgermeisters vermutlich später eine Rede halten. Vielleicht sogar der Bürgermeister selbst.

Auf der Veranstaltung waren mehrere hundert Leute und dank Charles kannte auch ich die wichtigsten Namen auf der Liste auswendig. Es waren viele Politiker anwesend, aber auch einige Ärzte, Anwälte und schillernde Persönlichkeiten wie Schauspieler, Sänger und Alan Cook.

Ich war froh, dass ich ihn auf den ersten Blick nicht finden konnte. Stattdessen hängte ich mich bei Charles ein und wir machten uns gemeinsam auf die Suche nach unseren Sitzplätzen. Wir fanden unseren Tisch ohne Probleme und ich freute mich, als ich Archibald Anderson bereits dort sitzen sah. Als Begleitung hatte er seine Schwiegertochter Ingrid dabei, die sofort anfing zu strahlen, als sie uns erkannte.

Sie trug ein schwarzes Kleid mit langen Ärmeln und hatte ihr blondes Haar zu einer Flechtfrisur nach oben getürmt.

„Da seid ihr ja endlich“, rief sie fröhlich und sprang auf, um uns nacheinander zu umarmen.

„Hallo, Ingrid“, sagte Charles. „Schön, dass du da bist.“

„Natürlich. Das werde ich mir doch nicht entgehen lassen.“

Auch ich umarmte Ingrid und dann begrüßten wir Charles’ Großvater.

„Wie schön, euch zu sehen“, sagte er. „Ich bin sicher, dass das hier ein sehr interessanter Abend werden wird.“

„Ist Henry noch gar nicht da?“, fragte Charles mit versteinerter Miene.

„Doch. Er ist im Saal unterwegs, um sich ein wenig unter das Volk zu mischen. Ich will dir nichts vorschreiben, aber das könnte auch für dich eine gute Taktik sein.“

Charles nickte und sah mich an. „Was denkst du? Auf in den Kampf?“

„Auf in den Kampf. Keine Sorge. Ich decke dir den Rücken.“

„Darauf verlasse ich mich.“

Mit diesen Worten nahm er meine Hand und wir gingen los.

Kapitel 54

Charles

Mit Jessica an meiner Seite fiel mir der Smalltalk erheblich leichter, als ich erwartet hatte. Wann immer ich bei einer Unterhaltung ins Stocken kam, sprang sie ein, gab interessante Anekdoten zum Besten oder lenkte unsere Gesprächspartner ab, indem sie einfach das Thema wechselte.

Für mich war das eine große Hilfe, weil Smalltalk mit fremden Menschen mir trotz allem, was ich in den letzten Wochen gelernt hatte, noch schwer fiel.

„Bleib ruhig. Du machst das gut", behauptete Jessica, als wir uns gerade von einer Gruppe Leute entfernt hatten. „Es ist alles in Ordnung."

„Das sagst du so einfach. Immerhin geht es hier nicht um deine berufliche Zukunft."

„Stimmt. Die habe ich ja schon in den Sand gesetzt."

Sie klang resigniert und ich legte ihr eine Hand an die Hüfte. „Hey. Du findest einen neuen Job. Auf Alan Cook bist du gar nicht angewiesen."

„Wenn man vom Teufel spricht."

Jessica deutete auf den Eingang, wo in diesem Moment ihr ehemaliger Boss mit seiner Frau erschien. Er wirkte so aalglatt wie eh und je und seine Frau passte hervorragend zu ihm. Sie war eine blonde Schönheit mit elfenbeinmäßiger Haut und einer zierlichen Figur. Man sah ihr kein bisschen an, dass sie bereits Zwillinge zur Welt gebracht hatte.

Ihr Lächeln war wunderschön und die beiden wirkten zusammen wie das ideale Paar.

„Hey", sagte ich und stupste Jessica von der Seite an. „Du trauerst diesem Kerl doch wohl nicht hinterher, oder?"

„Ich … nein. Natürlich nicht. Wenn überhaupt, dann trauere ich der Zeit hinterher, die ich an ihn verschwendet habe. Mit dir zusammen bin ich tausend Mal glücklicher."

Sie lächelte mir zu und mein Herz machte einen Hüpfer. Trotzdem blieb der Zweifel, ob sie die Wahrheit sagte. Immerhin hatte sie jahrelang an diesem Kerl gehangen und wenn seine Frau nicht wäre … ich schüttelte den Gedanken ab. Sie war jetzt mit mir zusammen. Zu überlegen, was gewesen wäre, wenn, brachte mich nicht weiter.

„Sollen wir zurück zum Tisch gehen?", fragte ich. „Ich denke, dass man gleich das Essen servieren wird."

Jessica nickte und gemeinsam bahnten wir uns einen Weg zurück, wo uns sofort der nächste Albtraum erwartete. Henry saß uns gegenüber am Tisch, wobei der Platz seiner Begleitung leer war. Vielleicht war die Dame zur Toilette gegangen.

„Da ist ja das hässliche Entlein", sagte Henry abfällig und betrachtete mich von oben bis unten. „Im Smoking siehst du aus wie ein herausgeputzter Gockel, aber mehr bist du nicht. Hübsche Kleidung macht dich noch lange nicht zu einem gutaussehenden Mann."

Ich ballte die Fäuste und musste mich zusammenreißen, um nicht darauf anzuspringen. Genau solche Kommentare waren der Grund, warum ich früher nicht einmal versucht hatte, gut auszusehen.

Doch als Jessica meine Hand drückte, erinnerte ich mich an ihr Coaching und an die sogenannte Besser-Als-Methode, die so gut wie immer funktionierte.

„Besser ein Gockel als ein Faultier", sagte ich. „Soweit ich weiß, schreibt deine Abteilung rote Zahlen, seitdem du sie leitest."

„Ganz richtig", stimmte meine Stiefmutter mir zu. „Außerdem finde ich, dass Charles heute sehr gut aussieht."

„Das sehe ich genauso", bestätigte Jessica. „Für mich ist Charles heute Abend der attraktivste Mann in diesem Saal."

Sie lächelte mich an und ich erwiderte das Lächeln. „Hör auf, mir Honig ums Maul zu schmieren", raunte ich ihr zu, sodass es außer ihr keiner hören konnte. „Sonst muss ich dich nachher doch noch in irgendeiner Ecke vernaschen."

Jessica bekam eine Gänsehaut und schnappte hörbar nach Luft. Zufrieden setzte ich mich zwischen sie und meine Stiefmutter und legte besitzergreifend eine Hand auf Jessicas Bein.

„Ist ja ekelhaft, wie ihr beide euch anschmachtet", brummte Henry. „Und was die Zahlen angeht ... Ich hatte nur ein bisschen Pech mit der Auswahl unserer Bücher. Das gibt sich bald wieder."

„Das hoffe ich doch", sagte mein Großvater. „Wie soll ich sonst bitte schön mit ruhigem Gewissen in Rente gehen?"

Henry murmelte etwas vor sich hin und griff nach seinem Wasserglas. In diesem Moment kam eine Kellnerin und schenkte uns Wein ein. Ich nippte daran und lächelte sie an.

„Sehr guter Jahrgang", sagte ich. „Vielen Dank."

Die Kellnerin lächelte zurück und nickte mir zu. Dann ging sie zum nächsten Tisch.

„Hast du die Frau gerade angelächelt?", fragte mein Großvater überrascht. „Das habe ich bei dir ja ewig nicht mehr gesehen."

„Ich hatte auch lange keinen Grund dazu", erwiderte ich und winkte ab.

„Du bist doch nur so anders, weil diese Hexe dich irgendwie verzaubert hat", motzte Henry und nickte dabei in Jessicas Richtung.

Ich wollte schon einschreiten, aber Jessica grinste ihn an und sagte süffisant: „Vorsicht, Henry. Mit Hexen sollte man sich nicht anlegen. Sonst zaubere ich Ihnen am Ende noch eine Warze auf die Nase. Oder einen winzigen ... Sie wissen schon, was. Wobei ... Ups. Vielleicht habe ich das ja schon getan."

Henrys Mund klappte auf und Ingrid und mein Großvater fingen lauthals an zu lachen. Ich prustete ebenfalls los und verschluckte mich an meinem Wein.

„Shit. Das hast du jetzt nicht wirklich gesagt, oder?", fragte ich.

Jessica grinste. „Oh, doch. Und damit ist es mir endlich gelungen."

„Was denn?", fragte ich.

„Na, dich zum Lachen zu bringen. Ich habe dir vor ein paar Wochen vorhergesagt, dass ich es irgendwann schaffen würde und jetzt ist es so weit."

„Aber doch nicht auf meine Kosten", herrschte Henry sie an. „Wenn Sie unbedingt wissen wollen, wie mein Schwanz aussieht, dann müssen Sie mich bloß fragen. Ich zeige es Ihnen gerne."

„Henry", sagte Ingrid schockiert. „Rede doch nicht so vulgär."

„Sie hat angefangen", rechtfertigte er sich und deutete auf Jessica.

„Bei ihr war das Ganze aber erheblich lustiger als dein Spruch", bemerkte unser Großvater. „Jetzt ist es aber auch genug mit den Streitereien. Wir sind doch hier nicht im Kindergarten. Konzentriert euch lieber auf die Veranstaltung. Ich habe bereits einige positive Kommentare über deinen neuen Look zu hören bekommen, Charles. Jessica muss wirklich zaubern können."

„Danke", erwiderte Jessica. „Aber die meiste Arbeit hat Charles selbst gemacht."

In diesem Moment kam eine Frau an den Tisch. Sie war um die dreißig, hatte platinblonde Haare und volle Lippen, denen man ansah, dass sie aufgespritzt worden waren. Sie ging zielstrebig auf den freien Platz neben Henry zu, der sofort aufstand und ihr zur Begrüßung ein Küsschen gab.

„Wie schön, dass du da bist", sagte er.

„Es tut mir leid, dass ich zu spät bin", erwiderte sie. „Der Verkehr war eine Katastrophe."

„Carmen?", fragte Jessica in diesem Moment fassungslos neben mir und starrte die Frau an. „Wie ... was machst du denn hier?"

Verwirrt blickte ich von einer zur anderen. Wer war Carmen? Und wie kam es, dass sie Henry heute beglei-tete?

Kapitel 55

Jessica

Ich konnte es kaum glauben, als ich Alans Assistentin erkannte, die sich wie selbstverständlich neben Henry an den Tisch setzte. Was um Himmels willen tat sie hier?

„Hallo, Jessica", sagte sie mit einem freundlichen Lächeln. „Henry hat mich eingeladen. Er hat mich vor ein paar Tagen engagiert und ich bin als seine Imageberaterin hier."

Henry nickte. „Ich dachte mir, was Charles kann, kann ich schon lange. Also habe ich versucht, Alan Cook zu kontaktieren, um mich ebenfalls coachen zu lassen. Als ich ihn anrufen wollte, hatte ich allerdings Carmen an der Strippe. Eins kam zum anderen und wir haben beschlossen, dass sie der perfekte Coach für mich ist."

Ich runzelte die Stirn. Ich hatte gar nicht gewusst, dass Carmen überhaupt Ambitionen dazu hegte, selbstständig jemanden zu coachen. In den Jahren, die ich sie kannte, war sie immer nur Alans Assistentin gewesen und war ihm bei seinen Auftritten und Seminaren zur Hand gegangen. Dass sie nun Henry coachte, kam mir eigenartig vor.

„Was für eine tolle Idee", sagte Archibald Anderson. „Sie kommt allerdings etwas spät. Immerhin will ich nach diesem Abend meine Entscheidung treffen."

Henry zuckte gelassen mit den Schultern. „Der Abend ist noch lang", sagte er, als wie aufs Stichwort der erste Gang serviert wurde. Es gab Suppe als Vorspeise und Beef Wellington als Hauptgericht. Das Rindfleisch war genau auf den Punkt zubereitet und schmeckte hervorragend mit seiner Kruste aus Pilzen, Parmaschinken und Blätterteig. Es wunderte mich nicht, dass es englische Spezialitäten gab, da die Frau des Bürgermeisters gebürtige Engländerin war.

Die Gespräche am Tisch verliefen ruhig, was allerdings hauptsächlich daran lag, dass Henry und Charles einander demonstrativ missachteten. Ich selbst hätte Carmen gerne ausgefragt, wie sie dazu kam, Charles' Konkurrenten zu coachen und ob das mit Alan abgesprochen war. Aber vor allen Leuten wollte ich sie nicht darauf ansprechen und im Grunde genommen ging es mich nichts mehr an. Ich hatte gekündigt und mit Charles gab es keinen offiziellen Vertrag. Insofern gab es auch keinen echten Interessenkonflikt.

Der Abend schritt voran und mit jedem Glas Wein wurde ich entspannter. Zum Nachtisch gab es Eton Mess, eine Mischung aus Erdbeeren, gebrochenen Baiserstücken und Sahne. Es schmeckte himmlisch und zerging auf meiner Zunge wie Zuckerwatte.

„Hmmmm", machte ich. „Das habe ich noch nie probiert. Es schmeckt vorzüglich."

Ich leckte mir über die Lippen und bekam eine Gänsehaut, als Charles sich zu mir herüberbeugt und mir zuraunte:

„Du schmeckst noch tausend Mal besser als dieses Dessert. Schade, dass es zu früh ist, um uns zu verabschieden.“

Ich schluckte und sah zu ihm. „Das stimmt. Aber die Zeit vergeht ja zum Glück schnell.“

Genau in diesem Moment trat die Frau des Bürgermeisters ans Mikrofon. Mrs Ashcroft war eine dickliche Frau um die fünfzig mit einem freundlichen Gesicht und blondem Haar.

„Meine Damen und Herren“, sagte sie mit klarer Stimme. „Vielen Dank, dass Sie heute gekommen sind. Wie die meisten von Ihnen wissen, gibt es für diese Benefizveranstaltung einen traurigen Anlass. Meine Tochter hat Krebs und das hat meinen Mann und mich dazu veranlasst, Spenden für all die Krankenhäuser zu sammeln, in denen Kinder Tag für Tag um ihr Leben kämpfen.“

Sie berichtete über die wunderbare Arbeit, die Ärzte und Krankenschwestern auf den Kinderstationen leisteten und zeigte Fotos von den Projekten, die ihre Stiftung bereits verwirklichen konnte.

„Unglaublich, was diese Kinder durchmachen müssen“, sagte Charles leise neben mir. „Janie ist im selben Alter wie die Tochter der Ashcrofts. Gott. Ich will mir gar nicht vorstellen, wie schrecklich es sein muss, wenn die eigene Tochter Krebs hat. Ich werde der Stiftung auf jeden Fall etwas spenden.“

Ich legte eine Hand auf seine und drückte sie. Insgeheim freute es mich, wie viel Empathie er zeigte, da ihm das früher so schwergefallen war. Doch in Bezug auf seine Schwester galten für Charles ohnehin andere Regeln und das war auch gut so.

„Da hast du recht", sagte ich. „Daher ist es umso besser, dass es Stiftungen gibt, die den Kindern helfen."

Charles nickte und schien bereits zu überlegen, wie viel Geld er geben konnte. Das gefiel mir. Er war zwar von Natur aus ein sparsamer Mensch, aber wenn es um wichtige Dinge ging, ließ er sich nicht lumpen.

Mrs Ashcroft bedankte sich noch einmal und sämtliche Gäste applaudierten. Dann forderte sie alle dazu auf, mit ihr und dem Bürgermeister die Tanzfläche unsicher zu machen.

„Darf ich um diesen Tanz bitten?", fragte Charles und reichte mir die Hand.

Überrascht sah ich zu ihm auf. „Du willst tanzen? Hier?", fragte ich und er nickte.

„Warum nicht. Solange es dich nicht stört, wenn ich dir auf die Füße trete …"

Ich lachte. „Das nehme ich in Kauf", sagte ich und ließ mich von ihm auf die Beine ziehen. Gemeinsam gingen wir zur Tanzfläche und er legte mir eine Hand an die Hüfte.

Wir begannen, uns hin und her zu bewegen, ohne komplizierte Schritte zu machen und ich genoss einfach nur seine Nähe.

„Und was denkst du? Wie schlage ich mich bisher?", fragte Charles und ich lächelte.

„Besser als erwartet", antwortete ich augenzwinkernd. „Ich fürchte allerdings, dass Henry noch irgendetwas im Schilde führt. Es kommt mir komisch vor, dass er mit Carmen hier aufgetaucht ist."

„Das hat mich auch stutzig gemacht. Was ist Carmen denn für ein Mensch? Denkst du, sie würde sich von Henry in diese Sache mit reinziehen lassen?"

Ich zuckte mit den Schultern. „Im Prinzip kenne ich sie kaum. Unser Kontakt hat sich bisher rein auf die berufliche Ebene beschränkt. Sie ist freundlich und kompetent. Aber viel mehr kann ich dir nicht über sie sagen."

Charles nickte. „Na, dann warten wir mal ab."

Ich legte meinen Kopf an Charles' Brust und genoss das Gefühl, ihm so nahe zu sein. Es fühlte sich schön an, von ihm gehalten zu werden und selbst wenn er den Chefposten bei Anderson Publishing nicht bekommen sollte, hatte ich das Gefühl, dass trotzdem alles gut werden würde. Zumindest bis zu dem Moment, als das Lied endete und mir plötzlich von hinten auf die Schulter getippt wurde.

„Jessica", sagte Alan und strahlte mich mit seinem Zehntausend-Dollar-Lächeln an. „Was für eine Überraschung, dich hier zu sehen. Darf ich dich um diesen Tanz bitten?"

Kapitel 56

Charles

Alan Cook. Gerade hatte ich mich noch wie im siebten Himmel gefühlt und war mit meiner Traumfrau im Arm wunschlos glücklich gewesen und im nächsten Moment tauchte dieser Lackaffe hier auf und wollte mir den Grund für mein Glück wieder wegnehmen. Was bildete er sich eigentlich ein, Jessica zum Tanzen aufzufordern, während sie gerade mit mir zusammen war?

„Nein. Das dürfen Sie nicht", stellte ich missmutig klar. „Ich glaube nicht, dass Jessica mit Ihnen tanzen möchte."

Alan lachte, als wäre das der beste Witz, den er seit langem gehört hatte.

„Ich denke, das kann Jessica am besten selbst entscheiden, oder?"

Er sah sie eindringlich an und am liebsten hätte ich ihm gesagt, er solle sich zum Teufel scheren, aber ich durfte vor all den wichtigen Leuten keine Szene machen. Hinzu kam, dass er recht hatte. Es war Jessicas

Entscheidung. Also musste sie ihn selbst abweisen, wenn sie das wollte. Doch zu meiner Überraschung drückte sie meinen Arm und ließ mich los.

„Ein Tanz kann nicht schaden“, sagte sie. „Aber wirklich nur einer.“

Ich glaubte schon, mich verhört zu haben, als sie sich nach oben reckte und mir einen Kuss auf die Wange gab.

„Ich muss kurz mit ihm reden. Aber keine Sorge. Ich bin gleich zurück.“

Widerwillig ließ ich sie los und sah zu, wie Alan sie in seine Arme zog. Am liebsten wäre ich dazwischen gegangen, aber ich riss mich zusammen. Jessica war ein großes Mädchen. Ganz sicher würde sie mit ihm klarkommen.

Ich wollte schon zurück zu unserem Tisch gehen, als plötzlich Carmen neben mir auftauchte.

„Mister Anderson“, sagte sie. „Hätten Sie Lust, mit mir zu tanzen?“

Erstaunt hob ich die Augenbraue und hätte am liebsten abgelehnt, doch als ich sah, wie Alan Jessica enger an sich zog, überlegte ich es mir anders.

„Warum nicht?“, sagte ich und reichte ihr die Hand. „Ich muss Sie allerdings warnen. Ich bin beileibe kein guter Tänzer.“

Sie lachte gekünstelt. „Das ist mir aufgefallen. Aber keine Sorge. Das macht mir nichts. Ich hatte nur gehofft, wir könnten uns ein wenig unterhalten.“

Ich nickte und legte meine Hand an ihre Hüfte. Dann begannen wir uns zur Musik zu bewegen.

„Wie kommt es, dass Sie sich entschieden haben, Henry zu coachen?", fragte ich und sah auf Carmen hinunter.

Sie war auf eine puppenhafte Art und Weise schön, zumindest, wenn man auf Plastik stand, was so gar nicht mein Fall war.

„Sagen wir mal, wir haben ein paar gemeinsame Interessen", sagte Carmen. „Mich wundert es ja viel mehr, dass Sie so gut mit Jessica zurechtkommen. Immerhin hat sie Ihnen den ganzen Skandal überhaupt erst eingebrockt."

Ich hielt inne und trat Carmen dabei auf den Fuß. Sie verzog gequält das Gesicht und ich brachte schnell etwas Abstand zwischen uns.

„Sorry, aber ... Wie meinen Sie das?", fragte ich misstrauisch.

„Na, der Artikel", präzisierte sie. „Imperfect Boss. Jessica hat ihn geschrieben. Hat sie Ihnen das etwa nicht gesagt?"

Ich suchte mit meinem Blick nach Jessica, konnte sie unter den vielen tanzenden Menschen aber nicht ausmachen.

„Das muss ihr wohl entfallen sein", brummte ich.

Im Prinzip hätte ich auch selbst darauf kommen können. Jessica war Lydias beste Freundin und die Infos waren alle von Lydia. Natürlich stammte der Artikel von ihr. Die Puzzleteile passten alle ineinander. Ich hatte nur das Gesamtbild nicht sehen können.

Carmen lächelte milde. „Das sieht ihr ähnlich. Die liebe Jessica ist so wankelmütig, nicht wahr? Es würde mich nicht wundern, wenn sie sich von Alan wieder dazu bringen lässt, es noch einmal mit ihm zu versuchen. Er ist so ein charismatischer Mann. Dem kann nichts und niemand widerstehen.“

Ich knirschte mit den Zähnen und musste mich zusammenreißen, um sie nicht anzufahren. Ich durfte nicht überreagieren. Dafür gab es überhaupt keinen Grund.

„Jessica hat gekündigt“, stellte ich klar. „Sie will mit Alan nichts mehr am Hut haben.“

„Ach, nein? Und warum ist sie dann mit ihm verschwunden?“

„Was?!“

Erneut hob ich den Kopf und reckte den Hals, um Jessica zu finden. Doch auch dieses Mal konnte ich sie nicht entdecken und so langsam kam mir der Verdacht, dass Carmen recht haben könnte. Jessica war weg.

„Wo ist er mit ihr hin?“, verlangte ich zu wissen und sah sie grimmig an.

„Wenn Blicke töten könnten, läge ich jetzt wohl auf dem Boden. Inzwischen verstehe ich, was Henry mit Ihrem Temperament gemeint hat“, sagte sie. „Ich habe keine Ahnung, wo Alan mit ihr hingegangen ist. Vermutlich in irgendeine Abstellkammer, wie die beiden es immer tun, wenn sie sich unbeobachtet fühlen.“

„Sie ... wissen von der Affäre der beiden?“

Sie hob eine Augenbraue. „Ich bin Alans persönliche Assistentin. Es gibt nichts, was ich nicht über ihn weiß. Daher bin ich mir auch sicher, dass Alan es schaffen kann, Jessica wieder um den Finger zu wickeln. Es sei denn, Sie hindern ihn daran.“

Sie sah mich auffordernd an. Eigentlich sollte es mich wundern, dass sie so erpicht darauf zu sein schien, dass ich Alan und Jessica auseinanderbrachte.

„Hat Henry Sie darauf angesetzt, mich aufzustacheln?", fragte ich. „Will er erreichen, dass ich mich vor allen Leuten lächerlich mache, indem ich Alan Cook meine Faust ins Gesicht schlage?"

Carmen zuckte mit den Schultern. „Spielt das denn eine Rolle? Henry behauptet, dass Jessica viel zu gut sei für jemanden wie Sie, aber ich sehe das anders. Wenn Sie sich Mühe geben, dann können Sie sie bestimmt noch umstimmen, bevor Alan sie wieder einwickelt. Sie müssen sich nur am Riemen reißen."

Wut schoss durch meinen Körper. Alles in mir schrie danach, den Neandertaler rauszulassen, Jessica zu finden und sie mir einfach über die Schulter zu werfen. Aber das war genau das, was Henry erreichen wollte. Verdammt, verdammt, verdammt.

„Danke für die vielen Infos.", murrte ich, sobald ich eine Entscheidung getroffen hatte und ließ Carmen los. „Das war sehr aufschlussreich."

„Aber ... wo wollen Sie denn jetzt hin?", rief sie mir hinterher.

„Jessica suchen", gab ich zurück und bahnte mir einen Weg über die Tanzfläche.

Scheiß auf Henry und scheiß auf den Posten bei Anderson Publishing. Jessica war wichtiger als das und ich würde sie mir zurückholen.

Kapitel 57

Jessica

Mit Alan zu tanzen war eigenartig. Wir hatten noch nie miteinander getanzt und es wunderte mich, dass er mich dazu aufgefordert hatte, obwohl seine Frau im Saal war. Aber das schien ihn im Moment nicht zu stören.

„Du siehst gut aus, Sweetheart“, sagte er und ich roch eindeutig den Alkohol in seinem Atem. Wie es aussah, hatte er beim Essen mindestens so viel getrunken wie ich.

Er legte mir eine Hand an die Hüfte und streichelte sie sacht. Es war nicht unangenehm, löste aber nicht dasselbe Kribbeln aus, das ich bei Charles' Berührung verspürt hatte.

„Danke. Aber so solltest du mich nicht mehr nennen. Das zwischen uns ist vorbei und ich bin nicht einmal mehr deine Mitarbeiterin.“

„Und genau da irrst du dich, mein Herzblatt“, sagte er. „Ich habe Rachel in Bezug auf uns reinen Wein eingeschenkt. Sie weiß, was du mir bedeutest und sobald die Tour in drei Monaten vorbei ist, ziehe ich bei ihr aus.“

Mein Mund klappte auf. Damit hatte ich nicht gerechnet.

„Du ... hast was getan?“

„Ich habe mit ihr Schluss gemacht. Gerade eben. Im Grunde genommen kam es nicht überraschend. Immerhin leben wir ja seit Jahren nur noch nebeneinander her. Damit sollten doch alle deine Bedingungen erfüllt sein, oder?“

„Ich ... ich ...“

Ich wusste nicht, was ich dazu sagen sollte. Er hatte seine Frau verlassen? Für mich? Und das an einem Abend wie diesem?

„Du wirkst sprachlos“, bemerkte Alan. „Das Glück muss dir die Sprache verschlagen haben, nicht wahr, Sweetheart?“

So hätte ich es nun nicht ausgedrückt. Um genau zu sein, war ich eher geschockt.

„Ich ... bin gerade etwas überwältigt“, gab ich zu. „Ich verstehe das nicht. Warum? Warum hast du das getan? Und das ausgerechnet heute?“

„Nun ja. Dein Ultimatum hat mich dazu gebracht, zu erkennen, was ich wirklich will. Und das bist du. Ich liebe dich, Jessica. Und ich will mit dir zusammen sein. Und wenn die Scheidung die einzige Möglichkeit ist, dann nehme ich in Kauf, meinen Ruf als Saubermann zu verlieren.“

Ich fühlte mich vollkommen benommen, weil das völlig neue Möglichkeiten eröffnete. Ja. Ich hatte gesagt, er könne sich wieder melden, sobald er bereit war, das zwischen uns öffentlich zu machen. Aber wollte ich das überhaupt noch? Eigentlich nicht, oder?

Verdammt. Der Wein stieg mir eindeutig zu Kopf. Ich hatte das Gefühl, nicht mehr klar denken zu können.

„Mir ... ist ein bisschen schwindelig", gab ich zu. „Ich denke, ich muss mal kurz zu den Toiletten."

„Kein Problem. Ich begleite dich", stellte Alan klar. „Wir wollen ja nicht, dass du stolperst und dir deinen hübschen Hals brichst."

Ich nickte nur, weil ich auf der Tanzfläche nicht mit ihm diskutieren wollte und gemeinsam gingen wir zu den Toiletten.

„Soll ich mit reinkommen?", fragte Alan fürsorglich, sobald wir angekommen waren. „Du siehst ganz blass aus. Nicht, dass du zusammenklappst."

Schnell schüttelte ich den Kopf. „Nein! Das sind die Damentoiletten. Außerdem ... brauche ich einen Moment für mich. Bin gleich zurück."

„Okay. Dann ... warte ich am Tisch auf dich", rief Alan mir noch hinterher. „Wir holen unsere Jacken und fahren dann zu dir, ja?"

Ich antwortete ihm nicht. Stattdessen eilte ich ins Innere der Toilettenräume und stellte mich vor den Spiegel. Mein Make-up und die Frisur saßen perfekt, aber meine Verwirrung war mir deutlich anzusehen. Die ganze Situation erinnerte mich an den Abend, als Nicholas mich angegriffen hatte, denn auch da war ich verwirrt gewesen, weil Charles meine Gefühle durcheinandergebracht hatte. Diesmal hatte Alan das geschafft.

Verdammt. Er bot mir alles, was ich je gewollt hatte. Seit Jahren schon träumte ich davon, dass er Rachel verließ und endlich zu mir stand und nun, wo es so weit war, konnte ich es gar nicht wertschätzen, weil ich Gefühle für Charles entwickelt hatte.

Natürlich war er nicht ansatzweise so perfekt wie Alan, aber irgendwie war er perfekt für mich. Ein warmes Gefühl breitete sich in meinem Bauch aus, als ich mir das eingestand. Charles war perfekt für mich und ich war perfekt für ihn. Auf etwas anderes kam es doch gar nicht an, oder?

Ein Lächeln erschien auf meinem Gesicht und gerade, als ich die Toiletten wieder verlassen wollte, um Alan zu sagen, dass er das mit der zweiten Chance vergessen konnte, hörte ich ein Würgen in einer der Toilettenkabinen und danach ein leises Schluchzen.

Ich zögerte, und klopfte dann an die Tür.

„Hallo?", fragte ich. „Ist da drin alles in Ordnung?"

„Es … es geht schon", erwiderte eine helle Frauenstimme und ich drückte die Tür auf. Im nächsten Moment bereute ich es, denn neben der Toilettenschüssel saß niemand anderes als Alans Frau Rachel.

Sie war verheult und ganz blass um die Nase. Ich ging davon aus, dass sie mich erkennen würde und jeden Moment auf mich losging, aber sie versuchte nur, ihr verheultes Gesicht vor mir zu verstecken. Auf ihrem Kleid waren Spuren von Erbrochenem zu sehen.

„Gehen Sie besser wieder“, sagte sie. „So sollte mich niemand sehen. Erst recht niemand, der so hübsch ist wie Sie.“

Irritiert sah ich sie an. Ganz offenbar hatte sie keine Ahnung, wer ich war. Irgendwie war ich immer davon ausgegangen, dass Rachel Cook wusste, wie ich aussah, aber das war wohl ein Trugschluss gewesen. Nur weil ich sie und Alan auf ihren Veranstaltungen gestalkt hatte, war es anders herum natürlich nicht genauso.

Am liebsten hätte ich auf Rachel gehört und wäre ganz schnell verschwunden, aber ich konnte sie doch nicht einfach so zurücklassen.

„Warten Sie. Ich hole Ihnen ein paar feuchte Tücher“, sagte ich und ging zurück zu den Waschbecken.

Dort hielt ich ein paar Papiertücher unters Wasser und brachte sie ihr.

„Danke“, murmelte Rachel und nahm sie entgegen. Sie wischte sich über das Gesicht und versuchte dann, ihr Kleid zu säubern. Sie zitterte so sehr, dass ich kurzerhand meine Stola auszog und sie ihr reichte.

„Hier. Nehmen Sie die. Ich brauche sie nicht.“

„Danke. Da ist sehr nett von Ihnen.“

Sie hüllte sich in meine Stola und atmete tief durch.

„Kann ich sonst noch etwas für Sie tun? Soll ich jemanden holen?“, fragte ich und kam mir dabei unglaublich scheinheilig vor.

„Nein. Schon gut. Der einzige Mann, der mir helfen könnte, ist derjenige, der mir diesen Mist eingebrockt hat.“

Sie deutete auf das Erbrochene auf ihrem Kleid und meine Augen weiteten sich.

„Sie meinen ...“

„Ganz genau. Ich bin schwanger. Und sobald ich ihm davon erzählt habe, hat mein lieber Ehemann verkündet, dass das mein Problem sei, weil er ohnehin vorhatte, mich zu verlassen, um mit einer anderen zusammen zu sein.“

Ich fiel aus allen Wolken. Ich hatte zwar ohnehin nicht vorgehabt, Alan noch eine Chance zu geben, aber diese Info schockierte mich nun doch. Immerhin hatte Alan Stein und Bein darauf geschworen, dass zwischen ihm und Rachel nichts mehr lief.

„Sie sind schwanger?“, hakte ich nach. „Von Ihrem Mann?“

Überrascht sah Rachel mich an.

„Natürlich von meinem Mann. Von wem denn sonst?“, fragte sie.

„Ja, sicher. Tut mir leid. Das war eine dumme Frage.“

„Schon gut. Ist ja nicht Ihre Schuld, dass mein Mann so ein Hurenbock ist und mit jedem Flittchen in die Kiste steigt. Gott. Ich hatte schon so ein Gefühl, aber Alan hat mir geschworen, dass es eine einmalige Sache war. Immer wieder hat er mir gesagt, dass Carmen nur seine Assistentin sei.“

„Moment mal … Carmen?“

„Ja! Das ist die Frau, für die er mich verlassen will.“

Okay. Jetzt war ich vollends durcheinander.

„Aber … wie kommen Sie denn darauf? Hat er explizit diesen Namen gesagt?“

Erneut liefen Tränen über ihre Wangen. „Mein Mann kam einmal mit einem Knutschfleck nach Hause und roch eindeutig nach Coco Chanel. Nachdem ich ihm eine Szene gemacht habe, hat er zugegeben, mit seiner

Assistentin geschlafen zu haben, aber wegen der Kinder habe ich ihm noch eine Chance gegeben. Er hat mir geschworen, dass es nie wieder passiert, aber offenbar war das gelogen."

Coco Chanel? Dieses Parfüm benutzte ich nicht. Carmen hingegen schon. Also stimmte es. Alan hatte nicht nur in Bezug auf seine Frau gelogen, sondern neben mir auch noch mit Carmen eine Affäre gehabt. Was für ein Mistkerl.

„Ich … ja", sagte ich. „Da haben Sie sicherlich recht. Tut mir leid, aber ich muss zurück in den Saal. Brauchen Sie noch etwas? Kann ich noch was für Sie tun, oder …"

„Nein. Gehen Sie ruhig. Es geht schon wieder. Ich rufe mir gleich ein Taxi und fahre ins Hotel. Danke, dass Sie mir zugehört haben."

Sie machte Anstalten, mir meine Stola zurückzugeben, aber ich schüttelte den Kopf.

„Behalten Sie sie. Das ist schon okay. Ich wünsche Ihnen alles Gute."

Rachel nickte nur und ich verließ die Toilettenräume. Mein schlechtes Gewissen fraß mich auf. Solange ich nicht mit Rachel gesprochen hatte, war sie für mich die Feindin gewesen, wegen der Alan nicht mit mir zusammen sein konnte. Aber zu sehen, wie sehr sie unter Alans Betrug litt, machte mir bewusst, was ich getan hatte. Gott. Wie hatte ich dieser netten Frau so etwas nur antun können?

Ich musste dringend zu Alan und ihm gehörig die Meinung sagen. Wenn ich nicht vorher schon beschlossen hätte, dass ich mich nicht mehr auf ihn einlassen wollte, dann hätte spätestens mein Gespräch mit Rachel mich endgültig zur Besinnung gebracht. Alan hatte mich von Anfang an nach Strich und Faden belogen. Nicht nur in Bezug auf Rachel, sondern auch auf Carmen. Und wer wusste schon, wie viele andere Affären er sonst noch hatte.

Inzwischen verstand ich längst nicht mehr, wie ich ihm auch nur eine seiner Lügen hatte glauben können.

Kapitel 58

Charles

Jessica und Alan waren nicht auffindbar. Ich hatte zweimal den gesamten Saal durchquert und sogar draußen nachgesehen, aber ich hatte sie nirgendwo entdecken können. Also beschloss ich, an dem Ort nach Jessica zu suchen, wo ich sie nicht zu finden hoffte. Auf den Toiletten. Denn falls die beiden sich dorthin zurückgezogen hatten, dann hatte Carmen vermutlich recht und sie wollten ihre Affäre wieder aufnehmen.

Allein der Gedanke an diese Möglichkeit machte mich fuchsteufelswild.

Ich hatte gerade die Ecke des Saales erreicht, von der aus ein Gang zu den Toiletten führte, als Alan mir gut gelaunt entgegenkam. Ich erstarrte und meine Hände ballten sich zu Fäusten.

„Wo ist Jessica?", verlangte ich zu wissen.

Alan sah auf und grinste selbstzufrieden, als er mich erkannte. „Mister Anderson. Sie sind es", sagte er. „Jessica macht sich gerade frisch."

Frisch wovon?, schoss es mir durch den Kopf, aber ich unterdrückte die Frage und stellte mich Alan in den Weg.

„Wo wollen Sie hin?", fragte ich mit bedrohlichem Unterton. „Was haben Sie mit Jessica gemacht?"

Alans Lächeln verrutschte kein Stück. Ich hatte sogar den Eindruck, dass es ihn freute, dass ich ihn danach fragte.

„Es geht Sie zwar eigentlich nichts an, aber Sie können es genauso gut von mir erfahren. Jessica und ich sind wieder ein Paar. Ich habe meine Frau verlassen, um endlich mit Jessica zusammen zu sein. Sie war sprachlos vor Freude und wir haben ausgemacht, gleich zusammen diese Veranstaltung zu verlassen und in ihre Wohnung zu fahren. Was dort passieren wird, können Sie sich ja denken."

Er zwinkerte mir zu und meine Wut wuchs ins Unermessliche. Das konnte nicht sein. Das durfte nicht sein. Bestimmt war das Ganze nur ein riesiges Missverständnis.

„Sie lügen!", warf ich ihm vor. „Jessica ist mit mir hier und sie ist sicher nicht zu Ihnen zurückgerannt, nur weil Sie mit dem Finger geschnipst haben."

Inzwischen wurden immer mehr der Gäste auf uns aufmerksam und begannen lautstark zu tuscheln. Alan schien das jedoch nicht zu stören. Er tätschelte mitleidig meinen Arm.

„Nun kommen Sie, Mister Anderson", sagte er. „Das sollte Sie doch nicht wundern. Wenn eine Frau die Wahl hat zwischen einem Mann wie mir und einem Mann wie Ihnen, für wen wird sie sich da wohl für entscheiden?"

Ich schluckte, weil ich mich das selbst schon gefragt hatte, denn trotz all meiner Fortschritte war ich weit davon entfernt, perfekt zu sein. Trotzdem wollte ich ihm nicht einfach so das Feld überlassen. Ich packte ihn am Kragen und hätte ihm am liebsten eine reingehauen, als eine Stimme mich zurückhielt.

„Für Charles!", rief Jessica und trat aus dem Korridor mit den Toiletten.

Sie trug ihre Stola nicht mehr, aber abgesehen davon wirkten ihre Frisur und ihr Kleid genauso makellos wie bisher und nichts deutete darauf hin, dass sie vor wenigen Minuten mit Alan auf der Toilette herumgemacht haben könnte.

„Ich entscheide mich für Charles!", präzisierte Jessica und legte eine Hand auf meine, sodass ich Alan wieder losließ und einen Schritt zurücktrat. Jessica stellte sich neben mich und umfasste besitzergreifend meinen Arm. Dann funkelte sie Alan herausfordernd an. „Und weißt du, warum? Weil er nicht nur intelligent und stark ist, sondern noch dazu gutaussehend und fürsorglich. Außerdem besitzt er Integrität und Treue. Hinzu kommt, dass er im Bett sehr viel großzügiger ist, als du es jemals sein wirst, Alan. Dafür liebe ich ihn. Ein Gefühl, das weit über das hinausgeht, was ich jemals für dich empfunden habe."

Viele der Leute um uns herum grinsten oder nickten zustimmend und mein Herz schlug schneller, als ich Jessicas Worte hörte. Am liebsten hätte ich sie umarmt und geküsst. Doch sie war noch nicht fertig, sondern blickte Alan weiter an.

„Da hast du also meine Antwort", sagte sie. „Scher dich zum Teufel, Alan. Unsere Beziehung ist endgültig vorbei und ich will dich nie wiedersehen."

„Was?" Fassungslos sah Alan sie an. „Aber ... das kannst du nicht machen. Ich habe deinetwegen Rachel verlassen."

„Ihretwegen?", kreischte in diesem Moment eine andere Frau.

Überrascht sahen wir, wie Carmen sich zwischen den Leuten ihren Weg bahnte und auf Alan zustürmte. Vermutlich hatte sie in der Nähe gewartet, um mitzubekommen, was sich abspielte und konnte sich jetzt nicht mehr zurückhalten. „Du hattest mir versprochen, sie meinetwegen zu verlassen! Schon vor Jahren!"

Hinter ihr her trottete Henry, der offenbar die Situation nicht ganz einschätzen konnte.

„Carmen ... Ich ...", stammelte Alan und versuchte sich zu wehren, als sie mit ihren spitzen Fingernägeln auf ihn losging.

„Nein!", fuhr Carmen fort. „Für mich hattest du es ja nicht nötig, dich aus deiner Komfortzone zu bewegen. Aber kaum stellt dieses kleine Flittchen dir ein Ultimatum, gibst du deiner Frau den Laufpass? Für sie? Dabei habe ich alles getan, um dir zu zeigen, wie unfähig sie ist. Allein schon dieser Artikel, den sie über Mister Anderson geschrieben hat. Wie dumm kann man sein, so etwas in die Cloud hochzuladen? Ich dachte ja, du würdest sie sofort feuern, sobald der Artikel online gegangen war. Aber nein! Du hast sie sogar befördert. Befööööördert! Arrrrgh."

Ich spürte, wie Jessica sich neben mir versteifte.

„Heißt das ... heißt das, du hast den Artikel veröffentlicht?", fragte sie.

Carmen hielt kurz inne und sah zu Jessica. „Ja, natürlich! Ich war das. Aber weil du so eine Schnapsdrossel
bist, dachtest du, du wärst es selbst gewesen. Perfekter
konnte es gar nicht laufen, aber Alan hat dir ja verge-
ben und dich auf Mister Anderson angesetzt. Gott. Wie
konnte das nur alles so schief laufen? Du solltest Jessica
und Rachel abservieren und endlich mit mir zusam-
menkommen, Alan. Mit mir!"

„Das ... das zwischen uns war nie etwas Ernstes", verteidigte sich Alan. „Das muss dir doch klargewesen
sein."

„Und warum hast du mir dann immer wieder Hoff-
nungen gemacht? Du hast behauptet, ich wäre die einzige Frau, mit der du schläfst, dabei hattest du längst
was mit Jessica. Du bist so ein verdammter Mistkerl."

Erneut ging sie auf Alan los und zerkratzte ihm sein
perfektes Gesicht. Er schrie auf und versuchte sich zu
schützen. Vielleicht war es männliche Solidarität, aber
irgendwie tat er mir leid, daher schritt ich ein, umfasste
Carmen von hinten und hob sie hoch.

„Immer mit der Ruhe", sagte ich. „Es bringt doch
nichts, wenn er Ihretwegen ins Krankenhaus muss."

„Oh, doch", widersprach Carmen. „Es geschähe ihm
nur recht, wenn sein atemberaubendes Gesicht ruiniert wird!"

Sie zappelte wie verrückt herum und ich bekam ihren
Ellenbogen gegen die Nase. Sofort begann sie leicht zu
bluten. Ich zischte, ließ Carmen aber nicht los. Irgendjemand musste diesen Wahnsinn hier schließlich beenden.

„Shit. Henry!", rief ich. „Nun hilf mir doch mal, verdammt."

Widerwillig kam mein Cousin dazu und übernahm Carmen, sodass ich mir ein Taschentuch vor die Nase drücken konnte.

„Nun beruhige dich doch, Carmen", sagte Henry. „Was um Himmels willen ist denn schiefgegangen? So war das alles nicht geplant ..."

„Ich scheiße auf deinen Plan", kreischte Carmen. „Du wolltest, dass Charles sich mit Alan prügelt, damit alle sein wahres Gesicht sehen. Aber das interessiert mich nicht. Ich wollte nur erreichen, dass Alan endlich mir gehört. Mir allein!"

Ich wollte gerade zu Jessica zurückgehen, als ich sah, dass eine weitere Frau aus den Toilettenräumen zu uns gestoßen war.

„Was ist denn hier los?", fragte Alans Frau und stellte sich neben Jessica.

Na, super. Das wurde ja immer heiterer. Ich konnte nur hoffen, dass gleich nicht der nächste Streit vom Zaun gebrochen wurde.

Kapitel 59

Jessica

Oh, nein. Auch das noch, war mein erster Gedanke, als Rachel sich zu mir gesellte.

Carmen, Henry und Alan waren zu sehr mit sich selbst beschäftigt, daher war es an mir, Rachel aufzuklären.

Hilflos hob ich die Schultern. „Ich ... tja ... Wie es aussieht, muss ich jetzt wohl reinen Tisch machen." Ich streckte Rachel die Hand entgegen. „Ich bin Jessica Carter und hatte jahrelang eine Affäre mit Ihrem Mann, was mir inzwischen unglaublich leidtut. Zu meiner Verteidigung kann ich nur sagen, dass er behauptet hat, Sie beide würden längst keine richtige Ehe mehr führen."

Rachel schüttelte tatsächlich meine Hand und sah mich überrascht an. Dann blickte sie zu den beiden Männern und Carmen, die nach wie vor das Zentrum der Aufmerksamkeit aller Leute bildeten.

„Und Carmen ...?", fragte Rachel.

„Hat ebenfalls eine Affäre mit ihm. Nur, dass Alan sich für mich entschieden hat und ich ihm soeben den Laufpass gegeben habe, weil ich inzwischen mit Charles zusammen bin.“

Rachel nickte nachdenklich.

„Wissen Sie. Im Prinzip kann ich es Ihnen nicht einmal verübeln. Ich bin seinem Charme damals auch erlegen und war so froh, dass er bereit war, mich zu heiraten, als ich ungewollt schwanger wurde. Die Zwillinge sind mein größtes Glück und der kleine Zwerg in meinem Bauch wird von mir genauso geliebt werden. Ich bin ohnehin quasi alleinerziehend, so oft, wie Alan unterwegs ist. Eine Scheidung kam für mich bisher nur deswegen nicht in Frage, weil wir einen Ehevertrag haben. Es gibt allerdings eine Klausel, in der steht, dass mir die Hälfte seines Vermögens zusteht, falls er mich betrügen sollte. Ich konnte es ihm bisher nicht nachweisen, aber jetzt ...“

Sie sah mich fragend an und ich lächelte.

„Sie wollen, dass ich eine Aussage mache? Überhaupt kein Problem.“

Ich griff nach meiner Handtasche und zog eine Visitenkarte hervor.

„Hier. Lassen Sie uns einfach in Kontakt bleiben. Ich verspreche, dass ich alles tun werde, um Ihnen zu helfen, damit Sie mit Ihren Kindern bei einer Scheidung nicht leer ausgehen.“

Rachel nickte und nahm die Karte entgegen.

„Ich dachte ja immer, dass ich die Frau hassen würde, die es geschafft hat, mir meinen Mann abspenstig zu machen, aber Sie sind so nett. Damit hatte ich nicht gerechnet.“

„Das kann ich nur zurückgeben. Ich fühle mich wirklich mies, weil ich Alan seine Lügen so lange geglaubt habe. Ich hoffe, dass er für seinen Betrug büßen wird und wünsche Ihnen mit dem Baby alles Gute.“

„Hey. Ist hier alles in Ordnung?“, fragte Charles, der sich ein blutiges Taschentuch an die Nase hielt.

Ich sah auf und bemerkte, dass die Situation vor uns sich beruhigt hatte. Carmen hatte angefangen zu weinen und ließ sich von Henry trösten, der sichtlich überfordert war.

„Alles okay“, versicherte ich Charles. „Ich glaube, Rachel und ich sind uns einig geworden.“

„Rachel!“, rief im selben Moment Alan. „Hör zu, Liebling. Ich … habe meine Meinung geändert. Ich finde, wir sollten unsere Ehe aufrechterhalten. Immerhin ist eine Liebe wie die unsere etwas Besonderes, das man nicht einfach so wegwerfen darf. Vor allem, da nun auch noch ein weiteres Kind unterwegs ist.“

Rachel hob den Kopf und reckte das Kinn. „Tja. Das hättest du dir eher überlegen müssen, Alan. Du hast mich einmal zu oft verletzt und deine Kinder kennen dich ohnehin nur von hinten. Das wird bei diesem Baby nicht anders sein. Du hattest deine zweite Chance bereits und eine dritte kannst du vergessen. Das Einzige, was ich von dir noch haben will, sind deine Alimente.“

Einige Leute klatschten und nickten zustimmend, als sie von dannen zog und dabei so hoheitsvoll wirkte wie eine Königin.

Mit einem Schmunzeln schmiegte ich mich wieder an Charles und mein Herz machte einen Hüpfer, als er einen Arm um mich legte. Doch dann trat plötzlich der

Bürgermeister in die Runde und sah aufgebracht zwischen uns hin und her.

„Was ist hier passiert?", fragte er. „Wer hat diesen Aufruhr verursacht?"

„Der da hat angefangen!", rief einer der Schaulustigen und zeigte auf Charles.

Sofort wandten sich alle Blicke ihm zu und ich mochte mir gar nicht vorstellen, wie unbehaglich er sich fühlen musste. Oje. So hatte das natürlich nicht laufen sollen.

Kapitel 60

Charles

Verdammt. Ich hatte gewusst, dass es unklug gewesen war, Alan vor aller Augen so anzugehen. Ich hatte zwar nicht wirklich vorgehabt, ihn zu verprügeln, aber viel hatte nicht gefehlt. Es lag mir auf der Zunge, alles zu erklären, als auch noch mein Großvater neben dem Bürgermeister auftauchte.

„Junge! Was hast du nur wieder angestellt?", fragte er. „Meine Güte. Hast du dich mit diesem Mann da geprügelt?" Er deutete auf Alan, der einige blutige Kratzer im Gesicht hatte. „Ja, natürlich. Deine Nase blutet ja sogar noch."

„Das war nicht Alan, sondern Carmen", sagte ich, bevor mir klar wurde, dass das nicht unbedingt besser klang.

„Charles! Was hast du denn mit der armen Frau gemacht? Sie ist ja völlig am Ende. Ich dachte, du hättest dich geändert, aber offenbar war das ein Irrtum. Wie soll ich dir denn so Anderson Publishing übergeben?"

„Er hat sie nicht geschlagen!", rief Jessica. „Er hat nur versucht, Alan vor Carmen zu beschützen und ist dabei in die Schusslinie geraten."

„Das ... stimmt ...", schniefte Carmen.

„Aber Carmen ...", begann Henry. „Ich dachte, wir hätten eine Abmachung."

„Ich scheiß' auf unsere Abmachung. Ich habe die Nase voll von dieser ganzen Sache. Alan! Ich kündige. Und ich hoffe, dass Rachel dir bei der Scheidung das letzte Hemd auszieht." Nun sah sie zu meinem Großvater und deutete dann auf mich. „Charles Anderson kann nichts für die Verletzungen. Das war alles ich und er hat nur versucht zu helfen."

„Moment mal", sagte in diesem Moment der Bürgermeister. „Anderson? Anderson? Sie sind Charles Anderson?", fragte er nach.

Ich nickte zögerlich.

„Waren Sie zufällig vor einer Weile im Zoo beim Central Park und haben einem Mann geholfen, der dort zusammengebrochen ist?"

„Ja", bestätigte ich. „Das stimmt. Woher ...?"

„Himmel! Ich danke Ihnen!" Er kam auf mich zu und zog mich in eine herzliche Umarmung. Völlig perplex ließ ich es geschehen und klopfte dem Mann unbeholfen auf die Schulter.

„Gern geschehen, aber ... ich verstehe nicht."

Mister Ashcroft löste sich von mir und ich sah, wie er mit den Tränen kämpfte. „Der Mann, den Sie gerettet haben, ist mein Bruder", erklärte er. „Oscar! Komm mal her."

Die Leute machten Platz und ein Mann trat zu uns, den ich erst auf den zweiten Blick als denjenigen erkannte, der im Zoo zusammengebrochen war. Er war etwas kurzatmig, wirkte aber ansonsten gesund. Seine Augen weiteten sich vor Überraschung, als er mich sah.

„Oscar. Komm her. Ist das der Mann, an den du dich erinnerst?", fragte Mister Ashcroft und der Fremde nickte zögerlich.

„Sie sehen anders aus, wenn ich das so sagen darf."

Ich lachte leise. Immerhin hatte der Mann mich noch vor meiner Grunderneuerung kennengelernt.

„Das stimmt. Ich hatte in der Zeit eine sehr gute Imageberatung. Es freut mich, dass Sie wohlauf sind. Wie geht es Ihnen? Haben Sie alles gut überstanden?"

Der Mann fasste sich an den Brustkorb. „Eine meiner Rippen ist gebrochen und es wird eine Weile dauern, bis das verheilt ist, aber dank Ihrer Reaktion habe ich keinen Sauerstoffmangel erlitten und konnte schnell genug behandelt werden. Ich danke Ihnen von Herzen für Ihre Hilfe."

„Genau wie ich", sagte der Bürgermeister. „Mein Bruder wäre ohne Ihr beherztes Eingreifen vielleicht nicht mehr am Leben. Meine Nichte sprach ständig von einem Charles Anderson, unter dem Namen kam allerdings nur ein Sportler und der sah ganz anders aus, als mein Bruder Sie in Erinnerung hatte. Aber anscheinend sind Sie es doch. Ich danke Ihnen sehr. Sie sind ein richtiger Held."

Er klopfte mir auf die Schulter und ich wusste gar nicht, was ich sagen sollte. Ich räusperte mich. „Nun. Das ... war doch kein Problem", sagte ich. „Sie brauchen sich wirklich nicht zu bedanken."

„Oh, doch“, sagte Oscar. „Ich muss ja zugeben, dass Sie mir damals enorm unsympathisch waren, weil Sie sich in mein Gespräch mit den Mädchen eingemischt haben. Jemandem wie Ihnen hätte ich nie im Leben zugetraut, mir zu helfen, aber meine Töchter haben mir beide versichert, dass Sie es waren, der mich am Leben erhalten hat, bis der Krankenwagen da war. Daran sieht man mal wieder, dass der erste Eindruck auch täuschen kann.“

Mein Großvater lachte erleichtert. „Das stimmt. In meinem Enkel steckt sehr viel mehr, als es zuerst den Anschein hat. Meine Güte. Ich bin so froh, dass das alles nur ein Missverständnis war. Dann muss ich meine Entscheidung, dich zum Geschäftsführer zu machen ja doch nicht revidieren.“

Erstaunt sah ich ihn an. „Wie bitte? Du meinst ... du hast deine Entscheidung schon getroffen?“

Mein Großvater nickte. „Allerdings. Im Grunde genommen wusste ich schon vor Tagen, dass ich dir den Posten geben will.“

„Was?“, rief Henry empört. „Aber ... warum? Ich habe doch alles getan, was du von mir verlangt hast.“

„Das stimmt. Aber statt mir in den Hintern zu kriechen, hättest du besser einen guten Job machen sollen!“, sagte mein Großvater und wandte sich wieder mir zu. „Deine Mitarbeiter reden inzwischen in den höchsten Tönen von dir, Charles, und deine Ausstrahlung hat sich um 180 Grad ins Positive gewandelt. Ich wollte nur noch den heutigen Abend abwarten, um zu sehen, wie du dich auf öffentlichen Events schlägst. Aber offenbar haben nicht einmal Henrys Intrigen es geschafft, dich heute aus der Ruhe zu bringen.“

Ich legte einen Arm um Jessica. „Das ist vor allem dieser wunderbaren Frau zu verdanken. Aber ich freue mich wirklich, Großvater. Vielen lieben Dank für dein Vertrauen. Ich verspreche, dass du es nicht bereuen wirst."

„Wundervoll", sagte der Bürgermeister. „Wenn das kein Grund zum Feiern ist. Kommt. Darauf müssen wir einen trinken."

Ich warf einen Blick auf Jessica. „Gerne", sagte ich dann. „Doch zuerst muss ich noch ein paar Worte mit meiner Freundin wechseln."

„Gut", stimmte mein Großvater uns zu. „Aber lasst uns nicht zu lange warten. Immerhin müssen wir auf deinen neuen Posten anstoßen."

Die Menge zerstreute sich und ich nahm Jessicas Hand, um sie nach draußen auf die Terrasse zu ziehen. Hier war es ruhiger und ich schloss Jessica in die Arme und wirbelte sie einmal im Kreis.

„Gott. Ich bin so froh", sagte ich dabei. „Ich danke dir, Jessica."

„Herzlichen Glückwunsch", lachte sie. „Du hast es geschafft. Du bist Geschäftsführer."

„Wir haben es geschafft", widersprach ich. „Ohne dich wäre mir das nie gelungen. Im Moment ist mir eine andere Sache allerdings noch viel wichtiger."

Ich sah auf Jessica hinunter und nahm ihr Gesicht in meine Hände.

„Hast du ernst gemeint, was du da vorhin gesagt hast? Oder war das nur im Affekt, um Alan zu ärgern?"

„Was meinst du?", fragte Jessica, die offenbar nicht ganz verstand, worauf ich hinauswollte.

„Dass du mich liebst", präzisierte ich. „Falls nicht, dann ..."

Jessicas Gesichtsausdruck wurde weich. „Das habe ich ernst gemeint", stellte sie klar. „Ich weiß, es ist etwas früh, um das zu sagen und ich verstehe es, wenn du nicht genauso empfindest, aber ..."

„Ich liebe dich auch!", unterbrach ich sie. „Mehr als alles andere. Ich liebe dich und ich will mit dir zusammen sein."

„Das will ich auch", erwiderte Jessica. „Gott. Ich bin so froh."

Sie reckte sich mir entgegen, um ihre Lippen auf meine zu legen. Ich schlang meine Arme um sie und wir versanken in einem tiefen Kuss, den ich am liebsten nie wieder unterbrechen wollte.

„Meinst du, es fällt auf, wenn wir uns einfach so davonstehlen?", raunte ich in Jessicas Ohr, weil ich unbedingt mit ihr allein sein wollte.

Jessica seufzte. „Ich fürchte, ja. Immerhin hat dein Großvater dich soeben zum Leiter von Anderson Publishing ernannt. Also komm. Wir nehmen einen Drink auf deinen Erfolg und auf deine Heldentat und dann schleichen wir uns weg."

„Na gut", gab ich mir geschlagen. „Ein Drink. Aber danach will ich unbedingt an einen Ort, wo ich dir die Kleider vom Leib reißen kann."

Jessica lachte. „Dagegen habe ich absolut nichts einzuwenden", sagte sie und ließ sich von mir zurück in den Saal führen. Etwas sagte mir, dass diese Nacht noch lange nicht zu Ende war.

Epilog

Ein Jahr später

Jessica

Als ich mit meinem kleinen Rollkoffer die Empfangshalle des New Yorker Flughafens betrat, klopfte mir das Herz bis zum Hals. Sofort suchte mein Blick die Reihe der wartenden Menschen ab, als mir jemand von hinten die Augen zuhielt.

„Willkommen zu Hause", raunte Charles in mein Ohr und ich bekam eine Gänsehaut.

„Charles!", rief ich, drehte mich zu ihm um und fiel ihm um den Hals.

Sein Geruch umfing mich und gab mir das angenehme Gefühl, zu Hause zu sein. Mein Mund fand seinen und wir küssten uns, als hätten wir uns seit Monaten nicht gesehen, obwohl es nur ein paar Tage gewesen waren. Diese Trennung hatte sich wie eine Ewigkeit angefühlt. Als wir uns schließlich voneinander lösten, waren meine Wangen erhitzt und ich wünschte mir nichts sehnlicher, als so schnell wie möglich in unsere Wohnung zu kommen, um mit Charles allein zu sein. In seinen Augen sah ich denselben Wunsch, aber er schaffte es offenbar, sich zusammenzureißen.

„Hallo, meine Schöne", sagte Charles und strich mir eine Strähne hinter das Ohr. „Wie war dein Flug?"

„Gut", erwiderte ich. „Bis auf eine paar kleine Turbulenzen verlief er ruhig. Ich habe die meiste Zeit über geschlafen."

„Um diese Fähigkeit beneide ich dich. Ich wünschte, ich könnte im Flugzeug schlafen. Stattdessen wälze ich mich nur hin und her. Selbst, wenn ich erste Klasse fliege."

Das war mir bereits aufgefallen, als wir vor ein paar Monaten zum ersten Mal in den Urlaub nach Hawaii geflogen waren. Ich hatte geschlafen wie ein Baby. Charles hingegen hatte den ersten Urlaubstag verloren, weil er sich erstmal von dem Flug hatte erholen müssen.

„Dann ist es ja gut, dass ich ohne dich geflogen bin", neckte ich ihn. „Obwohl es mit dir sehr viel romantischer gewesen wäre in Paris."

Ich hatte eine Reise in die Stadt der Liebe gemacht, um für einen längeren Artikel für die New York NOW zu recherchieren, in dem es um die Unterschiede in Bezug auf die Vereinbarkeit zwischen Job und Familie in Europa und den USA ging. Ich hatte mehrere Interviews mit Frauen in Führungspositionen geführt und mir einige Kindertagesstätten vor Ort angesehen. Die Franzosen hatten erstaunlich gute Konzepte und machten den Frauen den Wiedereinstieg ins Berufsleben sehr viel einfacher, als das bei uns der Fall war.

„Paris interessiert mich nicht", stellte Charles klar und nahm mir den Koffer ab, damit wir zu den Parkplätzen gehen konnten. „Ich wäre einzig und allein deinetwegen mitgekommen. Aber leider war in der Redaktion zu viel los."

„Ach ja? Gibt es denn irgendetwas Neues?"

„Allerdings. Henry hat gekündigt. Im Prinzip hat es mich gewundert, dass er es überhaupt so lange unter meiner Fuchtel ausgehalten hat."

„So schlimm bist du gar nicht mehr. Aber gewundert hat es mich auch. Was macht er jetzt?"

„Er hat einen Job bei der Konkurrenz bekommen. Mir soll es recht sein. Im Prinzip habe ich ihn ohnehin nur im Verlag behalten, weil er zur Familie gehört. Seit unser Großvater in Rente gegangen ist, zeigt er bei der Arbeit nämlich überhaupt kein Engagement mehr."

„Okay. Und wer übernimmt jetzt seinen Posten?"

„Matilda."

„Was?"

„Ja. So habe ich auch geguckt, als sie sich dafür beworben hat. Eigentlich hat sie nicht das richtige Studium dafür, aber sie hat jahrelang bewiesen, dass sie zuverlässig und kompetent ist. Ich bin mir sicher, dass sie das hervorragend hinbekommt."

„Ganz ohne Frage. Aber kommst du denn ohne sie klar?"

Er zuckte mit den Schultern. „Ich werde wohl eine neue Sekretärin brauchen. Aber ich fürchte, dass es so gut wie unmöglich sein wird, Matilda zu ersetzen."

„Das denke ich allerdings auch. Ist noch mehr passiert, während ich weg war?"

Er dachte kurz nach und lächelte dann breit. „Oh, ja! Es gibt eine freudige Neuigkeit. Tiffanys Bruder ist letzte Woche aus dem Koma erwacht."

„Wow. Das ist wundervoll", sagte ich. „Damit hatte doch niemand mehr gerechnet, oder?"

Charles schüttelte den Kopf. „Nein. Das stimmt. Mein alter Freund Roger hat sich seiner angenommen und seine Medikamente und Behandlungen optimieren lassen. Trotzdem war es mehr Glück als alles andere. Dass er aufgewacht ist, grenzt an ein Wunder."

Ich nickte. „Das freut mich riesig für Tiffany. Sie muss ausgeflippt sein vor Glück."

„Das kann man wohl so sagen." Wir waren inzwischen bei Charles' Dodge angekommen und er lud meinen Koffer ein. Dann setzten wir uns ins Auto und ich wartete, dass er den Wagen startete.

Stattdessen wandte er sich mir zu.

„Ich habe eine kleine Überraschung für dich", sagte er.

Er lächelte verschmitzt und zog ein Buch aus der Autotür. Als ich erkannte, dass ich selbst auf dem Cover prangte, riss ich es ihm regelrecht aus der Hand.

„Oh, mein Gott! Und das sagst du erst jetzt? Seit wann ist der Probedruck fertig?"

„Seit drei Tagen. Aber ich wollte es dir unbedingt persönlich zeigen. Ich finde, es ist richtig gut geworden."

Ich befühlte eingehend den Umschlag und mir stiegen vor Glück Tränen in die Augen. Mein erstes eigenes Buch. Es hatte eine Prägung und sah einfach nur toll aus. Mein Oberkörper prangte vor einem blauen Hintergrund und ich lächelte gut gelaunt in die Kamera. In der Hand hielt ich eine Broschüre von Alan Cook, die ich in der Mitte durchriss. ‚My perfect Boss and me‘ lautete der Titel. Wie zuvor ging es in dem Buch um Alan Cooper. Doch diesmal war es nicht seine Biographie, sondern meine.

Ich erzählte unsere Geschichte. Wie ich Alan kennengelernt hatte, wie sein Coaching mein Leben verändert hatte und wie ich mich in ihn verliebt hatte, obwohl er verheiratet war. Ich ließ nichts aus und schilderte gnadenlos alles, was ich über ihn wusste. Dabei sparte ich auch nicht mit Selbstkritik, sondern berichtete viel darüber, wie niedrig mein Selbstwertgefühl trotz allem noch gewesen war, bis ich Charles kennengelernt hatte.

Das Buch war schonungslos ehrlich, daher war ich optimistisch, dass es sich verkaufen würde. Die Leute liebten solche Geschichten und nicht zuletzt war meine Ehrlichkeit einer der Gründe, warum Alan gar nicht erst versucht hatte, Rachel bei der Scheidung leer ausgehen zu lassen.

Er war zwar weiterhin als Imageberater tätig und hielt seine Seminare ab, aber die Hälfte seiner Einkünfte ging direkt an Rachel und die Kinder, was ich nur als fair empfand.

„Es ist perfekt“, sagte ich voller Begeisterung. „Egal, ob es sich verkauft oder nicht. Ich liebe es jetzt schon.“

„Es wird sich verkaufen. Davon bin ich überzeugt. Ich soll dir auch liebe Grüße von Lydia ausrichten und dir sagen, dass du dich unbedingt melden musst, sobald ich dich aus meiner Höhle lasse. Ihre Worte. Nicht meine.“

Ich schmunzelte. Charles hatte Lydia eine zweite Chance gegeben und sie arbeitete wieder im Büro von

Anderson Publishing. Diesmal war ihre Arbeitseinstellung erheblich besser als damals und Charles hatte nur noch selten Gründe, sich über sie zu beschweren. Ich glaubte zwar nicht, dass sie für immer im Verlag arbeiten würde, aber offenbar war es weitaus besser, als bei ihrem Bruder zu kellnern.

Ich für meinen Teil wusste genau, was ich wollte. Seit einem Jahr war ich endlich als Autorin tätig. Genau, wie ich es mir immer gewünscht hatte. Ich schrieb sowohl Artikel für die New York NOW als auch für einige andere Zeitungen und bereitete parallel die Veröffentlichung meines ersten Romans vor.

Ich lebte meinen Traum. Und das nicht nur beruflich, sondern vor allem privat. Denn vor sechs Monaten war ich mit Charles zusammengezogen und schwebte seither wie auf Wolken, weil er mich jeden Tag auf Händen trug.

„Na, dann bring mich mal in deine Höhle", sagte ich neckisch. „Ich hätte auch nichts dagegen, wenn du mich ein paar Tage dort behältst."

Charles grinste und startete den Wagen. „Gut zu wissen. Ich habe mir nämlich vorsichtshalber zwei Tage freigenommen."

Ende

Danksagung

Zuallererst möchte ich mich bei allen meinen LeserInnen bedanken. Ich bin so froh, dass ihr meine Geschichten lest und mir regelmäßig Zuspruch gebt. Das motiviert mich sehr zum Weitermachen und gibt mir immer wieder Mut und Kraft.

Imperfect Boss habe ich geschrieben, als ich in Elternzeit war. Ich hatte mehrere Bücher angefangen, aber diese Story war die einzige, die mich so sehr gecatcht hat, dass ich sie trotz Unterbrechungen durch das Baby zuende schreiben konnte. Ich bin so froh, dass das geklappt hat.

Des Weiteren möchte ich mich bei meinen Lektorinnen Sarah Wedler und Nadine d'Arachart bedanken. Die Zusammenarbeit mit euch ist jedes Mal eine Freude und ich wüsste wirklich nicht, was ich ohne euch tun sollte.

Ein besonders großer Dank geht wie immer an meinen Mann und meine Familie. Danke, dass ihr immer für mich da seid und mich in allem unterstützt was ich tue. Außerdem möchte ich mich bei meinem Agenten Carsten Polzin bedanken, sowie bei dem kompletten Team vom dp Verlag. Insbesondere bei Ina Lütjen. Ich freue mich sehr, dass Imperfect Boss hier ein neues Zuhause gefunden hat. Das Cover ist so schön geworden.

Eure C.J. Crown